위험
천만한
연애

위험
천만한
연애

이지연
장편소설

vol. 1

vol. 1

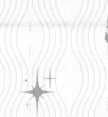

vol. 2

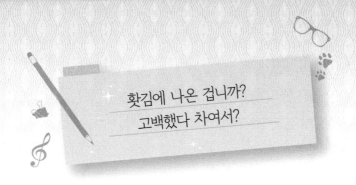

화김에 나온 겁니까?
고백했다 차여서?

엄청 콧대 높다더니, 아니잖아! 맞선녀를 훑어보는 남자의 얼굴에 흡족한 미소가 떠올랐다.

커다랗고 또렷한 눈동자가 그를 향해 반짝거리고, 고개를 끄덕일 때마다 윤기 나는 생머리가 찰랑거렸다. 어디 그뿐인가. 웃는 것처럼 끝이 올라간 입매와 곧게 내려온 콧대, 동그랗게 마무리되는 코끝의 조화는 감탄사를 자아내게 했다.

SB그룹 신 회장이 금지옥엽으로 키운 외동딸이라고 들어 꽤 도도할 줄 알았는데 얼굴과 몸매, 상냥한 성격 등등, 이만하면 신붓감으로 합격이었다.

선보기도 슬슬 지겨운데 이쯤에서 이 여자로 정해버릴까?

남자는 맞선녀에게 슬며시 상체를 기울였다.

"우리 이만 자리를 옮기는 게 어떨까요?"

삐익삑―. 그때 어디선가 요란한 알람 소리가 울려 퍼졌다. 불청객 같은 소음에 남자가 눈살을 찌푸렸다.

"벌써 시간이 이렇게 됐네."

지은은 재빨리 휴대폰을 집어 알람을 끄고는 남자를 향해 생긋 웃어 보였다.

"전 중요한 일이 있어서 이만 가볼게요."

지은이 자리에서 일어나자, 맞선남은 황당하다는 얼굴로 그녀를 따라 일어섰다.

"난데없이 중요한 일이라뇨?"

그 말에 지은은 부드럽게 눈꼬리를 휘었다.

"개똥 치우러 가야 하거든요."

"뭐요? 개똥?"

"네. 개, 똥."

지은은 '개똥'이란 단어를 힘주어 말하고, 그대로 뒤돌아 라운지를 빠져나갔다. 남자는 기가 막힌다는 듯, 멀어지는 지은의 뒷모습을 멍하니 바라보았다.

선 자리를 박차고 나간 지은이 달려간 곳은 유기 동물 보호 센터였다. 맞선남에게 말한 그대로 지은은 작업복으로 갈아입고 견사에 쌓인 배설물을 치웠다. 2시간에 걸친 청소를 끝내고 나니, 온몸이 땀으로 번들거렸다. 샤워를 하면 곱게 핀 생머리가 다시 푸들 같은 곱슬머리로 돌아갈 테지만, 몸에 밴 배설물 냄새를 제거하려면 어쩔 수 없었다.

"매번 고마워요, 지은 씨."

샤워를 마친 지은이 사무실로 들어서자, 센터 관리를 맡은 경애가 자리에서 일어났다.

"에이, 저 혼자만 봉사하나요. ……저기, 그런데……."

지은은 누군가를 찾는 것처럼 주위를 두리번거렸다.

"오늘 무료 진료하는 날 아닌가요? 수의사 선생님이 늦으시네요."

"정우빈 선생님이요?"

'정우빈'이란 이름 석 자를 듣는 것만으로도 지은의 심장은 '쿵' 소리를 내며 밑으로 떨어졌다.

심장아, 나대지 마, 쫌! 뺨이 달아오르는 것을 막으려 지은은 지그시 아랫입술을 깨물었다.

"정 쌤은 일찍 왔다 가셨어요. 올리비아가 오후에 그랜드 호텔에서 광고 촬영을 하거든요."

스탠더드 푸들인 올리비아는 요즘 광고계에서 주목받는 동물 모델로, 이곳 유기 동물 보호 센터 출신이다. 올리비아를 구조하고 치료한 인연 때문인지 우빈은 올리비아에 대한 일이라면 만사를 제쳐두고 달려가곤 했다.

"그랬군요."

실망감을 감추며 지은은 힘없이 중얼거렸다. 그녀는 수의사 정우빈을 몰래 짝사랑하는 중이었다. 섣불리 고백도 못 하고 옆에서 바라만 본 지도 어느덧 1년이 넘어가고 있었다.

엎친 데 덮친 격으로 저번 달부턴 신 회장이 정해준 상대와 억지로 선을 보기 시작했다. 그녀가 지원하는 유기견 센터 한 곳이 주민 항의로 폐쇄가 결정돼, 수백 마리가 안락사 당할 위기에 처했기 때문이다. 신 회장에게 달려갔지만, 그는 그녀의 부탁을 단칼에 거절했다.

　—지금도 사회 복지 지원 사업으로 얼마나 나가는 줄 알아?
　　그런데 이제 동물 복지까지 떠맡으라고?
　—돕는 김에 좀 도와주시면 안 돼요? 아빠에겐 껌 값이잖
　　아요.
　—아무리 껌 값이라도 그렇지, 넌 하루에 껌을 수십 통이나
　　씹니?

　큰 비용이 드는 유기 동물 보호 센터 건립은 그녀 혼자 힘
으론 무리였다. 조부에게 수백억이 넘는 SB그룹 주식을 상속
받았지만, 결혼 전까진 처분할 수 없어 한마디로 '그림의 떡'이
었다.

　—좋다. 내가 사비를 들여서 사설 센터를 마련해주마. 대신
　　이번 주 일요일부터 선봐.

　어느 날, 안절부절못하고 끙끙거리는 지은을 지켜보던 신 회
장이 휙 미끼를 던졌다. 맞선은 질색이었지만, 유기견 목숨을
담보로 신 회장의 제안을 받아들일 수밖에 없었다.
　하지만 지금까지 만났던 맞선남들을 떠올리면 한숨만 나왔
다. 그들 대부분은 '신지은'이 아니라, 그녀의 SB그룹 지분에만
관심이 있었다. 그래서 오늘은 무슨 일이 있어도 우빈에게 고

백하려던 참이었다. 그런데 고백은커녕 볼 수도 없다니…….

"이런, 정 쌤이 자료를 빠트리고 가셨네. 내일 세미나에 필요한 자료인데……. 어떡한다?"

책상에 놓인 USB 메모리를 집으며 경애가 걱정스러운 표정으로 중얼거렸다.

"제가 가져다줄게요!"

이런 절호의 기회를 놓칠 순 없었다. 지은은 경애의 손에 들린 USB 메모리를 덥석 움켜쥐었다.

"그랜드 호텔이라고 했죠? 저도 근처에 볼일이 있거든요."

"그래주시겠어요?"

"물론이죠."

북극이라도 갈 수 있습니다!

우빈을 만난다는 기대감에 지은의 심장박동이 수직으로 상승하기 시작했다.

내가 갈 테니까, 우빈 씨, 거기 꼼짝 말고 있어요!

"액션!"

감독의 큐 사인이 떨어지자 분주했던 촬영장이 숨죽인 듯 조용해졌다. 모두의 시선이 카메라 앞에 서 있는 민제혁 실장에게로 쏠렸다.

"여러분은 얼마나 자주 보안 인증을 하십니까?"

제혁은 여유로운 눈빛으로 카메라 렌즈를 마주 보며 입을 열었다.

"이용자의 편리를 고려하지 않는다면, 이중 삼중 보안 역시 근본적인 해결책이 될 순 없습니다. 지난 2년간, 보다 접근이 편리한……."

듣기 좋은 중저음의 목소리가 촬영장 안을 채워나갔다.

"……이제부터는 안심하고 클릭하십시오."

긴 문장이었음에도 제혁은 음절, 문구의 강약을 조절하며 전문 CF모델처럼 가뿐히 소화해냈다. 카메라 앞에서의 다양한 시선 처리 또한 자연스러웠다. 물 흐르듯 촬영이 흘러가자, 지켜보는 관계자의 얼굴에 미소가 떠올랐다.

"컷!"

짝짝짝─. 감독의 입에서 컷 사인이 나오는 동시에 뒤에서 우렁찬 박수 소리가 울려 퍼졌다.

"좋았어. 역시 민 실장이야!"

NOF의 투자 회사인 쌍우그룹 공경민 상무가 손뼉을 치며 찬사를 내뱉었다. 그는 제혁의 선배이자, 쌍우그룹의 경영 후계자로 내정된 인물이었다. 경민의 옆에는 그의 오른팔인 전략기획팀 강선아 팀장이 서 있었다.

제혁이 공동 대표로 있는 NOF는 스타트업 기업으로, 대기업인 쌍우그룹과 계약을 맺고 비밀 프로젝트를 진행 중이었다. 제혁을 포함한 NOF와 쌍우그룹 소수 정예로 구성된 TF팀이 공 상무의 관할 아래 쌍우그룹 본사 안에 차려졌다.

"내가 뭐랬어? 역시 급이 다르다니까."

싱글벙글거리는 경민과 달리 제혁은 못마땅한 표정으로 굳게 입을 다물었다. 계획에 없던 광고 촬영에 억지로 동원된 탓이었다. 제혁이 불만스럽게 노려보자, 경민은 슬그머니 그의 귓가에 속삭였다.

"표정 풀어. 무대 모습과 달라서 아무도 못 알아봐. 문제 생기면 내가 책임진다."

말을 마친 경민은 제혁이 뭐라고 할 사이도 없이 강 팀장에게로 고개를 돌렸다.

"강 팀장 생각은 어때? 우리 민 실장, 완전 모델 저리 가라지? 안 그래?"

강 팀장은 예의상 입꼬리를 올렸다 내리는 것으로 대답을 대신했다. 언제나 무표정에 가까운 그녀로서는 최대한의 감정 표현이었을 것이다.

"촬영 방해하지 말고 가시죠."

제혁은 옷 갈아입는 시간도 아깝다는 듯, 거칠게 넥타이를 풀었다. 와이셔츠의 단추를 열자, 벌어진 셔츠 사이로 매끈한 근육이 드러났다.

"와아."

여성 스태프 사이에서 환호가 터져 나왔다. 그에 보답하듯 제혁은 셔츠 밑자락을 바지 밖으로 꺼내고 단숨에 셔츠를 벗어버렸다.

"어, 어, 조심해야지. 그러다 보이겠다."

상체가 드러나자, 경민은 서둘러 재킷을 벗어 제혁의 벗은 몸을 가려주었다. 제혁은 말없이 경민을 노려보며 옆에 놓인 셔츠로 갈아입었다.

"알았어. 그만 노려봐. 이만 사라져줄게."

경민은 격려하듯 제혁의 어깨를 툭툭 두드려준 후, 이내 촬영장을 걸어나갔다. 그런 경민의 뒤를 강 팀장이 조용히 따랐다. 그런데 마음이 바뀌었는지 입구를 나서던 강 팀장이 다시 되돌아왔다. 그녀는 잠시 망설이더니 곱게 접은 쪽지를 제혁의 손에 슬쩍 쥐여주었다.

"이게 뭡니까?"

쪽지를 열어본 제혁의 눈매가 가늘어졌다.

강 팀장은 제혁과 시선을 맞추며 살며시 고개를 까닥거렸다.

> 잠깐 볼 수 있을까요?
> 중요하게 할 말이 있습니다.

[고객이 전화를 받지 않아, 소리샘으로 넘어갑니다.]

지은은 호텔로 향하며 우빈에게 전화를 걸었다. 그러나 촬영 중이라 휴대폰을 꺼놓았는지 곧바로 음성 사서함으로 넘어가버렸다. 확실한 촬영 장소를 알지 못했기에 우선 무작정 호텔 안을 둘러보기로 했다.

로비와 2층에서 허탕 친 후, 3층으로 올라간 지은은 제일 먼저 눈에 띄는 연회장으로 걸음을 옮겼다. 조심스럽게 문을 열자, 여기저기 세워진 조명 기구가 눈에 들어왔다.

여긴가?

지은은 찬찬히 주위를 둘러보았다.

"앗!"

조명 기구를 피해 가다 빽빽하게 놓인 의자 사이에 가방이 끼어버렸다. 가방을 잡아 빼자 가방에 달린 액세서리가 '툭' 떨어지며 테이블 밑으로 떼굴떼굴 굴러갔다. 할 수 없이 지은은 치마를 걷어 올리고 테이블 밑으로 기어들어갔다. 막 액세서리를 손에 쥐려는데, '달칵' 연회장 문이 열렸다.

"여기가 좋겠군요. 할 말이라는 게 뭡니까?"

위쪽에서 듣기 좋은 중저음의 남자 목소리가 들렸다.

"촬영 끝나고 하면 안 될까요?"

이번엔 부드러운 여자의 목소리가 이어졌다.

"그건 좀 곤란합니다. 촬영 끝나는 대로 들어가 봐야 해서요. 여기서 하시죠."

뭔가 심각한 대화가 오가는 것 같다. 어떻게 하지? 인기척을 내야 하나?

"아…… 그게…….."

"강 팀장님?"

여자가 선뜻 말을 꺼내지 못하고 머뭇거리자, 남자가 재촉했다.

아무래도 더 늦기 전에 밖으로 나가는 게 좋겠어.

지은이 슬며시 테이블 밑에서 고개를 내밀려던 순간, 여자가 입을 열었다.

"좋아해요."

헉! 난데없는 사랑 고백에 지은은 도로 허겁지겁 테이블 밑으로 기어들어갔다. 괜히 남의 애정사에 끼어들 순 없으니까. 이젠 끝까지 없는 척해야 한다.

"이러면 안 된다는 거, 알아요."

여자의 목소리가 가늘게 떨리고 있었다.

"사내 연애 이런 거, 말도 안 된다고 여겼는데……. 언젠가부터 내 시선은 온통 당신을 향하고 있었어요. ……털어놓지 않고는 도저히 견딜 수 없어서."

알지. 그 마음 잘 알고말고. 여자의 절절한 사연에 지은은 고개를 위아래로 끄덕거렸다.

어쩜 이리도 나와 같을까? 짝사랑의 아픔이란 겪어보지 않은 사람은 결코 모를 거야. 그게 얼마나 가슴 찢어지게 서글프고 처량한 일인지.

지은은 애타게 고백하는 여자에게 동병상련의 아픔을 느꼈다.

"강선아 팀장님."

그때 소름 돋게 싸늘한 남자의 목소리가 지은을 상념으로부터 끄집어냈다. 지은은 카펫 바닥에 얼굴을 댄 채, 위를 올려다보았다.

"헉."

자신도 모르게 흘러나온 탄성에 지은은 재빨리 입을 틀어막았다. 영화 주인공 같은 한 쌍의 남녀가 긴장 어린 시선으로 서로를 마주 보고 서 있었다.

저렇게 쳐다보다 막 끌어안고 키스하는 건, 아니겠지?

상상만으로도 지은의 얼굴이 새빨갛게 달아올랐다.

"다른 사람도 아니고 강 팀장님이 이러는 거, 좀 의외군요."

그런데 어째 상황이 러브신과는 전혀 다른 쪽으로 흘러가는 것 같았다.

"나도 이런 내가 이해되지 않아요. 하지만……."

"지금 그 말, 못 들은 것으로 하죠."

"민 실장님."

여자가 애원하는 얼굴로 남자를 붙잡았지만, 그는 매몰차게 여자의 손길을 뿌리쳤다.

"공 상무님이 아무 말 안 하던가요?"

"알아요. 들었어요. 하지만 그 여자는……."

"그만!"

갑자기 남자가 이성을 잃은 듯 크게 소리쳤다. 전혀 예상하지 못한 격한 반응에 놀란 지은은 몸을 움찔거렸다. 여자도 지은과 마찬가지인지, 멍한 표정으로 남자를 바라보았다. 여기서 들키면 진짜 난처해질 것 같아, 지은은 더욱 깊숙이 몸을 숨겼다.

잠시 후, 남자가 나가는지 문이 열렸다가 '쾅' 닫히는 소리가 들렸다.

"흐윽."

이어서 울음을 참는 여자의 거친 숨소리가 실내를 메웠다.

얼마나 지났을까, 여자도 밖으로 나갔는지 문 닫히는 소리와 함께 연회장 안이 잠잠해졌다.

"하, 진짜!"

지은은 엉금엉금 테이블 아래에서 기어 나오며 꽉 닫힌 문을 노려보았다.

남자, 완전 싸가지 없네! 싫어한다는 것도 아니고, 좋아한다는데 거절하더라도 좀 상냥하게 하면 안 돼?

바닥에서 몸을 일으킨 지은은 먼지를 털 듯 두 손을 탁탁 털어냈다.

"짝사랑의 아픔을 당신이 알기나 해?"

지은은 마치 자신이 거절당한 듯 인상을 찡그렸다.

우빈 씨도 저렇게 매정하게 거절하는 건 아니겠지?

다른 한편으론 은근히 겁나기 시작했다.

아냐, 아닐 거야!

지은은 세차게 고개를 내저었다.

우빈 씨처럼 천사 같은 사람이 그럴 리 없어!

서둘러 연회장을 나온 지은은 우빈을 찾기 위해 복도를 어슬렁거렸다.

"지은 씨?"

익숙한 목소리에 뒤를 돌아보자, 은테 안경을 쓴 남자가 그녀를 향해 웃고 있었다. 눈에 확 띄는 미남은 아니지만, 푸근하고 상냥한 미소를 간직한 남자, 정우빈.

"여긴 어쩐 일이에요?"

지은은 서둘러 핸드백을 열고 USB 메모리를 꺼냈다.

"이거…… 세미나에 필요한 자료라고 들어서요."

USB 메모리를 본 우빈의 눈이 휘둥그레졌다.

"이런, 빠트린 줄도 몰랐네요. 이거 전해주려고 여기까지 온 거예요?"

"저도 마침 근처에 볼일이 있어서요. 이제 가봐야죠."

"가야 해요? 고마워서 저녁 사려고 했는데……."

악! 이제 가봐야 한다고 하지 말걸.

"그래도 혹시……."

그녀의 속 쓰린 마음을 알아차렸는지, 우빈이 다시금 제안했다.

"볼일 보고 시간 되면 '오키드룸'으로 와요. 거기서 올리비아와 촬영 대기하고 있으니까요."

"그럴게요."

지은의 얼굴이 단번에 환해졌다.

볼일은 무슨! 쇼핑몰이나 돌면서 한 30분 정도 시간 때워야지. 한껏 들뜬 지은은 '촬영 대기'가 무슨 뜻인지 깊게 생각하지 않고 무심코 넘겨버렸다.

"제가 굳이 대역을 할 필요가 없을 것 같군요."

그 말에 창밖을 내다보던 제혁은 천천히 우빈에게로 고개를 돌렸다. 우빈은 올리비아가 제혁의 지시를 따르지 않을 경우를 대비해 제혁과 똑같은 옷을 입고 대기 중이었다. 그러나 올리비아는 제혁을 보자마자 쓰다듬어달라고 코끝으로 손등을 톡톡 건드리는 등 친밀감을 표시했다.

"우리 올리비아가 민 실장님께 홀딱 반했나 봐요."

제혁은 아무 감정 없는 눈으로 옆에 딱 달라붙은 갈색 푸들을 내려다보았다. 강아지가 자신을 좋아하든 말든 NG 없이 빨리 끝났으면 좋겠다는 생각뿐이었다.

"잠시만, 실례하겠습니다."

내일 세미나를 위해 급히 의논할 일이 생각난 우빈은 휴대폰을 들고 자리에서 일어났다. 올리비아는 우빈이 방을 나가거나 말거나 제혁만을 빤히 쳐다보았다.

아무리 강아지라지만 저런 눈빛은 부담스럽다. 귀찮군.

제혁은 올리비아의 머리를 쓱 쓰다듬어주고는 창밖을 향해 몸을 돌렸다.

가을 햇볕이 내리쬐는 느긋한 오후의 풍경이 눈앞에 펼쳐졌다.

같은 시각, 아이쇼핑을 하며 대충 시간을 때운 지은은 우빈이 말한 오키드룸으로 향했다. 빠끔히 열린 문틈으로 안을 훔처보자, 창밖을 내다보는 우빈의 뒷모습이 실루엣으로 들어왔다. 그 옆에는 올리비아가 얌전히 앉아 있었다.

유리창 가득 쏟아져 내리는 햇살에 눈이 부셨다. 평상시보다 조금 더 커 보이고 어깨도 더 넓어 보이는 건, 반사된 햇빛으로 일어난 착시 현상일 것이다.

실루엣마저 저리 멋있으면 어쩌자는 거야!

올리비아도 같은 생각인지 우빈의 다리에 살포시 몸을 기대고 있었다.

저 옆에 있는 건, 올리비아가 아니라 나여야 하는데……

꾹꾹 눌러두었던 뜨거운 사랑의 감정이 울컥 솟아올랐다. 억지로 선 자리에 끌려나가는 것도 이젠 신물이 났다.

그래, 지금 고백하자! 진지하게 사귀는 남자가 있다고 하면 부모님도 더 이상 어쩌진 못할 거야.

지은은 안으로 들어가 재빨리 문을 닫았다. '달칵' 문이 닫히는 소리에 그의 고개가 반사적으로 움직였다.

"돌아보지 말아요! 내 말이 끝날 때까지 그대로 있어주세요."

말뜻을 이해했는지 그가 동작을 멈췄다. 지은은 떨리는 마음을 진정시키며 우빈을 향해 걸어갔다.

"하루 이틀에 생긴 감정은 절대 아니에요. 그러니까…… 아, 내 말은……"

그렇게 열심히 연습했건만, 머릿속이 텅 비어버렸다. 멋지게 고백하려고 했는데 어쩌면 좋지?

"……언젠가부터 내 시선은."

지은은 자신도 모르게 아까 들었던 낯선 여자의 고백을 읊기 시작했다.

"온통 당신을 향하고 있었어요. ……털어놓지 않고는 도저히 견딜 수 없어서."

남의 고백을 몰래 써먹으려니 양심에 걸리긴 했지만, 어쩔 수 없었다.

사랑을 위해, 잠시만 양심이란 녀석을 저 멀리 보내버리자!

"지금 그 말, 못 들은 것으로 하죠."

그때였다. 우빈이 나직한 목소리로…….

어? 잠시만? 목소리가 다른 것 같은데? 중저음에 저 싸가지 없는 말투는……?

그가 천천히 그녀를 향해 몸을 틀었다. 역광 탓에 그의 얼굴은 어둠에 가려져 있었다. 창가에서 한 걸음 옆으로 비켜서자, 서서히 윤곽이 드러났다.

"헐!"

드디어 완전하게 이목구비가 드러난 순간, 지은의 두 눈이 튀어나올 것처럼 커다래졌다.

키와 어깨의 넓이도 비슷하고, 옷차림도 분명 똑같았지만, 뒤돌아본 남자는 우빈이 아니었다. 저 남자는 아까 연회장에서 보았던?

"어쩌죠? 하루에 두 번이나 고백 받는 건, 영 취미 없는데……."

말려 올라간 남자의 입술 사이로 빈정거리는 말투가 흘러나왔다.

이럴 수가! 지은은 할 말을 잃은 채 멍하니 제혁을 바라만 보았다.

제혁은 동상처럼 얼어버린 지은을 위아래로 훑어보았다.

제작진 중 한 명인가?

푸들처럼 한껏 부풀어 오른 곱슬머리가 제혁의 관심을 끌었다. 저런 머리 모양이라면 기억 못 할 리가 없는데……. 몸의 굴곡을 따라 완벽하게 달라붙은 정장 차림을 봐서도 제작진으로 보이진 않았다.

그렇다면 누구지?

순간 테이블 아래로 삐쭉 삐져나왔던 갈색의 곱슬머리가 떠올랐다.

─언젠가부터 내 시선은 온통 당신을 향하고 있었어요. 털어놓지 않고는 도저히 견딜 수 없어서.

고백 역시 강 팀장의 고백과 내용이 일치했다. 테이블 아래서 몰래 엿듣던 여자가 틀림없었다. 강 팀장이 곤혹스러워할까 봐 모른 척 눈감아주었는데…….

"양심이 실종됐나? 저작권이 없다고 남의 고백을 그대로 베끼다니."

제혁은 가슴 앞으로 팔짱을 끼며 한쪽 어깨를 벽에 비스듬히 기대었다.

"네?"

무슨 뜻이냐는 듯 지은이 미간을 찌푸렸다.

"아까 테이블 밑에서 우리 이야기를 몰래 듣고 있었던 것 같은데……. 아닙니까?"

뭐야? 알고 있었어? 엉뚱한 사람에게 고백한 것도 창피해 죽겠는데, 엿들은 것까지 들키다니!

순식간에 지은의 얼굴이 목덜미까지 붉어졌다.

"엿들으려던 게 아니라, 뭘 좀 주우려 테이블 아래 들어갔다가, 그쪽이 갑자기 들어와서……."

잠깐, 내가 왜 변명하는 거지?

말하다 보니 은근히 부아가 치밀었다. 먼저 연회장에 들어간 건 그녀였고, 그는 그 다음이었다. 두 사람이 당황할까 봐 없는 척해준 건데, 그게 무슨 잘못이라고. 그렇다면 잘못은 남자에게도 있었다.

자신이 고백 받을 상대가 아닌 것을 알았다면 진작 말해줬어야지, 왜 평생 이불 킥 하게 만들어!

지은의 자기방어 모드가 슬슬 작동하기 시작했다.

"아니, 그보다…… 그쪽은 남 곤란하게 하는 악취미라도 있어요? 본인이 아닌 걸 알면 그만두게 했어야죠!"

"돌아보지 말라고 애타게 매달린 사람이 누구였더라?"

왠지 빈정거리는 말투에 지은은 '빽' 언성을 높였다.

"그건 그쪽을 다른 사람으로 착각해서 그런 거고!"

"됐습니다. 그만하죠."

제혁은 귀찮음이 역력한 얼굴로 손을 내저었다.

"그만하긴 뭘 그만해요?"

더 쏘아붙이려는데, '달칵' 문이 열리며 조감독이 얼굴을 들이밀었다.

"다음 신 준비 끝났습니다. 수의사 선생님은 오다가 만나서 바로 촬영장으로 가셨어요."

"알겠습니다."

제혁은 올리비아의 개 줄을 잡고 문 쪽으로 걸어갔다. 그러다 잠시 걸음을 멈추고 지은을 향해 고개를 돌렸다.

"사과는 받은 걸로 하죠."

그러고는 그대로 나가버렸다.

사과라니? 내가 왜 사과를 해야 하는데?

제혁을 따라가려던 지은은 잠시 동작을 멈췄다.

방금 조감독이 뭐라고 했더라?

—수의사 선생님은 오다가 만나서 바로 촬영장으로 가셨 어요.

수의사 선생님이라면, 우빈 씨? 그렇다면……!

커다란 느낌표가 지은의 머리 위에 떠올랐다. 지금 저 남자와 우빈은 함께 촬영 중인 게 분명했다.

우빈 씨 대신 저 남자에게 고백한 게 알려지면……? 안 돼!

그녀가 오키드룸에 왔다는 사실을 우빈은 절대로 몰라야 한다. 지은은 핸드백을 가슴에 껴안고, 재빨리 호텔을 빠져나왔다.

"민제혁!"

난데없이 쩌렁쩌렁한 목소리가 주위에 울려 퍼졌다. 그 탓에 회의가 중단되고 직원 모두 출입구로 고개를 돌렸다. 경민이 험상궂은 얼굴로 씩씩거리며 회의실 안으로 들어왔다.

"어떻게 할 거야? 강 팀장이 사표 냈어."

경민이 사직서를 들이밀자, 제혁은 살며시 눈살을 찌푸렸다.

"회의 중인 거 안 보입니까?"

"지금 회의가 문제야?"

경민이 서슬 퍼런 얼굴로 소리 지르자, 서로 눈치만 보던 직원들이 슬그머니 자리에서 일어났다. 순식간에 직원이 빠져나가고 두 사람만 회의실에 남게 되었다.

"강 팀장이 사표 낸 게 왜 내 탓이죠?"

사직서를 훑어보던 제혁이 어처구니없다는 얼굴로 물었다.

"네 탓이 아니면 그럼 내 탓이냐?"

"고작 퇴짜 맞은 걸로 사표 내는 정신 상태라면……."

"시끄러워!"

제혁의 말을 끊으며 경민이 버럭 소리를 질렀다.

"밖에선 뭘 어떻게 해도 상관없지만, 회사에선 자제하라고 했지? 너 때문에 지금 몇 명이나 그만둔 줄 알아? 도대체 너 뭐야? 여자 달라붙는 자석이라도 돼?"

띠리릭―. 띠리릭―. 그때 전화벨 소리가 두 사람의 대화를 갈라놓았다. 화면에 뜬 발신자를 확인한 제혁은 서둘러 통화 버튼을 눌렀다.

"여보세요?"

"네가 지금 한가하게 전화나 받을 때야?"

"네, 어머니."

'어머니'란 말에 경민은 흠칫하며 입을 다물었다. 다른 건 몰라도 모자간의 통화를 방해할 순 없으니까.

잠시 죽일 듯이 제혁을 노려본 경민은 결국 자리를 피해주었다.

[몇 시에 선본다고 했지?]

스피커를 타고 최 여사의 잔잔한 목소리가 흘러나왔다.

"12시요. 마침 같은 호텔에서 오전 모임이 있거든요."

[그렇구나. 이번엔 30분 안에 일어나지 말고 식사는 하고 헤어지려무나.]

"어머니, 그건……"

[부탁이다.]

웬만해서는 '부탁'이란 말을 하지 않는 최 여사이기에 제혁은 잠시 망설였다. 투병 중인 어머니를 위해서 내키지 않는 선도 보는데, 그깟 식사쯤 못할 것도 없었다.

"알겠습니다."

[고맙구나. 그런데 제혁아, 너, 아직도…….]

"네, 어머니. 말씀하세요."

[……아, 아니다. 그만 끊자.]

뭔가를 말하려고 망설이던 최 여사는 황급히 전화를 끊었다. 제혁은 통화가 끊긴 화면을 물끄러미 들여다보았다. 그녀는 아마도 이런 질문을 하고 싶었을 것이다.

'아직도 해수를 잊지 못한 거니?'

7년이란 시간이 지났지만, 아픈 기억은 아직도 어제 일처럼 생생했다. 제혁의 입가에 쓸쓸한 미소가 떠올랐다.

일요일 오전 11시 40분.

이럴 줄 알았으면 호텔에 주차하는 건데…….

지은은 원망스러운 눈으로 잿빛 하늘을 올려다보았다. 맞선남과 마주칠까 봐 다른 건물에 주차했는데 밖에 나오니 부슬부슬 비가 내리고 있었다.

요사이 뒤로 넘어졌는데 코가 깨지는 일투성이다. 그중에서도 최악은 부모님의 인내심이 한계에 이르렀다는 것이다.

─지원받고 싶으면 이번 맞선은 해 떨어질 때까지 함께 있다
  가 와.

한 시간 앉아 있는 것도 곤욕인데 어두워질 때까지 있으라니. 하아, 그때 우빈 씨에게 고백만 제대로 했어도…….

기껏 마음먹고 한 고백이 엉망진창이 되어서일까? 그 후론 도저히 고백할 용기가 나지 않았다.

이게 모두 그 남자 때문이다. 왜 하필 그날, 그 자리에 있어서!

애꿎은 상대에게 화풀이라도 해야지, 그렇지 않으면 답답해서 미칠 것 같았다.

지은은 조금이라도 비를 덜 맞으려 전속력으로 달렸다.

"헉, 헉."

호텔 건물 앞에 다다르자, 그녀는 벽에 손을 짚고 벅찬 숨을 골랐다. 하지만 그것도 잠시, 거울 벽에 비친 모습을 보고 화들짝 놀랐다. 드라이로 푼 생머리가 비에 젖어 꼬불꼬불 푸들 머리로 돌아가 있었다.

아, 진짜 시작부터 꼬이네!

투덜거리며 머리를 매만지는데 휴대폰이 울리기 시작했다. 이종사촌인 도경에게서 온 전화였다.

[이모가 헷갈리셨나 봐. 오늘 선볼 상대, 박철준 검사 아니래. 민제혁 실장이라고 NOF 공동 대표라더라. 우선 연락처부터 줄게. 사진은 문자로 보내고.]

민제혁? 어디선가 들어본 이름 같은데……. 뭐, 그런 이름이야 흔하니까. 지은은 깊게 생각하지 않고 호텔 안으로 걸음을 옮겼다.

한편 모임을 마치고 연회장에서 나오던 제혁은 지은을 발견하고 걸음을 멈추었다.

저 여자는……?

딱 한 번 본 여자였지만, 단번에 알아볼 수 있었다. 솔직히 푸들 같은 곱슬머리를 못 알아보긴 힘들 것이다. 맞선 주선자에게 받은 사진 속에서 지은은 단정한 생머리를 하고 있었다. 그래서 조금 낯이 익다 생각했을 뿐, 사진으로는 미처 알아보지 못했다.

지은은 제혁을 보지 못했는지 그대로 지나쳤다.

약속 장소는 1층인데 여기서 뭐 하는 거지?

제혁은 의아한 생각에 손목시계를 들여다보았다. 약속 시간까지는 아직 5분쯤 남아 있었다.

제혁을 지나친 지은은 기둥 뒤에 숨어 1층 로비를 내려다보았다. 해가 떨어질 때까지 함께 있으려면 최대한 시간을 끌어야 했다. 그래서 궁리해낸 방법이 조금이라도 늦게 약속 장소에 도착하기였다.

뚜ㅡ. 뚜ㅡ. 통화 버튼을 누르자, 신호 가는 소리가 울려 퍼졌다.

띠리릭ㅡ. 띠리릭ㅡ. 동시에 뒤쪽에서도 전화벨 소리가 들렸지만 지은은 크게 신경 쓰지 않았다.

[여보세요?]

이윽고 휴대폰 너머로 중저음의 목소리가 흘러나왔다. 묘하게도 언뜻 들어본 것 같은 울림 좋은 목소리였다.

"안녕하세요. 오늘 만나기로 한 신지은입니다. 한 20분쯤 늦을 것 같아요. 차가 막혀서……."

[차가 막힌다고요?]

"네. 죄송해요."

지은은 힐끗 로비 라운지를 내려다보았다. 좌석에 혼자 앉아 있는 남자는 없었다. 그 역시 아직 도착하지 않은 모양이다.

[그렇다면 오늘 선은 없었던 걸로 하죠.]

"네?"

'저도 늦을 것 같은데 잘됐군요.'라는 말을 기다리던 지은에겐 청천벽력 같은 대답이었다. 혹 떼려다가 혹 붙인 꼴이 되고 말았다.

"앗! 방금 길이 뚫리기 시작했어요. 바로 갈게요."

허둥지둥 통화를 끊으려는데 남자가 물었다.

"그런데 궁금하군요."

어? 왜 갑자기 소리가 울리는 것 같지?

"신지은 씨?"

잠깐? 지금 이 목소리는?

묘한 기운이 등줄기를 스치고 지나갔다. 지은은 불길한 예감에 천천히 뒤를 돌아보았다.

"내 말 듣고 있습니까?"

지은은 휴대폰을 든 채, 멍하니 앞에 선 제혁을 바라보았다. 그때 '띠링' 하는 소리와 함께 도경에게서 문자가 날아왔다. 맞

선남의 사진이었다. 사진을 열어본 지은의 얼굴이 충격으로
일그러졌다.

"그쪽이 오늘 내 맞선 상대에요?"

지은은 믿을 수 없다는 얼굴로 화면에 뜬 사진과 앞에 선
제혁을 번갈아 보았다.

"그런 것 같군요."

제혁은 가만히 고개를 끄덕거렸다.

"아, 그런데 3층에서 로비까지 차가 막힌다고 했던 것 같은
데…… . 그게 무슨 뜻이죠?"

헉! 그 말은 그는 오늘의 맞선남일 뿐 아니라, 지금까지 뒤에
서 쭉 지켜봤다는 뜻이었다. 순식간에 거짓말쟁이가 된 지은
은 몹시도 당황스러웠다.

"저, 그게…… ."

지은이 머뭇거리자, 제혁은 대답을 기다리지 않고 등을 돌
려 걷기 시작했다.

"그럼 가죠."

지은은 고개를 숙인 채 패잔병처럼 제혁의 뒤를 따랐다. 엘
리베이터 앞에 다다르고서야, 지은은 제혁을 찬찬히 훔쳐볼
기회를 얻었다. 잿빛 슈트는 군살 없는 단단한 몸을 감쌌고,
앞머리는 살포시 이마를 덮고 있었다. 짙은 눈썹과 높고 날렵
한 콧대, 남자답게 각이 진 턱선하며…… . 인정하긴 싫었지만,
입에서는 저절로 감탄사가 흘러나왔다.

하지만 얼굴 뜯어먹고 살 것도 아니고, 잘생겨서 뭐 할 건

데? 남자에게 중요한 건 따뜻하고 포근한 마음이다. 지은은 휴일에도 쉬지 않고 유기 동물 무료 진료에 나서는 우빈을 떠올렸다. 선 자리에 끌려 나오지 않았다면 지금쯤 우빈을 돕고 있을 것이다.

땅─. 엘리베이터 도착 소리에 지은은 퍼뜩 상념에서 깨어났다. 문이 열리고 제혁이 먼저 안으로 들어섰다. 좁은 공간에 단둘이 있으려니 괜스레 어색해지는 것 같아, 지은은 지그시 볼살을 깨물었다. 시원한 향과 뒤섞인 남성적 체취가 은은히 풍겨왔다.

"선보러 나오다니 의외군요."

엘리베이터의 숫자판을 무심하게 바라보던 제혁이 툭 내뱉듯이 말했다.

"홧김에 나온 겁니까? 고백했다 차여서?"

"차이다니요? 절대 아니거든요!"

대답과 동시에 1층에 도착했다. 지은은 한시라도 빨리 좁은 공간에서 벗어나기 위해 후다닥 밖으로 걸어나갔다.

"그러면 선보러 나온 이유가 뭡니까?"

제혁이 느긋한 걸음으로 엘리베이터에서 내리며 물었다.

"아직 고백 안 했어요!"

"아, 아직 고백을 안 했다……."

빈정거리는 말투에 지은은 주먹을 불끈 움켜쥐었다.

왜 하필 이 남자람.

당장에라도 뛰쳐나가고 싶었지만, 그녀에게는 선택권이 없었다. 해가 떨어질 때까지 같이 있으라는 엄명이 떨어졌으니, 참아야 했다.

"밥부터 먹죠. 근처에 태국 요리 잘하는 곳이 있는데 걸어서 가긴 좀 멀어요."

이동하는 데 시간이 걸리면 걸릴수록 유리했기에 지은은 좀 떨어진 레스토랑을 추천했다.

"차 두 대 움직이려면 번거로우니까 차 한 대로 가고, 제가 얻어 타고 갈게요."

그녀의 말이 거슬렸는지, 제혁은 미간을 찌푸렸다.

"모르는 사람 차에 쉽게 탈 수 있습니까?"

"그쪽이 생판 모르는 사람은 아니죠."

제혁은 못마땅한 얼굴로 고개를 젓더니 손목시계를 들여다보았다.

"그냥 먹은 걸로 하죠. 앱 개발 박람회를 둘러봐야 해서 지금 가봐야겠군요."

"네? 아무리 그래도 밥은 먹어야……."

지은이 엉겁결에 제혁의 팔을 덥석 움켜쥐자 제혁은 싸늘한 눈으로 자신의 팔에 놓인 손을 내려다보았다. 그 순간 그가 여자의 손길을 뿌리치던 장면이 떠올라 지은은 잡았던 손을 얼른 놓았다.

"시간 낭비할 필요 없을 텐데. 안 그래요?"

그건 지은도 마찬가지였다. 하지만 오늘은 그 시간 낭비라는 걸 해야만 한다. 지은은 최대한 상냥하게 제혁을 설득했다.

"그래도 소개해주신 분 성의가 있으니까, 커피라도 마시면서……."

"단도직입적으로 말하죠."

제혁은 그녀의 말을 단번에 끊어버렸다.

"좋아하는 사람이 있다는 것을 뻔히 아는 상황에서 내가 당신 장단에 맞춰줄 이유는 없습니다. 그럼 이만 바빠서."

그 말과 함께 제혁은 빠르게 지은의 시야에서 사라졌다. 이어서 따라라라라라―. 요란하게 휴대폰이 울렸다. 통화 버튼을 누르자, 흥분한 도경의 목소리가 흘러나왔다.

[벌써 헤어졌어?]

"언니가 그걸 어떻게 알아?"

[두 사람 사진, 10분마다 전송되는 거 몰라?]

"어?"

지은은 휴대폰을 쥔 채, 주위를 둘러보았다. 그러나 누가 사진을 찍고 있는지 알아내는 건 불가능했다.

[지은이니? 나 좀 바꿔라.]

난데없이 안 여사가 끼어들었다.

[만나자마자 헤어져? 안 되겠다. 당장 유기견 지원 사업 접으라고 해야지.]

"안 돼!"

지은은 자신도 모르게 버럭 소리 질렀다.

"헤어지긴 누가 헤어져? 같이 박람회 가기로 했어. 나도 따라갈 거라고."

[얘가 지금 누굴 속이려고?]

"아, 몰라! 하나밖에 없는 딸, 안 믿으면 누굴 믿을 건데? 끊어! 나, 가봐야 해."

앱 개발 박람회를 둘러봐야 한다는 제혁의 말을 떠올리며 지은은 휴대폰으로 박람회 일정을 검색했다. 그 결과, 코엑스 센터에서 열리는 '국제 앱 개발 박람회'를 찾아냈다.

급히 차를 몰아 코엑스 센터에 도착한 지은은 입구에 놓인 박람회장 안내도를 살펴보았다. 예상대로 NOF 로고가 눈에 들어왔다. 안으로 들어간 지은은 곧 부스 앞에서 직원과 대화를 나누는 제혁을 발견했다. 천만다행으로 그녀의 예상이 맞은 것이다.

지은은 부스 옆으로 몸을 숨기며 신속하게 머릿속을 회전시켰다. 눈에 띄지 않게 망원렌즈로 찍고 있을 게 분명했다.

위치 선정만 잘하면 함께 박람회를 구경하는 것처럼 보일 거야.

지은은 주위를 살피며 제혁의 뒤쪽으로 살금살금 다가갔다.

"실장님, PPT 파일에 문제라도 있습니까?"

"아니."

화면에 시선을 고정한 채 제혁이 짧게 대답했다.

"아무 문제 없으니까, 김 대리는 하던 일 계속해."

"네."

김 대리가 자리로 돌아가자, 제혁은 힐끔 뒤로 시선을 돌렸다. 동시에 뒤에서 얼쩡거리던 곱슬머리가 휙 하고 사라졌다. 그렇다고 완벽하게 숨은 건 아니었다. 옆에 놓인 칸막이 사이로 곱슬머리가 삐쭉 삐져나와 있었다. 연회장에서 테이블 밑으로 머리카락이 삐져나와 있었던 것처럼.

숨바꼭질이라도 하자는 건가?

제혁은 인상을 찌푸리며 한 손으로 이마를 짚었다. 아는 척하진 않았지만, 주위에서 왔다 갔다 하는 것만으로도 신경이 쓰였다. 아무래도 잠시 부스를 떠나 있어야겠다.

"김 대리, 좀 돌아보고 올게."

제혁은 의자 등받이에 걸어두었던 재킷을 걸쳐 입었다. 부스 밖으로 나오자, 벤치에 앉아 하이힐을 벗는 지은이 눈에 들어왔다. 오랫동안 서 있었으니 다리가 아플 만도 하겠다고 생각했지만, 그렇다고 그녀의 편의를 봐줄 마음은 없었다. 제혁은 그대로 벤치 앞을 성큼성큼 지나갔다.

지은은 허겁지겁 다시 하이힐을 신고 제혁의 뒤를 따랐다. 그녀가 따라오건 말건 제혁은 박람회장 안을 돌아다녔다. 곧 나가떨어질 줄 알았는데, 지은은 생각했던 것보다 끈질겼다.

한 시간이 넘도록 계속 따라오자, 제혁은 카탈로그를 훑어보는 척 걸음을 늦추며 슬쩍 뒤를 돌아보았다. 지은은 손을 가슴에 대고 지친 듯 가쁜 숨을 몰아쉬고 있었다. 혀를 내밀고 헐떡거리는 모습과 뽀글거리는 머리카락을 보니, 문득 해수가 키우던 푸들이 떠올랐다.

─몰리는 네가 좋은가 봐. 너만 보면 이렇게 난리다.

해수는 제혁에게 가겠다고 몸부림치는 몰리를 껴안고 키득거렸었다. 추억이란 한 번 떠오르면 꼬리에 꼬리를 물고 떠오르는 법이다. 제때 끊어버리지 못하면 제법 오래도록 괴롭힐 것이다. 제혁이 걸음의 속도를 올리자, 아픈 추억이 옅게 흩어지기 시작했다.

하지만 그런 그를 뒤쫓는 지은은 죽을 맛이었다.

"헉, 헉."

지은은 제혁을 뒤따르며 벅찬 숨을 몰아쉬었다. 다리가 후들거려 당장에라도 쓰러질 것 같았다.

앞으로 2시간은 더 개고생해야 하는데…….

확, 포기하고 싶었지만, 그랬다간 수백 마리의 불쌍한 유기견이 안락사 당할지도 모른다. 상상하는 것만으로도 불쌍한 마음에 눈물이 핑 돌았다.

그래서였을까, 지은은 앞에 가던 관람객이 우뚝 멈춰 섰다는 사실을 알아차리지 못했다.

"앗!"

앞으로 나가는 탄성에 의해 그만 관람객과 부딪쳐버렸다. 평소라면 균형을 잡았겠지만, 지금 그녀는 몹시 지친 상태였다.

실 끊어진 인형처럼 몸이 흔들리는 순간, 어디선가 튀어나온 손이 그녀의 어깨를 움켜쥐었다.

"……아."

단단한 가슴팍에 얼굴을 묻자, 강렬한 체취가 코끝에 훅 느껴졌다.

시원한 향과 어우러진 남성적인 체취? 왠지 익숙한?

"헉!"

향기의 주인을 깨달은 지은은 재빨리 뒤로 물러섰다. 고개를 들자, 싸늘한 눈동자가 그녀를 내려다보고 있었다.

"이제 그만 따라다녔으면 싶은데…… 지금 여기서 뭐 하는 겁니까?"

그녀에게 한 질문이었지만, 사실 제혁은 그 자신에게 물어보고 싶었다. 쓰러지려는 지은을 보는 순간, 손이 자동으로 앞으로 나갔다. 그녀가 넘어지든 말든 상관없는 일인데……. 그러나 깊게 생각하고 싶진 않았다. 곤경에 처한 모습을 보고 지나칠 수 없었을 뿐이다.

"그쪽, 스토커입니까?"

"스토커요?"

지은은 기분이 상한 듯 아랫입술을 내밀었다. 몰래 따라다닌 것은 맞지만, 스토커는 아니다. 사람을 뭘로 보고!

"뭔가 오해하셨나 본데, 우연이에요. 저도 여기에 볼일이 있거든요."

지은은 뽀로통한 얼굴로 시치미를 뗐다.

"자료 조사 중이었어요. 카탈로그 번역 일을 맡고 있어서."

지은은 박람회를 돌며 이것저것 모은 카탈로그를 제혁에게 들이밀었다. 새빨간 거짓말은 아니었다. 그녀는 정말로 해외 박람회 카탈로그 번역을 하고 있었다. 앱 개발과는 거리가 먼 국제 의류 패션 박람회이지만.

"그렇습니까? 참 대단한 우연이군요. 촬영장에서 대화를 엿들은 것도, 다른 사람으로 착각해서 내게 고백한 것도, 맞선 상대로 나온 것도, 그리고 여기서 부딪친 것도 모두 우연이군요."

듣고 보니 이상하긴 했다. '사실대로 말하고 도와달라고 할까?' 하는 생각을 안 해본 건 아니었지만, 좋아한다 고백하는 여자를 정나미 떨어지게 물리치는 것으로 봐선 어림도 없을 것이다.

"그쪽이 어떻게 생각하든 상관 안 해요. 번역 일 때문에 여기 왔으니까."

세계 각국을 돌며 성장한 덕분에 지은은 다양한 언어에 능통했다. 재능을 살려 통·번역 대학원을 졸업한 후, 지금은 프리랜서로 활동 중이었다. 영어는 동시통역 자격이 있었고, 불어, 독어, 일어는 원어민처럼, 러시아어, 스페인어, 중국어는 사전 없이 일상 대화가 가능했다. 하지만 맞선 주선자는 그런 경력은 쏙 빼버리고 SB그룹 상속녀라고만 지은을 소개했다.

"실장님."

그때 김 대리가 다급한 얼굴로 제혁에게 다가왔다. 그제야 지은은 박람회장을 한 바퀴 삥 돌아서 어느새 NOF 부스로 돌아왔다는 사실을 깨달았다.

"스콜코보 측에서 연락이 왔는데, 지금 이곳으로 오는 중이랍니다."

제혁의 표정이 곤혹스럽게 일그러졌다.

"미팅은 내일이잖아."

"네. 그랬는데 갑자기 일정을 앞당기게 됐답니다."

"지금 러시아어를 할 수 있는 직원 있어?"

"급하게 통역사에게 연락했습니다. 지금 바로 출발하겠답니다. 한 30분쯤 걸릴 거랍니다."

러시아어? 둘의 대화를 듣던 지은의 귀가 쫑긋 세워졌다.

잠시 후, 스콜코보에서 온 러시아 일행이 부스에 도착했다.

"Добрый день!"

책임자로 보이는 금발 머리의 중년 남성이 제혁에게 다가와 손을 내밀었다. 제혁의 눈꼬리가 살며시 위로 올라갔다. 그러나 곧 평정을 되찾은 얼굴로 손을 내밀었다.

"Здравствуйте, Как поживаете?"

그의 러시아 실력은 간단한 인사말, 딱 거기까지였다.

"Я хорошо, спасибо. Извиняюсь за неудобства……."

상대는 제혁이 러시아어를 할 수 있다고 오해했는지 속사포처럼 말을 쏟아냈다. 제혁의 눈꼬리가 다시금 위로 말려 올라갔다. 반대로 옆에서 상황을 지켜보는 지은의 눈은 기쁨으로 커다래졌다. 이런 걸 보고 하늘은 스스로 돕는 자를 돕는다고 하나 보다!

"*Я рад видеть вас.*"

지은은 앞으로 나서며 러시아 말로 유창하게 인사했다. 제혁이 놀란 듯 바라보자, 그녀가 재빨리 설명했다.

"간단한 대화 정도는 할 수 있어요."

지은을 믿는 건 아니었지만, 통역사가 올 때까진 별다른 방법이 없었다. 제혁은 수락의 의미로 가볍게 고개를 끄덕였다.

"*Позвольте мне объяснить вам, что на самом деле⋯⋯.*"

이내 지은의 입에서 자연스러운 러시아어가 흘러나왔다. 순차 통역으로 서로의 말을 전하고 30분쯤 지나자, 통역사가 부스 안으로 헐레벌떡 뛰어 들어왔다. 지은은 자연스럽게 통역사에게 통역을 맡기고 슬그머니 뒤로 물러났다.

벽에 걸린 시계의 바늘은 5시 45분을 가리키고 있었다. 조금만 더 버티면 된다. 순간 긴장이 풀려서인지 눈앞이 아득해졌다. 무설탕 요거트와 자몽 반쪽이 아침의 전부였고 점심도 건너뛰었으니 어지러울 만도 했다. 아니면 온종일 하이힐을 신고 뛰어다녀서 체력이 바닥났던지⋯⋯.

찬 바람이라도 쐬지 않으면 큰일 나겠다는 생각에 지은은 서둘러 밖으로 향했다. 건물 밖으로 나오자, 한풀 꺾인 햇빛이 붉은빛으로 주위에 흩어지고 있었다.

"신지은 씨?"

뒤를 돌아보자 제혁이 그녀를 향해 걸어오고 있었다.

"오늘 고마웠습니다. 감사의 뜻으로 식사라도 대접하고 싶군요.”

지은은 대답을 하는 대신 붉게 물든 해로 눈을 돌렸다. 절대로 떨어지지 않을 것 같은 해가 뉘엿뉘엿 넘어가고 있었다. 신데렐라는 12시 종이 ‘땡!’ 울린 후 다시 초라한 모습으로 변했다지만, 그녀는 달랐다. 해가 떨어지자, 지금까지 억눌렸던 자존심이 되살아났다.

“말씀은 고맙지만 사양할게요. 처음 본 남자와는 불편해서 밥이 목구멍으로 안 넘어가거든요.”

지은은 꼿꼿이 허리를 세우고 한껏 도도한 표정으로 제혁을 바라보았다. 급작스럽게 돌변한 지은의 태도에 제혁은 눈을 가늘게 모았다.

“그럼 이만 바빠서.”

지은은 제혁이 했던 말을 그대로 따라한 후, 그에게서 휙 등을 돌렸다.

뭐지? 제혁은 아주 잠시, 다른 여자를 지은으로 착각한 건 아닐까 의심해보았다.

지은은 또각또각 하이힐 소리를 내며 빠르게 멀어져갔다.

제혁의 주위로 어둠이 서서히 내리기 시작했다.

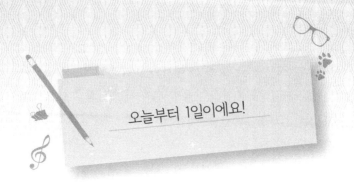

오늘부터 1일이에요!

—불편해서 밥이 목구멍으로 안 넘어가거든요.

회의 자료를 훑어보던 제혁은 불현듯 지은을 떠올렸다. 잊을 만하면 문득문득 생각이 났다. 제혁은 두 손으로 뒤통수를 감싸며 의자 등받이에 몸을 기대었다.

지은과 선을 본 지 어느덧 일주일이 지나가고 있었다. 지금까지 여러 명의 여자와 선을 봤지만, 그녀 같은 강렬한 인상의 맞선녀는 없었다.

제혁은 한 손으로 턱을 괴고 뚫어지듯 모니터를 응시했다. 별안간 지은이 떠오른 이유는 올리비아와 함께 찍은 광고 사진 때문일 것이다. 모니터 안에서 뽀글뽀글한 갈색 푸들이 커다란 눈동자를 반짝이고 있었다. 어느새 올리비아의 눈동자에 지은의 눈동자가 겹쳐졌다. 꽤 커다랗고 동그란 눈동자였는데……. 좋아한다는 남자에게 고백은 했을까?

"무슨 생각을 그렇게 골똘히 해?"

문이 벌컥 열리고 경민이 사무실 안으로 들어왔다. 제혁은 못마땅한 눈초리로 경민을 노려보았다.

"노크 좀 할 수 없습니까?"

"분명히 두 번이나 노크했다. 네가 못 들은 거야."

강 팀장이 퇴사한 이후, 경민은 시도 때도 없이 제혁의 사무실로 들이닥쳤다.

"강 팀장 대신할 사람 찾았어?"

"쌍우 직원을 왜 나보고 찾아내라고 합니까?"

얼마 전부터 경민은 강 팀장을 대신할 인재를 찾아오라고 성화를 부렸다.

─네가 벌인 일, 네가 책임지고 처리해!

─강 팀장이 회사 그만둔 게, 왜 내 책임입니까?

─너에게 실연당했잖아. 안 받아줄 거면 내가 처음부터 틈 주지 말라고 했지.

늦바람이 무섭다고, 서른이 훌쩍 넘은 나이에 처음 해보는 사랑이라서 그런가? 그 후유증은 실로 어마어마했다. 강 팀장이 사표를 내고 얼마 지나지 않아, 경민의 입지는 회사 내에서 크게 흔들렸다. 오른팔을 잃어버린 경민을 경쟁자들이 가만히 놔둘 리가 없었다.

"강 팀장 후임을 뽑을 때까지, 그쪽 업무도 네가 맡아서 해."

제혁은 골치 아픈 얼굴로 이마를 짚었다.

"앱 개발 운영하기도 바쁜데 지금."

"아예 안 바쁘게 해줄까? 지금 진행하는 프로젝트, 당장 캔슬하고 다른 업체와 할 수도 있어. 프로젝트 엎어버리고 업체 바꾸는 거, 내겐 일도 아니야."

"지금 협박하는 겁니까?"

"협박이라기보단 강력한 제안이라고 해두자."

경민은 달래는 말투로 바꾸며 책상에 엉덩이를 걸치고 앉았다.

"이번 프로젝트가 얼마나 중요한지 알지? 이걸 성공해야만 내 위치가 굳건해져."

삼 형제 중 막내로 태어났지만, 경민은 첫째와 둘째를 제치고 쌍우그룹의 유력한 후계자 후보 자리를 거머쥐었다. 그러나 유력한 후계자 후보일 뿐 확정은 아니었다. 그렇기에 경민은 이번 프로젝트를 성공시킴으로써 후계자 경쟁에 쐐기를 박을 셈이었다.

그런데 제혁 때문에 자꾸만 차질이 생겼다. 능력이 부족해서는 결코 아니었다. 차고 넘치는 수컷의 매력 때문이었다. 제혁에게 빠져서 허우적대는 직원이 끊이지 않고 생겨났다. 그러나 그의 마음을 얻어낸 이는 아무도 없었다. 고백도 못하고 혼자 끙끙 앓다가 상사병으로 병가를 내는 직원도 있었다.

그로 인해 TF팀 여자 멤버가 연이어 바뀌게 되었다. 보다 못한 경민은 자신의 오른팔인 강선아 팀장을 TF팀에 긴급 투입

했다. 그런데 굳게 믿었던 강 팀장마저 제혁의 매력에 홀러덩 넘어갔다. 경민으로서는 미치고 팔짝 뛸 일이었다.

"벌써 이렇게 됐나? 중역 회의 들어갈 시간이군."

손목시계로 시각을 확인한 경민은 서둘러 책상에서 몸을 일으켰다.

"그러니까 내가 하려던 말은……."

사무실을 나서던 경민은 문을 연 채로 제혁을 향해 고개를 돌렸다.

"앞으로 여직원에겐 눈길도 주지 마."

제혁이 기가 막힌다는 듯 웃자, 경민은 심각한 얼굴로 덧붙였다.

"농담 아니다. 강 팀장이 마지막이야. 더는 내 부하 홀리지 마."

제혁이 뭐라고 반박하기 전에 경민은 '쾅' 문을 닫아버렸다.

마지막 문장 번역을 마치고 저장 버튼을 누르려는데, 따라라라라― 요란한 벨 소리가 울려 퍼졌다.

[지은 씨, 느닷없이 부탁해서 미안한데, 국제 행사 통역해줄 수 있어?]

'여보세요.' 하기도 전에 통역 에이전시 설송이 과장의 다급한 목소리가 스피커에서 흘러나왔다.

"국제 행사요?"

[응. 영어 통역만 필요한 줄 알았는데, 영어보다 불어, 독어가 편한 인사가 꽤 있나 봐. 다국어 통역이 필요한데, 그렇게 할 수 있는 사람, 지은 씨밖에 없잖아.]

"몇 시까지 가면 돼요?"

[한 시간 내로 올 수 있겠어?]

"알았어요."

[대부분 패션 관계자라서 통역사가 자기보다 눈에 띄면 기분 나빠 할 거야. 최대한 무난한 차림으로 와. 알았지?]

최대한 무난한 차림이란 무채색 계통의 정장을 입고 머리카락은 하나로 단정하게 묶으라는 뜻이다. 지은은 저장한 파일을 이메일로 보내고는 준비를 위해 빠르게 자리에서 일어났다.

국제 행사 무대는 다양한 국적을 가진 패션 관계자로 가득했다. 그들은 마이크를 돌려가며 행사에 참여한 관람객에게 무작위로 질문을 받는 중이었다.

"대단하군!"

질문을 경청하던 경민의 입에서 감탄사가 흘러나왔다. 대부분의 관람객은 모르고 지나치는 부분에서 경민은 크게 감동을 받았다.

"도대체⋯⋯."

경민은 무대 끝자리에 서 있는 통역사를 경외의 눈빛으로 바라보았다. 다국적 초청 인사들 입에선 영어, 불어, 독어는 물론, 가끔 스페인어와 러시아어 등이 불쑥 튀어나왔다. 그럴 경우 영어만 통역하고 다른 언어는 슬쩍 넘어가기 마련인데, 통역사는 전혀 당황하지 않고 전부 통역했다.

"상무님, 지금 여기서 뭐 하십니까?"

넋을 잃고 무대를 바라보는 경민 옆으로 제혁이 다가왔다.

"도중에 갑자기 사라지면 어떡해요?"

경민은 대답 대신 흥분한 얼굴로 무대를 가리켰다.

"방금 통역하는 거, 들었어? 저 통역사 좀 보라고."

제혁은 무심한 표정으로 무대를 힐끗 쳐다보았다. 두 사람이 서 있는 곳에서 무대까지는 제법 거리가 멀어, 통역사의 정확한 이목구비는 볼 수 없었다.

"우리 행사는 맞은편인데 왜 여기에 계십니까?"

"지나가다가 하도 신기해서 잠시 들어와봤어. 그러니까 저 통역사가 말이지⋯⋯."

"왜요? 전담 통역사라도 뽑게요?"

제혁의 말에 경민의 눈이 커다래졌다.

"그래. 그러면 되겠네. 스카우트할까?"

"그러시든지. 전 다시 돌아가봐야 하니까, 이따 회사에서 뵙죠."

"어어, 그래."

제혁이 행사장을 걸어나가자, 경민은 다시 무대로 시선을 돌렸다. 그새 모든 행사가 끝났는지 패션 관계자와 통역사가 무대를 내려가고 있었다. 경민은 혹시라도 놓칠까, 서둘러 무대로 걸음을 옮겼다. 경민이 무대에 거의 다다랐을 때쯤 통역을 끝낸 지은에게 행사 책임자가 다가왔다.

"신 통역사님이 아니었으면 어쩔 뻔했나 몰라요. 정말 감사합니다. 역시 설 과장님이 적극 추천할 만해요."

"별말씀을요."

"하여간 다시 한 번 고마워요."

행사 책임자가 다른 쪽으로 가고서야, 지은은 헤드셋을 벗으며 안도의 숨을 내쉬었다. 아무리 원어민처럼 언어를 구사한다 해도 영어, 불어, 독어를 한꺼번에 섞어서 통역하는 건 쉬운 일이 아니었다. 가뜩이나 밤샘 작업하느라 잠이 모자란 상태에서 말이다. 비집고 나오려는 하품을 참으려 손을 입으로 가져가는데, 뒤에서 굵직한 남자의 목소리가 들렸다.

"잠시만 실례하겠습니다."

뒤돌아보자, 30대 후반쯤으로 보이는 남자가 혼자 서 있었다. 상대는 한눈에 보기에도 호감이 갈 만큼 온화한 인상이었지만, 눈빛은 상대를 꿰뚫을 것같이 날카로웠다.

낯선 남자의 눈빛에서 지은은 불현듯 제혁의 강렬한 눈빛을 떠올렸다. 진짜 피곤한가 보네. 왜 난데없이 그 싸가지 없는 남자가 생각나지?

"공경민이라고 합니다."

경민은 부드럽게 웃으며 자신의 명함을 내밀었다.

"시간 나면 연락 주세요. 일 관계로 긴히 드릴 말씀이 있습니다."

"그런 거라면 여기로 연락해주세요."

지은은 가방에서 설송이 과장의 명함을 꺼내 경민에게 건넸다. 될 수 있으면 고객과의 사적인 접촉을 피하고자, 그녀 대신 에이전시에서 모든 것을 처리했다.

"그럼 이리로 연락하겠습니다."

경민은 지은이 건넨 명함을 받고 순순히 물러섰다. 지은은 경민이 눈앞에서 사라지고서야 그가 준 명함을 들여다보았다. 세련된 고급 명함에는 '쌍우그룹 공경민 상무'라고 적혀 있었다. 쌍우그룹이라면 재계 10위 안에 드는 대기업인데…….

SB그룹의 규모도 만만치 않지만, 쌍우그룹과 비교하면 동네 가게 수준에 불과했다. 그런 쌍우그룹의 상무가 직접 명함을 주고 갔다면, 조만간 제법 굵직한 작업이 들어오는 건가?

보수가 크면 클수록 더 많은 돈을 유기견 센터에 기부할 수 있다. 얼마나 주려나? 지은은 머릿속으로 보수를 계산하며 주차장으로 향했다.

"어?"

차로 다가가던 그녀는 잠시 걸음을 멈추고 주위를 둘러보았다. 방금 이상한 소리를 들은 것 같은데…….

"아……으옹."

아기 울음소리 같은 희미한 소리가 주차장 저 너머에서 또

렷하게 들려왔다. 지은은 울음소리를 따라 조심스럽게 걸음을 옮겼다.

"야옹, 야옹."

고양이 울음소리가 분명했다.

도대체 어디서 나는 거지?

주차장 구석구석을 헤매던 지은은 이윽고 소리의 근원지를 발견하고 걸음을 멈췄다. 울음소리는 구석에 주차된 고급 세단 밑에서 흘러나오고 있었다. 지은은 바닥에 바짝 엎드려 차 바닥을 살펴보았다.

"도대체 어디지?"

온몸에 시꺼먼 먼지가 묻었지만 지은은 전혀 아랑곳하지 않고 울음소리에만 집중했다.

"야옹, 야옹."

소리는 보닛 안에서 흘러나오고 있었다. 보닛을 툭툭 두들겼지만, 울기만 할 뿐 고양이는 도통 밖으로 나오려 하지 않았다.

혹시 안에 갇혔나?

차 내부로 깊숙이 들어간 고양이가 못 빠져나오는 경우도 종종 있었기에 동물 보호 연대에 구조를 요청하려고 휴대폰을 꺼내는데 어디선가 익숙한 목소리가 들렸다.

"지금 내 차에서 뭐 하는 겁니까?"

지은은 휴대폰을 들고 휙 고개를 돌렸다. 옆에는 제혁이 미간을 잔뜩 찌푸린 채 서 있었다.

어라? 이게 이 남자 차였어?

하지만 지금 중요한 건 그게 아니었다. 지은은 심각한 얼굴로 제혁에게 다가섰다.

"엔진룸에 고양이가 갇힌 것 같아요."

"야아옹."

동시에 구슬픈 새끼 고양이의 울음소리가 흘러나왔다. 제혁은 입을 꽉 다문 채, 자신의 차와 지은을 번갈아 바라보았다.

난데없이 고양이라니?

빽ㅡ. 빽ㅡ. 빽ㅡ. 경적을 울렸지만, 아무리 울려도 고양이는 나오지 않았다. 보닛을 열어보니, 엔진룸 구석에 주먹보다도 작은 새끼 고양이가 웅크리고 있었다.

"시동 걸면 고양이가 죽을 수도 있어요."

지은이 옆으로 다가오며 말했다. 그제야 제혁은 그녀가 선봤을 때와는 180도 다른 모습이라는 것을 깨달았다. 사무적인 검은 정장에 하나로 묶은 머리는 제멋대로 헝클어져 있었고, 코끝과 뺨에는 시커먼 먼지가 달라붙어 있었다.

"동물 연대에 연락할게요. 구조하러 올 동안 기다려줄 수 있나요?"

제혁은 답답한 듯 넥타이를 느슨하게 풀었다.

"좋아요. 딱 한 시간."

허락이 떨어지는 동시에 지은은 서둘러 전화번호를 눌렀다.

"여보세요? 정 쌤? 저, 지은이에요. ……고양이가 엔진룸에 갇혔거든요. ……네. 문자로 위치 알려드릴게요."

그녀가 통화를 끝내자, 제혁은 그녀에게 손수건을 내밀었다. 지은이 의아한 듯 콧잔등에 주름을 잡자, 그는 고갯짓으로 사이드미러를 가리켰다.

"어머!"

자신의 망가진 꼴을 확인한 지은은 서둘러 얼굴에 묻은 먼지를 닦아내고 산발이 된 머리를 매만졌다.

"고마워요."

제혁은 어깨를 으쓱할 뿐 아무 말도 하지 않았다. 얼마 지나지 않아, 동물 보호 연대 팀이 주차장에 도착했다.

"정 쌤, 여기예요."

우빈을 본 지은의 얼굴에 환한 미소가 떠올랐다.

"어딥니까?"

지은의 안내로 차에 다가온 우빈은 제혁을 단번에 알아보았다.

"민제혁 실장님이 여기엔 어쩐 일로?"

"고양이가 들어간 차가 불행하게도 제 차라서요."

"아, 그렇군요. 협조해주셔서 감사합니다. 빨리 구조하도록 하죠."

구조 작업은 신속하게 진행되었다. 구조 팀의 유인 작전으로 엔진룸에서 빠져나온 새끼 고양이는 곧바로 우빈의 손에 넘겨졌다. 그는 능숙한 솜씨로 피 흘리는 고양이의 다리를 소독하고 붕대를 감았다.

"날카로운 모서리에 베인 것 같아요. 깊은 상처는 아니니까 괜찮을 겁니다."

"고마워요, 정 쌤."

"아닙니다. 제가 더 고맙죠."

지은과 우빈을 지켜보는 제혁의 입에서 피식 실소가 흘러나왔다. 우빈을 바라보는 지은의 두 눈에서 꿀이 뚝뚝 떨어지고 있었기 때문이었다. '당신을 좋아해요!'라는 감정이 얼굴에 그대로 드러났지만, 정작 당사자인 우빈은 알지 못하는 것 같았다.

이거, 재밌는데!

그제야 제혁은 왜 그날 지은이 자신을 다른 사람으로 착각했는지 알 것 같았다. 그날 우빈이 대역을 위해 그와 같은 의상을 입고 있었으니 뒷모습만 봐선 헷갈렸을 수도 있겠지.

그렇다면 원래 고백할 상대가 수의사 선생이었다는 건가?

조금은 의외이면서 흥미로웠다. 제혁은 팔짱을 끼고 우빈 앞에서 얌전한 고양이가 되는 지은을 지켜보았다.

고양이 구조가 끝나자 지은은 짤막하게 고맙다는 인사를 던지고는 마치 처음부터 자리에 없었던 것처럼 빠르게 사라졌다. 그런 그녀와 달리 제혁은 집에 돌아와서도 우빈 앞에서 쩔쩔매던 지은의 모습을 떠올렸다. 마냥 뻣뻣하던 여자가 어쩔 줄 몰라 하는 모습이 재밌게 느껴져서일 것이다.

느슨하게 넥타이를 풀어헤친 제혁은 재킷과 와이셔츠를 벗어 아무렇게나 침대에 던져버렸다. 그리고 뒤를 돌아 거울에 벗은 몸을 비처보았다.

등 가운데 허리 부근에 자리 잡은 문신이 한눈에 들어왔다. 쪼개진 하트 위에 천사 날개가 솟은 형상으로, 테두리에는 'Broken Wings'라고 새겨 있었다.

―어, 어, 조심해야지. 그러다 보이겠다.

당황해하던 경민의 얼굴이 떠오르자, 피식 웃음이 흘러나왔다. 그날 경민이 재빨리 재킷으로 가려주지 않았다면 타인의 시선에 노출됐을 것이다.

옷을 갈아입은 제혁은 침실과 이어진 문을 말없이 바라보았다. 오랜만에 즐기는 것도 나쁘진 않을 것이다. 그는 침대로 걸어가 매트리스 사이에 숨겨둔 열쇠를 집어 들었다.

달칵―. 잠긴 문이 열리고 제혁은 불 꺼진 방에 발을 들여놓았다.

한 달 후.

"안녕하세요."

맞선남에게 인사하고 막 자리에 앉으려는데 지은의 눈에 라운지 안으로 들어서는 제혁의 모습이 들어왔다. 지은은 믿을 수 없다는 듯 살며시 눈살을 찌푸렸다. 어찌 된 일인지, 지은과 제혁은 고양이 사건 이후, 매주 맞선 장소에서 부딪쳤다.

첫 번째 마주쳤을 때는 '왜 하필 당신도 여기서 선을 보는 거야?' 하며 짜증이 밀려왔다. 두 번째, 세 번째 부딪쳤을 땐, '얼마나 할 일이 없으면 한 주도 빠짐없이 선을 보러 나올까?' 하는 생각에 조금은 안쓰러웠다. 그리고 오늘이 네 번째였다. 이 무슨 말도 안 되는 우연이람!

제혁도 지은을 발견하고 지그시 미간을 찌푸렸다. 그러나 곧 평정을 되찾고 빠르게 지은을 지나쳐 뒤에 있는 테이블에 자리를 잡았다. 잠시 후, 제혁의 맞선녀도 모습을 드러냈다.

얼마나 지났을까, 서로의 맞선 상대가 양해를 구하고 잠시 자리를 비웠다. 두 사람이 라운지를 걸어나가자, 지은과 제혁은 동시에 뒤를 돌아보았다.

"왜 하필 바로 내 뒤에 앉는 거죠?"

"빈자리가 여기밖에 없더군요."

지은이 뽀로통하게 묻자, 제혁이 시큰둥하게 대답했다.

"여유가 많으신가 봐요? 무슨 선을 그렇게 자주 봐요?"

"그러는 그쪽은 좋아하는 남자에게 고백 안 하고, 왜 선보러 다닙니까? 절절하게 고백했던 것으로 기억하는데……."

제혁의 놀리는 말투에 지은은 살짝 언성을 높였다.

"절절한 고백 아니거든요. 그보단 담백한 고백……. 아니, 내가 지금 뭐라는 거야."

지은은 교묘한 말장난에 말려들었다는 사실을 깨닫고 황급히 입을 다물었다. 그리고 잠시 마음을 가다듬은 후, 차분한 목소리로 말을 이었다.

"나는 지금…… 피치 못할 사정 때문에 선을 보고 있는 거예요."

"나도 크게 다르진 않습니다."

"좋아요. 그럼 서로에게 신경 끄도록 하죠."

"그럽시다."

말이 끝나기 무섭게 지은은 자세를 바로잡으며 다시 앞으로 고개를 돌렸다. 부글부글 끓는 속을 진정하느라 어떻게 선을 봤는지도 모르겠다.

다음 날, 센터에 봉사 간 지은은 이 믿을 수 없는 상황을 도경에게 털어놓았다.

"하하하, 그게 정말이야?"

유기견의 털을 빗질하던 도경은 지은의 말에 웃음을 터뜨렸다.

"뭐가 그렇게 웃겨?"

지은은 원망스러운 눈으로 도경을 흘겨보았다.

"그 남자랑 계속 부딪친다며?"

"그게 웃을 일이야?"

지은의 얼굴이 일그러지면 일그러질수록 도경의 얼굴은 얄미울 정도로 밝아졌다.

"잘 생각해봐. 어쩌면 정 쌤이 아니라 그 남자가 네 운명의 상대일지도 몰라. 그게 아니라면 이 넓고 넓은 서울에서 그렇게 자주 부딪치는 걸 어떻게 설명할 건데?"

지은이 우빈에게 빠진 이유 중 하나도 연속적으로 반복되는 우연한 만남 때문이었다. 사고 난 유기 묘를 구조하다 우빈을 처음 만났고, 동물 보호소를 방문했다가 무료 진료하는 우빈을 다시 만났다.

그 후 도경의 반려견을 데리고 동물 병원에 갔다가 원장으로 있는 우빈과 또다시 재회했다. 물론 그게 아니더라도 자상하고 따뜻한 우빈의 인간성에 홀딱 반했을 테지만…….

그런데 뭐? 정우빈이 아니라, 민제혁이 운명의 상대일지도 모른다고? 절대로 아니거든!

"우선 서울 시내에 선볼 만한 특급 호텔은 그리 많지 않고, 그 남자나 나나, 거의 매주 선을 보니까 부딪치게 되는 거야. 운명이라서 그런 게 아니라."

"……듣고 보니 그렇긴 한데……."

지은에게 설득당한 듯 도경이 고개를 끄덕였다.

"이번 일요일에도 그 남자와 부딪친다면 그건 빼박 운명이 아닐까?"

"언니!"

"아니면 말고. 왜 가위는 들고 그러니?"

지은이 테이블에 놓인 그루밍 가위를 움켜쥐자, 도경은 유기견을 끌어안고 허겁지겁 방을 뛰어나갔다. 문이 닫히자, 지은은 지친 얼굴로 털썩 의자에 주저앉았다.

─나는 지금…… 피치 못할 사정 때문에 선을 보고 있는 거예요.

—나도 크게 다르진 않습니다.

　한 주 내내, 지은은 시간이 날 때마다 제혁과의 대화를 곱씹어보았다. 그도 사정이 있어서 선을 보는 걸까? 그렇다면 그 남자나 나나, 딱한 신세이긴 한데……

　곰곰이 생각하니, 왠지 모르게 공감대가 형성되는 것도 같았다. 하지만 그래서 뭐, 억지로 선보는 사람이 대한민국에 우리밖에 없는 것도 아니고.

　지은은 상념을 떨치려는 듯 세차게 고개를 흔들었다.

　"아직도 오네."

　지은은 찌뿌둥한 하늘로 시선을 돌렸다. 아침부터 내린 비는 갈수록 빗줄기가 굵어지고 있었다. 비 오는 날, 운전하는 걸 꺼려서 택시를 타고 왔는데 20분 안에 끝낼 줄 알았으면 그냥 차 끌고 나올 걸 그랬다. 기도가 통했는지 오늘 그녀는 제혁과 마주치지 않았다.

　맞선남은 집안도 좋고, 대한민국 최고 대학을 졸업했으며, 사법시험과 행정고시, 외무고시에 합격한 '고시 3관왕'이었다. 신 회장의 기준으론 최고의 사윗감이었을 것이다.

　하지만 아무리 학벌, 집안이 좋고 능력이 좋으면 뭘 하나? 인간성이 밑바닥인걸.

―나와 결혼하게 되면 지금 하는 일 다 그만둬요. 내 여자
가 통역한답시고 다른 놈 옆에 있는 거 불쾌하니까.

'고시 3관왕'의 입에서 흘러나온 무례한 말에 지은은 자리
를 박차고 일어났다.

―안 되겠네요. 난 결혼해도 계속해서 일할 거라.

"날 언제 봤다고 '내 여자'래? 아후, 소름 돋아."
지은은 진저리를 치며 양팔을 박박 문질렀다. 그때 은색의
고급 세단이 그녀의 앞에 멈춰 섰다. 이어서 조수석 유리창이
내려가고 운전석에 앉은 제혁이 모습을 드러냈다.
"타요."
"언제는 모르는 사람 차에 쉽게 탈 수 있냐면서요?"
지은은 퉁명스럽게 내뱉고 홱 고개를 돌려버렸다.
"이젠 모르는 사람이라고 하긴 그렇죠. 오늘 같은 날은 택시
잡기 어려우니까 타요."
제혁의 말대로 교통 체증이 심해서인지 택시는 한 대도 보이
지 않았다.
"됐어요."
매몰차게 거절하고 지하철이라도 탈 작정으로 발을 내디뎠
지만, 갑자기 앞이 보이지 않을 만큼 거센 폭우가 쏟아져 내렸
다. 결국 지은은 할 수 없이 제혁의 차에 올라타 안전벨트를

채웠다.

"그러면 지하철역까지만 부탁해요."

"그러죠."

제혁은 픽 웃으며 가속 페달에 발을 올려놓았다.

쏟아진 폭우 때문에 시내 곳곳이 침수돼 극심한 교통 체증이 빚어지고 있었다. 드르륵―. 드르륵―. 차 유리창을 바쁘게 닦아내는 와이퍼 소리만이 정적을 깨뜨렸다.

"많이 막히는군."

제혁은 차량으로 가득한 혼잡한 도로를 바라보며 체념한 듯 중얼거렸다.

이렇게 막힐 줄 알았으면 태우지 말 걸 그랬나?

아니, 그래도 태웠을 것이다. 평소와 달리, 오늘 지은은 그가 바로 뒤에 있다는 사실도 모를 만큼 감정이 격해 있었다.

맞선남의 인성이 바닥이긴 했지만, 그렇게까지 흥분할 필요는 없었을 텐데…….

한 달 내내 쉬지 않고 계속 선을 봤으니 지쳤을 만도 했다. 그 자신도 선보는 날이면 눈 뜨자마자 한숨부터 나왔으니까.

오늘은 안 마주치는 게 좋을 것 같아서 먼저 일어났는데, 호텔 앞에서 택시를 잡는 지은을 발견했고, 동병상련을 느껴서인지 제혁은 자동으로 그녀 앞에 차를 세웠다.

"어차피 차도 막히는데……."

출발 신호를 기다리던 제혁이 불현듯 지은에게로 고개를 돌리며 말했다.

"잠시 쉬었다 가죠."

얼마쯤 지난 후…….

지은과 제혁은 각자 위스키 잔을 앞에 두고 칵테일 바에 자리를 잡았다. 원래는 커피를 마실까 했지만, 차를 주차하고 나니 이미 주위가 어두워져 있었다. 비도 오고 어둠도 내리니 커피보단 술이 끌렸다. 결국 두 사람은 칵테일 바에 앉아 가볍게 한잔 하기로 했다.

"어떨 때는 숨이 탁 막히는 것 같아요."

처음에는 묵묵히 술만 마셨지만, 약간 취기가 오르자 지은은 쌓였던 불만을 쏟아냈다.

"한 번은 선보다가 기절해버릴까, 했어요."

제혁은 피식 웃으며 위스키를 한 모금 삼켰다.

"그 정도로 싫은 거라면 그만두지 그래요."

"후우, 그건 안 돼요."

지은의 입에서 긴 한숨이 흘러나왔다.

"나는 그렇다고 치고 그러는 그쪽은요? 왜 선을 보는 거죠?"

"……그건."

제혁은 위스키를 한 모금 들이켠 후, 말을 이어나갔다.

"설명하기가 좀 복잡합니다. 누군가에게 희망을 주기 위해 내가 조금 희생하는 거라고 해두죠."

잠자코 귀를 기울이던 지은의 얼굴이 어두워졌다.

"웃겨요. 우리 모두, 본인 의지와는 상관없이 선을 보는 거잖아요. 결혼하는 건 우리인데……."

물론 싫다고 거부하면 신 회장도 그녀를 억지로 결혼시키지는 않을 것이다. 하지만 맞선은 계속 봐야겠지. '고시 3관왕' 이후에는 또 어떤 맞선남을 데려올까?

"이 부질없는 짝짓기가 언제까지 이어질지 모르겠어요. 사랑도 없이 배경만 따져서 결혼하는 건 끔찍하게 싫은데……."

지은은 상상하기도 싫다는 듯 고개를 내저었다.

"게다가 수의사 선생은 그쪽 마음을 전혀 몰라주고 있고."

"그러니까요……. 네에?"

아무 생각 없이 제혁의 말에 고개를 끄덕이던 지은의 눈이 갑자기 튀어나올 것처럼 커다래졌다.

"그때 고백하려던 남자, 정우빈 씨 맞죠?"

헉! 이 남자 뭐야? 그걸 어떻게 알았지? 지은의 동공이 지진을 일으켰다.

제혁은 다 안다는 듯이 픽 웃으며 위스키를 들이켰다. 있는 그대로 감정을 드러내면서 모를 거라고 생각하다니, 순진하군.

"좋아하는 남자에게 고백도 못 했는데 주말마다 선 자리에 끌려나가고. 음…… 엄청 스트레스 쌓이겠군."

모든 것을 꿰뚫어 보는 것 같은 제혁의 말에 지은은 꿀꺽 마른침을 삼켰다. 이 남자, 재수 없는 걸 떠나서 이젠 슬슬 무서워지려고 한다.

"그거야 물론……."

지은은 황급히 제혁의 시선을 피하며 말을 얼버무렸다. 제혁은 한 손으로 턱을 괴고 뚫어질 듯 위스키 잔을 내려다보는 지은에게 시선을 고정했다.

기분 탓인지 그녀와 자신이 같은 배를 탄 동지라는 생각이 들었다. 서로 다른 상대를 마음에 둔 채, 맞선 시장에 끌려 나온 희생양이랄까.

순간 그의 머릿속에서 엉뚱한 생각이 불쑥 떠올랐다. 생각은 안에 머무르지 않고 곧장 입 밖으로 흘러나왔다.

"이러면 어떨까요? 선볼 땐 몰랐는데 지나고 보니까, 내가 가장 괜찮다고 말하는 겁니다."

지은이 깜짝 놀란 얼굴로 제혁을 바라보았다.

"나도 지은 씨가 제일 마음에 들었다고 할 겁니다."

"그 말은……."

제혁의 눈을 빤히 들여다보며 그녀가 조심스럽게 물었다.

"품앗이하는 것처럼 서로 돕자는 말인가요?"

제혁은 대답 대신 가만히 고개를 끄덕였다.

"우선 반년 정도 교제하겠다고 해요. 그러면 그동안만큼은 자유로울 테니까."

지은은 잠시 고민에 빠졌다. 부모님을 속이긴 싫었지만, 귀가 솔깃해지는 제안이었다. 결혼할 마음이 전혀 없으면서 선을 보는 것 역시 상대를 기만하는 행위일 것이다.

제혁의 설명은 계속해서 이어졌다.

"슬슬 양가에서 결혼 말이 오가면, 그때 가서 헤어졌다고 하면 될 겁니다."

TV 드라마에 흔히 나오는 내용이었지만, 꽤 그럴싸했다.

"맞아요. 결혼 준비하다가 많이 헤어진대요. 우리도 결혼 문제로 싸우는 척하다 헤어지면 아무도 의심하지 않을 거예요."

"그럼 안전을 위해서 계약은 하고 시작하죠."

"무슨 계약이요?"

지은은 이해가 가지 않는다는 듯 고개를 갸우뚱거렸다.

"아무리 연기라고 해도 남녀가 주말마다 만나는 건, 위험해요. 그러다 한쪽에서 일방적으로 좋아하게 될 수도 있고."

"저는 그럴 일 절대로 없을 건데요."

지은이 단호한 얼굴로 대답했다. 그녀에게는 세상에서 가장 멋있는 우빈이 있으니까!

"왜요?"

빤히 쳐다보는 제혁의 시선을 느낀 지은은 눈살을 찌푸렸다. 그러다 곧 이유를 알았다는 듯 고개를 끄덕거렸다.

"하긴 그래요. SB그룹 상속녀란 타이틀에 가려서 그렇지, 나도 꽤 매력적인 여자거든요. 그쪽이 나를 좋아하게 될까, 불안하겠네요."

"하!"

제혁은 기가 막힌다는 듯 실소를 터뜨렸다. 저 쓸데없는 자신감은 도대체 어디에서 나오는 거지?

"그럴 일 절대 없을 겁니다."

"그거 잘됐네요. 우리 둘 다 서로에게 끌리지 않을 테니까."

제혁은 잠시 생각에 잠긴 듯 위스키 잔을 내려다보았다.

"그래도 안전장치가 필요하니까 간단하게나마 절대로 좋아하지 않기로 계약하죠. 계약을 깨는 쪽이 손해 배상하고."

"정 원한다면 그래요."

"어떤 손해 배상을 원합니까? 먼저 정해요."

"……음."

지은은 자못 심각한 얼굴로 궁리에 빠졌다. 그녀가 우빈을 좋아한다는 걸 뻔히 알면서도 자길 좋아하게 될 거라고 걱정하는 제혁이 괘씸해서라도 말도 안 되는 조건을 걸고 싶었다.

"만약에 날 좋아하게 되면, 내가 찍은 여자와 무조건 결혼해요."

"뭐요?"

제혁은 어이가 없다는 듯 인상을 찌푸렸다.

"무조건 결혼하라니, 할머니라도 골라줄 겁니까?"

그의 예상이 맞았는지 지은의 눈꼬리가 활 모양으로 휘어졌다.

"할머니뿐이겠어요? 트랜스젠더도 포함해야죠."

"이봐요, 신지은 씨. 지금 장난하는 겁니까?"

제혁이 언성을 높이자, 지은의 눈이 동그랗게 커졌다.

"왜 그렇게 흥분해요? 어차피 나에게 반하지 않을 거잖아요. 안 그래요?"

그녀를 위해서 계약하자고 한 건데, 배은망덕도 유분수지.

"좋아, 그럽시다."

제혁은 애써 화를 내리누르며 무뚝뚝한 목소리로 말했다.

여기서 감정이 격해지면 그녀에게 말려들고 말 것이다.

"대신 당신이 날 좋아하게 되면, 지금 보유한 SB그룹 지분과 유산으로 받게 될 지분까지 모두 나에게 넘겨요."

"지분 전부요?"

이번엔 지은이 어이가 없다는 듯 언성을 높였다.

"칼만 안 들었지, 완전 강도 아냐? SB그룹을 통째로 먹겠다는 거예요?"

"뭐가 문제입니까? 당신도 나에게 절대로 반하지 않을 텐데……."

은근히 약 올리는 것 같은 말투에 지은의 경쟁심이 활활 불타올랐다. 당신 같은 남자, 트럭으로 갖다준다고 해도 싫다고!

"좋아요. 계약해요."

제혁은 칵테일 바에 마련된 냅킨 두 장에 똑같은 내용을 적었다.

"서명한 후, 각자 한 장씩 보관하면 됩니다."

"서명 가지고 되겠어요? 지장도 찍어요."

지은은 핸드백에서 붉은색 립스틱을 꺼내 제혁에게 건네었다. 그녀가 먼저 손가락에 립스틱을 묻혀 냅킨 위로 꾹 눌렀다. 이어서 제혁도 손가락을 눌렀다.

"계약을 축하하는 의미로 건배하죠."

두 사람의 위스키 잔이 '챙' 소리를 내며 허공에서 부딪쳤다. 단숨에 위스키 잔을 비운 지은이 제혁을 향해 밝은 목소리로 말했다.

"그럼 오늘부터 1일이에요!"

그때 문득 지은의 머릿속에 우빈이 떠올랐다. 참, 그러면 우빈 씨는?

"정우빈 씨 일이라면 걱정하지 말아요."

마치 지은의 복잡한 속마음을 읽은 것처럼 제혁이 말했다.

"나와 사귄다는 걸 알게 되면 지금까지와는 다른 시선으로 볼 테니까."

"그렇죠. 이미 임자 있는 몸이라고 거들떠보지도 않을 거예요. 내 사랑은 끝났어. 후우."

지은은 고개를 숙이며 한숨을 푹 내쉬었다.

탁ㅡ. 제혁이 위스키 잔을 소리 나게 내려놓았다. 조금은 거칠어 보이는 행동에 지은은 의아한 눈으로 제혁을 바라보았다.

"연애 심리에 관해서 전혀 모르는 건가? 아니면 모른 척하는 건가? 솔직히 말해봐요. 지금까지 제대로 연애, 해본 적 없죠?"

지은의 눈이 휘둥그레지자, 제혁은 자신의 예상이 맞았다는 듯 한쪽 입매를 비틀었다.

"인간은 본능적으로 가질 수 없는 존재에 더욱더 매력을 느껴요. 뺏고 싶다는 승부욕도 생기고."

"아……."

지은은 이해가 될 것 같다는 표정으로 고개를 끄덕였다.

"남의 떡이 더 커 보이는 심리인가요?"

"그런 심리와 비슷하다고 할 수 있겠죠. 이번 일만 잘되면, 수의사 선생에게 고백할 수 있게 도와주죠."

"왜요?"

지은은 이해할 수 없다는 듯 미간에 깊은 주름을 잡았다. 세상엔 공짜란 없으니까, 불분명한 선심은 경계해야 한다.

"서비스 차원이라고 해두죠."

지은이 계속해서 우빈을 좋아해야만, 만에 하나라도 자신에게 빠질 가능성이 작아지니까. 계약했더라도 이중 삼중 안전장치가 필요하다고 제혁은 믿었다. 하지만 그녀에게 본심을 털어놓을 생각은 없었다.

"나에게 고백했으니 다행이지, 안 그랬다면 수의사 선생과 서먹서먹하게 됐을 테니까."

"어째서죠?"

"상대는 아무 마음이 없는 상황에서……."

제혁은 위스키를 들이켠 후, 느긋하게 말을 이어나갔다.

"당신의 일방적인 고백이니까. 그게 얼마나 부담스러운 건지 모르나."

틀린 말은 아니었다. 언제나 우빈은 그녀에게 상냥했다. 하지만 그건 어디까지나 함께 봉사하는 동료로 대할 때이다. 그는 과연 나를 여자로 봐주고 있을까?

"본인 감정보다는 상대방의 감정을 알아야 유리합니다. 성공할 확률이 70%가 되면 그때 고백해요."

"70%나요?"

지은은 강의를 듣는 학생처럼 진지한 얼굴로 집중했다.

"더 확실한 방법은 상대가 나를 좋아하게 해서, 상대방이 먼저 고백하게 하는 거."

제혁을 바라보는 지은의 눈에 경외의 빛이 떠올랐다.

"사귀는 것처럼 속이려면 자주 만나야 할 테니까, 그때마다 작전을 짜보죠."

"정말요?"

지은의 얼굴이 단번에 환하게 밝아졌다. 전쟁터에서 천군만마를 얻은 기분이 바로 이런 걸까?

"속고만 살았나?"

제혁은 건조하게 웃으며 위스키 잔을 입으로 가져갔다. 아까부터 은근히 말꼬리가 짧아졌지만, 지은은 심각하게 여기지 않고 쿨하게 넘겼다. 우빈과 잘되게 도와준다는데 말꼬리 짧은 것쯤이야.

위스키를 삼키는 제혁의 목울대가 보기 좋게 울렁댔다. 자석에 끌리듯 그녀의 시선이 적당히 각이 진 턱선으로 올라갔다. 잔을 비운 그가 위스키가 묻은 윗입술을 혀끝으로 핥았다. 아무 생각 없이 쳐다보던 지은은 황급히 시선을 돌려버렸다.

여유롭게 입술을 핥는 모습이 지나치게 섹시했다. 지금까지 그녀가 알던 민제혁 실장이 아닌 다른 사람처럼 느껴졌다. 불현듯 심장이 철렁 내려앉았고 왠지 모르게 두 뺨이 화끈 달아올랐다.

급하게 마신 위스키의 취기가 이제야 올라오나 보다. 괜스레 속도 답답해지는 것 같아, 지은은 위스키 잔 대신 얼음물이 든 유리잔에 손을 뻗었다.

벌컥벌컥, 찬물이 식도를 타고 내려갔다. 그런데도 붉어진 뺨은 더욱더 열기를 더해가고 있었다.

"그게 정말이냐?"

"네."

지은은 귀가하자마자, 제일 먼저 서재로 달려가 제혁과 사귀기로 했다고 신 회장에게 알렸다. 의기양양한 표정으로 한마디 덧붙이는 것도 잊지 않았다.

"아빠도 이젠 유기견 지원을 미끼로 협박하는 거, 그만두세요."

"좋다. 그러마."

제혁에게 배운 따끈따끈한 협상의 기술도 식기 전에 써먹었다.

"계약서도 작성해요. 수십억이 걸린 지원 사업인데 구두로만 확답을 받을 순 없잖아요."

똑떨어지는 지은의 태도에 신 회장은 흡족한 미소를 떠올렸다. 신 회장은 오래전부터 제혁을 1등 사윗감으로 눈여겨보고 있었다. 해 떨어질 때까지 함께 있으라고 으름장을 놓은 이유도 그 때문이었다. 또한 맞선 주선자를 매수해, 서로 같은 장소와 시간대에 선을 보게 꾸몄다. 옆에서 비교하다 보면 제혁만큼 괜찮은 남자가 없다는 것을 깨닫게 될 테니까.

"계약서라면 이미 작성해놨다."

신 회장은 책상 서랍에서 서류 봉투를 꺼내어 지은에게 내밀었다.

"너도 10% 내야 하는 거 알지? 이번 지원 사업에 총 20억쯤 들어가니, 2억은 너 스스로 충당해. 그건 순수한 노동을 통해서 나온 돈이어야 한다."

"네."

이미 수입 대부분을 유기 동물 보호 센터에 기부한 상태였지만, 그 정도는 혼자 힘으로 마련할 수 있을 것이다. 계약서에 서명하고 막 서재를 나서려는데 신 회장이 지은을 불러 세웠다.

"이번 토요일, 경수 결혼식인 거 알지? 오랜만에 친척 모두 모이니까 민 실장과 함께 와라."

"벌써부터 집안 행사에 참석하라고요?"

"결혼을 전제로 만나는 사이에, 뭐가 벌써부터야?"

"선약이 있을지도 모르잖아요. 이번엔 그냥……."

"너희들, 진짜 사귀기로 한 거, 맞아?"

신 회장은 지나가는 투로 물어봤지만, 찔리는 입장인 지은의 심장은 '쿵' 내려앉았다.

"그럼요!"

그래서일까? 그녀도 모르게 큰 소리가 튀어나왔다.

"그러면 잔소리 말고 데려와."

"……네."

여기서 더 반대하면 괜한 의심을 살지도 모른다. 지은은 할 수 없이 고개를 끄덕이고 풀 죽은 모습으로 서재를 나섰다. 아직까진 친척에게 소개할 준비가 안 됐는데…….

산 넘어 산이란 건 바로 이런 상황을 두고 하는 말인가?

보름달처럼 밝았던 지은의 표정이 급속도로 어두워졌다.

스킨십,
어느 정도까지 해봤어요?

"어이, 민 실장."

제혁이 로비로 들어서자, 경민이 싱글벙글 웃는 얼굴로 다가 왔다.

"첫 광고 데뷔 소감 어때?"

오늘 밤, 제혁이 출연한 광고가 첫 전파를 탈 예정이었다.

"아직 광고 나가지도 않았는데 무슨 소감이요?"

당사자인 제혁은 아무런 감흥이 없는데 오히려 경민만 신이 난 듯 보였다.

"아침에 눈 뜨면서 느끼는 거 없었어? 가슴이 막 벅차다든 지, 눈물이 핑 돈다든지?"

제혁은 영양가 없는 소리를 늘어놓는 경민을 무시하고 곧바 로 엘리베이터로 향했다. 그렇다고 순순히 물러설 경민도 아 니었다.

"이봐, 민 실장! 같이 가."

경민은 자신의 사무실이 있는 건물 꼭대기 층으로 가지 않고 제혁의 사무실까지 따라왔다.

"그래도 광고 나가는 첫날인데 끝나고 축하주 한잔해야지. 안 그래?"

"글쎄요."

"또, 또 비싸게 군다."

경민은 제혁을 살짝 흘기며, 먼저 문을 열고 사무실 안으로 발을 들여놓았다.

"하, 내가 이럴 줄 알았어."

경민의 투덜거리는 소리에 제혁은 의아한 표정으로 서둘러 안으로 들어갔다.

"이게 다 뭐죠?"

창가에 놓인 책상 위에는 선물 상자가 한 아름 쌓여 있었고 바닥에는 여러 개의 화분이 놓여 있었다.

"이번 광고, 전략기획팀과 마케팅팀에서 먼저 다 봤거든."

경민은 앙증맞은 리본이 달린 선물 상자를 집어 올리며 어깨를 으쓱거렸다.

"그것 때문에 팬클럽이 생길 정도로 인기가 높아졌어."

'팬클럽'이란 말에 제혁이 눈살을 찌푸렸다.

"하여간 전에 내가 했던 말이나 명심하라고."

경민은 선물 상자를 내려놓고, 손바닥으로 제혁의 어깨를 툭툭 내리쳤다.

"하여간 잘해주지 마. 내 소중한 부하들 그만 홀리라고."

할 말을 마친 경민은 윙크를 던진 후, 집무실을 걸어나갔다. 제혁은 기가 막힌다는 표정으로 책상에 쌓인 선물 상자를 내려다보았다. 그중 하나를 집어 들려고 하는데 휴대폰이 울렸다.

"여보세요?"

[저예요, 신지은.]

착 가라앉은 지은의 목소리가 스피커에서 흘러나왔다. 어젯밤 헤어질 때만 해도 세상을 다 얻은 것처럼 싱글벙글하더니, 밤새 무슨 일이 있었나?

"아침부터 무슨 일입니까?"

[혹시 이번 토요일에 시간 돼요? 아빠가 사촌 결혼식에 제혁 씨를 꼭 데려오라고 해서서.]

"이번 토요일이요?"

제혁은 책상 위에 놓인 캘린더로 시선을 돌렸다. 지은이 말한 날짜에는 커다란 동그라미와 함께 'B.W.'라는 이니셜이 쓰여 있었다.

"그날은 선약이 있어서 안 될 것 같군요."

[피로연은 밤늦게까지 할 거예요. 늦게라도 좋으니까 잠깐 와줄 수 없나요?]

"확답은 못 하겠군요."

[급하게 연락한 거니까 못 온다고 해도 어쩔 순 없죠. 하여간 피로연 장소는 문자로 보낼게요.]

"그렇게 해요."

지은이 말을 더 보태기 전에 제혁은 재빨리 통화 종료 버튼을 눌러버렸다.

벌써 날짜가 이렇게 됐나? 한 손으로 턱을 괴고 캘린더를 들여다보던 제혁은 옆으로 손을 뻗어 첫 번째 서랍을 열었다. 때마침 창으로 들어온 햇빛이 서랍 안에 놓인 은색 상자를 밝게 비추었다.

제혁은 흐뭇한 미소를 지으며 은색 상자를 집어 들었다.

혹시라도 오지 않을까 지은은 내심 기대했지만, 제혁은 끝내 피로연에 나타나지 않았다. 전화를 걸까도 생각해봤지만, 몇 번이나 망설인 끝에 하지 않기로 했다. 오면 오는 거지, 귀찮게 올지 안 올지 물어보고 싶진 않았다.

—선약이 있다니 할 수 없지. 다음엔 꼭 함께 오도록 해라.

다행히 제혁을 꼭 데려오라고 신신당부했던 신 회장은 짧게 한마디로 끝냈다. 문제는 소식을 전해 들은 오지랖 대마왕 사촌들이었다. 요즘 제일 핫하다는 클럽으로 자리를 옮기자마자, 제혁에 관해 꼬치꼬치 캐묻기 시작했다. 지은에게만 관심이 쏠리는 것에 시샘이 났는지 동갑내기 사촌 미나는 은근히 시비를 걸었다.

"널 얼마나 우습게 봤으면 코빼기도 안 보이니?"

"이미 선약이 있어서 어쩔 수 없었어."

"선약은 무슨."

지은이 제혁을 변호하자, 미나는 비아냥거리듯 코웃음을 쳤다.

"지은아, 너, 남자 처음 사귀는 거지?"

"처음 아니거든."

"무슨 소리야? 배경만 보고 달라붙어서 남자 사귀기 싫다며."

"그게 언제 적 이야기인데……."

지은은 눈살을 찌푸리며 와인 잔에 와인을 가득 따랐다.

"우리 지은이, 남자를 몰라도, 너무 모른다. 남자가 여자에게 마음이 있으면 선약이 있건 없건 무조건 온다고."

"글쎄……."

지은이 무반응으로 일관하며 와인만 홀짝거리자, 미나는 더욱더 그녀의 속을 긁었다.

"혹시 너 몰래 뒤에서 딴 여자 만나는 거 아닐까? 세상에 그런 남자가 어디 한둘이니? 아무래도 그 남자, 바람둥이가 분명해. 너는 돈 때문에 어쩔 수 없이 만나는 거고, 진짜 좋아하는 여자는 따로……."

"야!"

도가 지나친 도발에 지은은 거칠게 와인 잔을 내려놓았다.

"듣자, 듣자 하니까. 네가 제혁 씨에 관해서 뭘 안다고 난리야?"

솔직히 지은도 제혁에 관해서 아는 것이 쥐뿔만큼도 없었다. 그래도 다른 사람이 험담하는 건 참을 수 없었다. 고백하는 상대를 매정하게 차버리는 걸 보면 싸가지가 없는 듯하지만, 그래도 바람까지 피울 남자는 아닐 거라 확신했다.

"그럴 사람 아니야. 내가 장담해!"

"어머, 애가 벌써부터 편을 드네. 그래, 열녀 났다, 열녀 났어!"

그래도 이만하면 충분히 약을 올렸다고 생각했는지, 미나는 어깨를 으쓱거리며 무대로 고개를 돌렸다.

"그나저나 경수 오빠 왜 하필 오늘 결혼을 했대. 내가 'B.W.' 공연을 얼마나 기다렸는데……. 공연 놓치게 되는 줄 알고 얼마나 조마조마했다고. 하여간 오빠 인생에 도움이 안 돼, 도움이!"

한동안 '방패사내단'을 쫓아다니며 사생질하던 미나가 그새 다른 그룹에 관심을 가지게 되었나 보다.

"그건 또 뭐야? 'B.W.'?"

지은이 관심을 보이자, 미나의 얼굴에 환한 미소가 떠올랐다.

"'Broken Wings'의 약자야. 좀 오래된 인디 밴드인데, 들쭉날쭉하게 공연해서 그렇지, 이쪽에선 완전 전설이야. 원년 멤버는 이제 없고 이번이 3기야."

"그래?"

전설이든 아니든, 인디 밴드에 전혀 흥미가 없는 지은은 무료한 얼굴로 클럽 안을 둘러보았다. 평소 같았으면 층 하나를 따로 빌려서 즐겼겠지만, 오늘은 특별 공연 때문에 VVIP 좌석을 차지한 것으로 만족해야 했다. 2층에 마련된 VVIP 좌석은 발코니 형태로 바로 무대 위에 있어 공연을 아주 가깝게 즐길 수 있었다.

공연이 시작되려는지 무대 위로 조명이 쏟아지고 웅성거리는 소리가 커졌다.

"꺅! 제이다, 제이."

전자 기타를 멘 훤칠한 남자가 무대 위로 올라오자, 미나가 손가락으로 무대를 가리키며 자리에서 일어났다.

"나, 오늘 제이 나오는 줄 꿈에도 몰랐어!"

미나는 거의 울 것 같은 얼굴로 물어보지도 않은 내용을 늘어놓았다.

"제이는 원년 멤버거든. 활동 안 한 지 꽤 됐는데……. 아, 맞다! 이번 달에 알엠이 군대 간다고 그랬거든. 그래서 스페셜 게스트로 참여했나 보다. 어떡해, 어떡해! 제이, 안 본 사이 더 멋있어졌어!"

지은은 한심하다는 듯 미나를 쳐다보며 절레절레 고개를 내저었다. 언제는 '방패사내단'의 '뮈'가 제일 멋있다고 그러더니 그새 또 마음이 바뀌었나?

하지만 미나의 반응을 빌리지 않더라도 제이란 남자에게는 강하게 시선을 끌어당기는 독특한 매력이 있었다. 세상 빛이 온통 그를 향해 쏟아지는 느낌이랄까?

어깨에 닿을 정도로 긴 머리카락이 얼굴을 반쯤 가리고 있어 이목구비를 제대로 볼 수는 없었지만 범상치 않은 분위기는 멀리서도 느낄 수 있었다.

그런데 뭔가 이상했다. 지은은 고개를 갸웃거리며 제이란 남자를 빤히 쳐다보았다. 분명 오늘 처음 보는 남자인데 말로 표현할 수 없는 친밀감이 느껴졌다. 진한 무대화장 때문에 누구인지 확인할 순 없었지만 어딘가 모르게 익숙했다.

흘러내린 머리카락을 손으로 쓸어 올리는 동작이나, 툭 치듯 발 위치를 바꾸며 옆으로 자리를 옮기는 모습이나…….

왜지? 일종의 데자뷔 같은 건가? 제이라는 뮤지션을 알 리가 없는데…….

안 여사의 손에 이끌려 클래식 공연장에 가거나, 가벼운 댄스 뮤직을 즐기긴 했지만, 이런 인디 밴드 음악과는 거리가 먼 그녀였다.

그런데 왜 저 남자가 낯이 익은 거지?

왠지 소름이 돋는 것 같아 지은은 손으로 양팔을 문질렀다. 소름 돋는 현상은 기타 연주를 듣고 나서, 절정에 달했다.

기타 솔로로 공연이 시작되자, 웅성거리던 클럽 안이 물을 끼얹은 듯 조용해졌다. 남자의 손을 통해 굉장히 날카롭고 역동적인 소리가 흘러나왔다. 실내를 가득 메우는 기타 선율이 너무나 황홀해서 숨이 막힐 것 같았다.

지은은 기대앉았던 소파 등받이에서 서서히 상체를 일으켰다. 블랙홀로 빨려 들어간다는 게, 바로 이런 느낌일까?

첫 번째 연주가 끝나고 강렬한 로큰롤인 두 번째 연주가 이어졌다. 연이어 연주가 이어질 동안 지은은 한시도 눈을 뗄 수 없었다. 평소였다면 공연은 뒷전이고 이야기하느라 정신이 없을 텐데, 지금의 그녀는 빨려 들어가듯 발코니 쪽으로 몸을 기울이고 있었다. 이런 표현이 맞을지 모르겠지만, 무대 위의 남자에게선 아찔한 섹시함이 줄줄 흘러나왔다. 눈만 마주쳐도 그 자리에서 홀려버릴 것 같은 느낌이었다.

지은이 이런 생각을 하는 순간, 남자가 갑자기 2층 발코니 쪽으로 고개를 돌렸다.

"꺅!"

그가 2층을 바라보자, 미나를 비롯한 사촌들은 비명을 지르며 발코니 앞으로 몰려갔다. 하지만 지은은 소파에 앉은 채 꼼짝도 할 수 없었다.

방금 뭐였지?

착각이 아니라면 그녀는 분명히 남자와 눈이 마주쳤다. 1초가 될까 말까, 찰나의 순간이었지만, 지은은 본능적으로 알 수 있었다. 남자의 시선이 그녀를 향했고, 움찔하고 표정이 변했다. 알 수 없는 이유로 심장이 걷잡을 수 없이 요동치기 시작했다.

"하아."

지은은 허탈하게 웃으며 열기로 붉게 달아오른 뺨을 두 손으로 감쌌다. 10대 소녀도 아니면서 뮤지션에게 이런 반응을 보이다니. 이건 모두 와인을 너무 많이 마셨기 때문이다. 아무래도 찬 바람 좀 쐬어야겠다.

지은은 자리에서 벌떡 일어나 서둘러 VVIP 전용 계단 쪽으로 향했다. 계단은 일반 고객 출입이 제한된 통로로 이어졌다. 통로는 클럽 관계자와 VVIP 고객만이 사용할 수 있는 공간으로 무대와 대기실, 클럽 주차장이 연결돼 있었다.

지은은 난간을 잡고 빠른 걸음으로 계단을 내려갔다. 연주가 끝났는지 홀 안에선 떠나갈 것 같은 박수와 환호가 흘러나왔다. 마지막 계단에 막 내려섰을 때, 통로 끝의 문이 열리며 클럽 관계자들이 우르르 몰려나왔다. 통로가 좁았기에 지은은 관계자들이 빨리 지나갈 수 있게 얼른 벽으로 몸을 붙였다.

하지만 와인을 마신 탓에 반응이 조금 늦고 말았다. 급하게 지나가던 일행 중 한 명과 어깨를 크게 부딪쳤다.

"앗!"

팔을 휘저으며 바로 서려는데 누군가 손을 내밀어 비틀거리는 그녀의 팔을 움켜잡았다. 오히려 그 때문에 지은은 겨우 잡은 중심을 잃고 말았다. 미처 정신을 차릴 새도 없이 팔을 잡아준 사람의 품으로 쓰러졌다.

"아, 미안해요."

그녀가 크게 당황해하며 서둘러 몸을 일으키려는데……

이건?

시원한 향과 뒤섞인 은은한 남성적 체취가 코끝을 자극

했다.

……어째서?

지은은 남자의 가슴에 얼굴을 묻은 채, 깊게 숨을 들이마셨다. 낯선 남자에게서 익숙한 남자의 향기가 느껴졌기 때문이었다.

"……아."

아쉽게도 누구의 향인지 기억해내기도 전에 남자는 지은을 품에서 밀어냈다. 그는 지은을 부축해 벽에 기대게 한 다음 곧바로 등을 돌려 가던 길을 재촉했다.

"괜찮으세요?"

남자 대신 옆에 있던 클럽 관계자가 걱정스러운 얼굴로 다가왔다.

"네. 괜찮아요."

지은은 벽에 기댄 채, 멀어져가는 남자의 뒷모습을 바라보았다. 어깨까지 닿는 머리카락과 어깨에 멘 전자 기타로 보아, 그녀를 부축해준 남자는 제이가 분명했다.

멀리서 보기에도 분위기가 비슷하더니 이젠 향마저도 익숙한 거야?

지은은 곤혹스러운 얼굴로 제이가 사라진 통로 저편을 바라보았다. 아무리 기억을 더듬어도 누구와 비슷한 건지는 선뜻 떠오르지 않았다. 머릿속이 짙은 안개에 휩싸인 것처럼 몽롱했다.

"후우."

지은은 한숨을 내쉬며 기대었던 벽에서 몸을 일으켰다.

오늘따라 너무 마셨어. 그녀는 두 손으로 머리를 감싸고 찬 바람이라도 쏘이러 클럽 밖으로 향했다.

쾅―. 제혁은 거칠게 대기실 문을 닫고는 가발을 벗어 의자 위로 집어 던졌다.

진짜 아슬아슬했다.

혹시 날 알아본 건 아니겠지?

제혁은 한 손으로 이마를 문지르며 옆에 놓인 긴 의자에 털썩 몸을 앉혔다. 2층 발코니석에 앉아 있는 지은을 발견했을 때, 제혁은 속으로 '설마……!'를 외쳤었다. 무대 조명이 발코니를 밝히자, 아무 생각 없이 위를 올려다본 건데 낯익은 누군가와 시선이 마주친 것이다.

그를 또랑또랑한 눈으로 쳐다보고 있는 사람은 지은이 분명했다.

밤늦게까지 피로연이 이어질 거라고 하더니, 도대체 여기서 뭐 하는 거지?

진한 무대 화장을 한데다 긴 머리 가발을 쓴 덕분에 그녀가 그를 알아볼 가능성은 희박했다. 만약 최 여사가 여기에 있었더라도 아들인 제혁을 알아보지 못했을 것이다. 그랬는데…….

"제길!"

왜 하필 통로에서 마주쳐 이 사달이 났는지 모르겠다.

넘어지든 말든 그냥 지나쳤으면 아무 문제가 없었는데 왜 외면하지 못하고 잡아줘서는……. 박람회에서도 그렇고 오늘도 그렇고 왜 그녀가 넘어지는 꼴을 볼 수 없는 걸까?

제혁은 무심결에 지은의 양팔을 잡아버린 자신의 손이 원망스러웠다.

똑똑—. 무대 화장을 지우는데 노크 소리와 함께 문이 열렸다.

"제혁아, 들어가도 돼?"

빠끔히 문이 열리고 클럽 매니저인 동시에 제혁의 소꿉친구인 도희가 얼굴을 쑥 내밀었다.

"이미 문 열어놓고 묻는 건 뭐지? 옷 벗고 있으면 어쩌려고."

"그래주면 나야 완전 땡큐지."

도희가 생글생글 웃으며 안으로 들어섰다. 그녀는 가슴골이 훤히 드러난 몸에 쫙 달라붙는 원피스를 입고 있었다. 꽤 관능적인 차림이었지만, 어릴 때부터 알고 지낸 사이라 아무 느낌이 없었다.

"공연 끝났다고 바로 갈 거 아니지?"

평소에 제혁은 공연이 끝나는 대로 곧장 클럽을 빠져나가곤 했다.

"오랜만이잖아. 칵테일 한잔하고 가."

"차 가지고 왔어. 대리 운전 부르기 싫고."

"무알콜로 마시면 되잖아. 그러지 말고 딱 한 잔만."

지은도 클럽 안에 있을 텐데, 홀에 나가도 될까? 잠시 고민에 빠졌지만 이내 제혁은 지은과 홀에서 부딪친다고 해도 큰 문제는 없을 거라는 결론을 내렸다.

"알았어, 딱 한 잔만 하고 갈게. 대신 말실수하지 마."

"당연하지. 나, 왕년에 네 매니저였다. 준비 다 끝나면 나와. 2층 홀에서 기다릴게."

도희가 대기실을 나가고, 제혁은 화장대 앞으로 다가가 화장을 지우기 시작했다. 지은과 부딪치게 된다고 해도 긴장할 필요는 없을 것이다. 그가 아는 신지은은 눈치가 없으니까.

그래도 만약에 대비해 제혁은 옆에 놓인 남성용 향수를 집어 들었다.

역시 와인 때문이었어!

찬 바람을 쐬고 술이 깨기 시작하자, 복잡한 머릿속이 선명해졌다. 말짱한 정신으로 곰곰이 되짚어봐도, 제이란 남자를 본 기억은 없었다. 그와 비슷한 이미지의 남자를 본 적도 없었다. 지은이 직접적으로 아는 남자 중에 어깨에 닿을 정도로 긴 머리카락을 가진 이는 단 한 명도 없었다.

게다가 인디 밴드 기타리스트라니! 피아노라면 모를까, 주위에 통기타 치는 친구도 없는데…….

"공연 중에 어디 갔었어?"

지은이 자리로 돌아오자, 미나가 걱정스러운 얼굴로 물었다. 미나는 말은 얄밉게 해도 동갑내기 사촌인지라 지은이 보이지 않으면 제일 먼저 찾아 나섰다.

"와인을 마셨더니 머리가 아파서, 바람 좀 쐬고 왔어."

"난 또 남자 친구에게 전화 와서 나간 줄 알았지. 그런 거 아니었어?"

"아니."

"어머, 오늘 못 왔으면 전화라도 해줘야 하는 거 아냐? 문자도 없었어?"

또, 또 시작이다! 지은은 호들갑 떠는 미나를 매섭게 흘겨보았다. 그런데 군중심리가 무섭다고, 다른 사촌들도 미나의 의견에 합세하기 시작했다.

"아무래도 미나 말처럼 수상하긴 하다."

"그러니까. '지금 다른 여자 만나고 있다'에 내가 오늘 술값 건다."

"쪼잔하게 오늘 술값이 뭐니? '지금 다른 여자와 키스하고 있다'에 내가 한 달 술값 건다."

이것들이 정말! 사촌이야? 원수야!

"제혁 씨, 절대로 그런 사람 아니거든! 얼마나 반듯한데!"

"반듯한 소리 한다. 그런 남자는 판타지야. 드라마 속에나 있는 거라고."

"관두자."

지은은 인상을 찌푸리며 앞에 놓인 물컵을 집어 들었다. 속이 부글부글 끓어서 찬물이라도 들이켜야겠다 생각했지만, 한 모금도 마시지 못하고 얼음처럼 굳어버렸다.

설마?

충격 받은 그녀의 동공이 지진을 일으켰다.

저 남자는……?

지은은 눈앞에 보이는 장면을 도저히 믿을 수 없었다. 슈트가 아닌, 캐주얼 차림이라 조금은 낯설었지만, 그래도 제혁이 틀림없었다.

그는 몸에 적당히 달라붙은 검은색 셔츠와 물이 빠진 청바지를 입고 있었다. 제혁 옆에는 가슴이 훤히 드러나는 야한 원피스를 입은 여자가 바짝 붙어 있었다. 그녀는 연신 제혁의 귀에 뭔가를 속삭이며 키득거리고 있었다.

지금 여기서 뭐 하는 거야?

― '지금 다른 여자 만나고 있다.'에 내가 오늘 술값 건다.

― '지금 다른 여자와 키스하고 있다.'에 내가 한 달 술값 건다.

사촌들이 내기한 것처럼 키스까진 아니었지만, 제혁은 분명 다른 여자를 만나고 있었다.

잠깐만! 여자가 한둘이 아니잖아!

처음 여자가 옆으로 비켜서자, 이번엔 쇼트커트 머리에 가죽 재킷을 입은 여자가 제혁에게 다가갔다. 그녀는 두 팔을 벌리더니 제혁을 힘껏 끌어안았다. 세 번째 여자까지 같은 모습으로 제혁에게 안기는 순간, 지은은 자리에서 벌떡 일어났다. 저런 모습을 미나가 봤다가 신 회장의 귀에 들어가기라도 한다면 사기 연애는 물 건너가고 말 것이다.

누가 알아채기 전에 어서 제혁을 끌고 나가야만 했다!

"나, 먼저 갈게."

지은은 재빨리 작별 인사를 하고, 홀을 가득 메운 사람들을 헤치며 제혁에게로 다가갔다. 제혁은 지은이 다가오는 것을 모른 채, 그를 둘러싼 여자들과 대화하기에 바빴다.

"제혁 씨!"

첫 번째로 불렀을 때는 듣지 못했다.

"민제혁 씨!"

두 번째가 돼서야 제혁은 지은이 있는 방향으로 고개를 돌렸다. 지은을 알아본 제혁의 눈가가 살짝 찌푸려졌다. 그도 여기서 그녀를 마주치게 돼서 조금은 당황했으리라.

"누구예요?"

제혁을 둘러싼 여자들이 호기심 어린 눈으로 지은을 바라보았다.

"비밀."

제혁은 짧게 답하며 지은의 어깨에 팔을 둘렀다.

"혁."

얼떨결에 제혁에게 안겨버린 지은은 속으로 비명을 삼켰다.

처음 맡아보는 진한 남자 향수 냄새가 아찔하게 코끝에 느껴졌다.

"여자 친구?"

뜻밖이라는 듯 야한 원피스 차림의 여자가 놀란 표정을 지어 보였다.

"사적인 질문엔 노코멘트. 이만 가볼게, 그럼."

대답을 회피한 제혁은 지은의 어깨를 끌어안고 빠르게 클럽을 빠져나왔다. 인적이 드문 곳에 이르러서야, 제혁은 안고 있던 팔을 풀고 지은을 놓아주었다.

"여기서 뭐 하는 거예요?"

사실은 '여자들이랑 끌어안고 뭐 하는 짓이에요?'라고 물어보고 싶었지만, 꾹 참았다.

"그러는 당신은 여기서 뭐 하는 겁니까?"

"내가 먼저 물었거든요."

제혁은 피식 입꼬리를 비틀며 클럽 외벽에 비스듬히 등을 기댔다.

"난 분명히 선약이 있다고 말했을 텐데……."

"그 선약이라는 게 다른 여자 만나는 거였어요?"

"그게 무슨 문제라도 됩니까? 우리가 실제로 사귀는 것도 아니고, 당신에겐 좋아하는 남자가 따로 있고."

지은은 잠시 할 말을 잃었다. 제혁의 말 그대로였으니까. 그가 다른 여자를 만나든 여러 여자를 만나든 그녀와는 아무 상관이 없었다. 하지만 조금 전까지 바람둥이라는 미나의 말에 열을 올리며 변호했거늘. 그랬던 남자가 천하의 카사노바라니!

"사촌들과 함께 있었어요."

'사촌인 미나가 그러는데 당신 바람둥이래요.'라는 말은 할 수 없어도 사태의 심각성은 알려야 했다.

"제혁 씨의 이런 모습이 어른들 귀에 들어가면 문제가 됐을 수도 있어요."

"이런 모습이 어때서……? 아, 친구와 껴안고 인사한 거 말입니까?"

"무슨 소리예요? 나도 남자 동기 만나면 그렇게 인사해요, 뭐."

말은 그렇게 하면서도 지은의 얼굴은 어색할 정도로 굳어졌다. 양심에 찔렸으니까. 지금껏 아버지, 신 회장 말고는 그녀를 안아준 남자는 없었다. 제대로 손도 잡아보기 전에 모두 헤어졌기 때문이다.

이유는 모두 과잉보호 탓이었다. 3살부터 재작년까지 그녀의 곁에는 어디를 가나 경호원이 붙었다.

데이트하는 와중에도 경호원이 불쑥 튀어나오는 바람에 손잡는 단계 이상으론 발전하지 못했다. 결국, 이 나이가 되도록 이론엔 강하지만 실무 경험은 전무한 상태가 되고 말았다.

도저히 안 되겠다 싶어 재작년 겨울 식음 전폐에 들어간 덕분에 지은은 겨우 자유를 얻어낼 수 있었다.

"하지만 내가 이해한다고 해도 어른들은 아니니까. 혹시 아빠 귀에라도 들어가면 문제가 복잡해져서……."

변명은 그렇다 치고 지은은 점점 어디에 시선을 두어야 할지 곤혹스러웠다. 조금 전까진 경황이 없어 몰랐는데 벌어진 셔츠 사이로 보이는 제혁의 다부진 가슴이 눈에 들어왔기 때문이었다.

그뿐인가? 바지는 왜 저렇게 타이트하지?

지금 앞에 서 있는 남자는 그녀가 알던 민제혁이란 남자와는 180도 달랐다.

온몸으로부터 끈적끈적한 섹시함이 뿜어 나온다고 해야 하나?

차림이 바뀐다고 분위기가 이렇게까지 바뀔 수 있는 걸까?

정말 적응 안 된다. 한시라도 빨리 여기서 벗어나고 봐야겠다.

"……됐어요. 전 이만 가볼게요."

그녀가 뒤돌아 가려는데 제혁이 손을 뻗어 지은의 팔을 잡았다.

"잠깐만."

그녀가 의아한 표정으로 제혁을 올려다보았다.

"그 상태론 운전 못 해요. 대리운전 부를 겁니까?"

"차 안 가지고 왔어요."

"바래다주죠."

"그럴 필요 없는데요."

"사귀는 사이끼리, 상대를 혼자 보내는 건, 예의가 아니라서.”

지은은 못 이기는 척, 제혁의 차에 올라탔다.

이미 자정에 가까운 시각이라 도로는 한적한 편이었다. 말 없이 어두운 창밖을 내다보던 지은은 힐끔 운전석을 훔쳐보았다. 제혁은 한 손을 운전대에 올린 채, 앞만 주시하고 있었다.

그의 차를 타는 게 처음도 아닌데 왜 이리 긴장되는지 모르겠다. 지은은 무릎에 놓인 핸드백을 꽉 움켜쥐었다.

음악이라도 틀면 좀 나아지려나?

“저, 음악이라도 들을까요?”

지은의 요청에 제혁은 운전대에 설치된 오디오 버튼을 눌렀다. 스피커를 통해 잔잔한 차이콥스키의 피아노 협주곡이 흘러나왔다.

음악을 들으면 덜 어색할 줄 알았는데, 밤이라서 그런지 클래식 음악마저도 괜스레 끈적끈적하게 느껴졌다. 그래도 상대방 숨소리를 듣는 것보단 낫겠지.

“수의사 선생과는 어느 선까지 진행됐습니까?”

정지 신호를 받고 교차로에 차를 세우며 제혁이 지나가는 투로 물었다.

“어느 선이라뇨?”

“고백을 결심할 정도면 둘 사이에 어느 정도 진척은 있을 거 같아서……. 스킨십, 어느 정도까지 해봤어요?”

“무슨 소리예요? 우리 정 쌤, 사귀지도 않는 여자랑 막 터치하고 그러는 분 아니에요.”

"팔짱을 끼거나 손을 잡아본 적은? 장난으로 터치해본 적도 없다?"

"……음, 치료할 때, 옆에서 강아지를 잡느라 팔꿈치가 닿은 적은 있어요."

그 순간의 기억이 되살아났는지 지은의 뺨이 발그레해졌다. 반대로 제혁의 얼굴은 창백하게 질려버렸다.

출발 신호로 바뀌었는데도 제혁이 차를 출발할 생각을 하지 않자, 지은이 조심스럽게 손가락으로 앞을 가리켰다.

"저, 신호 바뀌었는데요?"

그제야 제혁은 굳은 표정으로 고개를 돌리며 가속 페달에 발을 올려놓았다.

미치겠다. 지금까지 진행된 스킨십이 팔꿈치 닿은 게 다라니! 완전 초짜군. 유치원생 연애라도 하나?

손도 잡아보지 않고 어떻게 좋아하는 마음이 생긴 건지, 수수께끼였다.

강 팀장과 같은 부류인가?

고백하는 것만 도와주려고 했는데 이러다 처음부터 가르쳐야 하는 건 아닐까, 슬슬 불안해졌다.

차가 출발하자, 지은은 다시 말을 이어나갔다.

"물론 나도 정 쌤에게 늦게 다가가니까, 안타깝긴 한데요. 가랑비에 옷이 젖듯이 천천히 나아가야 흠뻑 젖어서 더 오래가거든요. 그러니까 인내심을 가지고 기다릴 거예요."

"정말로 그렇게 생각합니까?"

"그럼요. 지금까지 남자 사귄 경험으로 보자면 확 타올랐던 사랑은 오래가지 못했어요."

"확 타올랐던 사랑이라면……?"

"처음부터 육체적으로 끌리는 거죠. 하지만 중요한 건 정신적 사랑이니까."

그녀 딴에는 경험 많고 아는 척을 했지만, 제혁이 보기엔 정반대였다. 아무래도 레벨을 테스트해봐야겠다.

"운전하기 불편해서 그런데, 소매 좀 걷어줘요."

제혁의 부탁에 지은은 곤혹스러운 듯 아랫입술을 깨물었다. 단둘이 있을 때까지 사귀는 척, 친근하게 행동할 필요는 없는데…….

'손이 없어? 발이 없어? 자기가 하면 안 돼?'라는 생각이 들었지만, 운전 중이니까 눈감아주자 하는 마음으로 제혁의 소매에 손을 뻗었다. 단추를 풀고 조금씩 소매를 위로 말아 접었다. 소매가 위로 말려 올라가며, 매끈한 팔의 근육이 서서히 드러났다. 적당하게 자리 잡은 근육과 함께 불끈 솟은 힘줄을 보며 지은은 자신도 모르게 숨을 들이마셨다.

남자의 신체 부위 중 팔뚝이 이렇게까지 자극적인 줄은 미처 몰랐다. 제혁의 피부에 닿는 손끝이 불에 덴 듯 뜨겁게 느껴졌다.

"됐죠?"

소매를 다 걷어 올리고 손을 떼려는데, 제혁이 별안간 지은의 손목을 잡아 계속해서 팔을 잡게 했다.

"뭐 하는 거예요?"

손바닥에 느껴지는 생생한 살갗의 감촉에 지은의 눈이 커다래졌다.

"후."

제혁은 잡았던 손을 놓아주며 짧게 한숨을 내쉬었다.

이런 가벼운 스킨십에도 어쩔 줄 몰라 하다니 경험이 부족한 게 아니라, 아예 없는 수준이군. 그러면서 지금까지 남자 사귄 경험 운운이라니…….

경험 없다는 것을 애써 숨기려는 걸로 봐선, 지은은 강선아 팀장보다도 높은 청정 지역 1등급이 분명했다.

괜히 도와준다고 한 건 아닐까? 이런 상태에선 절대로 고백이 성공할 리가 없는데…….

제혁은 앞 유리로 보이는 도로에 시선을 둔 채 생각에 잠겼다.

지은의 집에 거의 도착할 때쯤 골목을 돌아가려는데, 난데없이 길 고양이가 차 앞으로 뛰어들었다.

끼이이이이익─. 급제동이 걸리며 차가 급정거했다.

"앗!"

무방비 상태로 있던 지은의 몸이 순간 앞으로 쏠렸다. 제혁은 급하게 오른팔을 뻗어 지은의 몸을 잡아주었다. 길 고양이는 뚱한 표정으로 차를 노려보더니 훌쩍 담장 위로 뛰어올라 어둠 속으로 사라졌다.

"괜찮아요?"

제혁이 황급히 도로 옆으로 차를 세웠다. 지은은 멍한 표정으로 조수석 의자에 축 처진 채 눈만 깜빡거리고 있었다. 그녀에게서 아무 대답이 없자, 제혁은 흘러내린 머리카락을 위로 쓸어 올리며 그녀의 상태를 살폈다.

"신지은 씨?"

이어서 그의 손이 지은의 뺨을 부드럽게 감쌌다.

어떡해! 느낌이 이상하다. 손이 닿은 건 뺨인데 왜 심장이 조이고 두근거리는 거지?

뭐라고 말을 해야 하는데 온몸이 얼어버려서 입술이 떨어지지 않았다.

이윽고 뺨을 감쌌던 제혁의 손이 떨어져나갔다. 목덜미까지 빨개진 그녀를 말없이 바라보던 제혁이 나직한 목소리로 물었다.

"놀라서 그런 겁니까? ……아니면?"

그 질문에 퍼뜩 정신이 돌아왔다. 당연히 놀라서 그런 거지! 다른 이유가 있을 리 없잖아!

"……고, 고양이가 잘못되는 줄 알고 걱정돼서……. 어머, 다 왔네요. 저, 여기서 내릴게요."

지은은 서둘러 문손잡이에 손을 올렸다.

"운전 조심하세요."

인사를 마친 지은은 황급히 문손잡이를 잡아당겼다.

"잠깐만."

그녀가 차 문을 막 열려는데, 제혁이 한 손으로 그녀의 어깨를 잡아당겼다.

"이대로 갈 겁니까?"

놀란 표정을 짓는 지은에게 제혁이 다가왔다.

헉! 이 남자, 왜 이래?

가뜩이나 잔뜩 긴장한 지은의 두 눈이 휘둥그레졌다.

어, 어, 어?

제혁의 얼굴이 점점 더 가까이 다가왔다.

설마 아니겠지?

머리를 쓸어 올려주고 뺨을 감쌀 때부터 이미 심장에 과부하가 걸렸다. 그런데 여기서 무언가가 더 진행된다면…… . 지은은 당황한 나머지 두 눈을 질끈 감아버렸다.

잠깐! 눈 감으면 안 되지! 호랑이에게 물려 가도 정신만 차리면 된다고 했거늘.

부리나케 다시 눈을 뜨는데 '찰칵' 어디서 많이 듣던 소리가 들렸다. 그리고 눈앞에 있어야 할 제혁의 얼굴이 보이지 않았다.

뭐지?

고개를 돌리자, 제혁은 어느새 운전석으로 돌아가 있었다. 익숙한 소음은 다름 아닌 안전벨트가 풀리는 소리였다. 그녀가 안전벨트를 풀지 않고 내리려 하자, 그가 대신 풀어준 거다. 작별 키스를 하려고 다가온 게 절대로 아니라는 뜻이다. 지은은 민망함을 감추려 애꿎은 머리카락을 손으로 쓱 훑어 내렸다. 어느새 목덜미까지 붉어졌지만 아무렇지 않은 듯, 뻣뻣이 고개를 들고 제혁을 마주 보았다.

"이만 갈게요."

쏜살같이 차에서 내린 지은은 뒤도 돌아보지 않고 대문으로 달려갔다. '부웅' 출발하는 소리에 슬그머니 뒤를 돌아보자, 제혁의 차가 빠른 속도로 멀어지고 있었다.

"하아."

지은은 머리카락을 쓸어 올리며 참았던 숨을 크게 내쉬었다. 좋아하지도 않는 남자와 스킨십 좀 했다고 이리도 어쩔 줄 몰라 하다니. 아직 제대로 시작도 하지 않았는데 벌써 이러면 나중에 어떻게 하려고. 생각했던 것보다 쉽지 않을 것 같아 걱정이었다.

칼을 뺐으면 무라도 잘라야 하는데 자칫 잘못하다 마음을 베이게 되는 건 아닐까?

은근히 불안해지기 시작했다.

지은은 우두커니 선 채, 차가 사라진 골목 끝을 바라보았다.

제혁은 운전대를 잡은 채로 힐끗 룸미러를 통해 뒤를 바라보았다. 지은의 모습은 더 이상 보이지 않았다. 하지만 지금 어떤 표정을 하고 있을지는 쉽게 짐작이 갔다.

"풋."

제혁의 입에서 가벼운 실소가 흘러나왔다. 뭐가 그리 급하다고 안전벨트도 풀지 않고 내리려 하더니, 귀까지 빨갛게 물들인 채 허둥지둥 내리던 모습이 떠올라 자꾸만 웃음이 튀어나왔다. 그래도 끝까지 당당하게 고개를 꼿꼿이 들고 바라본 태도는 마음에 들었다.

보기보다 재밌는 여자야.

제혁은 피식 웃으며 가속 페달에 발을 올렸다.

지지지찌징—.

막 집에 도착해 현관문을 여는데 재킷 안에 넣어둔 휴대폰이 요란하게 울렸다. 제혁은 짧게 한숨을 내쉬며 통화 버튼을 눌렀다.

"지금 몇 신데 전화예요?"

[그러는 넌 이 시간까지 전화 안 하고 뭐 했어? 전화 기다리다 목 빠졌다고.]

경민의 흥분한 목소리가 휴대폰 너머로 흘러나왔다.

[군대 간 연규 대신 한판 뛰었다며? 어땠어? 오랜만에 막 흥분되고 그래?]

"새 멤버를 뽑기 전까지 스페셜 게스트 형식으로 도와주기로 했어요."

[부럽다, 부러워. 다 가진 자식!]

"그렇게 부러우면 선배도 오지 그랬습니까."

[우리 아버지 성격 알면서 그러냐. 괜히 가족 모임에 빠졌다 간, 회사에서 쫓겨난다고.]

과장은 아니었다. 쌍우그룹 공 회장의 불같은 성정이라면 그러고도 남았다. 제혁은 피식 웃으며 소파 깊숙이 몸을 묻었다.

"회사에서 잘려도 걱정하지 말아요. 석준이가 선배를 위해 베이스 포지션 남겨놨답니다."

[말만이라도 고맙다. 나도 조만간 게스트로 참가한다고 전해 줘.]

대학 시절 제혁은 경민을 비롯한 선배, 동기와 함께 'Open Wings'이라는 밴드를 결성했었다. 처음엔 그저 취미로 시작한 밴드였지만 시간이 지나면서 향후 진로를 고민할 만큼 큰 자리를 차지했다. 하지만 뮤지션은 절대로 안 된다는 부모님의 반대로 밴드 활동에 제동이 걸렸다.

결국 언더그라운드에서 활동하게 되었고, 밴드 이름도 'Broken Wings'로 바뀌었다. 그중에서도 집안의 반대가 거센 제혁과 경민, 규한 등은 다른 멤버보다 더 철저히 밴드 활동을 숨겨야 했다.

밴드 활동은 군대에 가고 유학을 가서도 이어졌지만, 회사 생활과 병행하긴 무리여서 시간이 지나면서 2기, 3기 후배들에게 자리를 넘기게 되었다.

[자세한 이야기는 월요일에 출근하면 하자.]

"회사에서는 일을 해야지 무슨 자세한 이야기요? 그만 끊어요. 피곤하니까."

전화를 끊은 제혁은 셔츠를 벗으며 욕실로 들어갔다. 밴드 멤버에게 빌린 익숙하지 않은 향수 냄새가 더는 건디기 어려워서 어서 빨리 씻고 싶었다.

쏴아아아아—. 샤워기를 틀자 머리 위로 뜨거운 물줄기가 쏟아지기 시작했다.

다음 날, 지은은 아침 일찍 유기 동물 보호 센터로 향했다. 결혼식 참석으로 토요일 봉사에 빠져서 일요일엔 좀 더 많은 시간을 할애하고 싶어서였다.

유기 동물 보호 센터에 도착하자마자, 지은은 곧장 치료실로 향했다. 우빈은 여느 때처럼 센터로 들어온 유기 동물을 치료하기에 여념이 없었다.

"지은 씨, 마침 잘 왔어요."

지은이 안으로 들어서자, 우빈이 반갑게 맞이하며 물었다.

"제가 지금 손을 쓸 수 없어서 그런데, 소매 좀 올려주시겠어요?"

우빈은 엊그제 구조된 몰티즈 한 마리를 품에 안고 있었다. 옆에서 우빈을 보조하던 정 간호사는 마침 창고에 의약품을 가지러 가서 자리를 비운 터였다.

"네, 정 쌤."

지은은 부리나케 우빈에게로 달려갔다.

"죄송합니다."

"어머, 아니에요."

우빈의 품에 안긴 몰티즈가 계속해서 바르작거리느라 주춤

거릴 틈이 없었다. 지은은 우빈이 입고 있는 의사 가운을 위로 밀고 셔츠의 소매를 접기 시작했다. 소매를 말아 올릴 때마다 손끝에 우빈의 살갗이 닿았다. 느낌은 뭐랄까, 아늑하고 평안했다. 좋아하는 남자와의 스킨십은 이렇게 느낌이 다르구나.

어제와 달리 하나도 어색하지 않았다. 마치 꼬리 치는 착한 골든리트리버를 쓰다듬어주는 느낌이랄까. 제혁을 만질 땐 손바닥이 불에 덴 것처럼 뜨거웠는데 반해, 지금은 기분 좋게 따뜻했다.

아, 행복해. 지은의 얼굴에 환한 미소가 떠올랐다.

"그런데 도경 씨, 요새 안 보이시네요."

우빈이 치료를 끝낸 몰티즈를 마침 들어온 정 간호사에게 넘기며 물었다.

"도경 언니, 출장 갔어요. 이번엔 해외 출장이라 조금 오래 걸려요."

"그렇군요."

그다음으로 치료할 시츄를 정 간호사로부터 넘겨받으며 우빈이 말을 이었다.

"도경 씨 보면 참 멋있는 거 같아요. 매일 회사에 출퇴근하느라 피곤한데도 주말마다 봉사 활동에 나서고."

"그러니까요. 회사 생활하다 보면 본인 시간이 없을 텐데."

정 간호사도 옆에서 우빈을 거들었다.

두 사람의 말은 하나도 틀리지 않았다. 프리랜서로 활동하며 자유롭게 일하는 지은과 달리, 도경은 하루 24시간이 모자랄 정도로 일에 몰두하는 비즈니스 우먼이니까. 도경을 질투하는 건 아니었지만, 지은도 우빈에게 멋있다는 소리를 듣고 싶었다. 그래서 지은은 얼마 전에 제안받은 파견 근무를 심각하게 고려해보기로 했다.

회사로 출퇴근해야 하는 일이라서 망설였는데, 받아들일까?

그녀가 원하면 당장 내일이라도 출근할 수 있다고 했다.

"정 쌤, 이거 어디에 두면 될까요?"

그때 문이 열리고 사료를 품에 안은 가을이 들어왔다.

그녀는 오늘 처음 봉사를 시작한 봉사원으로 대학교를 갓 졸업한 사회 초년생이었다. 앳된 얼굴에 생글생글 웃는 모습이 예쁘다는 게 지은이 가을에게 느낀 첫인상이었다.

그런데 그녀만 그렇게 느낀 게 아니었나 보다. 가을을 본 우빈의 얼굴에 환한 미소가 떠올랐다.

"무거울 테니까 이리 주세요. 가을 씨."

"아니에요, 제가 들 수……."

우빈은 가을의 말이 채 끝나기도 전에 그녀에게서 사료를 건네받아 창고로 가져갔다.

지은이 무거운 걸 들 때는 수고한다는 말만 하더니.

기분이 약간 묘했지만, 가을은 키도 작고 몸집도 작았기에 우빈 성격에 가만히 보고만 있을 수 없었을 거라고 생각했다.

지금 어디?

한창 견사를 치우고 있는데 안 여사에게서 문자가 날아왔다.

> 보호 센터

> 데이트는?

엉? 다짜고짜 데이트라니? 오늘 제혁 씨를 만나기로 했던가?

지은에게서 답이 없자, 안 여사로부터 전화가 걸려왔다.

"왜?"

[왜라니? 너희 데이트 안 하고 뭐 하는 거야? 혹시 싸웠어?]

둘이 사귄다고 하면 알아서 하라고 내버려둘 줄 알았는데, 너무 안이하게 생각했나 보다. 사실 이제 막 사귀기 시작했는데 주말에 안 만나는 것도 이상하겠지.

지은은 서둘러 말을 지어냈다.

"싸우긴. 이따가 봉사 활동 끝나고 만날 거야."

[정말이지?]

"어!"

[알았어. 엄마가 너 믿으니까 이번엔 사람 붙이지 않을게.]

하, 믿어준다니 고마워서 큰절이라도 해야 하나?

"바빠, 끊어."

전화를 끊은 지은은 긴 한숨을 내쉬었다. 경호원만 붙이지 않았을 뿐, 부모의 간섭은 전혀 나아진 게 없었다. 그나저나 어떡하지? 오늘 만날 거라고 큰소리 떵떵 쳐놓았는데…….

지은은 서둘러 제혁에게 전화를 걸었다. 다행히도 몇 번 신호 음이 흐른 후에 그가 전화를 받았다.

"저예요. 혹시 오늘 시간 돼요?"

[무슨 일입니까?]

"아무래도 데이트하는 척해야 할 것 같아서……."

휴대폰 너머로 잠시 침묵이 흘렀다. 선약이 있다고 하면 어쩌지? 대답을 기다리는 시간이 얼마나 길게 느껴지는지 모르겠다.

[1시간 이후에 시간 되니까 그때 보죠.]

"만날 장소, 문자로 보낼게요."

지은은 통화를 끊고 안도의 한숨을 내쉬었다. 제혁은 약속대로 1시간이 조금 더 지나서, 차를 몰고 나타났다. 다른 봉사원보다 먼저 센터를 나선 지은은 길 건너 커피숍에서 그를 기다렸다. 제혁은 오늘도 슈트 차림이 아닌 캐주얼 차림이었다.

어젯밤 클럽에서 본 차림보다는 덜 했지만, 여전히 눈길을 어디에 두어야 할지 모를 만큼 섹시했다. 적당하게 달라붙은 짙은 색상의 셔츠는 탄탄한 가슴 근육을 돋보이게 했고, 이마 위로 적당히 흘러내린 앞머리는 높은 콧대를 강조하는 효과를 자아냈다. 계속 이런 모습으로 나오면 곤란한데……. 게다가 오늘은 향수를 바꿨는지 어제보다 강한 머스크 향이 흘러나왔다.

"기분 좋은 일 있습니까?"

제혁의 질문에, 지은은 이해할 수 없다는 듯 미간을 모았다.

"오늘따라 얼굴이 환해서. 날 만나서 그런 것 같진 않고."

"아……."

그제야 지은은 피식 웃으며 고개를 끄덕였다.

"오늘 정 쌤, 봤거든요. 바라만 봐도 기분이 좋아져서."

"바라만 봐도?"

지은의 말이 마음에 들지 않는지 제혁의 미간이 좁아졌다.

이 여자, 또 중요한 건 정신적 사랑 어쩌고저쩌고하는 건가?

고백할 수 있게 도와준다고 말했지만, 아무래도 '달걀로 바위 치기'가 되는 게 아닌가 불안했다.

귀찮게 처음부터 차근차근 교육해야 하나?

그때였다. 봉사 활동을 마친 우빈과 정 간호사가 길 건너 센터 건물에서 걸어나왔고, 그 뒤로는 일일 봉사원들의 모습이 보였다.

"저 사람, 수의사 선생 아닙니까?"

제혁의 말에 아무 생각 없이 길 건너로 고개를 돌렸던 지은의 얼굴이 순식간에 굳어버렸다. 가을이 우빈의 팔에 매달려 생글생글 웃으며 애교를 떨고 있었던 것이다. 너무 자연스러운 행동이었다.

지은은 일 년이 지나도 꿈꾸지 못했던 행동을 오늘 처음 만난 가을은 아무렇지 않게 하고 있었다.

"회식 있는데, 데이트하는 척하느라 일찍 나온 겁니까?"

지은은 아무 말도 하지 못하고 멍하니 길 건너를 바라볼 뿐이었다. 당장에라도 달려가서 우빈의 팔에 매달린 가을을 떼놓고 싶었지만, 차마 그럴 수는 없었다. 누가 봐도 전혀 심각하지 않은 장난에 가까운 행동이었다. 가을은 그저 애교 많은 성격일 뿐이었다.

그런데도 지은은 속이 쓰리다 못 해 목구멍으로 신물이 넘어오는 것 같았다. 그 아무것도 아닌 행동을 왜 나는 못 하는 걸까? 바라만 보면서 어떻게 사랑을 쟁취하겠다고. 바보같이…….

"신지은 씨."

자신을 부르는 목소리에 지은은 그제야 제혁이 옆에 있다는 사실을 깨달았다.

"미, 미안해요. 잠시 딴생각…….."

말하는 사이, 그녀도 모르게 눈에서 눈물이 주르륵 흘러내렸다. 지은은 깜짝 놀라며 재빨리 손등으로 눈물을 훔쳐냈다.

제혁이 그런 그녀를 굳은 표정으로 바라보았다.

"질투 납니까? 본인은 못 하는 거, 저 여자는 쉽게 해서."

"아뇨. 그런 게 아니라."

"솔직하지 못하군."

그 말에 지은은 뭐라고 반박할 수 없었다. 하지만 질투는 아니었다.

이 감정을 뭐라고 설명해야 할까?

"……나는 선뜻 다가가지 못하고 지켜만 보는데 다른 사람이 먼저 그러니까."

"그러면 먼저 다가가면 되는데."

'그게 말처럼 쉬운 일이 아니에요.'라고 대답하고 싶었지만, 도무지 입 밖으로 나오지 않았다. 지은은 입을 꾹 다문 채 제혁의 시선을 피했다.

계속 지은을 바라보던 제혁은 길 건너로 고개를 돌렸다. 가을은 여전히 우빈의 팔에 매달려 있었다. 우빈은 가을을 크게 신경 쓰지 않는 것 같았다. 사실 저 정도의 스킨십이야 약간의 친분만 있으면 누구나 가능하니까.

이론적으론 알아도 그걸 실행에 옮기지 못하는 지은에게 문제가 있었다. 그러면서 아는 척, 경험 많은 척하는 지은이 조금은 안쓰럽게 느껴졌다.

"과제 하나 내죠."

시선은 우빈과 가을에게 향한 채 제혁이 말했다.

"이번 주 안으로 무슨 수를 써서라도 수의사 선생과 저 정도까지 스킨십을 진행해봐요."

지은은 의아한 눈으로 제혁과 길 건너 두 사람을 번갈아 바라보았다.

"자연스러운 스킨십이 있어야 서로 친밀해지고 정이 드는 거니까. 정신적 사랑이 아무리 좋다고 해도 육체적인 게 따라주지 않으면 절대로 진행 안 되는 게 남녀 사이입니다."

우빈과 가을에게서 시선을 거두며 제혁이 퉁명스러운 투로 말을 이었다.

"나무 밑에서 감 떨어지기만 기다릴 건가? 저 정도의 스킨십도 없으면서 무슨 고백을 한다고."

지은은 가만히 고개를 끄덕이며 혼잣말처럼 중얼거렸다.

"……제혁 씨 말이 맞네요."

"내 말에 동의한다면, 감 따러 함께 나무에 오릅시다."

그의 말에 굳었던 지은의 얼굴이 펴지기 시작했다.

"지금…… 도와주겠다는 거예요?"

"수의사 선생에게 고백할 수 있게 도와준다고 한 거, 벌써 까먹었나?"

까먹었을 리가요! 이렇게 빨리 도와줄 거라곤 생각 못 한 것뿐이지.

지은은 방금 제혁이 한 말을 되씹고 또 되씹어보았다. 돌이켜보니 우빈과 알고 지낸 지 1년이 넘었지만, 정말 접촉이란 게 없었다. 오늘 처음 만난 가을도 아무렇지 않게 하는데…….

그런 거구나. 스킨십이 없어서 지금까지 우빈 씨랑 겉돌기만 했던 거구나. 문득 미처 깨닫지 못한 부분을 지적해준 제혁이 고맙게 느껴졌다.

"신경 써줘서 고마워요."

"고마워할 필요 없습니다. 상부상조하는 겁니다."

제혁은 무덤덤한 표정으로 말을 이었다.

"항해를 무사히 마치려면 한배를 탄 사람끼리 도와야 하니까."

한배를 탄 사람끼리라니……. 지은의 미간이 저절로 찌푸려졌다. 동지라는 말보다 훨씬 강하게 느껴지는 동시에 다른 한

편으론 조금 오싹했다. 다르게 표현하자면 함께 죽고, 함께 살자는 말이니까. 이왕이면 함께 사는 쪽으로 끝나면 좋을 텐데…….

"수의사 선생에게 제대로 고백하고 싶지 않아요?"

"당연히 제대로 하고 싶죠!"

그녀의 대답에 제혁은 심각한 목소리로 말했다.

"그렇다면 날 믿고 따라와요. 지금 수준으론 고백 자체가 불가능하니까. 어차피 우린 교제하는 척을 해야 하니, 이 상황을 최대한 이용해 보죠."

한국말이 분명한데, 지은은 제혁의 말이 이해되지 않았다. 그녀가 혼란스러운 눈빛으로 바라보자, 제혁은 단도직입적으로 설명했다.

"나를 수의사 선생이라고 생각하고 진도를 나가자는 겁니다. 싫으면 말고. 억지로 할 필요는 없어요."

싫고 말고를 떠나서 이것 말고 더 좋은 방법이 있을까?

위험한 제안이었지만, 이미 화살은 시위를 떠났다. 지은은 입을 다문 채 위아래로 고개를 끄덕거렸다.

"좋아요. 그럼 지금부터 시작하죠."

말을 마친 제혁이 지은의 어깨를 자연스럽게 끌어안았다. 지은은 떨리는 마음을 진정하며 길 건너 멀어지는 우빈의 뒷모습을 바라보았다.

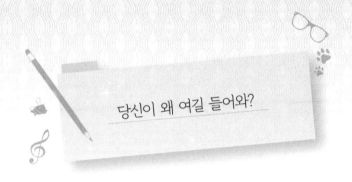

당신이 왜 여길 들어와?

월요일이 돌아오고 정신없이 바쁜 한 주가 시작되었다. 한 주가 지나는 동안 지은에게선 감감무소식이었다. 우빈과 어떻게 되어가는지 궁금했지만, 금요일까지 기다려주기로 했다. 금요일쯤 물어봐도 충분할 거라고 믿었다. 그랬는데…….

"민 실장!"

금요일 아침, 일본으로 출장을 떠났던 경민이 싱글벙글한 얼굴로 들이닥쳤다.

"나한테 무슨 일이 있었는지 맞춰봐."

"난데없이 뭘 맞춰보라는 겁니까?"

제혁은 경민을 힐끗 쳐다본 후, 다시 서류로 시선을 돌렸다.

"강 팀장 퇴사하고 내가 얼마나 힘든지 알지?"

경민은 또다시 강 팀장 퇴사 건을 물고 늘어졌다. 정말 둘째 가라면 서러울 만큼 뒤끝이 길고도 긴 공경민 상무였다.

"글쎄요, 선배보다는 내가 더 힘든데요. 강선아 팀장 업무를 모두 제가 떠맡고 있으니까."

제혁은 서류를 훑어보며 무뚝뚝하게 대응했다.

"민 실장 업무 처리엔 불만 없어. 내가 너, 완전 믿잖아."

과다한 업무를 맡았다는 제혁의 불평을, 경민은 구렁이가 담 넘어가듯 은근슬쩍 넘겨버렸다.

"한 가지 아쉬운 점이 있긴 하지. 요즘 같은 글로벌 시대에 영어밖에 못 하잖아. 강 팀장은 영어, 독어, 불어, 스페인어에 능통했는데 말이지. 유럽 측과 회의가 있을 때마다 강 팀장이 옆에서 바로 통역해줬거든."

"영어만 해서 죄송하군요."

제혁이 서류를 훑어보며 전혀 미안하지 않은 투로 대꾸했다.

"알면 됐어."

"그게 그렇게 아쉽다면 통역사를 고용하면 될 거 아닙니까."

"내 말이!"

그 말을 기다렸다는 듯 경민은 손바닥으로 책상을 '탕' 내리쳤다.

"그래서 내가 이번에 끝내주는 사람을 뽑았다고. 듣고 놀라지 마."

"왜요? 8개 국어라도 합니까?"

제혁은 여전히 서류에 시선을 고정한 채 건성으로 물었다.

"어? 그걸 어떻게 알아?"

똑똑─. 경민의 어리둥절한 목소리는 마침 들려온 노크 소리에 묻혀버렸다.

"네, 들어와요."

경민은 마치 자신이 사무실의 주인인 것처럼 대답했다. '달칵', 문이 열리는 소리가 들리고 누군가가 안으로 들어섰다.

"이리 가까이 와요. 민 실장, 인사해. 앞으로 내 통·번역을 전담할 신지은 씨야."

신지은? 익숙한 이름에 제혁은 황급히 서류에서 고개를 들었다. 믿기 어렵게도 사무 정장 차림의 지은이 눈앞에 서 있었다. 당신이 왜 여길 들어와? 제혁의 미간이 좁아졌다. 지은의 뽀글거리던 머리카락은 생머리로 곱게 펴진 채 단정하게 묶여 있었다.

예상하지 못한 곳에서 제혁과 마주친 지은 역시 깜짝 놀란 듯 입을 벌렸다. 이 남자, 왜 여기에 있지?

혼돈으로 흔들리는 두 사람의 시선이 허공에서 부딪쳤다. 먼저 정신을 차리고 수습에 나선 사람은 제혁이었다. 그는 자리에서 일어나 지은에게 손을 내밀었다.

"만나서 반갑습니다. '민제혁'이라고 합니다."

마치 그녀를 처음 보는 것 같은 무미건조한 표정이었다.

"안녕하세요. '신지은'입니다."

지은은 제혁의 손을 잡은 채로 상황 판단을 위해 신속히 뇌를 회전시켰다.

뭐지? 서로 모른 척하자는 건가? 왜?

그녀가 알기론 분명 민제혁은 쌍우그룹 소속이 아닌 NOF의

공동대표였다.

그런데 왜 쌍우에 있는 거지? 그것도 개인 사무실까지 가지고……. 평범한 회사원이면서 회사 대표라고 속인 건가? 아니면 그새 쌍우에 합병되기라도 했나?

오만 가지 생각이 지은의 머릿속을 헤집어놓았다.

"지은 씨, 앞으로 민 실장과 자주 부딪칠 거예요."

경민의 목소리에 지은은 퍼뜩 상념에서 깨어났다. 두 사람의 관계에 대해 까맣게 모르는 경민이 간략한 설명에 들어갔다.

"민제혁 실장은 NOF라는 스타트업 기업의 공동대표예요. 지금은 쌍우와 계약을 맺고 공동 프로젝트를 진행 중입니다. 기밀이 요구되는 프로젝트라, 내 관할 아래 이곳에 TF팀을 차렸죠."

"그렇군요."

지은은 어색한 미소를 지으며 슬그머니 제혁에게로 시선을 돌렸다. 제혁은 책상에 기댄 채, 못마땅한 눈으로 그녀를 지켜보고 있었다. 반가운 표정을 바란 건 아니었지만, 저렇게까지 썩은 표정을 지을 필요는 없을 텐데…….

지은도 눈에 힘을 주어 제혁의 싸늘한 시선을 맞받아쳤다.

두 사람의 사정을 전혀 모르는 경민은 신이 나서 설명을 이어갔다.

"업무를 떠나서도 민 실장과 나는 가까운 사이예요. 중학교, 고등학교, 대학교까지 쭉 선후배 사이거든요. 유학도 함께

갔다 왔고. 흠, 그러고 보니 우리 군대만 따로 갔구나. 아, 진짜 아쉽……."

"사적인 이야긴 거기까지만 하시죠."

설명이 길어지려고 하자, 제혁은 경민의 말을 도중에 끊어버렸다.

"왜? 자세히 말해줘야지, 지은 씨가 나중에 안 놀라지."

"놀라다니요?"

지은이 궁금하다는 듯 경민을 쳐다보았다.

"여기선 딱딱하게 저래도, 회사 밖에선 허물없이 지내거든요. 모르는 사람이 보면 깜짝 놀랄 만큼."

"아……."

허물없이 지낸다는 경민의 표현이 귀에 쏙 들어왔다. 지금도 제혁은 무례하리만큼 경민의 말을 싹둑 잘라먹었으니까.

띵ㅡ. 띵ㅡ. 띵ㅡ. 갑자기 요란하게 울리는 휴대폰 벨 소리에 잠시 대화가 끊어졌다. 경민은 주머니에서 휴대폰을 꺼내 내키지 않는 얼굴로 통화 버튼을 눌렀다.

"네, 아버지. 무슨 일……."

[야, 이놈의 자식아! 회사 안에선 회장님이라고 부르라고 했지!]

경민의 말이 끝나기도 전에, 휴대폰에선 기차 화통을 삶아먹은 듯한 우렁찬 고함이 흘러나왔다.

"윽!"

공 회장의 쩌렁쩌렁한 목소리에 경민은 황급히 귀에서 휴대폰을 떨어뜨렸다. 얼마나 소리가 큰지 옆에 선 지은의 귀까지 얼얼할 정도였다.

"그러면 왜 개인 폰으로 전화하셨어요?"

경민도 지지 않고 큰소리로 외쳤다.

[안 받으니까 그랬지! 회사 폰은 어디다 처박아둔 거야?]

"제대로 거신 거 맞아요? 또 엄한 데 건 게 아니라?"

[내가 넌 줄 알아!]

살벌한 분위기에 지은은 은근슬쩍 경민의 옆에서 떨어져 나와 제혁의 옆으로 다가섰다. 그러나 제혁은 든든한 방패막이가 돼주는 대신 슬그머니 옆으로 물러섰다. 제혁의 피하는 듯한 행동에 지은은 미간을 찌푸렸다.

자신을 우빈이라고 여기고 다가오라고 할 때는 언제고, 지금은 왜 피하는데? 내가 병균이야?

오기가 난 지은은 다시금 슬쩍 제혁에게 다가섰다. 이번에도 제혁은 옆으로 한 걸음 물러섰다. 통화에 정신이 팔린 경민은 두 사람에게 전혀 관심이 없었다.

[긴말할 것 없다. 당장 회장실로 와!]

공 회장이 일방적으로 전화를 끊자, 경민은 기가 막힌다는 표정으로 휴대폰을 쏘아보았다.

"에이, 씨⋯⋯."

"선배!"

경민의 입에서 욕설이 튀어나오려고 하자, 제혁이 재빨리 지은을 가리켰다. 경민은 아차 하는 표정으로 넥타이를 바로잡으며 짧게 헛기침을 내뱉었다.

"흠흠. 나, 회장실 올라가니까, 민 실장이 신지은 씨에게 이번 프로젝트에 관해서 설명해. 지은 씨, 민 실장이 잘 알려줄 겁니다."

급히 사무실을 나가던 경민은 우뚝 멈춰 서더니, 홱 뒤를 돌아보았다.

"참, 민 실장! 경고하겠는데 이상한 눈길 주지 마. 내 말 무슨 뜻인지 알지?"

그리고 경민은 그대로 사무실을 걸어나갔다. 발걸음 소리가 멀어지기 무섭게 지은과 제혁은 동시에 입을 열었다.

"어떻게 된 겁니까?"

"어떻게 된 거죠?"

서로의 말이 겹치자, 두 사람은 굳은 표정으로 입을 다물었다. 잠시 후, 지은이 팔짱을 끼며 먼저 말하라는 듯 고개를 까딱거렸다.

"도대체 어떻게 된 겁니까?"

제혁도 그녀를 마주 보며 가슴 앞으로 팔짱을 끼었다.

"뭐가 어떻게 되긴요? 방금 상무님 말씀 못 들었어요? 앞으로 통·번역을 전담하게 될 거예요."

"프리랜서라고 들었는데, 아닙니까?"

"네. 맞아요. 하지만 이번엔 6개월 단기 계약을 맺고 이곳에 출퇴근하기로 했어요. 그보다 제혁 씨는 왜 날 모르는 척한 거죠?"

'왜 슬금슬금 옆으로 피한 거죠?'라는 질문은 자존심이 상해서 차마 하지 못했다.

"하, 정말 몰라서 묻는 겁니까?"

제혁은 기가 막힌다는 듯 짧게 헛웃음을 내뱄었다.

"눈치가 느리군."

"뭐라고요?"

지은은 허리에 팔을 짚으며 제혁을 노려보았다. 눈치가 느린 건 사실이었지만, 저렇게 콕 집어서 말해버리면 기분이 나쁘지.

"……민 실장, 그런데 말이지."

그때 갑자기 문이 열리며 경민이 들어왔다. 서로를 노려보던 지은과 제혁은 당황한 얼굴로 뒤를 돌아보았다.

"어? 왜 둘 다 얼굴이 빨갛지?"

열을 올리고 언쟁하다 보니, 그새 얼굴이 상기되었나 보다. 경민은 수상쩍다는 시선을 던졌지만, 곧 다음 질문으로 넘어갔다.

"그래서 프로젝트 설명은 했고?"

"상무님 나간 지 5분도 안 됐습니다. 그사이에 뭘 설명합니까?"

"그건 그러네. 지은 씨, 나중에 내가 설명할 테니까, 오늘은 우선 회장님부터 뵙도록 하죠."

아무래도 지은 혼자 제혁의 사무실에 두고 가기가 찝찝해 다시 돌아왔나 보다. 고양이에게 생선을 맡긴 격이니까. 경민은 제혁을 향해 경고의 눈빛을 날린 후, 서둘러 지은을 데리고 사무실을 걸어나갔다.

문이 닫히자, 한차례 폭풍이 휩쓸고 지나간 듯 고요한 침묵이 내려앉았다.

제혁은 책상으로 돌아가 검토 중이던 서류를 집어 들었으나 얼마 가지 못해 거칠게 서류를 내려놓았다. 아무리 집중하려고 해도 좀처럼 글자가 눈에 들어오지 않았다. 전혀 생각지도 않은 곳에서 상황이 복잡하게 꼬여버린 것이다.

밖에서 만나 연애하는 척하는 것과 회사에서 매일 보며 사귀는 척하는 것은 차이가 크다. 게다가 다른 사람도 아닌 경민의 전담 통·번역을 맡게 됐다니. 눈치 빠른 경민이 지은을 옆에서 지켜보다 두 사람의 사기 연애를 알아채기라도 한다면?

경민은 한 달에 한 번 제혁의 부모를 찾아뵐 만큼 가까운 친분 관계를 유지하고 있었다. 혹시라도 경민이 최 여사와 민 교수에게 말실수라도 하는 날엔 일이 걷잡을 수 없이 커질 것이다. 제혁은 경민이 뭔가를 눈치채기 전에 지은과 담판을 지어야겠다고 결심했다.

> **우리, 이야기 좀 하죠.**

문자를 보냈지만, 그녀는 어찌 된 일인지 한 시간이 지나도록 확인조차 하지 않았다. 전화도 받지 않았다. 휴대폰 전원을 꺼놓았나?

퇴근 시간 한 시간을 남겨놓고도 대답이 없자, 결국 제혁은 지은을 찾아 나섰다. 경민과 함께 움직일 테니까, 그녀가 어디에 있을지는 쉽게 짐작할 수 있었다. 제혁은 손목시계를 들여다보며 경민의 집무실이 있는 건물 꼭대기 층으로 향했다.

예상대로 경민은 중역 만찬에 참석하기 위해 사무실을 나서고 있었다. 경민은 따라 나온 지은에게 몇 마디를 건네고는 엘리베이터 쪽으로 혼자 이동했다. 멀리서 두 사람을 지켜보던 제혁은 경민이 엘리베이터에 오르자, 곧바로 지은에게 다가갔다.

"얘기 좀 합시다."

제혁은 지은이 동의하기도 전에 그녀의 팔을 잡고 복도 끝에 있는 자료실로 향했다. 프로젝트를 위해 특별히 마련된 공간으로 출입이 허락된 사람은 제혁을 포함한 TF팀에 속한 직원뿐이었다. 자료실에 접근할 때마다 아이디 인식 신호 음이 울려, 누가 들어오는지 미리 알 수 있기에 비밀 대화를 나누기에 적합한 장소였다.

아이디카드로 자료실 보안 문을 연 제혁은 지은을 먼저 안으로 들여보냈다. 안에 아무도 없음을 확인한 제혁은 구석에 놓인 철제 책장 뒤로 지은을 끌고 갔다.

"도대체 뭐 하는 겁니까?"

"뭐 하다니요? 일하는 거 안 보이나요?"

"쌍우에서?"

"네. 상무님이 세 배 더 준다고 했거든요. 빵빵한 보너스도 함께."

지은은 해맑게 웃으며 손가락 세 개를 제혁의 코앞에 펴 보였다. 비즈니스 우먼이 멋있다는 우빈의 말에 더더욱 귀가 솔깃했다는 부분은 생략하기로 했다.

"지금 그 말을 믿으라고? SB그룹 상속녀가 돈 때문에?"

제혁은 기가 막힌다는 표정으로 지은을 노려보았다.

"회사 재정에 문제라도 있습니까?"

"아뇨. 전혀 문제없어요. 만약 그랬다면 아빠가 끼니를 거르실 텐데, 요샌 야식까지 챙겨 드세요."

지은은 계속해서 얄미울 정도로 환하게 생글거렸다. 천진난만하게 웃는 얼굴에 화를 낼 수도 없고.

"그런데 왜 돈 때문에 쌍우에서 일한다는 겁니까? 돈도 많으면서."

"어머, 그게 아빠 돈이지, 내 돈이에요?"

누가 그걸 모르나? 제혁은 소리 지르고 싶은 충동을 누르며 차분한 목소리로 말했다.

"돈이 필요하면 SB그룹에서 일하면 되지, 왜 굳이 다른 회사에서……."

"아빠 회사는 불편하거든요. 괜히 뒤에서 낙하산이란 소리나 듣고."

"그쪽이 여기 있으면 내가 불편합니다. 그러니까 당장 그만둬요!"

그 말에 지은은 황당하다는 듯 눈을 동그랗게 떴다. 자기가 뭔데, 그만둬라 마라야?

"싫은데요. 보수도 좋고 대우도 좋고. 이런 직장, 찾기 쉽지 않다고요."

신 회장과의 약속대로 유기견 센터 건립비 중 2억은 그녀 스스로 마련해야 했다. 블랙카드를 써도 안 되고, 가지고 있는 주식이나 보석을 팔아도 안 된다. 순수한 노동의 대가로 번 돈만 기부할 수 있었다.

어릴 때부터 기부를 너무 쉽게 생각하는 지은 때문에 이러다간 집안 기둥뿌리가 뽑힐지도 모른다는 기우에 내려진 극처방이었다. 그랬기에 경민이 제안하는 보수는 지은의 귀를 솔깃하게 하기에 충분했다. 하지만 그런 사정까지 미주알고주알 제혁에게 말하고 싶진 않았다.

"후."

제혁은 짜증 어린 얼굴로 앞머리를 거칠게 쓸어 올렸다.

"하여간 나는 당신과 얼굴 맞대고 일할 생각 없으니까, 제발 그만둬요. 정 돈이 필요하면 좋은 조건의 직장을 알아봐줄 테니까."

"싫은데요."

"내가 지금 당신 연애를 도와주고 있는데 나에게 이래도 되는 겁니까?"

도와주기로 한 것을 무르진 않겠지만, 그래도 뭐라고 한마디 하고 싶었다. 지은도 조금은 뜨끔했는지 아랫입술을 깨물며 미간을 좁혔다.

"그건……."

잠시 생각에 잠겼던 그녀가 심각한 표정으로 입을 열었다.

"진심으로 고맙게 생각하고 있어요. 정말이에요. 하지만 이건 일에 관한 문제잖아요. 공과 사는 분명히 구분했으면 합니다."

"이봐요, 신지은 씨."

"원래 남의 돈을 벌어 먹고살기 힘든 법이에요. 당연히 불편할 때도 있겠죠."

"당신, 방금 SB그룹은 불편해서 가기 싫다고 했잖아!"

흥분했는지 제혁의 말꼬리가 짧아졌지만, 그의 조바심을 이해하기에 지은은 넓은 마음으로 이해했다. 누가 봐도 지금 칼자루는 그녀가 쥐고 있었으니까, 갑의 마음으로 불쌍한 을을 감싸주자.

"아빠 회사는 전담을 둘만큼 번역 일이 많지 않아요. 해외 시장보단 국내 시장에 집중하거든요."

"번역 일 말고 다른 업무를 보면 되잖습니까. 어차피 SB그룹 물려받을 거 아닙니까? 지금부터 경영 수업을 받는다 치고……."

"아닌데요."

지은은 빠르게 제혁의 말을 끊었다.

"난 그룹 경영에 관해서는 전혀 관심이 없는데요. 아빠, 은퇴하시면 외부에서 전문 경영인을 영입할 거예요."

"그래서 자기 회사는 외부 사람에게 맡기고 본인은 남의 회사에서 번역 일을 하겠다?"

"어머, 왜요? 그게 불법이라도 되나요?"

지은은 깜짝 놀란 시늉을 하며 능청스럽게 눈동자를 굴렸다. 그녀가 쉽게 포기할 거라곤 예상하지 않았지만, 이렇게까지 세게 나올 줄은 몰랐다. 제혁은 애써 감정을 억누르며 얼음처럼 싸늘한 눈으로 노려보았다.

반대로 지은은 웃는 얼굴에 침 못 뱉는다는 속담을 적극 활용하듯 눈꼬리를 휘며 환하게 웃어 보였다. 그러나 그 미소에 날카로운 칼날이 숨어 있는 느낌이었다. 꽤 오랫동안 말 한마디 없이 서로를 노려보는 신경전이 이어졌다.

띠리리릭―. 띠릭―. 그때 입구 쪽에서 지문 인식기가 돌아가는 소리가 들렸다. 제혁이 미간을 찌푸리며 소리가 나는 쪽으로 고개를 돌리려는데………

철컹―. 심상치 않은 소리가 이어졌다.

"제길."

순간 뭔가를 깨달은 듯 제혁은 작게 욕설을 내뱉으며 밖으로 뛰어나갔다.

어? 무슨 일이지?

지은은 불안한 마음을 달래며 제혁의 뒤를 따랐다.

띠띠띠띠리리, 띠익―. 이중문이 잠기며 보안장치가 작동되는 소리가 들리고서야, 지은은 사태의 심각성을 깨달았다. 어찌 된 일인지 문이 잠겨버린 것이다. 실내를 환하게 비추던 조명이 서서히 꺼지더니 책장 위에 달린 보조 불빛만 남기고 어두워졌다.

"도대체 일을 어떻게 하는 거야? 아직 30분 남았는데!"

제혁은 화난 듯 주먹으로 굳게 닫힌 철문을 내리쳤다. 하지만 방음이 완벽한 이중문은 꿈쩍도 하지 않았다.

"어떻게 된 거예요?"

"사람이 없는 줄 알고 문을 잠근 모양인데……. 걱정하지 말아요. 전화해서 다시 열어달라고 하면 되니까…… 이런!"

재킷 주머니에 손을 집어넣던 제혁이 낭패한 표정으로 눈살을 찌푸렸다.

"……폰을 사무실에 두고 왔군."

"내가 대신 전화할게요. 어디로 걸면 되죠?"

지은이 허겁지겁 휴대폰을 꺼내며 물었다. 그러나 이내 그녀도 제혁처럼 눈살을 찌푸렸다. 휴대폰 화면에 '설치된 SIM 카드 없음'이란 경고 문구가 떠 있었다.

"얘, 또 이러네."

지은은 혼잣말처럼 투덜거리며 휴대폰의 전원을 껐다.

"지금까지 휴대폰이 먹통인 것도 몰랐습니까?"

"휴대폰을 쓸 일이 없었거든요."

제혁이 황당하다는 표정으로 묻자, 지은은 가볍게 어깨를 으쓱거렸다. 그래서 문자를 확인하지도 않고, 전화도 받지 않은 건가?

"괜찮아요. 껐다가 다시 켜면 되더라고요."

지은이 확신에 찬 어조로 말했다. 하지만 다시 켜진 휴대폰 화면에는 아까와 같은 경고 문구가 떠올랐다. 몇 번이나 반복했지만, 결과는 마찬가지였다. 가는 날이 장날이라고 WiFi 신호마저 잡히지 않았다. 이번에는 유심 칩을 휴대폰에서 뺀 다음 다시 껴보았다. 그래도 작동되지 않자, 지은의 얼굴이 심각하게 굳어졌다.

"어떡하죠? 안 되는데요."

제혁은 왜 제때 휴대폰을 수리하지 않았느냐고 핀잔하려다 가만히 입을 다물었다. 그녀를 자료실로 끌고 온 사람은 자신이므로 일차적 책임은 그에게 있었다. 그리고 어쩌면 이런 상황이 그녀를 단념시킬 좋은 계기가 될지도 모른다.

"이제 어떻게 하죠?"

지은의 걱정스러운 물음에 제혁은 건조한 목소리로 대답했다.

"뭘 어떻게 합니까? 내일 아침에 다시 열릴 때까지 기다릴 수밖에……. 자료실에서 밤늦게까지 일하다 보면 종종 있는 일이니까."

이런 일은 지금이 처음이었지만 제혁은 살짝 과장을 보태었다. 일하는 게 만만치 않다는 것을 그녀에게 알려줄 필요가 있었기 때문이었다.

"네에?"

전혀 예상하지 못한 대답에 지은의 눈동자가 커다래졌다.

"기다리는 것 말고 다른 방법은 없다고요? 말도 안 돼!"

그와 단둘이 밤을 새우라니……. 우빈이라면 몰라도 제혁과 갇히는 건 절대 사양이었다. 불편해, 불편하다고!

"그러지 말고 무슨 수라도 써봐요. 여기 갇혀서 밤을 보낼 순 없다고요."

그것도 당신과 함께는……!

지은은 지푸라기라도 잡는 심정으로 제혁을 간절하게 바라보았지만 제혁은 잠시 침묵을 지키더니, 툭 내던지듯 말했다.

"한 가지 방법이 있긴 한데……."

"그게 뭐죠?"

지은의 눈빛이 희망으로 반짝거렸다.

"화재경보기를 작동하면 사람들이 몰려오겠죠."

"뭐라고요? 그래서 여기에 불을 지르자고요?"

"불을 지를 것까진 없고 화재경보기에 열만 가하면 돼요. 나는 담배를 안 피워서 라이터가 없지만…… 혹시……?"

어머, 뭐라니?

"저도 담배 안 피우거든요."

지은은 자신도 모르게 빽 언성을 높였다.

"발암물질 범벅인 걸 내가 미쳤다고 필 것……."

잠깐, 지금 담배 유해 성분에 관해 따질 때가 아니잖아! 엉뚱한 곳으로 이야기가 새자, 지은은 재빨리 방향을 바로잡았다.

"그런 극단적인 거 말고 다른 방법은 없어요?"

"유감스럽게도 그 외엔 없는 것 같군요."

남은 속이 타서 미치겠는데, 제혁은 아주 무덤덤한 표정이었다. 이 사달의 원흉인 그가 은근히 얄미워지려 했다. 제혁은 책장으로 걸어가더니 파일을 뽑아 자료를 들추기 시작했다.

"지금 뭐 하는 거예요?"

"내일까지 여기에 있어야 하니까, 필요한 자료나 찾을까 해서……."

보조 불빛이 꽤 밝아서 서류를 보는 데 불편함은 없었다. 하지만 그래도 그렇지.

"정말 천하태평이네요. 이 와중에 글자가 눈에 들어와요?"

"그러면 뭘 하면서 시간을 보낼까요? 다른 좋은 방법이라도 있습니까?"

제혁이 서류에서 눈을 떼고 지긋한 눈빛으로 지은을 바라보았다.

"아, 여기서 실습하기를 원하나? 뭐, 이곳도 나쁘진 않군요. 단둘이 오붓하게……."

은근 야릇한 내용이 포함된 물음 같아, 지은의 얼굴이 확 달아올랐다. 컴컴한 밤에 남녀 둘이 한 공간에 갇혔다는 건, 마지막 배가 떠난 섬에 두 사람만 남은 경우와 비슷했다.

아니, 그것보다 더 최악일지도 모른다.

"뭐, 더 좋은 방법은 없는 것 같네요."

지금으로선 제혁의 말에 동의할 수밖에 없었다.

"그럼 난 일하고 있을 테니까, 저기 가서 쉬고 있어요."

제혁은 다시 서류로 눈을 돌리며 한쪽 손으로 휴식 공간이 있는 책장 뒤를 가리켰다. 지은은 냉큼 꼬리를 내리고 제혁이 가리킨 곳으로 향했다.

휴식 공간이라고 해봤자 뭐 특별한 게 있을까 싶었는데 그리 나쁘진 않았다. 벽 쪽에 널찍한 가죽 소파가 있었고 세면대가 딸린 화장실도 갖춰져 있었다. 구석에 놓인 냉장고에는 음료수도 가득 채워져 있었다. 긴장해서 갈등이 밀려오자, 지은은 생수병을 꺼내 단숨에 들이켰다. 찬물 덕분에 부글부글 끓어오르는 속이 조금이나마 가라앉았다.

"후우."

단숨에 생수병을 비운 지은은 소파에 주저앉으며 크게 숨을 내쉬었다. 생각할수록 기가 막혔다.

지은은 휴대폰 유심 칩을 꺼내어 조심스럽게 손바닥 위에 올려놓았다.

혼자서라도 고치고 만다! 두 손 놓고 가만히 기다릴 수만은 없었다. 그러나 행운의 여신은 그녀의 편이 아니었다. 이것저것 여러 방법을 시도해봤지만, 아무 소용이 없었다.

"헐!"

그러다 결국 유심 칩 틀마저 부러뜨리고 말았다

망했다! 지은은 울상을 지으며 소파 등받이에 몸을 기대었다. 그 누구도 그녀가 자료실에 갇혀 있다고는 상상도 하지 못할 것이다. 오늘은 불금이니 친구들과 밤새도록 논다고 생각하겠지.

세상과 격리되어 밀폐된 공간에 갇힌다는 건, 감옥에 갇히는 것처럼 끔찍했다. 폐소공포증이라도 있었으면 어쩔 뻔했어? 상상만으로도 끔찍했다.

지은은 어깨를 움츠리며 제혁이 있는 곳으로 슬쩍 눈길을 돌렸다. 아무리 생각해도 그처럼 철두철미한 남자가 휴대폰을 놓고 왔다는 게 믿어지지 않았다.

혹시 골탕 먹이려고 없는 척하는 건 아닐까? 한번 확인해 봐? 지은은 슬그머니 소파에서 일어나 그가 있는 쪽으로 가보았다. 제혁은 책장에 기댄 자세로 바닥에 앉아 있었다. 그녀가 다가온 것도 모르고 서류를 뒤적이는 걸 보면 집중력이 대단한 모양이다.

벗은 재킷은 옆에 개켜두고, 넥타이는 느슨히 풀어 헤친 모습으로 셔츠 단추는 두 개나 열린 상태였다.

그런 제혁의 모습에 지은은 자신이 왜 왔는지도 잊어버린 채 그를 멍하니 바라보았다. 캐주얼 차림일 때만 어디에 시선을 두어야 할지 모를 줄 알았는데, 왜 사무적인 슈트 차림에도 이러는 건지 모르겠다. 셔츠를 풀어 헤쳐서 그런가? 아, 맞다. 이제 보니까 소매도 걷었네.

깔끔하게 넘긴 앞머리는 아래로 흘러내려 이마를 가렸고, 걷어 올린 소매 밑으론 매끈한 팔뚝이 드러나 있었다.

이런, 내 정신 좀 봐. 지금 한가하게 남자를 감상할 때가 아니지. 지금은 휴대폰을 찾는 게 급선무다!

지은은 정신을 다잡으며 제혁의 주위를 빠르게 스캔했다. 어, 뭐지? 바닥에 놓은 재킷 주머니가 그녀의 시선을 끌었다. 뭔가 두툼한 물체가 들어 있는지 주머니가 살짝 들떠 있었다.

크기로 보나 두께로 보나 틀림없이 휴대폰 같았다.

확인해볼까?

"제가 도울 건 없을까요?"

지은은 제혁에게 다가가며 상냥한 목소리로 물었다. 그제야 제혁은 그녀가 옆에 있다는 걸 깨닫고 서류에서 고개를 들어 올렸다. 아직 서류의 내용이 머릿속에 남아 있는지, 그의 미간은 살짝 찌푸려진 상태였다.

그와 눈이 마주치자 왠지 모르게 심장이 떨려, 지은은 짧게 숨을 들이켰다.

"가만히 있는 것보단 뭐라도 하면 시간이 빨리 지나갈 것 같아서요. 프로젝트에 관해 설명해줄래요?"

혹시라도 목소리가 떨릴까, 지은은 속사포처럼 말을 내뱉었다. 우선은 그의 신경을 딴 곳으로 돌린 후, 몰래 재킷 주머니를 살펴볼 계획이었다.

"공 상무님께 설명 못 들었습니까?"

지은은 고개를 내저었다.

"회장님께 인사드리러 갔다가 함께 점심 먹고, 이곳저곳 다니면서 다른 중역과 인사하느라 시간이 없었거든요."

제혁은 산더미처럼 쌓인 서류 파일을 치우고는 옆에 앉으라는 듯 바닥을 툭툭 두드렸다.

"생체 인식 보안이라고 들어봤죠? 우리가 개발하는 건, 지문과 홍채, 음성, 3D 얼굴 인식을 동시에 실행하는 겁니다. 그렇게만 된다면 오류를 크게 줄일 수 있죠."

지은은 설명에 귀를 기울이는 척하며 바닥에 놓인 재킷을 뚫어지게 쳐다보았다. 조금만 손을 뻗으면 되는데…….

"NOF에겐 기발한 아이디어가 있고, 쌍우는 그걸 실현할 수 있는 막대한 자금이 있고. 서로에게 윈윈 전략인 셈이죠."

"첫 번째 타깃이 유럽 시장이란 말은 들었어요."

"기술 협력을 하는 인공지능 회사 역시 독일과 프랑스 합작 회사입니다. 지금은 마무리 단계로 테스트와 마케팅 분야에 전력을 기울이고 있죠."

"아, 네."

이해했다는 듯 지은이 크게 고개를 끄덕거리자, 제혁은 못 마땅한 표정으로 이맛살을 찌푸렸다.

"지금 이런 문제에 몰두할 때가 아닐 텐데요. 내가 내준 과제는 했습니까?"

"아뇨. 아직."

"과제를 제대로 해 오지 않는 사람에게는 가르칠 맛이 안 나는데……."

핀잔하는 말투에 지은은 슬그머니 그의 시선을 피했다.

잠깐, 오늘은 금요일이라고! 아직 한 주가 완전히 끝난 것은 아니니까.

지은은 다시 전투적인 눈빛으로 제혁을 바라보았다.

"오늘 찾아가려고 했다고요. 난데없이 이런 곳에 갇히지만 않았다면 말이죠."

"좋아요. 오늘은 내 잘못이 크니까 이번 한 번은 넘어가기로 하죠."

제혁은 파일 하나를 집어 지은에게 건넸다.

"독어, 불어 자료입니다. 훑어보고 요약해줄 수 있습니까?

"그러죠"

지은은 제혁을 향해 싱긋 웃어 보이고 곧바로 작업에 들어갔다. 번역을 하는 척하며 경계심을 풀어야 했다. 서류를 넘기는 소리와 사각거리는 펜 소리가 조용한 자료실 안에 울려 퍼졌다.

얼마나 지났을까?

제혁은 서류에서 눈을 떼고 옆으로 고개를 돌렸다. 지은은 번역한 글귀를 입속으로 중얼거리며 무언가를 종이 위에 끄적거리고 있었다.

그녀를 세상 물정 모르는 철부지 재벌녀라고 넘겨짚은 건, 편견이었나 보다. 심심풀이로 번역 일을 한다고 생각했는데, 지은은 꽤 진지하게 일에 몰두했다.

강하진 않지만, 그녀에게선 은은한 향이 흘러나왔다. 너무 달콤하지도 않고 너무 독하지도 않은 적당하게 상큼하고 기분 좋은 향.

아까부터 자꾸만 머리카락 밑으로 드러난 하얀 목덜미에 눈길이 갔다. 목선을 맴돌던 시선은 가냘픈 어깨 선으로 미끄러지고, 벌어진 재킷 사이로 보이는 완만한 곡선으로 옮겨갔다.

"앗!"

그때 필기 중이던 지은의 손에서 펜이 미끄러져 제혁의 재킷 위로 떨어졌다. 지은이 재빨리 손을 뻗었다. 제혁도 동시에 손을 내밀었다. 펜을 아래에 두고 서로의 손이 뜨겁게 얽혀버렸다.

제혁의 커다란 손에 지은의 길고 가느다란 손이 쏙 들어갔다. 지은은 얼음처럼 몸을 굳힌 채, 서로의 손을 내려다보았다. 먼저 손을 빼버리면 그만인데 어찌 된 일인지 손가락 하나 까딱할 수 없었다.

"……생각이 바뀌었어."

그때 나지막한 목소리가 유혹하듯 그녀의 귓가로 흘러들었다.

"일보단 실습을 하는 게 나을 것 같은데."

제혁의 기다란 손가락이 부드럽게 지은의 손가락 사이로 밀려들어와 엇갈리게 맞추어 끼어졌다. 그리고 조금 더 힘을 주어 그녀의 손을 꽉 움켜쥐었다.

"하아."

단지 손깍지를 끼었을 뿐인데, 숨이 '탁' 막혔다. 아직은 남자와의 육체적 접촉이 익숙하지 않아서일 것이다. 지은은 서로 엇물린 손가락을 바라보며 아랫입술을 깨물었다.

"……실습하기엔 시간이 좀 늦은 게 아닐까요?"

잠시 어색한 침묵이 흐르고, 지은은 쥐어짜듯 목소리를 내어 물었다. 그 말에 제혁은 순순히 깍지 낀 손을 놓아주었다.

"좋아요. 오늘은 여기까지."

지은은 당황한 표정을 숨기려 급히 손목시계를 들여다보

았다.

"벌써 자정이 넘었어요."

"이곳 정리는 내가 하죠."

제혁은 바닥에 놓인 파일을 들고 자리에서 일어났다. 제혁이 자료를 책장에 꽂는 사이, 지은은 그가 눈치채지 못하게 재킷 주머니를 슬쩍 만져보았다. 휴대폰이라고 생각했는데 잡히는 감촉이 뭔가 달랐다.

휴대폰이 아니었나?

지은은 밀려드는 실망감에 우울해졌다. 바닥에 오래 앉아 있었던 탓에 여기저기 몸이 쑤셔오자, 한 손으로 어깨를 주물렀다.

"조금이라도 자둬요."

제혁은 고갯짓으로 가죽 소파를 가리켰다.

"그쪽은요?"

"나도 물론 소파에서 잘 겁니다. 두 사람이 눕기엔 좁겠지만 앉기엔 충분하니까."

"아……."

갇힌 자료실에서 소파 위에 나란히 앉아 눈을 붙인다고?

"그러지 말고, 한 사람은 소파를 쓰고 한 사람은 여기 바닥에 누워서 자죠. 카펫이 깔려 있어서 괜찮을 거예요."

"그 말은 지금 나보고 바닥에서 자란 말이군요."

"아뇨. 내가 바닥에서 잘게요."

사무실과 달리 자료실은 서늘한 온도를 유지했다. 몸을 움츠릴 정도로 춥지는 않았지만, 바닥에서 자다간 감기에 걸릴 게 분명했다. 그래도 양심상 제혁을 바닥에서 자게 하고 그녀가 소파에서 잘 순 없었다. 그렇다고 함께 소파에 앉아서 잠을 청할 순 더더욱 없었다.

"신지은 씨, 만약 지금 이 상황에서 여기 있는 사람이 내가 아니라 수의사 선생이었으면 어땠을 것 같습니까?"

"정 쌤이요?"

우빈이었다면 감사한 마음으로 옆에 바짝 앉아서 새근새근 잠들었겠지. 은근슬쩍 옆으로 기대기도 하면서……. 아, 상상만 해도 마음이 편안해지면서 긴장이 풀렸다.

제혁이 그녀의 속마음을 읽은 것처럼 그녀를 재촉했다.

"나를 수의사 선생이라고 생각하고 앉아요. 우리 그렇게 하고 진도 나가기로 한 거 아닙니까?"

"그거야 그렇지만……."

"여기 와서 앉아요."

제혁은 지은을 빤히 쳐다보며 어서 앉으라는 듯 소파 위를 손바닥으로 탁탁 두드렸다.

그때였다. 꼬르륵―. 민망한 소리가 그녀의 뱃속에서 우렁차게 울려 퍼졌다. 재빨리 아랫배를 움켜쥐었지만 이미 늦고 말았다. 제혁의 시선이 느껴지자, 지은은 볼멘 목소리로 투덜거렸다.

"점심도 제대로 못 먹었다고요."

공 회장까지 합석한 자리였으니 음식이 목구멍으로 넘어갈

리가 없었다. 그런데 저녁까지 걸렸잖아!

"이거라도 먹어요. 나는 단 거 안 좋아하니까."

제혁이 재킷 주머니에서 뭔가를 꺼내 그녀에게 건넸다. 휴대폰인 줄 알고 확인하려고 애썼던 정체불명의 물체였다. 지은은 황당한 눈으로 손바닥에 놓인 물건을 바라보았다.

뭐야? 휴대폰이 아니라 초콜릿이었어?

"단 거 안 좋아한다면서 왜 초콜릿을 가지고 다녀요?"

지은은 허망한 마음을 숨기며 옆에 앉은 제혁을 흘겨보았다. 이런 거 가지고 다니지 말고, 휴대폰을 챙기고 다니라고!

"설명하자면 깁니다."

짧게 설명하자면 급히 나오느라 누군가 책상 위에 놓고 간 초콜릿을 휴대폰으로 착각하고 가지고 온 것이다. 정말 어처구니없는 실수였다.

"원래 배고플 때 단 거 먹으면 더 배고프다던데……."

지은은 투덜거리며 초콜릿의 포장을 벗겨냈다.

"그럼 관둬요."

제혁이 도로 가져가려 하자, 지은은 등 뒤로 초콜릿을 숨겼다.

"아, 아뇨. 그냥 그렇다는 거지, 누가 안 먹는데요?"

휴대폰이 초콜릿이라서 실망스럽긴 했지만, 지은은 낙관적인 성격의 소유자였다. 일용한 양식에는 감사해야 하는 거라고. 지은은 두 손에 초콜릿을 꽉 움켜쥐고 다람쥐가 도토리를 까먹듯 야금야금 먹어 치웠다.

"으음."

빈말이라도 한입 먹겠느냐고 묻지도 않고, 손가락에 묻은 초콜릿까지 쪽쪽 빨아가며 말끔하게 해치웠다. 달콤한 여운을 음미하는 그녀의 눈꼬리가 황홀한 듯 반달 모양으로 휘어졌다.

혼자 광고를 찍는군. 제혁은 그녀의 감탄사를 한 귀로 흘리고 소파 등받이에 머리를 기대며 두 눈을 감았다.

이상하다. 분명 단 걸 싫어하는데…….

밸런타인데이 때마다 쏟아지는 선물 공세 탓에 초콜릿이라면 치가 떨렸다.

그런데 지금은 어떤 맛일지 조금 궁금해졌다. 그녀가 너무 맛있게 먹었기 때문일까?

"제혁 씨 때문에……."

그때 지은의 나긋한 속삭임이 귓가에 흘러들었다.

"……가슴이 두근거려서 잠이 오지 않아요."

뭐? 이 여자가 미쳤나?

제혁은 자신의 귀를 의심하며 감았던 눈을 번쩍 떴다.

"이렇게라도 고백하지 못하면……."

지은의 손에는 먹고 남은 초콜릿 포장지가 들려 있었다.

"심장이 터져버릴 것 같아, 용기를 내어 고백합니다. 꼭 제 마음을 받아달라는 건 아니에요. 다만……."

그녀는 초롱초롱 눈을 빛내며 초콜릿 포장지 안에 든 편지를 읽어 내려갔다.

"이리 내놔요."

제혁이 표정을 굳히며 편지를 낚아채려 몸을 날렸다. 지은은 편지를 빼앗기지 않으려 급하게 옆으로 몸을 비틀었다.

"앗!"

그러다 그만 중심을 잃고 소파 위에 쓰러졌다. 그 반동으로 그녀의 손을 잡으려던 제혁 역시 지은 위로 넘어졌다. 팔 안에 가둔 상태로 덮치듯 그녀를 내리누르는 자세가 되어버렸다.

"……아!"

제혁을 올려다보는 지은의 눈빛이 충격으로 크게 흔들렸다. 겁먹은 건 아니었지만, 너무 당황하여 몸이 뻣뻣하게 굳어버렸다. 의도한 게 아닐지라도 그녀는 지금 제혁 밑에 깔린 상태였다. 소파 깊숙이 밀어붙이는 묵직한 무게에 짓눌려 꼼짝할 수가 없었다.

"……지금 이거 실습 아니죠?"

떨지 않으려고 애썼지만, 말꼬리가 가늘게 흔들렸다. 제혁은 곤혹스러운 얼굴로 몸을 일으키고는 지은에게서 빼앗은 편지를 재킷 주머니에 쑤셔 넣었다. 그리고 혼자 버둥거리는 지은의 손을 잡아 몸을 일으켜주었다.

지은은 아무 일도 없었던 것처럼 손으로 헝클어진 머리카락을 다듬으며 소파 가장자리로 옮겨 앉았다. 그래봤자 제혁의 옆이었지만…….

"선물 받은 걸 먹으라고 주면 어떡해요? 내가 괜히 미안해지잖아요."

지은은 어색한 분위기를 돌리려 장난스럽게 투덜거렸다. 하지만 제혁은 굳은 표정을 풀지 않았다. 초콜릿 안에 편지가 있으리라곤 꿈에도 상상하지 못했다.

사랑 고백이라면 이젠 지긋지긋했다. 그에겐 잘난 외모가 스트레스인 동시에 콤플렉스니까. 제혁은 눈살을 찌푸리며 이를 악물었다. 왜 모두, 마음을 전달하기에만 급급한지 모르겠다. 이런 일방적인 행위가 얼마나 큰 부담인지 정녕 모르는 걸까?

초등학교에 들어가면서부터 시작된 구애 공세는 대학 시절 최절정에 이르렀다가 쌍우에 오고 나서 또다시 심해졌다.

"여기서 나가면 똑같은 초콜릿으로 사줄게요."

"필요 없습니다. 어차피 버릴 거였으니까. 그보단 굶주린 사람을 구제하는 게 낫죠."

굶주린 사람을 구제? 하. 듣고 보니 기분 나쁘네! 지은은 눈을 가늘게 뜨며 제혁을 흘겨보았다.

"내가 지금 누구 때문에 굶주린 건데 그래요?"

제혁의 씁쓸한 시선이 그녀를 향했다.

"내 잘못이 80%라면 당신 잘못도 20%는 되는 거 같은데, 아닌가?"

"여기로 끌고 온 사람이 누구였죠?"

"제때 내 문자를 받았으면 이런 일 없었을 것 아닙니까? 아니, 처음부터 여기서 일하지 않았으면 더 좋았고, 그리고……."

뭐라고 한마디 더 보태려던 제혁은 생각을 바꾸었는지 살며시 고개를 흔들었다.

"관두죠. 아침이 되려면 멀었으니까 조금이라도 자둬요."

말을 마친 제혁은 가슴 앞으로 팔짱을 끼며 두 눈을 감았다.

지금 이 상황에서 잠이 와?

지은은 황당한 얼굴로 눈을 감은 제혁을 뚫어지게 바라보았다.

그는 정말로 잠을 청할 생각인지 눈을 감은 채 미동도 하지 않았다. 지은은 그를 따라 소파 등받이에 등을 기대며 가슴 앞으로 팔짱을 꼈다.

조용한 침묵이 주위로 내려앉았다. 옆에 앉은 제혁으로부터 은은하게 온기가 전해졌다.

불편하면서 뭔가 묘한 분위기에 지은은 조심스럽게 숨을 들이마셨다. 시원한 향의 은은한 남성적 체취가 느껴졌다.

으응? 지은은 그제야 뭔가를 깨닫고 고개를 갸웃거렸다.

그러고 보니 오늘은 향수 안 뿌렸네? 회사 출근할 때는 안 뿌리나?

확실히 강한 남자 향수 냄새보다는 애프터쉐이브 로션이 섞인 은은한 체취가 더 매력적이다.

그런데 이 향을 어디 다른 곳에서 맡은 것도 같은데……. 어디에서였더라?

지은은 그윽한 향을 음미하며 사르르 두 눈을 감았다. 그러자 곧바로 노곤해지면서 잠이 쏟아졌다.

출근 첫날이라고 잔뜩 긴장한 채로 이리저리 뛰어다닌 탓이었다. 피곤하니까 자꾸만 눈꺼풀이 감기고 온몸이 물먹은 솜뭉치처럼 무겁게 느껴졌다. 몸이 서서히 옆으로 기운다는 것을 알지 못한 채, 지은은 그대로 잠에 빠져들었다.

지은의 어깨가 살며시 맞닿는 것을 느꼈지만, 제혁은 모르는 척 무시했다. 새근새근 숨 쉬는 소리가 들리더니 얼마 후, 그녀의 고개가 힘없이 제혁의 어깨 위로 툭 떨어졌다.

제혁은 살며시 눈을 뜨고 옆으로 고개를 돌려보았다. 지은은 그의 어깨에 기댄 채로 세상모르게 곤히 자고 있었다. 이런 자세로 자면 내일 온몸이 쑤실 텐데…….

지은의 허리 뒤로 쿠션을 밀어 넣을까 고민하다, 그녀가 깰까 봐 포기해버렸다. 내일 눈을 뜨면 다시 한 번 회사를 그만두라고 차분히 설득해봐야겠다.

제혁은 말없이 지은을 바라보다, 무거운 눈꺼풀을 감았다.

얼마쯤 지났을까?

그도 서서히 잠에 빠져들기 시작했다.

띠띠띠리릭— 철컹—. 어디선가 낯선 소리가 들렸다.

"으음."

지은은 천근만근 무거운 눈꺼풀을 힘겹게 열어보았다. 흐릿한 영상 안에서 실내조명이 서서히 밝아지고 있었다.

여기는 그녀의 안락한 침실이 아니고, 그렇다고 호텔 방도 아닌, 그러니까 여기는…….

느릿느릿 눈꺼풀을 깜박이던 지은의 머릿속에 어젯밤 일이 떠올랐다.

"앗!"

화들짝 잠이 달아난 지은이 상체를 벌떡 일으켰다. 어젯밤 제혁이 말한 대로 정각 8시에 자료실 문이 열렸나 보다.

제혁도 소리를 들었는지 감았던 눈을 떴다. 소파에서 벌떡 일어난 지은은 입구로 달려가 문이 열린 것을 확인했다. 문을 연 보안 직원은 이미 사라지고 없었다.

"저 이만 가볼게요."

다시 문이 잠기는 것도 아닌데 그녀는 허둥지둥 서둘렀다.

"월요일에 출근할 겁니까?"

제혁의 질문에 지은은 우뚝 자리에 멈춰 섰다.

아직도 그 소리야? 이 남자, 보기보다 끈질기네.

"당연한 걸 왜 묻죠?"

제혁이 군은 표정으로 가까이 다가오자, 지은은 반사적으로 한 걸음 뒤로 물러섰다. 그는 방금 깨어난 주제에, 패션쇼를 마치고 돌아온 모델처럼 머리끝에서 발끝까지 흐트러진 곳이 없었다. 느슨하게 풀린 넥타이마저 은근히 섹시해 보였다.

반대로 그녀는 어떤가? 화장도 지워져서 엉망일 테고 머리도 부스스하고. 굳이 거울로 몰골을 확인하지 않아도 알 수 있었다.

지은은 제혁의 시선을 외면하며 등을 돌렸다. 이미 그에게 망가진 모습을 여러 번 보였기에 더는 보태고 싶지 않았다. 제혁은 그녀의 그런 행동을 더 이상 이야기하고 싶지 않다는 뜻으로 받아들였다.

"좋습니다."

원래 하지 말라고 하면 더 하고 싶은 반항심이 생긴다. 제혁은 잠시 유예를 두기로 했다.

"다음 주 금요일까지 시간을 주죠. 곰곰이 생각해봐요. 그때까지 우리가 사귀는 사이라는 건 철저히 비밀로 하고."

"그래요."

그만둘 생각은 전혀 없었지만, 생각할 시간을 준다는데 여기서 괜히 왈가왈부할 필요는 없었다.

"오늘 봉사하러 갑니까?"

"원래는 오늘 내일, 이틀 봉사 가는 건데, 오늘은 모르겠어요. 하지만 내일은 확실히 갈 거예요."

"그렇다면 내가 준 과제 잊지 말아요. 조금이라도 수의사 선생과 스킨십을 진행할 것."

"네."

다시금 착한 제자 모드로 돌아간 지은이 힘차게 대답했다.

"보고 받을 겸, 내일 봉사 끝나고 봅시다. 저번처럼 갑자기 전화해서 만나야 한다고 하지 말고."

지은의 부모뿐만 아니라, 최 여사도 두 사람이 잘 만나고 있는지 세세한 내용을 물었다. 제대로 대응하려면 적어도 일주일에 한 번은 보여주기 식 데이트를 할 필요가 있었다.

지은은 순순히 동의했다.

"알았어요. 내일 봐요, 그럼."

그 말을 끝으로 지은은 부리나케 자료실을 빠져나갔다. 밤새도록 불타는 만리장성을 쌓은 사이도 아니면서 제혁의 얼굴을 마주하기가 어려웠다. 어찌 되었든 간에 아빠를 제외하고 함께 밤을 지새운 남자는 제혁이 처음이었으니까. 뭔가 벌레가 스멀스멀 가슴 언저리를 기어가는 듯한 느낌이 들며 얼굴이 붉어지고 뒷골이 당겼다.

이건 모두 소파에서 불편한 자세로 잠을 잤기 때문일 것이다. 그뿐이다.

서둘러 집에 돌아가자, 안 여사와 신 회장은 부부 동반 골프 모임이 있다며 이미 외출한 후였다. 지은은 그대로 욕실로 직행해 뜨거운 물로 샤워를 하고 곧장 침대 속으로 뛰어들었다.

"아이고, 허리야."

앉아서 자느라 뭐가 잘못됐는지 온몸이 쑤시고, 특히 허리 통증이 심했다. 지은은 앓는 소리를 내며 두 눈을 감고 잠을 청했다.

아, 어제는 정말 무지막지하게 힘겨운 밤이었어.

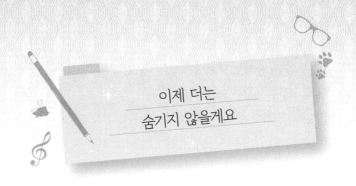

이제 더는
숨기지 않을게요

　토요일 하루 동안 침대 속에서 끙끙 앓은 지은은 일요일이
돼서야 유기 동물 보호 센터를 방문할 수 있었다.

　"지은 씨, 왔군요."

　사무실 안으로 들어오는 그녀를 우빈이 반갑게 맞이했다.

　"안녕하세요, 정 쌤."

　우빈은 언제나처럼 사람 좋은 미소를 지었지만, 오늘은 어딘
지 모르게 거리감이 느껴졌다.

　어떻게 알 수 있느냐고?

　우빈을 좋아한 지 한 해가 넘어간다. 그런 미묘한 차이는 즉
각 알아차리는 게 당연했다.

　"시간 내기 어려울 줄 알았는데 오셨네요. 도경 씨에게 들었
습니다. 요즘 민 실장님과 연애하느라 바쁘시다고."

　"네에?"

　지은의 눈이 튀어나올 것처럼 커다래졌다.

헉, 언니! 출장에서 돌아오자마자 그새를 못 참고 우빈 씨에게 쪼르르 일러바친 거야?

"결혼을 전제로 만난다고 들었습니다. 축하해요."

"아, 네. 뭐…… 그런……."

지은은 어색하게 웃으며 말꼬리를 흐렸다.

우빈 씨에게는 될 수 있으면 늦게 알리려고 했는데, 망했다!

"그래서 그날 두 분이 같이 있었던 거군요."

새끼 고양이를 구조한 날을 말하는 모양이다. 제혁과 데이트 중이었다고 오해한 걸까?

"아뇨. 그날은 우연히 만……."

뭐라고 변명하려는데 벌컥 문이 열리며 도경이 유기견을 품에 안고 들어섰다.

"어머, 지은아. 여기서 뭐 해?"

도경은 우빈 옆에 서 있는 지은을 발견하고 깜짝 놀란 듯 목소리를 높였다.

"너, 오늘 데이트 안 해?"

원수, 원수. 하여간에 이런 원수가 없다니까! 지은은 슬쩍 눈을 흘기며 손톱으로 도경의 허벅지를 꾸욱 찔렀다. 그러나 신경이 둔한 도경은 전혀 감을 잡지 못했는지 '뭐?'라는 입 모양을 해 보였다. 그러고는 지은이 아무 말도 하지 못하자, 그대로 지은을 지나쳐 안고 있던 유기견을 우빈에게 넘겨주었다.

"목욕하다가 보니까 슬개골 탈구가 일어나는 것 같아서요. 좀 봐주세요."

"그래요?"

상태가 안 좋은 편인지, 뒷다리 관절을 관찰하는 우빈의 안색이 어두워졌다. 지은은 숨죽여 우빈의 눈치를 살피다 도경의 옆구리를 팔꿈치로 푹 찔렀다.

"언니, 검사 청소하는 것 좀 도와줄래?"

"난 지금 애들 목욕시키는 중인데?"

"잠깐이면 돼."

지은은 도경의 대답을 기다리지 않고 서둘러 사무실 밖으로 데려갔다. 인적이 드문 복도에 이르자, 지은은 도경을 구석으로 밀어놓고 얼굴을 바짝 들이밀었다.

"왜 동네방네 소문내고 다녀? 제혁 씨와 사귄다는 얘기가 왜 우빈 씨 입을 통해서 나와, 어?"

"아니, 나는…… 정 선생님이 어제 너, 안 왔다고 찾아서 요새 데이트하느라 바쁠 거라고……."

"그런 거 아냐! 일 때문에 바빴다고."

밤새도록 자료실에 갇혀 있다가 아침에 풀려나, 토요일 내내 끙끙 앓았다는 말은 생략했다.

"난 우빈 씨밖에 없단 말이야. 그런데 그걸 말해버리면 어떡해!"

"어머, 애 좀 봐. 민 실장이랑 결혼하려고 교제하는 거 아냐? 너, 양다리 걸치려고?"

"양다리라니! 언니, 사람을 뭐로 보고!"

지은의 얼굴이 곤혹스럽게 일그러졌다.

"그게 아니면 뭐?"

아, 갈등이다. 도경 언니에게 사실을 말해줘야 하나?

"상황이 좀 복잡해."

태도경이 누구인가! 말이 사촌 언니지, 그녀에겐 쌍둥이 같은 단짝이 아니던가! 그녀에게까지 숨길 순 없었다.

"답답하게 그러지 말고 알아들을 수 있게 설명을 해."

"언니!"

지은은 심각한 얼굴로 도경의 양팔을 움켜쥐었다.

"지금부터 내가 하는 말, 목에 칼이 들어와도 발설하면 안 돼. 언니를 믿고 하는 말이야."

"알았어. 머리에 총구를 겨눠도 입 딱 다물 테니까, 말해."

"……사실은……."

사기 연애에서부터 냅킨 계약서에 이르기까지 모든 설명을 들은 도경의 입이 크게 벌어졌다. 충격이 컸는지 도경은 할 말을 잃고 눈동자를 위아래로 굴렸다. 우빈과 잘되게 도와준다고 약속했다는 말을 하려는 찰나…….

"야! 너, 미쳤어?"

도경의 손이 지은의 등을 매섭게 내리쳤다.

"지분을 넘기기로 했다고?"

사기 연애에 놀랄 줄 알았는데 도경은 그것에는 전혀 관심이 없고 냅킨에 적힌 계약 내용을 들먹였다. 지은은 아무 일도 아니라는 듯 어깨를 으쓱거렸다.

"그거야 내가 그 남자에게 넘어갈 일은 절대로 없으니까."

"야! 신지은!"

도경이 화난 얼굴로 버럭 소리를 질렀다.

"아오, 얘가 세상 물정을 몰라도 너무 몰라."

"그 남자, 내 타입 아니거든. 절대로 안 넘어간다니까. 난 우빈 씨만……."

"바보야. SB그룹 지분이 걸린 일인데, 그 남자가 널 가만히 두겠어?"

어, 이야기가 왜 또 이렇게 흘러가지?

"민 실장 같은 남자가 너처럼 경험 없는 여자 홀리는 건, 일도 아니야."

"무슨 말을 그렇게 섭섭하게 해. 나, 일편단심 민들레거든!"

"일편단심 민들레 같은 소리 한다."

도경이 비장한 얼굴로 지은의 어깨를 꽉 움켜쥐었다.

"하여간 내 말 잘 들어. 둘이 있을 땐 그 남자랑 눈도 마주치지 마."

"눈도 마주치지 않으면서 어떻게 사귀는 척해?"

"남들에게 보이려고 사귀는 척 연기하는 건데 둘이 있을 땐 그럴 필요 없잖아. 아무리 친절하게 대해도, 뇌쇄적인 매력을 줄줄 흘려도, 꾹 참아. 유혹하려고 수작 부리는 거니까. 알았지?"

듣고 보니 솔직히 이상한 점이 한둘이 아니었다. 우빈과 잘되게 도와준다면서 진도 나가자고 한 것도 그렇고. 자료실 문이 갑자기 잠겨버린 것도 의심스럽긴 했다. 매사에 철저한 남자가 휴대폰도 빠뜨리고 나오질 않나. 잠긴 문을 열려고 하지도 않고 태평하질 않나.

지은은 눈살을 찌푸리며 아랫입술을 깨물었다. 아군이 아니라 적군인가? 아니면 이중간첩? 동지끼리 의심해선 안 되겠지만, 만사에 조심해서 나쁠 건 없었다. 그러나 걱정할 건 없다. 만에 하나, 그가 불순한 마음을 품고 있다고 하더라도 그녀는 절대로 우빈을 배신할 리가 없었다.

우빈은 그녀가 SB그룹 상속녀라는 걸 전혀 모르는 상태고, 제혁은 처음부터 그녀가 SB그룹 상속녀라는 것을 알고 만났다.

두 남자는 출발선부터 달랐다. 우빈만이 그녀의 배경이 아닌 오직 '신지은'이란 여자로 보아줄 것이다. 내가 경험은 없어도 유혹한다고 쉽게 넘어갈 만큼 만만한 여자는 아니라고! 지은은 마음을 단단히 다잡았다.

"그저께 일로 아직도 피곤합니까?"

도경의 충고 때문이었을까? 지은은 시큰둥한 표정으로 제혁을 맞이했다. 제혁은 그 이유를 그제 밤새도록 자료실에 갇힌 후유증 때문이라고 생각한 듯싶었다.

"피곤한 건 아니고, 허리가 좀 아파서. 지금은 괜찮아요."

"허리를 쿠션으로 받쳐줬어야 했는데 그냥 구부리고 자서 그럴 겁니다."

잠깐! 나중에 허리 아플 걸 뻔히 알면서도 가만히 놔뒀단 말이야? 지은이 날이 선 시선으로 쏘아보자, 제혁은 어깨를 으쓱거렸다.

"회사 생활하다 보면 그런 일, 자주 있을 텐데……. 야근하다가 책상에서 잠들 때도 많고."

가만히 듣고 보면 무지 기분 나쁠 말인데도 지은은 마음이 가벼워지는 걸 느꼈다. 도경의 말대로 정말로 제혁이 그녀를 유혹할 생각이 있었다면 오히려 쿠션을 대주는 친절을 보여주었을 테니까. 의심이 가시자, 그녀의 표정이 약간 밝아졌다.

"셋 중에서 골라요. 손을 잡는다. 어깨를 안는다. 팔짱을 낀다."

오늘 제혁이 그녀에게 요구한 실습은 연인처럼 '나란히 걷기'였다.

"저, 근데 정 쌤과 이렇게 길을 걸을 일이 지금으로선 전혀 없거든요."

"그러다 막상 닥치면 바들바들 떨면서 어쩔 줄 몰라 할 겁니까?"

바들바들 떨 것 같진 않지만, 어쩔 줄 몰라 할 것 같긴 했다. 지은은 한숨을 내쉬며 제혁이 내어준 질문을 곰곰이 생각해보았다. 자료실에서 잠시 손깍지를 낀 것만으로도 숨이 막혔는데 손을 잡고 길을 걸으라니. 이미 어깨를 안는 건 해봤고. 그때도 막 어색하고 불편해서 미치는 줄 알았는데…….

무난하게 팔짱이나 껴볼까?

"팔짱 낄게요."

그녀의 대답과 함께 제혁이 자신의 팔을 내주었다. 아무 생각 없이 그의 팔에 자신의 팔을 두르던 지은은 순간 멍하니 얼어붙고 말았다. 아무리 조심하려고 해도 그의 단단한 팔에 그녀의 가슴이 스치는 자세가 되고 말았기 때문이다.

몰랐는데 이게 스킨십 난이도가 제일 높은 거였어! 그래서 처음 시작하는 연인들이 손을 잡는 거고, 오래된 연인들이 팔짱을 끼는구나!

지은이 팔만 걸어놓은 상태로 슬금슬금 옆으로 멀어지려 하자, 제혁이 그녀의 손을 잡아 자신 쪽으로 잡아당겼다.

"팔짱 끼려면 제대로 해요."

"아, 네."

지은은 빨개진 얼굴을 숨기려 슬그머니 고개를 밑으로 숙였다. 순간 진한 시더우드 향이 코끝에 스며들었다.

또 다른 향수네? 향수 안 뿌린 체취가 제일 좋은데…….

일요일 늦은 오후의 거리는 주말의 마지막을 보내려는 사람들로 북적거렸다. 처음엔 불편하기 그지없었는데 그녀도 모르는 사이, 제혁과 함께 걷기를 즐기고 있었다. 가슴에 닿는 딱딱한 팔은 아직도 꺼림칙했으나, 그래도 그만하면 참을 만했다.

그때 난데없이 단발머리 여자가 두 사람 앞을 가로막았다.

"제이!"

이국적 외모를 가진 여자가 꿀이 뚝뚝 떨어지는 눈으로 제혁을 바라보고 있었다.

"너, 지금 여기서 뭐 하는 거야?"

제혁이 곤혹스러운 표정으로 여자에게 물었다.

"I have an audition. 한국엔 two days ago, 드러와써. What a surprise! 연락 안대서 모뽀고 가는 줄 아랐는데……."

영어는 미국 본토 발음으로 유창한데 한국말이 어눌한 걸 보면 교포인가?

"그래, 이렇게라도 보게 되니 반갑군."

"Oh my god! I can not believe it's you, Jay."

제혁이 피식 웃어주자, 루이자는 두 팔을 활짝 벌려 그를 끌어안았다.

"Um, anyway do you still play it? I want to join you."

순간 제혁의 표정이 딱딱하게 굳어졌다.

Play? 지은은 굳어버린 제혁과 싱글벙글 웃는 루이자를 번갈아 보며 머리를 굴렸다. 무궁무진한 뜻을 포함하고 있는 'Play'란 동사가 과연 여기선 무엇을 뜻할까?

놀다, 경기하다, 연주하다, 행위하다, 도박하다 등등…… 이성과 그렇고 그런 놀이를 하는 의미로서의 그 'Play'는 아니겠지?

설마! 카사노바라는 건 알았지만, 저 멀리 외국에까지 손을 뻗고 있는 줄은 몰랐다.

"루이자, 동행 있는 거 안 보여?"

제혁이 싸늘한 목소리로 지적하자, 루이자는 흠칫 뭔가를 깨달은 표정으로 입을 다물었다.

"연락처 줘."

루이자가 뭐라 말을 꺼내기 전에 제혁이 손을 내밀었다.

"돌아가기 전에 한번 보자."

"Okay."

루이자는 제혁에게 연락처를 주고 이대로 헤어지기 아쉬운지 몇 번이나 뒤돌아보다 자리를 떠났다.

"전 여자 친구예요?"

루이자가 멀어지자, 지은이 은근슬쩍 질문을 던졌다. 그러나 제혁에게선 매몰찬 대답만이 돌아왔다.

"사생활에 관한 질문은 삼갔으면 하는데……."

"네, 뭐. 그러시든지."

지은은 퉁명스럽게 말하며 멀어져가는 루이자에게 시선을 옮겼다.

반응이 싸한 거 보니까 백 퍼센트 전 여자 친구이다. 그게 아니면 엔조이 대상? 그녀가 알고 있던 민제혁 실장과는 너무나도 다른 모습이 속속들이 드러났다.

이래서 선보고 결혼하면 안 되는 거야. 몇 번 선본 후, 스펙만 보고 결혼했다간 완전 뒤통수 맞는 거라고. 이런 남자인 줄 누가 알았겠는가! 가짜 연애이니 망정이지, 진짜로 사귀는 사이였으면 그녀는 물론 신 회장, 안 여사 모두 충격에 빠졌을 것이다. 24시간 경호원을 붙여가며 강제 모태 솔로를 만들면서까지 곱게 키운 딸을 카사노바에게 보낸 꼴이 되니까.

"그만 식사하러 가죠. 근처에 단골 가게가 있습니다."

한창 상상 속을 헤매던 지은은 제혁의 목소리에 현실로 돌아왔다. 두 사람은 근처에 있는 이탈리안 레스토랑으로 자리를 옮겼다. 레스토랑은 큰길에서 떨어져 있어 단골이 아니면 모르고 지나칠 정도로 눈에 띄지 않는 곳에 있었다. 단순하다 못해 초라한 간판과는 달리 실내는 꽤 고급스러웠다.

레스토랑 직원이 두 사람을 창가 자리로 안내했다.

"라자냐 좋아합니까? 여기 '에그플랜트 라자냐' 잘하는데."

"네, 좋아해요."

주문이 끝나자, 제혁은 본론으로 들어갔다.

"내준 과제는?"

깐깐한 선생님이 따로 없다니까. 아직 숨도 안 돌렸는데 곧바로 질문이라니.

"그게 봉사 활동하느라, 오늘따라 새로 들어온 유기견도 많았고……."

슬그머니 시선을 피하던 지은은 퍼뜩 중요한 게 생각난 듯 앉은 자세를 고쳐 잡았다.

"앗! 그보다 정 쌤이 우리가 결혼을 전제로 만나는 사이라는 걸 알아버렸어요."

그녀의 반응이 마음에 들지 않았는지 제혁의 눈꼬리가 위로 치켜 올라갔다.

"내가 전에 뭐라고 했죠? 오히려 지금까지와는 다른 시선으로 볼 거라고 했을 텐데."

"네, 맞아요. 다른 시선. 뭔가 거리감이 느껴지는 그런 시선. 정 쌤은 도덕적으로 아주 올바른 사람이라서 남자 있는 여자는 절대로 가까이하지 않을 거예요."

말하고 보니 엄청 속상해졌다. 아무리 남의 떡이 커 보인다
고 해도 우빈은 남의 떡에 절대로 손을 댈 사람이 아니었다.

하늘이 무너질 것 같은 상실감에 잠긴 지은과는 달리 제혁
은 느긋한 표정으로 의자에 상체를 기댔다.

"위기를 기회로 돌려야 성공하는 거 모릅니까?"

"어떻게요? 지금 나와 제혁 씨는 남들이 보기엔 결혼을 전
제로……."

"남들이 보기엔 그렇겠지만."

제혁은 지은의 말을 중간에 자르며 재빨리 끼어들었다.

"사실은 집안 결정에 따라 강제로 만나는 거라면? 가련한
여주인공 연기를 하면 됩니다. 어쩌면 그 말 못 할 사정이 수
의사 선생의 관심을 끌 수도 있을 테니까."

왜 자꾸만 이 남자의 말에 귀가 솔깃한 거지? 어느새 지은
은 또랑또랑한 눈으로 제혁의 말을 열심히 경청하고 있었다.

"날 믿고 내가 하라는 대로 따라와요. 수의사 선생에 관해
선 어느 정도 정보를 수집했습니까? 좋아하는 음식, 영화, 병
원 출퇴근 시간 등등."

"그런 정보라면 모두 꿰고 있어요."

논문 한 권을 쓸 수 있을 정도로 우빈에 관한 정보를 수집
해놓았다. 그게 바로 짝사랑하는 사람의 올바른 자세가 아니
겠는가!

"그렇다면 두 번째 과제를 내죠. 일주일 안으로 수의사 선생

과 단둘이 식사해요. 식사 중에 슬쩍 정보를 흘리는 겁니다. 선봐서 억지로 만나는 사이다. 슬프면서도 보호해주고 싶은 표정을 지어가면서……"

슬프면서도 보호해주고 싶은 표정이라고? 영화라도 보면서 연습해야 하나?

"손님, 주문하신 음식 나왔습니다."

두 사람의 대화는 음식을 가져온 웨이터가 접시를 내려놓는 바람에 잠시 중단되었다. 지은의 앞으로는 잘 구워진 '에그플랜트 라자냐'가, 제혁의 앞으로는 '치킨 파르메산'이 놓였다.

"그때 그 말 진심이었습니까?"

지은이 포크로 라자냐를 잘라 입으로 가져가는데 제혁이 지나가듯 물었다.

"처음 본 남자와는 불편해서 밥이 목구멍으로 안 넘어간다는 말."

"보통은 그래요."

"지금은?"

"제혁 씬 처음 본 남자가 아니잖아요. 그렇다고 편한 건 아니지만 그럭저럭 견딜 만해요."

라자냐를 입에 넣자마자 지은의 얼굴에 미소가 번졌다.

"와, 정말 맛있네요."

그녀의 이런 반응을 예상하였다는 듯 제혁은 피식 입꼬리를 올렸다.

"수의사 선생과 식사할 때도 포크로 간단하게 자를 수 있는 요리를 주문해요."

"왜죠?"

"그쪽 성격에 수의사 선생 앞에서 포크로 파스타를 돌돌 말 수 있겠어요? '후루룩' 소리 날까 봐 제대로 먹지도 못할 텐데."

어머, 이 남자 정말 연애 전문가인가 봐. 어쩌면 이런 디테일까지! 지은이 경외의 눈빛으로 바라보자, 제혁은 구체적인 계획을 말했다.

"막연히 진행하지 말고, 정확히 고백하는 날을 정하기로 합시다. 오늘을 수업 첫날이라고 하면 100일째 되는 날에⋯⋯."

휴대폰으로 날짜를 확인하며 제혁이 말을 이었다.

"고백하면 완벽할 것 같군요."

'고백'이라는 말에 지은의 심장이 두근거리기 시작했다. 제혁과 함께라면 우빈의 마음을 얻을 수 있을 것만 같은 자신감이 생겼다.

지은을 집까지 바래다준 제혁은 다시 함께 식사했던 곳으로 돌아왔다. 제혁은 옆 유료 주차장에 차를 세운 후, 레스토랑 쪽으로 걸어왔다. 레스토랑을 지나 몇 개의 건물을 더 지난 후, 조금은 낡아 보이는 건물 앞에 멈춰 섰다.

그는 주위를 한 번 쓱 둘러본 다음, 건물 옆 유리문을 열고 들어가 지하로 연결된 계단을 내려갔다.

지하 입구는 커다란 철문이 가로막고 있었다. 철문 옆에 놓인 벨을 누르자, 덜컹 소리와 함께 문이 열렸다.

"선배님."

노랗게 물들인 곱슬머리를 한 남자가 활짝 웃으며 제혁을 맞이했다.

"은우야, 루이자 여기 왔지."

"와, 귀신이다. 어떻게 아셨어요? 온 지 한참 됐어요."

제혁이 향한 곳은 'Broken Wings'의 작업실이었다. 작업실이라는 것을 모를 만큼 철저하게 방음 처리돼 있는 이곳은 일류 스튜디오 못지않게 최신 설비가 갖추어져 있었다.

"참, 메일 보냈는데. 이번 주 수요일 괜찮으시죠?"

"응. 괜찮아. 시간 비워둘게."

제혁이 은우와 함께 작업실로 들어서자, 소파에 앉아 이야기를 나누던 멤버들이 자리에서 일어났다.

"Hi, Jay."

제혁을 본 루이자가 겸연쩍은 표정으로 손을 흔들었다.

"아까는 sorry."

"어쩐지 여기 오는 길 같더라니."

"여빼 그 여자는 느꾸? your girl friend?"

"그건 네가 알 거 없고."

제혁은 못마땅한 눈으로 루이자를 노려보았다. 루이자는 과거 'Broken Wings'에서 객원 보컬로 활동했었다. 미국으로 돌아가고 나서 한동안 연락이 뜸하다가 오늘 난데없이 짠하고 나타난 것이다.

반가운 마음도 잠시, 눈치 없게 지은의 앞에서 '제이'라고 부르며 아직도 연주하느냐고 묻다니. 지은이 알아챌까 봐 얼마나 식은땀을 흘렸는지 모른다.

"선배, 오랜만에 루이자도 왔는데 한판 뛸까요?"

"그럴까."

한 시간이 넘는 즉흥 연주가 끝나고 잠시 휴식을 가질 때, 바닥에 앉아 전자 기타를 손보는 제혁에게 루이자가 다가왔다.

"저기, 나……"

그녀는 눈치 보듯 제혁의 표정을 살피며 조심스럽게 입을 열었다.

"뉴욕에 오디션 가따가 해수 소식 드러꺼든…… 혹시 제이도 궁금해하까 바……."

순간 제혁은 표정을 굳히며 자리에서 벌떡 일어섰다.

"듣고 싶지 않아."

"Jay, you need to know what really happened to her."

"그만."

제혁은 재빨리 그녀의 말을 막으며 소파 위에 놓아둔 재킷을 집어 들었다.

"나 그만 갈게. 수요일에 보자."

그는 어리둥절해하는 3기 멤버들을 향해 짧게 작별 인사를 남기고 작업실을 나섰다.

"제길."

밖으로 나온 제혁은 한 손으로 이마를 짚으며 건물 외벽에 등을 기댔다. 이렇게까지 민감하게 반응할 필요는 없었는데…… 왜 아직도 타인의 입에서 그녀의 이름이 나오면 이리도 숨이 막히는지 모르겠다.

"후우."

제혁은 긴 숨을 내쉬며 건물 외벽에서 몸을 일으켰다. 루이자가 해수에 관해 무슨 이야기를 들었는지 절대로 알고 싶지 않았다. 아직은 진실을 대면할 준비가 되지 않았기에.

제혁은 차를 세워놓은 주차장으로 걸음을 옮기며 한쪽 입매를 비틀었다.

그게 언제가 될까? 그런 날이 과연 오기나 할까?

오늘따라 유난히 밤공기가 차갑게 느껴졌다.

"아무리 봐도 사귀는 사이처럼 보이지 않는데 말이야."

골똘히 영상을 들여다보던 안 여사가 중얼거렸다.

"당신 생각은 어때요?"

안 여사가 휴대폰을 내밀자, 신 회장이 힐끗 옆으로 시선을 돌렸다. 두 사람은 거실 소파에 나란히 앉아 오늘 지은의 데이트 장면을 찍은 동영상을 보는 중이었다. 어떻게 데이트하고 있는지 너무 궁금해 몰래 사람을 붙여서 함께 식사하는 모습을 찍어 오라고 지시했다.

말없이 동영상을 보던 신 회장이 중얼거리듯 입을 열었다.

"이제 만난 지 얼마나 됐다고. 내가 보기엔 괜찮은데."

"아무리 얼마 안 돼도 그렇지. 지은이 표정을 봐요. 너무 진지하잖아요. 얘가 좋아하는 남자 앞에서 이런 표정을 짓냐고요. 이건 무슨 수업 받는 학생 같잖아요."

"좀 더 기다려봐. 만나자마자 부둥켜안았으면 또 난리 치면서 경호원 보내라고 그랬을 거면서."

신 회장의 말에도 안 여사는 찡그린 표정을 풀지 않았다. 세상 물정 모르는 외동딸, 아무리 상대를 믿는다고 해도, 한순간에 늑대로 변할지 몰라, 몰래 사람을 붙이곤 했는데…….

어떻게 이번에는 이리도 건전하단 말인가!

"어떡해요? 둘이 만날 때마다 계속 사람 붙여요?"

"글쎄……."

"글쎄는 뭐가 글쎄야? 당연히 당장 그만둬야지."

뒤에서 들려오는 싸늘한 목소리에 안 여사와 신 회장은 흠칫 몸을 움츠렸다. 조심스레 뒤를 돌아보자, 지은이 팔짱을 낀 채 두 사람을 죽일 듯이 노려보고 있었다.

아니, 얘는 소리도 없이 언제 들어왔대?

"뭐야? 또 사람 붙였어? 엄마! 아빠!"

지은이 버럭 소리를 지르자, 안 여사가 소파에서 벌떡 일어났다.

"지은아, 그게 아니라, 우리는 그저······."

"나 믿는다며. 그래서 사람 안 붙일 거라며!"

"그건 저번 주고. 그땐 정말 사람 안 붙였어. 하지만 오늘은······."

"오늘은 뭐?"

지은은 매서운 눈초리로 안 여사를 노려보았다. 그러나 겉으론 당당하게 소리쳤지만, 속으론 뭔가를 눈치를 챈 건 아닐까, 은근 불안해지기 시작했다.

"둘이 지금 뭐 하고 있나, 너무 궁금해서 그랬지. 너, 데이트할 때마다 경호원 붙였는데 그걸 딱 끊으려니까 뭔가 허전하기도 하고. 그래서······."

다행이다. 아직 아무것도 눈치채지 못한 것 같다.

"아, 몰라! 또 사람 붙이면 제혁 씨에게 다 말해버릴 거야. 제혁 씨가 질려서 헤어지자고 하면 그거 다 엄마, 아빠 탓이야! 알았어?"

지은이 씩씩거리며 2층으로 올라가버리자, 안 여사는 슬그머니 신 회장에게로 고개를 돌렸다.

"어쩌죠? 이젠 사람 그만 붙여요?"

"······음."

신 회장은 고민에 빠진 얼굴로 찻잔을 들어 올렸다. 진심으로 좋아한다면 오히려 숨기려 할 텐데, 저리도 쉽게 말해버린다고 하다니. 아무래도 조금은 더 지켜볼 필요가 있을 것 같다.

침실로 돌아온 지은은 화풀이하듯 핸드백을 침대로 힘껏 집어 던졌다.

"아, 정말!"

으름장을 놓긴 했지만 두 사람이 데이트할 때마다 또 사람을 붙일 게 분명했다. 앞으론 만날 때마다 대놓고 애정 행각을 보여줘야 하나? 이걸 그 남자에겐 뭐라고 설명하지? 그저 쉽게 사귀는 척만 하면 되는 줄 알았는데 부모님을 너무 만만하게 봤나 보다.

"후우."

지은은 한숨을 내쉬며 침대에 털썩 주저앉았다. 도대체 언제쯤 돼야, 완벽하게 자유로워질 수 있을까. 그녀를 사랑해서 그런 거라는 거, 이해는 되지만 더는 방관할 수 없었다. 평생 보호해줄 것도 아니면서. 나중에 홀로 남으면 그땐 어떻게 헤쳐나가라고.

"몰라, 몰라. 생각하지 말자."

지은은 혼잣말을 중얼거리며 두 손으로 얼굴을 감쌌다.

내일은 월요일. 출근하는 날이니 우선은 일부터 생각해야지. 이런 기분으론 잠들기 어렵겠지만, 억지로라도 잠을 청해야 한다. 지은은 뜨거운 물로 샤워한 후, 그대로 침대 속으로 직행했다.

월요일 아침, 지은은 출근 시간보다 좀 더 일찍 회사로 향했다. 그래서인지 썰렁한 로비가 그녀를 맞이했다. 로비를 가로지르던 지은은 엘리베이터를 기다리는 제혁을 발견하고 걸음을 멈추었다. 그의 외모가 특별해서 시선이 가는 건 절대 아니다. 엘리베이터 앞에 서 있는 유일한 사람이기 때문일 것이다.

지은은 다시 앞으로 나아갔다. 제혁은 지은이 다가오는 것을 모른 채, 아래층으로 내려오는 엘리베이터 층수의 불빛을 바라보고 있었다.

"안녕하세요, 민 실장님."

지은이 먼저 말을 걸고서야 제혁이 그녀 쪽으로 고개를 돌렸다.

"안녕하십니까, 신지은 씨."

마치 모르는 사람에게 인사하듯 무덤덤한 목소리. 배우가 됐다면 아마 명연기자란 소리를 듣고도 남았겠다. 지은은 사무적인 미소를 떠올린 후, 그의 옆에 서며 엘리베이터 불빛으로 시선을 돌렸다.

사무실에 도착하니 경민이 밝은 얼굴로 그녀를 반겼다.

"아직 준비 중이라, 우선은 유 비서 옆에 자리를 마련했어요. 이번 주는 나랑 회의 참석하는 일이 대부분일 겁니다."

경민을 따라 주로 회의에 참석했기에 지은은 화요일이 되도록 제혁과 마주칠 일이 없었다. 그런데도 불편하다, 어쩐다 하면서 그녀에게 회사를 그만두라고 하는 것은 불공평한 것 같았다.

마지막 회의를 끝낸 지은이 퇴근 준비를 하는데 노크와 함께 제혁이 비서실로 들어섰다. 그는 지은은 쳐다보지도 않고, 곧장 유 비서에게로 다가갔다.

"상무님 안에 계십니까?"

"네, 방금 회의에서 돌아오셨습니다. 들어가보세요."

제혁은 유 비서에게 고개를 끄덕이고는 집무실 안으로 들어갔다. 지은은 제혁이 들어간 집무실 문을 슬쩍 흘겨보았다.

아무리 모른 척하기로 했다지만, 눈길도 안 주나?

"지은 씨, 퇴근해도 돼요. 민 실장님 들어가셨으니까 좀 걸릴 거예요."

"그럼 먼저 갈게요."

지은은 유 비서에게 인사한 후, 핸드백을 들고 자리에서 일어났다. 사무실을 나와 엘리베이터를 향해 걸어가던 지은은 우뚝 걸음을 멈췄다.

월요일부터 정신없이 일하느라 중요한 걸 깜빡하고 있었다. 아무래도 그에게 상황을 알리는 게 낫지 않을까? 말하지 않고 가만히 있기엔 뭔가 찝찝했다.

지은은 뒤를 돌아 중역실 입구를 바라보았다. 이어서 핸드백에서 휴대폰을 꺼내 문자를 찍었다.

할 이야기가 있어요.
옥상 정원에서 기다릴게요.

제혁은 경민의 집무실을 걸어나오며 문자를 확인했다. 20분 전에 온 문자였다.

무슨 급한 일이기에 만나자는 거지?

제혁은 휴대폰 화면을 내려다보며 잠시 생각에 잠겼다. 사내에선 되도록 모른 척해야 했지만, 이미 퇴근 시간이 지났으니 큰 문제는 없을 것이다. 요즘같이 쌀쌀한 날씨에 옥상 정원을 찾는 직원 역시 뜸했다.

옥상 정원에 발을 내딛자, 저 멀리 화단 옆 벤치에 앉은 지은이 눈에 들어왔다. 제혁은 혹시라도 주위에 누가 있을까, 주의 깊게 둘러보며 지은에게 다가갔다.

"할 이야기라는 게 뭡니까?"

벤치에 기대어 화려한 야경을 바라보던 지은이 제혁을 향해 고개를 돌렸다. 그녀의 안색이 어두운 걸 보면 별로 좋은 이야기는 아닌 것 같았다.

그새 수의사 선생에게 퇴짜라도 맞았나?

"우선 기분 나빠하지 않겠다고 약속해줘요."

무슨 대단한 소리를 하려고? 제혁은 자신도 모르게 미간을 찌푸렸다. 그러나 이내 고개를 끄덕거렸다.

"약속은 못 하겠지만 노력은 하죠. 뭡니까?"

지은은 대답을 하는 대신 야경으로 눈을 돌렸다. 잠시 침묵을 지키던 그녀가 천천히 입을 열었다.

"이제 더는 숨기지 않을게요. 그래요, 그쪽 말이 맞아요."

그에게 시선을 돌린 채, 지은은 무덤덤한 목소리로 말을 이었다.

"저, 지금까지 제대로 된 연애해본 적 없어요. 데이트를 안 해본 건 아니지만, 매번 손도 잡기 전에 끝났거든요."

"성격이 그리 나빠 보이진 않는데……."

제혁이 툭 던지듯 내뱉은 말에 지은은 씁쓸하게 웃었다.

"아무리 성격이 좋아도 24시간 경호원이 붙는 여자를 어떤 남자가 좋아하겠어요? 얼마 전까지 어디를 가든지 경호원과 함께였어요. 데이트할 때조차 불쑥불쑥 나타났다고요."

"그런데 왜 갑자기 그 이야기를 하는 겁니까?"

"후우."

지은은 짧게 한숨을 내쉬고는 다시 제혁에게로 시선을 돌렸다.

"우리 일요일에 만나는 걸, 사람을 붙여서 찍었더라고요."

순간 제혁의 표정이 굳어졌지만, 다행히 기분이 상한 것 같진 않았다.

"내가 식음까지 전폐하고 난리를 치고 나서야 경호원을 붙이지 않게 됐어요. 하지만 지금도 가끔 사람을 붙여 사진을 찍거든요. 이유는 혹시라도 내가 잘못되지 않을까 걱정해서라는데……."

지은이 말을 잇지 못하고 머뭇거리자, 제혁이 대신 그녀의 말을 이었다.

"그 말은 우리가 만나는 것도 사람을 붙여서 지켜볼 거다?"

"네. 어쩌면요. ……또 그러면 제혁 씨에게 다 말해버릴 거라고 협박은 해두었지만, 그렇다고 가만히 있을 분들이 아니거든요. 아무도 모르게 사람을 붙일지도 몰라요."

"쌍우에 출근하는 것도 신 회장님이 아십니까?"

"아뇨."

지은은 가만히 고개를 저었다.

"일하는 거에 관해선 간섭하지 않으세요. 제혁 씨를 만날 때만 사람을 붙일 거예요."

제혁은 잠시 생각에 잠겼다. 쉽지 않을 거라는 건, 이미 알고 있었다. 신병익 회장이 호락호락 넘어갈 인물은 아니니까.

"계획을 좀 수정해야겠군."

이윽고 제혁이 다시 입을 열었다.

"진행을 좀 더 빨리해서 보다 적극적으로 연기를 하도록 하죠. 그리고 수의사 선생이 노출되지 않게 신경 쓰고. 신 회장님이 알게 돼서 좋을 건 없으니까."

"이해해줘서 고마워요."

"고맙다라……."

제혁의 입가에 쓸쓸한 미소가 떠올랐다. 주말에 만나며, 수의사 선생과 잘되게 도와주는 선에서 적당히 교육시키면 될 거라고 생각했는데 어째 가면 갈수록 수위가 높아지는 것 같았다. 청청 지역 1등급인 그녀를 데리고 과연 무사히 연기할 수 있을까?

"적극적으로 연기해야 한다는 게 무슨 뜻인 줄 압니까?"

제혁의 물음에 지은은 꿀꺽 마른침을 삼켰다. 안다. 너무 잘 알아서 선뜻 대답할 수 없었다.

지은이 아무 말 없이 바라만 보자, 제혁은 손을 내밀어 그녀의 뺨을 감쌌다. 바깥 공기로 차가워진 뺨에 따뜻한 손이 닿자, 저절로 입이 벌어졌다.

머리카락이 쭈뼛쭈뼛 서는 것처럼 소름이 돋는 건, 얼음에 뜨거운 물을 부어 쩍하고 갈라지는 것과 같은 현상일 것이다. 단지 그뿐이다.

제혁의 얼굴이 아주 느린 속도로 그녀에게 다가오기 시작했다. 지은은 두 눈을 깜빡거리며 '흐읍' 숨을 들이마셨다. 머리가 하얗게 비워지고 몸이 덜덜 떨렸지만, 꿈쩍도 할 수 없었다.

"긴장하지 말아요."

종이 한 장 차이로 다가온 그의 입술에서 따뜻한 숨결이 느껴졌다.

"더 이상은 다가가지 않을 겁니다. 여기까지만 해도 멀리서 볼 땐 키스하는 것처럼 보일 테니까."

말을 마친 순간, 그의 얼굴이 재빠르게 멀어졌다.

"이 선까지 연기하는 걸로 하죠. 할 수 있겠죠?"

"네, 네."

지은이 빠르게 위아래로 고개를 끄덕거렸다. 그녀의 대답이 마음에 들었는지 제혁이 벤치에서 몸을 일으켰다.

"추워요. 그만 일어나죠."

"먼저 가세요. 사람들 눈에 띄면 안 되니까, 전 좀 더 있다가

갈게요."

사실은 다리가 후들거려서 잠시나마 안정을 취할 시간이 필요했다.

"그래요, 그럼."

제혁은 두 번 물어보지 않고 그대로 등을 돌렸다.

"아, 그리고……."

그러다 걸음을 멈추고 지은을 향해 뒤돌아보았다.

"수의사 선생과 저녁 하는 거, 내일로 해요. 대부분 수요일 저녁엔 약속을 안 잡으니까. 성공할 확률이 높을 겁니다."

"그럴게요."

그 말을 끝으로 그는 빠르게 옥상 정원을 빠져나갔다. 그가 떠나고 나서도 지은은 한동안 벤치에서 일어날 수 없었다.

밤바람이 차가웠지만, 복잡한 생각을 정리해야 하는 머릿속은 너무나도 뜨거웠다. 감성적인 그녀에 비해 이성적으로 대처하는 제혁이 고맙긴 한데, 항상 뭔가 당하는 느낌이었다. 방금도 혹시 키스라도 하는 건 아닐까 완전 심장이 덜컹 내려앉았었다.

"하아, 하지만 그래도 어쩌겠어."

지은은 혼잣말처럼 투덜거리며 벤치에서 몸을 일으켰다. 지금, 이 순간 그녀를 도와줄 사람은 제혁뿐이었다. 썩은 동아줄이 아니라 금 동아줄이라고 믿어보자!

지은은 제혁과 함께 동지를 맺은 건 아주 잘한 일이라고 좋게 생각하기로 했다.

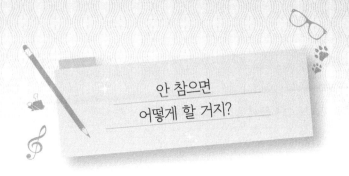

안 참으면
어떻게 할 거지?

[지은아, 오늘 밤, 시간 있니?]

수요일 아침, 출근하려는데 미나에게서 전화가 걸려왔다.

"오늘 밤?"

우빈을 만나 저녁 식사를 할 계획이었지만, 확실한 건 아니었다. 퇴근 시간에 동물 병원 앞에서 얼쩡거리다가 우연히 만나는 것처럼 꾸민 후, 슬쩍 지나가는 말로 '저녁은 드셨어요?'라고 물을 예정이었다. 하지만 과연 용기를 내어 물어볼 수 있을지 의문스러웠다.

"아직 몰라. 왜?"

[피로연 끝나고 갔던 클럽 기억나지? 마이 스튜디오. 약속 없으면 10시에 거기로 와. 인디 밴드 특별 공연 있거든. 'B.W.'도 나온대. 딱 세 곡만 연주할 거라는데, 그게 어디니?]

평소 같으면 관심 없다고 사양하겠지만, 귀가 솔깃해졌다. 만약에 우빈과의 저녁 식사가 실패로 돌아가면 속상한 마음이나 달랠 겸 가볼까? 제이의 기타 연주를 들으면 뭉클한 무언가가 가슴에 확 와닿을 것 같았다.

"알았어. 이따가 봐서."

[그 남자도 데리고 와.]

"그 남자, 누구?"

[너 지금 사귀는 남자 말이야.]

결국은 제혁 씨가 궁금해서 오라는 거네.

"시간 되면."

[너, 진짜 뭘 모른다. 여자가 좋으면 없는 시간을 쪼개서라도 오는 게 남자라고. 하여간 안 되면 너 혼자라도 와.]

"알았어."

지은은 전화를 끊고 제혁에게 전화할까 잠시 망설였다. 하지만 이내 고개를 내저었다. 클럽은 2차 선택이고 오늘 그녀에게 가장 중요한 건 우빈과의 저녁 식사였다.

"됐어. 차선책은 필요 없어."

지은은 혼잣말을 중얼거리며 휴대폰을 주머니에 집어넣었다. 퇴근하고 곧장 우빈에게 달려가려면 집에 와서 옷을 갈아입을 시간이 없었다. 그렇다고 딱딱한 사무 정장 차림으로 우빈을 만나고 싶진 않았다.

사내 피트니스 센터에서 샤워하고 옷을 갈아입을 계획을 세운 지은은 가장 맘에 드는 옷을 골라 쇼핑백에 집어넣었다. 지은은 바빠 회사로 향하며 오늘만큼은 빨리 시간이 흘러가기를 빌었다.

"지은 씨?"

그녀를 발견한 우빈이 반가운 얼굴로 다가왔다.

"여긴 어쩐 일이세요?"

우빈은 그녀가 30분 넘게 동물 병원 앞을 배회했다는 사실은 결코 모를 것이다.

"근처에 볼일이 있어서요. 정 쌤은 지금 퇴근하시는 거예요?"

"네. 오늘 급하게 치료할 동물 환자가 생겨서 조금 늦게 퇴근하는 길입니다."

어쩐지, 오늘따라 퇴근이 늦는다 싶었다.

"저……."

"마침 잘됐네요."

지은이 용기를 내어 물어보려는데, 우빈이 먼저 말을 꺼냈다.

"저번에 호텔까지 USB 메모리 가져다줬는데 아직도 보답 못했잖아요. 식사 전이면 제가 대접할게요. 지은 씨, 먹고 싶은 거 있어요?"

역시 우빈 씨와 나는 운명이야. 어쩜 이리도 딱딱 맞아떨어질까! 기쁜 마음에 지은의 눈꼬리가 반달 모양으로 휘었다.

"라자냐 먹을래요."

제혁과 실습한 곳으로 가면 덜 떨릴까 하는 심정으로 이탈리안 레스토랑으로 우빈을 안내했다. 우연인지 몰라도 직원은 그때 그들이 앉았던 창가 자리로 똑같이 안내했다.

우빈과 마주 보고 앉자, 심장이 콩콩 뛰면서도 오래된 친구와 함께하는 것처럼 편안했다. 그게 우빈 씨의 매력이지! 언제나 사람 마음을 편하게 해주는 것.

이런저런 일상 이야기를 나누던 우빈이 주문한 음식이 나오자, 지나가듯 물었다.

"요즘 바쁘지 않아요? 민 실장님과 데이트하랴, 봉사 활동하랴. 참, 민 실장님이 지은 씨가 주말마다 봉사 활동하는 거, 이해해주나요?"

"반대하진 않아요."

"이해심이 넓으시군요. 민 실장님, 남자가 보기에도 참 멋진 분이에요."

지금이 기회다. 자연스럽게 정보를 흘려야 한다.

"우리……는."

지은은 목소리를 가다듬고 최대한 차분한 어조로 말했다.

"정 쌤이 생각하는 그런 사이 아니에요."

이럴 때 슬프고 보호받고 싶은 표정을 지으라고 했지? 그러나 도무지 어떤 표정인지 모르겠다. 할 수 없이 지은은 평소의 표정으로 우빈을 빤히 바라보았다.

"부모님이 제혁 씨를 원하셔서 우선 만나보고는 있는데, 솔직히 전 그분 만나면 불편하고, 어색하기만 해요."

우빈이 선뜻 이해가 가지 않는 듯 미간을 찌푸렸다.

"불편하다고 부모님께 사실대로 말씀드리면 되잖아요."

"그러면 또 다른 사람과 선보라고 하겠죠. 다 저를 위해서 그러는 거니까 원망은 안 하지만, 그래도 가끔 숨이 막힐 때가 있어요."

우빈은 가만히 그녀의 말에 귀를 기울였다.

"그나마 봉사 활동을 하다 보면 마음이 편해져요. 그래서 주말마다 꼭 가는 거고요."

"도움이 되었다니 다행이네요."

이야기는 거기서 더 진행되지 않았다. 우빈은 자연스럽게 화제를 다른 쪽으로 돌렸고, 그대로 부드러운 분위기에서 식사를 마쳤다.

"음, 지은 씨."

식사가 끝나고 함께 주차장으로 걸어가는데 우빈이 조심스럽게 말을 꺼냈다.

"아까 숨 막힐 때가 있다고 했죠? 만약에라도 그때 이야기할 상대가 필요하면 언제든지 연락 주세요."

지은이 의아한 표정을 짓자, 우빈은 약간은 수줍은 듯 웃어 보였다.

"조금이나마 도움이 될 수 있다면 좋겠습니다."

"고마워요, 정 쌤. 그럴게요."

지은은 날아갈 것 같은 기분을 애써 숨기며 짧게 대답했다.

이럴 수가! 제혁과의 관계를 깨끗하게 설명한 것 외엔 없는데 우빈이 먼저 비집고 들어갈 틈을 내어주었다. 생각했던 것보다 훨씬 더 큰 성과였다.

우빈과 헤어지고 난 후, 지은은 함께 기쁨을 나누려 제혁에게 문자를 보냈다.

> 오늘 정 쌤, 만났어요.
> 지금 통화 가능해요?

그러나 한참을 기다려도 제혁에게선 대답이 없었다. 아예 문자 확인조차 하지 않았다.

지은은 휴대폰 화면을 내려다보며 잠시 생각에 잠겼다.

이런 기분으론 집에 가고 싶지 않았다.

실패하면 울적한 기분을 달래려 클럽에 가려고 했는데 이젠 너무 기뻐서 클럽에 가야겠다. 지은은 내비게이션에 클럽 주소를 찍고 힘차게 가속 페달에 발을 올렸다.

띠링ㅡ. 문자 알림이 울리자, 은우는 휴대폰을 들고 제혁에게 다가갔다.

"선배님, 문자 온 거 같은데요?"

"됐어. 공연 끝나고 확인하면 되니까 전원 꺼둬. 방해되니까."

"네."

은우가 휴대폰 전원을 끄고 다시 내려놓는데, 대기실 문틈으로 도희가 고개를 쑥 내밀었다.

"공연 준비 잘돼가지?"

"네."

은우의 대답에 도희가 음료수를 들고 안으로 들어왔다. 그녀는 멤버들에게 음료수를 나눠준 뒤, 제혁이 앉은 소파로 다가왔다.

"인기 정말 대단하다. 수요일인데도 클럽이 꽉 찼어."

"그래?"

제혁은 건성으로 답하며 도희가 건네는 음료수를 들이켰다. 공연에 집중해야 하는데 자꾸만 지은과 우빈의 일에 신경이 쓰였다.

지은은 과연 우빈과 저녁 식사를 잘 마쳤을까? 혹시 저녁 먹자는 말도 못 하고 그냥 집에 간 건 아니겠지? 한 번도 공연을 앞두고 다른 생각에 빠진 적이 없었는데…….

제혁은 잡념을 떨치려 머리를 흔들며 남아 있는 음료수를 단숨에 들이켰다.

"지은아, 여기야, 여기!"

이번에도 미나는 클럽 VVIP 좌석을 차지하고 있었다. 미나 옆에는 이미 몇 번 만나 안면이 있는 그녀의 단짝 친구들이 있었다.

미나는 혼자 온 지은의 어깨를 기특하다는 듯 토닥거렸다.

"잘 왔어. 우리 지은이, 이제 다 컸네. 바쁘다고 만나주지 않는 남자를 기다리기엔 우리의 미모가 너무 아깝지 않니?"

미나가 잔에 위스키를 가득 따라 건네주자, 지은은 단호하게 거절했다.

"안 돼. 내일 일해야 해서 오늘은 술 못 마셔."

"그래? 그럼 무알코올 칵테일 마셔. 내가 주문해줄게."

미나가 자리에서 일어나려는데 딱 달라붙은 드레스를 입은 여자가 웃으며 다가왔다. 낯익은 얼굴이었다.

"제게 주문하시면 직원이 가져다드릴 거예요. 어떤 칵테일을 원하시죠?"

저 여자는?

지은의 미간이 살짝 모아졌다. 제혁 옆에서 야한 원피스를 입고 키득거리던 여자가 분명했다. 그녀의 가슴에는 '매니저, 차도희'란 명찰이 달려 있었다.

제혁과 무척 가까운 사이 같던데, 그렇다면 그만큼 이곳에 자주 온다는 뜻인가? 아니면 그녀를 보러 이곳에 오는 걸까?

도희는 지은을 못 알아보는 것 같았다. 하긴 그럴 만도 했다. 샤워하고 머리 손질할 시간이 없어서 지금 그녀는 푸들 머리를 하고 있었으니까.

도희는 주문을 받고는 야광 봉을 나누어준 뒤 자리를 떠났다. 단지 도희를 봤다는 이유만으로 지은의 머릿속에 제혁의 얼굴이 떠올랐다.

　그녀는 다시 휴대폰을 꺼내 문자를 확인했다. 그는 아직도 그녀의 문자를 확인하지 않은 상태였다. 회식이라도 하나? 어서 우빈과의 일을 말하고 싶은데⋯⋯. 과제를 훌륭히 끝낸 학생이 한시라도 빨리 선생님에게 칭찬받고 싶은 심정이랄까?

　멍하니 휴대폰을 바라보는 지은의 귓가에 흥분된 미나의 목소리가 들려왔다.

　"안 되겠어. 나, 아무래도 내려가서 무대 앞에서 봐야겠어."

　"저 많은 사람들 사이에 끼어서 보겠다고?"

　미나의 친구 중 한 명이 사색이 된 얼굴로 물었다.

　"이번 아니면 또 언제 제이의 공연을 볼지 모른다고. 30분 고생하고 한 달 행복할래."

　공연이 시작되려는지 무대 위에 조명이 들어오고 클럽 안이 웅성거리기 시작했다. 미나가 더는 기다릴 수 없었는지 자리에서 벌떡 일어났다. 그녀의 친구들 역시 마지못해 자리에서 일어났다. 그러나 지은은 두 손을 저으며 사양했다.

　"난 여기서 볼게."

　"그래, 그럼."

　모두 아래층으로 내려가고 지은만 홀로 좌석에 남았다.

　두두두두두두ㅡ. 첫 무대를 알리는 요란한 드럼 연주가 클럽 안을 가득 채웠다.

　"하암."

　두 번째 밴드의 공연이 끝나고 세 번째 밴드의 공연이 시작되자, 지은은 참았던 하품을 터뜨렸다. 역시 인디 음악은 그녀의 취향이 아니었다. 너무 무겁고 난해했다. 그날 'Broken Wings'의 공연에 감동한 건, 단지 분위기 탓이었는지도 모르겠다.

순서를 보니, 'Broken Wings'의 공연은 맨 마지막이었다. 끝나면 자정에 가까울 텐데, 그냥 갈까?

네 번째 밴드가 귀가 먹먹할 정도로 격렬한 펑크 록을 연주하자, 지은은 결심을 굳혔다.

> **공연 다 끝나면
> 너무 늦을 것 같아서 먼저 갈게.**

지은은 미나에게 문자를 보내고 VVIP 전용 계단을 내려간 후, 좁은 통로를 돌아 클럽 주차장으로 향했다.

"……듣고 싶지 않았어."

주차장 문을 막 열려는데, 어디선가 익숙한 목소리가 들려왔다.

"아직은…… 진실을 마주할 준비가 되지 않았거든."

이 목소리는?

지은은 우뚝 걸음을 멈추고 소리가 흘러나온 곳으로 고개를 돌렸다. 심장이 두근거리기 시작했다.

"알아. 나도 그건 충분히 이해해. 하지만……."

소리를 따라 통로를 돌자, 벽에 기대선 남녀의 모습이 눈에 들어왔다. 긴 머리카락의 남자는 등을 돌리고 있어 얼굴을 볼 수 없었지만, 여자는 가능했다. 클럽 매니저인 차도희였다.

남자는 한쪽 어깨에 전자 기타를 메고 있었다. 그렇다면 밴드 멤버 중 한 명이란 소리인데……. 남자의 전자 기타는 저번 공연에서 제이가 사용했던 것과 동일했다.

혹시 제이?

두 사람은 대화에 열중한 탓에 지은이 복도 모퉁이에 서 있다는 사실을 깨닫지 못했다.

"그래도 궁금하지 않아? 왜 그렇게 갑자기 사라졌는지?"

도희의 표정은 매우 심각해 보였고 남자는 묵묵히 그녀의 말에 귀를 기울였다. 한 번 더 들어봐야 확실히 구분할 수 있을 텐데, 그는 좀처럼 입을 열지 않았다. 분명히 제혁 씨 목소리 같았는데……. 아닌가?

"손님, 죄송하지만."

그때 누군가 다가와 조심스럽게 말을 건넸다.

"여긴 관계자 외엔 접근 금지 구역입니다."

지은은 화들짝 놀라며 뒤로 물러섰다.

"죄송해요. 주차장으로 나가려다가……."

"주차장 문은 이쪽입니다. 저를 따라오십시오."

결국 지은은 목소리 주인공의 얼굴을 보지 못한 채, 자리를 뜰 수밖에 없었다. 그녀는 차에 오른 후에도 곧바로 출발할 수 없었다. 목소리 주인공을 확인하지 못한 게 못내 마음에 걸렸기 때문이었다.

나직한 중저음에 말꼬리가 살짝 올라간 것 같은 말투 하며……. 어쩜 그리도 비슷할 수가 있을까?

"하, 지금 내가 무슨 생각을 하는 거야."

잠시 후, 지은은 자신의 터무니없는 상상을 깨닫고 실소를 내뱉었다. 인디 밴드 멤버와 제혁을 비교하고 있다니.

얼음처럼 차가운 남자 민제혁 실장과 뜨겁게 열정적인 뮤지션과는 하늘과 땅 차이였다. 콘크리트 바닥이라서 소리가 울려 왜곡이 심했을 것이다.

시동 버튼으로 손을 뻗던 지은은 혹시나 하는 마음에 다시 휴대폰을 확인해보았다.

아직도 문자는 확인되지 않은 상태였다. 전화하기엔 너무 늦은 시간이고…… 흠, 그래. 내일 이야기해도 되겠지.

지은은 휴대폰을 핸드백에 넣고 시동 버튼을 눌러 차를 출발시켰다.

공연을 끝내고 대기실에 돌아온 제혁은 휴대폰으로 문자를 확인했다.

> 오늘 정 쌤, 만났어요.
> 지금 통화 가능해요?

시간은 이미 자정이 넘어 있었다.

공연 들어가기 전에 문자를 확인할 걸 그랬나?

수의사 선생과 잘되었는지 궁금하긴 한데, 전화를 걸어 물어보기에는 너무 늦은 시간이었다. 할 수 없이 제혁은 다음 날 아침 일찍 답 문자를 보냈다.

> 어제 일은 잘됐습니까?

잠시 후, 지은에게서 단답형의 대답이 돌아왔다.

> 네.

아무리 기다려도 그 이상의 대답은 돌아오지 않았다. 제혁은 인상을 찌푸린 채 휴대폰 화면을 뚫어지게 노려보았다.

이걸로 끝인가?

전화해서 물어보려다 출근에 방해될까 봐, 다음으로 미뤘다. 회사에서 마주치면 일을 핑계로 따로 불러내서 물어보면 될 것이다. 하지만 목요일 내내 지은이 경민을 따라 외부 근무를 하는 바람에 만날 기회를 잡지 못했다.

'끝나면 먼저 연락하겠지.' 하고 기다렸지만, 퇴근 시간이 지나도 지은에게선 감감무소식이었다. 밤늦게까지 연락을 기다리던 제혁은 먼저 문자를 보내려다 그만두었다. 목마른 사람이 우물을 판다고 지금 여기서 아쉬운 건 그가 아니라 그녀이니까. 도움이 필요하면 먼저 연락할 것이다.

그보다는 회사를 그만둘지 아닐지에 대한 그녀의 결정이 더 궁금했다. 금요일까지 시간을 주었으니까 내일 거기에 대한 답이 있겠지. 그녀가 현명한 판단을 내렸길 바랄 뿐이다.

금요일 아침, 제혁은 로비에 서 있는 지은을 발견했다. 그새 동료를 사귀었는지 두 명의 여직원과 커피를 들고 이야기를 나누고 있었다. 재벌녀라고 해서 까다로울 거라고 생각했는데 지은은 튀지 않고 자연스럽게 사람들과 융화되고 있었다.

말없이 지은을 바라보던 제혁은 그대로 그녀를 지나쳐 엘리베이터를 향해 발을 옮겼다.

제혁을 발견한 여직원들 사이에 작은 술렁임이 일었다.

"열 시 방향, 열 시 방향."

"어머, 어머, 어떡해! 아침부터 막 두근거려."

지은은 그제야 제혁의 존재를 알아차렸다. 열 시 방향으로 고개를 돌리자, 엘리베이터 앞에 서 있는 그가 눈에 들어왔다. 다른 사람보다 머리통 하나는 더 크다 보니, 그에게 집중적으로 눈길이 가는 건 당연할지도 모른다. 엘리베이터가 도착하자, 제혁은 재빨리 안으로 사라졌다.

"그런데 지은 씨, 전부터 묻고 싶었는데……."

제혁이 사라지자, 회장실 김 비서가 넌지시 지은에게 물었다.

"공 상무님과 함께 일하다 보면 민제혁 실장님 자주 보겠네요? 그렇죠?"

"아뇨. 전혀요. 두 번 마주쳤나?"

그 말에 이사실 전 비서가 안타까운 표정을 지어 보였다.

"어머, 유 비서는 그래도 자주 본다고 그러던데, 지은 씨가 너무 운이 없다."

"왜 운이 없는 거죠?"

"민 실장님 자주 볼 기회가 있을 텐데 지금까지 거의 볼 일이 없었다고 하니까요."

"네?"

지은이 이해할 수 없다는 표정을 짓자, 전 비서가 나긋나긋 설명에 들어갔다.

"민 실장님을 보고만 있어도 피로가 싹 가시지 않아요? 아이돌 보는 기분이랄까? 과중한 업무에 시달리다가도 민 실장님만 보면 힐링이 되거든요."

"전 비서도 그래? 나도 그런데……."

지은은 '그 남자, 조심해야 해요. 완전 '카사노바'라고요!'라고 말해주고 싶은 걸 꾹 참았다. 동지끼리 상대의 단점을 발설하면 안 되니까.

"아랍에 너무 잘생겨서 추방된 모델 있죠. 민 실장님을 보면 그럴 수도 있겠다는 생각이 들어요."

"맞아. 공 상무님이랑 선후배 관계 아니었으면, TF팀 예전에 깨졌을 거야."

이건 또 무슨 소리래? 지은의 귀가 솔깃해졌다.

"팀이 깨지다니요?"

"지은 씨는 아직 모르겠구나. 민 실장님에게 고백했다 차인 TF팀 직원이 한둘이 아니거든요."

고백한 여자가 한둘이 아니야? 지은이 놀란 듯 눈을 크게 뜨자, 김 비서가 설명을 이어나갔다.

"그것 때문에 상처받아서 병가를 내거나 회사를 그만둔 여직원이 올해만 해도 무려 다섯 명이나 돼요."

현대판 남자 황진이도 아니고, 그 남자 때문에 병가를 내거나 퇴사를 한 여 직원이 다섯 명이나 되다니. 바가지가 안에서도 새고 밖에서도 새고 난리가 났네.

지은은 지금까지 제혁과 함께 있었던 여자를 머릿속으로 세어보았다. 제혁에게 고백했던 강 팀장이란 여자와 클럽 매니저 외 두 명, 일요일에 거리에서 만난 루이자, 그리고 오늘 들은 다섯 명의 고백녀까지 합치면 자그마치 열 명이나 되었다. 그런 남자에게 연애 코치를 받는 거니까, 성공 보장은 확실한 건가? 그래도 뭔가 찜찜하긴 했다.

사무실로 올라가자, 경민은 그녀를 집무실로 불러들였다.

"어제 수고 많았어요. 덕분에 일 처리가 수월해졌어요. 유럽 측과 회의할 때마다 강 팀장이 옆에서 도와주곤 했는데……. 아, 내가 그동안 강 팀장의 빈자리가 얼마나 아쉬웠는지. 이런, 말하다 보니 우리 선아, 보고 싶네."

선아? 지은이 의아한 눈으로 바라보자, 경민은 아차 하는 표정을 지었다.

"내가 말 안 했나? 전략기획 1팀, 강선아 팀장이라고 내 오른팔이었죠. 갑자기 퇴사하는 바람에 일이 좀 꼬여서 많이 힘들었습니다."

땅이 꺼질 것 같은 깊은 한숨을 내쉬며 경민은 혼잣말을 중얼거렸다.

"후우, 내가 그것 때문에 한동안 제혁이 녀석, 확 죽여버리고 싶어서⋯⋯."

순간 경민의 얼굴에 살벌한 기색이 떠올랐다.

"내가 미쳤지. 그 팀에 넣는 게 아니었는데. 선아마저 넘어갈 줄 알았나? 고백했다가 차여서 퇴사해버리면 난 어쩌라고⋯⋯."

지은은 경민의 하소연에 귀를 기울이며 김 비서가 해준 말을 떠올렸다.

―지은 씨는 아직 모르겠구나. 민 실장님에게 고백했다 차인 TF팀 직원이 한둘이 아니거든요.

―그것 때문에 상처받아서 병가를 내거나 회사를 그만둔 직원이 올해만 해도 무려 다섯 명이나 돼요.

경민의 오른팔인 강 팀장도 제혁에게 차여서 퇴사를 했다는 말인데. 잠깐! 그때 호텔에서 제혁 씨에게 고백했던 여자 이름이 뭐였더라? 순간 비디오를 재생한 것처럼 그날의 장면이 떠올랐다.

―강선아 팀장님. 다른 사람도 아니고 강 팀장님이 이러는 거, 좀 의외군요.

제혁은 분명 상대를 '강선아 팀장'이라고 불렀었다. 그렇다면 공 상무님이 말하는 강 팀장과 그때의 그녀가 동일 인물이라는 거야?

"그런데 지은 씨, 혹시 애인 있어요?"

갑자기 날아온 경민의 질문에 지은은 퍼뜩 상념에서 깨어났다.

"사적인 질문이고 실례란 걸 알지만, 중요해서 묻는 겁니다.

자못 진지한 말투에 지은은 저도 모르게 사고가 정지해버렸다. 뭐라고 하지? 진실을 말해야 하나? 제혁과 사귀는 사이라는 건 철저히 비밀에 부치기로 했는데.

"음…… 그러니까 아직 애인이라고 하긴 그렇지만, 만나는 사람은 있습니다."

조금 애매했지만, 지금 그녀가 처한 상황을 정확하게 표현한 대답이었다.

"다행이군요. 지금 만나는 사람과 잘해봐요. 절대로 다른 남자에게 눈 돌리지 말고."

이건 또 무슨 소리래?

"특히 민제혁 실장에겐 눈길도 주지 말고 업무 외에는 말도 섞지 말아요. 내가 지은 씨와 오래 일하고 싶어서 하는 말이니까, 잘 새겨둬요."

경민의 표정은 꽤 심각해 보였다.

"이거 하나만 기억해요. 민제혁 실장은 사람이 아니다, 그저 잘 깎아놓은 대리석 조각일 뿐이다. 이렇게 결론지으면 아무런 문제없을 겁니다."

오른팔인 강선아 팀장이 퇴사한 것 때문에 이런 주의를 주는 것만은 아닐 것이다.

친한 선배의 입에서도 이런 말이 나오는 걸 보면 정말로 여자관계가 복잡한 걸까?

그렇다고 해도 크게 상관할 건 없었다. 세상에는 정말 다양한 종류의 사람들이 존재하는 거니까. 카사노바도 있고, 순정남도 있고, 집착남도 있고, 후회남도 있는 거다.

제혁과는 그저 6개월간 시한부 교제만 하면 그만이니, 여자관계가 복잡하든 아니든 문제될 게 없었다.

> 생각해봤습니까?

> 회사 계속 다닐지, 아닐지

점심시간이 다가올 무렵 제혁에게서 문자가 날아왔다. 우빈과의 저녁이 어땠느냐는 질문은 생략해버리고 회사에 다닐지, 안 다닐지를 묻다니.

어제 아침엔 늦잠을 자는 바람에 정신이 없어 '네'라는 단답형 대답밖에 할 수 없었다.

그날따라 온종일 외근이 있어 제혁을 볼 기회가 없었고, 퇴근 후에는 너무 피곤해 옷도 갈아입지 못하고 잠들어버렸다.

오늘에야 시간이 나서 미주알고주알 우빈과 무슨 일이 있었는지 말해주려고 했는데……

그저 그녀가 회사에 다닐지 안 다닐지에만 온통 관심이 쏠려 있다니.

처음부터 그만둘 생각이 없었던 지은은 가볍게 문자를 무시해버렸다. 문자로 간단히 대답할 성질의 질문도 아니었다.

결정했습니까?

30분쯤 지나자, 두 번째 문자가 날아왔다. 이번에도 무시해버릴까 고민하던 지은은 대답 대신 머리 위에 물음표가 뜬 푸들 스티커를 보냈다.

"크흡."

스티커 전송 버튼을 누르며 지은은 작게 웃음을 터뜨렸다. 스티커를 받아본 제혁의 표정이 어떨지는 보지 않아도 상상이 갔다.

메롱, 혀를 내미는 스티커도 보내려다 유치한 것 같아서 참았다. 스티커 전송에도 절제의 미는 필요하니까.

"지은 씨, 점심 어떻게 하죠? 난 상무님 호출로 나가봐야 하는데."

점심시간이 되자, 유 비서가 걱정스러운 얼굴로 물었다. 오늘도 경민은 외부 업무를 보고, 오후에나 본사로 들어올 예정이었다.

"괜찮아요. 구내식당 가면 되죠, 뭐."

그래도 유 비서는 마음이 놓이질 않는지, 다른 비서들에게 지은과 함께 점심을 먹어달라고 부탁했다. 유 비서의 전화를 받고 김 비서와 전 비서가 한걸음에 달려왔다.

"상무님은 오늘도 외근이신가 봐요?"

"네. 오후에 들어오신대요."

"우리 유 비서, 불쌍하다. 강 팀장 나가고 나서 일이 한층 많아졌으니."

"그러게. 그러고 보면 강 팀장이 대단하긴 했지. 강 팀장이 하던 일, 지금 지은 씨랑 민 실장님, 유 비서, 세 사람이 나누어서 하는 거잖아. 상무님도 왜 강 팀장을 TF팀에 넣어선…… 어머!"

한창 열을 올리던 김 비서가 순간 놀란 듯 멈칫했다.

"여긴 웬일이래?"

김 비서의 시선이 닿는 곳으로 고개를 돌리자, 제혁이 식당 안으로 들어오고 있었다.

"민 실장님, 구내식당에는 잘 안 오는데."

"그러게?"

제혁은 누군가를 찾는 듯 식당 안을 두리번거렸다. 그러다 창가 쪽에 앉아 있는 지은과 눈길이 마주쳤다.

지은을 발견한 순간, 제혁의 눈썹이 위로 치켜 올라갔다. 샌드위치를 한가득 입에 넣고 오물거리던 지은은 불길한 예감에 흠칫 안색을 굳혔다. 설마, 날 찾으러 온 건 아니겠지?

아…… 왜 불길한 예감은 항상 들어맞는 걸까. 지은을 발견한 제혁이 성큼성큼 그녀가 앉은 테이블로 다가오기 시작했다. 나한테 오는 거야? 아는 척하지 말자며?

그가 가까이 다가올수록 지은의 눈동자가 커다래졌다.

"신지은 씨."

제혁이 그녀의 이름을 부르며 테이블 앞에 걸음을 멈추었다.

"여기서 지금 뭐 하는 겁니까?"

캑―! 경고하듯 경직된 제혁의 목소리에 지은은 샌드위치 조각을 꿀꺽 삼키고 말았다.

"일을 그렇게 엉망으로 처리해놓고 음식이 넘어갑니까?"

왜 갑자기 시비냐고 묻고 싶었지만, 샌드위치가 목에 걸려 한마디도 할 수 없었다.

지은은 두 손으로 목을 감싸고 원망스러운 눈으로 제혁을 올려다보았다. 산소 공급이 부족한 탓에, 얼굴이 빨갛게 달아올랐다. 그러나 제혁은 냉정하게 그녀를 내려다볼 뿐이었다.

"당장 사무실로 올라와요."

제혁은 자신이 할 말만을 하고 그대로 뒤돌아 식당을 걸어나갔다.

"캑, 캑."

제혁이 떠나고 나서야 목구멍에 걸린 샌드위치 조각이 밑으로 내려갔다. 지은은 눈물을 글썽이며 주먹으로 가슴을 팡팡 내리쳤다.

이 남자가 지금 누굴 저승으로 보내려고. 먹을 땐 개도 안 건드리는데!

지은은 분한 마음을 누르며 음료수를 쭉 들이켰다. 그리고 다시 샌드위치를 베어 물었다. 옆에서 호기심 어린 눈으로 지켜보던 김 비서와 전 비서가 슬그머니 말을 건넸다.

"지은 씨, 얼굴 빨개졌어요."

"좋아하는 티, 너무 낸다."

'그게 아니라 샌드위치가 목에 걸려서 그런 거예요.'라고 말하고 싶었지만, 입 안에는 샌드위치가 가득 차 있었다. 겨우 씹어 넘기고 한마디 하려고 하는데 이번에도 김 비서와 전 비서가 빨랐다.

"뭐, 나라도 그렇게 빤히 처다보면 얼굴이 빨개졌을 거예요."

"설마 관심을 끌려고 일부러 엉망으로 한 건 아니겠죠?"

아니라고요! 이 언니들이 TV 드라마를 너무 많이 봤나!

지은은 '끙' 소리를 내며 애꿎은 샌드위치만 한입 더 크게 베어 물었다. 지은이 전혀 일어날 생각 없이 식사를 계속하자, 전 비서가 걱정스럽게 물었다.

"그런데 지금 올라가봐야 하는 거 아니에요?"

무슨 소리! 샌드위치가 반이나 남았거늘!

"다 먹고 올라갈 거예요."

지은은 이를 바득바득 갈며 끝까지 샌드위치를 해치웠다.

그것만으론 모자라 애플파이 디저트까지 알뜰하게 챙겨 먹은 후에야 제혁의 사무실로 향했다. 지은이 씩씩거리며 안으로 들어서자, 창가에 기대어 선 제혁이 뒤를 돌아보았다.

"무슨 일인데 밥 먹는 사람을 불러요?"

그녀는 짜증을 감추지 않고 톡 쏘듯 말을 던졌다. 하지만 그런 반응에 움찔할 그가 아니었다. 제혁은 여유 있게 팔짱을 끼고 지은을 차갑게 노려보았다.

"내가 인내심이 부족한 편이라서. 분명히 금요일까지 시간을 준다고 하지 않았나요?"

"그쪽 마음대로 시간을 준 거죠. 난 애초에 그만둘 생각이 없었어요."

"그만둘 생각이 전혀 없다."

"네."

기분이 상했는지 제혁의 입매가 굳게 경직됐다.

"어차피 서로 얼굴 볼 일도 없잖아요. 일한 지 일주일이나 됐는데, 제혁 씨와 거의 마주치지 않았어요. 오늘도 이따 회의에서나 볼 거잖아요."

"그동안 상무님이 지은 씨를 지켜보고 있었다고는 생각 안 해봤습니까? 회사에 들어오자마자 쉽게 기밀 프로젝트에 접근하게 놔두진 않죠."

듣고 보니 제혁의 말도 일리가 있었다. 동네 구멍가게에서도 일주일 정도는 잔일을 시켜보고 그다음부터 중요한 일을 맡기니까.

"이제부터 본격적으로 기밀 업무를 맡길 겁니다. 그 말은 이 제부터 나와 부딪칠 일이 많아질 거란 말입니다. 특히 상무님 과 함께하는 시간이 많아지겠죠."

"그래서 그게 무슨 문제인데요?"

그 말에 제혁은 미간을 찌푸렸다. 지은은 복잡하게 꼬여버 린 상황을 전혀 이해하지 못하는 것 같았다.

"단도직입적으로 묻죠. 지은 씨는 사내 커플인 척할 자신 있 습니까?"

전혀 예상하지 못한 질문에 지은은 미간을 찌푸렸다. 맞다! 꼼짝없이 사내 커플 시늉까지 해야 하는 거네!

제혁과 연애하는 사실이 밝혀지면 회사 생활이 순탄하진 않 을 것 같았다. 이러다 여 직원들의 질투를 한 몸에 받는 건 아 니겠지? 오늘도 별거 아닌 일로 질문 공세 당했는데…….

지은이 사태를 파악한 것처럼 보이자, 제혁은 서서히 굳었던 표정을 풀었다.

"특히 상무님을 조심해야 합니다. 눈치가 빨라서 우리 둘이 가짜로 사귀는 거, 바로 알아챌 테니까."

"상무님이 눈치채지 못하게 제대로 연기하면 되는 거잖아 요. 왜 자신 없어요?"

지은이 비아냥거리는 투로 말하자, 별안간 제혁이 눈살을 찌 푸리며 바짝 다가왔다. 예상하지 못한 접근에 그녀는 그대로 몸을 굳혔다.

"갑자기 왜 그래요?"

눈은 아무렇지 않은 척 노려봤지만, 그녀의 몸은 슬그머니 뒤로 물러섰다.

"경민 선배가 눈치채지 못하게 제대로 연기하려면……."

제혁이 한 발 더 가까이 다가오며 말을 이었다.

"당신과 내가 어떻게 해야 할지 감이 안 옵니까?"

지은은 한 발 더 뒤로 물러섰다.

"사진 찍힐까 봐, 하는 척 시늉하는 거랑은 차원이 다르다고."

그가 또다시 가까이 다가왔다. 지은 역시 얼른 뒤로 물러섰지만, 더는 갈 곳이 없었다.

어느새 등에 벽이 닿았다. 지은은 빳빳이 고개를 들고 제혁을 노려보았다. 그러나 가슴속에선 심장이 미친 듯이 뛰고 있었다.

"앞으로 경민 선배 앞에서는……."

제혁이 두 손으로 벽을 짚자, 지은은 완전히 그의 품에 갇힌 꼴이 되고 말았다. 그가 조금만 고개를 숙이면 서로 입술이 맞닿을 만큼 가까운 거리였다.

종이 한 장 정도 들어갈 틈을 두고 그녀의 가슴과 그의 가슴이 숨을 쉬기 위해 들썩거렸다. 아예 가슴이 맞닿고 말지, 이렇게 닿을 듯 말 듯 떨어져 있는 자세가 더 긴장됐다. 제혁이 뿜어내는 뜨거운 열기에 지은은 숨이 막힐 것만 같았다.

어느새 지은의 몸이 사시나무처럼 떨리기 시작했다.

"당신, 아직도 내가 다가가면……."

제혁이 그녀의 귓가로 고개를 숙여 유혹하듯 나직하게 속삭였다.

"강아지처럼 떨잖아."

그의 뜨거운 입김이 간질이듯 귓가에 닿자 지은의 온몸에 소름이 돋았다. 아니라고, 그렇지 않다고 쏘아붙이고 싶은데, 덜덜 떨려서 아무 말도 할 수 없었다.

"……이런 연기를 해야 한다는 뜻입니다."

이글거리는 눈빛이 그녀의 얼굴 위로 쏟아졌다. 그저 조금이나마 떨림을 진정시키려 크게 숨을 들이켤 수밖에 없었다. 그러자 제혁의 얼굴에 승리의 미소가 떠올랐다.

"내가 조금만 다가와도 이렇게 긴장하고 어색해하면서, 안 그래?"

잠깐 방심했더니, 이 남자 그새 또 말꼬리가 짧아졌네! 이렇게 가만히 당할 수만은 없어.

Pater noster, qui es in caelis, sanctificetur nomen tuum.

지은은 대학교 때 배운 라틴어를 머릿속에 떠올리며 마음을 느긋하게 가지려 노력했다. 떨림이 조금은 진정되자, 지은도 반격에 나섰다.

"알았으니까, 더 이상은 가까이 오지 말아요. 나도 더는 안 참아요."

"안 참으면 어떻게 할 거지?"

그 말이 끝나기가 무섭게, 지은은 눈을 질끈 감으며 제혁을 와락 끌어안았다. 심장이 입 밖으로 튀어나올 것처럼 날뛰었지만, 숨을 들이켜며 꾹 참았다.

가슴팍에 얼굴을 묻자, 스킨 향에 뒤섞인 제혁의 체취가 코끝으로 스며들고 그의 고른 숨결이 그녀의 정수리 위로 쏟아졌다. 온몸을 감싸는 따뜻한 체온에 그녀는 자신도 모르게 어금니를 꽉 깨물었다. 지은은 한참이 지난 후에야 그를 놓아주었다.

"봐……봤죠? 처음이라서 그렇지 적응하다 보면 안 떨리거든요. 그러니까…… 이런 행동으로 나보다 우위에 설 생각, 하지 말아요."

안 떨린다고 하면서 목소리가 덜덜 떨리는 건 뭔데? 그래도 효과가 있었는지 그가 벽을 짚었던 손을 내리고 뒤로 물러섰다.

제혁은 미간을 좁힌 채, 복잡한 표정으로 그녀를 내려다보았다. 자신을 공격하는 쥐를 바라보는 고양이의 심정이 바로 이런 걸까?

한동안 둘 사이에 침묵이 흘렀다.

제혁은 지은에게 시선을 고정하며 잠시 생각에 잠겼다. 아무래도 쉽게 회사를 그만둘 것 같진 않았다. 그녀의 고집이 보통이 아니라는 것을 간과하고 있었다.

어떡할까.

어차피 프로젝트는 6개월만 지나면 종료된다.

두 사람의 사기 연애도 비슷한 시기에 끝날 것이다.

그때까지만 버텨볼까?

그녀가 항상 경민의 가까이에 있는 게 신경 쓰였지만, 오로지 우빈만 생각하는 지은이기에 어쩌면 들키지 않고 무사히 지나갈 수도 있을 것이다.

경민이 직접 지은을 뽑았으니, 그녀가 그만둔다고 해도 순순히 보내주지 않을지도 모른다. 그랬다가 지은이 SB그룹 신 회장의 외동딸이라는 게 알려진다면 일이 더 복잡하게 꼬일 수도 있고.

"좋아요. 대신 사내에선 철저히 비밀로 해야 합니다. 특히 경민 선배에게 들키지 않게 주의하고."

제혁이 생각보다 순순히 뜻을 굽히자, 지은의 얼굴에 환한 미소가 떠올랐다.

"나도 사내 커플 이런 거, 닭살 돋아요."

지은이 보기에도 경민은 어디로 튈지 모르는 럭비공이었다. 가뜩이나 강 팀장 퇴사 건으로 심기가 불편할 텐데, 괜히 신경을 건드려서 좋을 건 없겠지.

"상무님께 들키지 않도록 조심 또 조심할게요."

지은은 제혁의 얼굴에서 가슴으로 시선을 옮기며 승리의 미소를 떠올렸다.

어머나, 선명하게 잘도 찍혔네!

끌어안았을 때 생긴 파운데이션과 립스틱 자국이 하얀 와이셔츠에 남아 있었다. 오묘하게 콕콕 찍힌 자국이 가히 예술적이었다. 지은은 속으로 쾌재를 울렸다.

복수 성공!

"어머, 시간이 이렇게 됐네."

손목시계로 시간을 확인한 지은은 서둘러 문 쪽으로 향했다.

"저 이만 가볼게요. 30분 후에 회의 들어가야 해요. 민 실장님도 참석한다고 그랬죠? 늦지 않게 오세요."

사무실을 나서던 지은은 잠시 걸음을 멈추고 뒤를 돌아보았다.

"참, 회의 들어가기 전에 잊지 말고, 꼬옥 거울 보세요. 아셨죠?"

지은은 제혁을 향해 생긋 윙크를 날린 후, 살며시 문을 닫았다. 그녀가 나가고 제혁은 뭔가 꺼림칙한 기분에 거울이 달린 구석으로 서둘러 걸어갔다.

거울에 비친 모습을 확인한 제혁의 얼굴이 그대로 일그러졌다.

"제길!"

서둘러 문을 열고 복도로 나가봤지만, 지은은 이미 사라진 후였다.

공경민 상무의 주관 아래 해외 마케팅 회의가 2층 회의실에서 열렸다. 회의에는 마케팅 부서 직원과 제품을 개발한 TF팀 대표로 제혁이 참석했다. 회의의 주된 목적은 유럽 홍보를 위해 제작한 동영상을 다양한 시각으로 분석하기 위해서였다.

불어, 독어, 스페인어로 제작된 동영상이 차례대로 스크린에 떠올랐다. 동영상을 관람하던 중 지은과 제혁의 눈이 스치듯 마주쳤다. 재킷만으론 화장품 묻은 자국을 전부 감출 수 없었는지, 제혁은 코트를 입고 앉아 있었다.

어머, 어떡해!

지은은 삐져나오려는 웃음을 참으려 볼살을 깨물었다. 이 난방이 잘되는 회사에서 코트를 입고 있으려면 땀 좀 흘리겠네. 하지만 회의실 안에서의 코트 차림도 전혀 어색하지 않고, 화보에서 튀어나온 것처럼 멋진 건, 역시 패션의 완성은 얼굴이기 때문일까?

제혁은 굳은 표정으로 잠시 지은을 노려본 후, 다시 스크린으로 고개를 돌렸다.

"수고했어. 오늘 회의는 이것으로 끝내지. 민 실장과 김 팀장만 남고 모두 돌아가도 좋아."

경민은 동영상 제작을 맡은 마케팅 2팀의 김 팀장과 제혁만 남기고 모든 직원을 내보냈다. 모두 회의실을 빠져나가자, 경민이 지은의 의견을 물었다.

"지은 씨가 보기엔 어때요? 현지에서 사용하는 표현이었나요?"

아무리 뛰어난 번역이라도 가끔 표현상의 문제가 생길 수 있었다. 그래서 경민은 마케팅 팀의 사기를 위해 팀장만 대표로 남게 했다.

"불어와 독어 버전은 큰 문제가 없었습니다. 다만……."

지은은 경민과 김 팀장을 번갈아 바라보며 조심스럽게 말을 이어나갔다.

"스페인 버전에는 중남미 단어와 발음이 몇 개 들어 있네요. 내용이 크게 달라지는 건 아니지만 유럽에 맞는 표현을 쓰는 게 좋을 겁니다."

지은의 의견에 경민은 이해한다는 듯 고개를 끄덕거렸다.

"김 팀장, 다음 주에 동영상 풀기 시작하는데 시간 내에 수정할 수 있겠어?"

"네. AI를 이용하면 새로 더빙하지 않아도 필요한 부분만 수정할 수 있습니다."

"좋아. 그렇게 해."

김 팀장이 지은이 지적해준 자료를 챙겨 회의실을 빠져나가자, 제혁도 자리에서 일어섰다.

"저도 이만 가보겠습니다."

제혁이 경민과 지은의 앞을 지나쳐 문 쪽으로 향하자, 경민이 지나가는 투로 물었다.

"그런데 민 실장, 실내에서 코트는 왜 입고 있어? 안 더워?"

순간 제혁이 굳은 표정으로 걸음을 멈췄다.

"풉."

지은은 끝내 참지 못하고 억눌린 웃음을 터뜨리고 말았다.

그러자 찌를 듯 제혁의 날카로운 시선이 그녀를 향했다.

어머, 이럴 땐 피하는 게 상책이야!

지은은 두 손으로 입을 틀어막고 서둘러 회의실을 빠져나 갔다.

제혁은 종종걸음으로 회의실을 뛰어나가는 지은의 뒷모습 을 지그시 노려보았다. 처음에는 껴안다 보니 실수로 화장품 을 묻혔다고 생각했는데, 이제 보니까 작정하고 묻힌 게 분명 했다.

웃음을 참기 위해 실룩거리는 그녀의 입술이 모든 걸 말해 주고 있었다.

"코트는 왜 입고 있어? 감기 걸렸어?"

"왜요? 약이라도 지어주려고요?"

경민이 재차 물어오자, 제혁은 기분 나쁜 얼굴로 차갑게 쏘 아붙였다.

"왜 그래? 네가 아프면 나도 아프잖아. 그 뭐냐. '아프냐? 나 도 아프다.' 드라마 대사처럼 말이야. 드라마 제목이 뭐더라? '차 따르는 여자'였나?"

"됐어요."

제혁은 경민의 실없는 말을 뒤로하고 굳은 얼굴로 회의실을 나섰다. 지은은 그새 엘리베이터를 탔는지 텅 빈 복도만이 그 를 기다리고 있었다. 제혁은 이를 악물며 한 손으로 거칠게 앞 머리를 쓸어 올렸다.

이쯤 되면 짜증이 확 밀려올 법도 한데…….

"하."

그저 헛웃음만이 흘러나왔다.

제혁은 엘리베이터 문이 마치 그녀라도 되듯 아주 오랫동안 노려보았다.

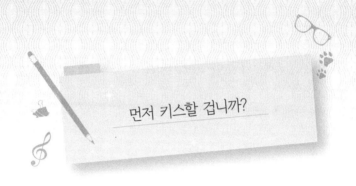

먼저 키스할 겁니까?

이번 주말은 못 만날 것 같군요.
쌍우그룹 일이 아니라, NOF 일이라서.

콧노래를 부르며 퇴근 준비를 하는데 제혁에게서 문자가 날아왔다.

이 남자, 장난 좀 쳤다고 삐친 거야? 그러고 보니 정 쌤과 저녁 먹은 이야기도 아직 못했는데…….

그렇다고 상대에게 아쉬운 소리를 하고 싶진 않았다. 진짜 일 때문에 시간이 안 될 수도 있는 거였다. 합동 프로젝트 때문에 쌍우그룹으로 출근하고 있지만 제혁은 엄연히 NOF 공동 대표이니까. 지은은 회사 일 때문에 가족과의 약속을 지키지 못했던 신 회장을 떠올렸다.

잘됐네요. 저도 바빠요.

그걸로 끝이었다. 이해해줘서 고맙다거나 다음 주에 보자거나 하는 문자 없이 정말 그걸로 끝이었다. 사귀는 척 연기하는 거였지만 기분이 좀 그랬다. 왜 꼭 혼자 남겨진 느낌이지?

엎친 데 덮친 격으로 응급 수술이 잡힌 우빈은 토요일 하루, 유기 동물 보호 센터에 나오지 않았다.

일요일 역시 동물 환자 상태를 확인하느라 올 수 없다는 연락이 왔다. 항상 주말마다 우빈을 볼 수 있는 건 아니었지만, 그래도 힘이 빠지는 건 어쩔 수 없었다. 수요일에 함께 저녁 먹은 후, 아직 얼굴을 보지 못했는데…… 괜히 기분까지 우울해지려고 했다.

"하아."

지은은 견사를 청소하던 손을 멈추고 한숨을 푹 내쉬었다.

"표정이 왜 그래?"

옆에서 도경이 의아한 얼굴로 물었다. 그녀는 어제 해외 출장에서 돌아왔지만, 강철 체력을 자랑하며 오늘 곧바로 봉사 활동에 복귀했다.

"그냥……."

"오늘 정 쌤 안 와서 그런 거야?"

"아마도……."

"너, 어떡하니? 그새 더 좋아졌어? 정 쌤 안 나온 적 한두 번 아니잖아?"

"응."

지은은 건성으로 대답하며 다시 청소를 시작했다.

"그런데 지은아, 너 오늘 민 실장과 데이트 안 해? 이모랑 이모부가 뭐라고 하시지 않을까?"

"바빠서 못 만나는 건데 뭐라고 하시겠어?"

그 말이 끝나기도 전에 대화를 엿들기라도 한 듯 휴대폰이 울리기 시작했다. 안 여사로부터 걸려온 전화였다.

[너, 지금 어디야?]

"어디긴 어디야? 유기견 센터지."

[당장 들어와. 네 아빠, 무지 화났어.]

"왜?"

[우리 다 알고 있으니까, 어서 들어오기나 해.]

지은의 손에서 휴대폰이 툭 떨어졌다. 이게 무슨 말이야? 들킨 거야? 지은은 콩알만 해진 간을 부여잡고 허겁지겁 집으로 달려갔다. 무슨 일인지 알아보기 위해 제혁에게 전화를 걸어보았지만, 신호만 갈 뿐 받지 않았다.

> 급해요. 전화 줘요.

그러다 보니 결국 아무런 정보가 없는 상태로 집에 도착했다. 지은은 신 회장이 있는 서재로 조심스럽게 들어섰다.

"두 사람, 어제도 데이트 안 하고 오늘도 안 만났다는 게 사실이냐?"

신 회장이 읽던 책을 덮으며 못마땅한 얼굴로 물었다. 지은은 대답하는 대신 기가 막힌다는 얼굴로 뒤따라온 안 여사를 바라보았다.

뭐야, 고작 그런 이유로 사람 간 떨어지게 한 거야?

"왜 대답이 없어?"

신 회장이 심기가 불편한 듯 대답을 재촉했다.

"제혁 씨가 바빠서 이번 주말엔 회사에 출근해야 한대요."

"그래서 안 만난다고?"

신 회장의 시선이 지은을 날카롭게 꿰뚫어 보았다.

"한창 막 불타오를 시기에 한쪽은 회사로 출근하고 다른 한쪽은 봉사 활동 나가고. 그게 가능하냐? 안 보고 싶어?"

"……보……고 싶긴 하죠."

보고 싶긴, 뭘? 엊그제도 회사에서 봤는데 뭐가 그리 보고 싶을까.

"보고 싶은데도 이러고 있어?"

"이러고 있지 않으면요?"

"쉬는 날에도 일하는데, 도시락이라도 들고 가봐야지. 그렇게 뻣뻣하게 굴면 어떡해."

지은의 눈이 동그랗게 커졌다. 이 무슨 말도 안 되는 소리? 소풍 가는 것도 아니고 도시락을 싸 들고 가라니!

"아빠, 아니……."

반대의 말을 꺼내려던 지은은 황급히 입을 다물었다. 어차피 연기인데, 아빠가 원하는 대로 해도 손해 볼 건 없다는 생각이 들었기 때문이었다. 기회가 없어서 못했던 우빈과의 이야기도 해줄 겸 가보는 것도 나쁘지 않을 것 같았다.

"알았어요. 지금 가볼게요."

"그래. 네가 더 많이 가졌으니까 베푼다고 생각해라. 도시락 직접 만들어서 가져가고."

"어머, 이이가 미쳤어!"

옆에 있던 안 여사가 펄쩍 뛰었다.

"얘 요리 실력으로 도시락 만들었다간 큰일 나요."

"엄마!"

아무리 사실이라도 안 여사의 발언은 지은의 자존심을 건드렸다.

"말이야 바른말이지. 너, 달걀부침 하나, 예쁘게 할 줄 알아? 가만있어. 엄마가 G호텔 총괄 셰프에게 준비하라고 할게. 이럴 때 장모가 사위를 안 챙기면 언제 챙기니."

'장모'와 '사위'라는 단어에 지은의 얼굴이 황당하다는 듯 일그러졌다.

"엄마, 장모란 소리가 어쩜 그렇게 자연스럽게 나와?"

"장모란 소리가 어때서?"

그러자 신 회장까지 안 여사를 거들고 나섰다.

"왜? 이제부턴 민 실장이 아니라 민 서방이라고 불러주랴?"

'민 서방'이란 말을 듣는 순간 지은은 온몸에 소름이 쫙 돋는 걸 느꼈다. 왜 이리도 제혁을 사위로 원하는지 이유나 알아야겠다.

"아빠, 왜 제혁 씨를 마음에 들어 하는 거예요?"

"마음에 안 들 건 또 뭐냐? 민 교수님 자제라면 인성이야 안

봐도 훤하고, 사업 능력이야 몇 년 만에 NOF를 저 정도로 성장시켜놓은 거 보면 알 수 있는 거고."

민제혁은 학계에서도 점잖기로 유명한 한국대 민규식 교수의 막내아들이었다. 학자인 민 교수를 따라 대학 강단에 서는 형제들과 달리, 제혁은 유학에서 돌아오자마자 첨단 과학 사업에 뛰어들었다. 실리콘밸리를 비롯한 전 세계를 돌며 빠른 속도로 거래처를 늘려가는 사업 수단에 모두 혀를 내둘렀다. 그런 제혁을 호시탐탐 넘보는 이는 많았다.

신 회장 역시 오래전부터 제혁을 미래 사위로 눈여겨보던 중이었다. 일선에서 물러나면 그를 대신해 SB그룹을 이끌 전문 경영인을 찾아야 하고, 그 역할을 다른 누구도 아닌 사위가 해준다면야 더할 나위 없이 좋을 테니까. 재벌 3세보다 제혁의 조건이 훨씬 마음에 들었다. 그랬기에 지은과 제혁 사이가 조금이라도 삐거덕거리면 곧바로 해결할 필요가 있었다.

"오늘도 사람 붙이실 거예요?"

신 회장의 큰 그림을 알 리 없는 지은은 못마땅한 얼굴로 투덜거렸다. 지은의 성격에 괜히 과하게 밀어붙였다간 역효과가 날 수도 있으니, 약간 물러날 필요가 있었다.

"좋다. 네 엄마와 나는 그저 너희 둘, 함께 있는 걸 보고 싶은 거니까, 앞으론 둘이 사진 찍어서 SNS에 인증 샷 올려."

안 여사도 냉큼 옆에서 거들었다.

"그래, 이모들이랑 고모들, 다 궁금해하거든."

인증 샷? 헐! 혹 떼려다가 혹을 붙인 꼴이 됐잖아. 지은은 원망스러운 얼굴로 안 여사와 신 회장을 바라보았다. 앞에선 더 이상 사람 안 붙이겠다고 해도, 뒤에서 몰래 붙이고도 남을 텐데, 이젠 사진까지 찍어서 인터넷에 올리라니……

띠리릭─. 띠리릭─. 그때 제혁에게서 전화가 걸려왔다. 문자를 보고 연락했나 보다. 지은은 화면에 뜬 이름을 부모님께 당당하게 보여준 후, 통화 버튼을 눌렀다.

"여보세요? 제혁 씨?"

안 여사와 신 회장 앞이기에 평소보다 상냥하게 대답했다.

[무슨 급한 일입니까?]

"지금 뭐 해요? 식사는 하고 일하는 거예요?"

지은이 그의 끼니 여부가 궁금할 리 없을 텐데……

순간 침묵이 흐른 후, 제혁이 말을 꺼냈다.

[……옆에 부모님 계십니까?]

"어머, 제혁 씨. 아직도 식사 안 하고 뭐 했어요?"

지은의 간드러진 목소리가 충분한 대답이 되었을 것이다.

"제가 회사로 찾아가도 될까요? 도시락 준비했는데……"

[이번에도 사람 붙여서 감시할 겁니까?]

"당연하죠. 맛은 제가 장담해요."

완전 동문서답이었지만, 제혁은 큰 어려움 없이 그녀의 말을 이해했다.

[알았어요. 회사 주소, 문자로 보내죠. 우선 회의부터 끝내야 하니까 5시에 보죠.]

"네, 5시에 봐요."

지은이 전화를 끊자, 안 여사는 바로 G호텔에 전화해 도시락을 주문했다.

"마 과장이 G호텔까지 태워줄 거니까, 넌 거기서 도시락 가지고 택시 타고 가."

"귀찮게 왜? 그냥 내 차 가지고 가면 되지."

"그러면 민 실장이 너 집에 못 바래다주잖니. 데이트의 묘미는 남자가 집에 바래다주는 거라고."

안 여사는 당사자인 지은보다 더 신이 난 것 같았다. 하아, 정말 미치겠다. 할 말을 잃은 지은은 그저 한숨만 내쉬었다.

"부탁하신 이미지 파일, 모두 준비했습니다."

프린트 실에서 나온 김 대리는 제혁의 책상 위에 두툼한 파일을 내려놓았다.

"고마워. 김 대리도 그렇고 이제 모두 그만 들어가 봐. 일요일인데 조금이라도 쉬어야지."

"네, 알겠습니다."

"내일 오전은 쉬고 오후부터 출근하도록 해."

제혁은 지시를 내리며 손목시계를 들여다보았다. 4시 30분. 어느덧 지은이 도착할 시간이 다가오고 있었다.

지지지찌징─. 지지지찌징─. 그때였다. 제혁의 휴대폰이 요란하게 울리기 시작했다.

[아직도 회사야?]

휴대폰 너머로 경민의 목소리가 흘러나왔다.

"그런데요."

[얼굴 보자. 나, 바로 네 회사 근처야.]

"네?"

회사 근처라고? 날벼락 같은 경민의 말에 제혁은 의자에서 벌떡 일어섰다.

"선배가 여길 왜?"

[감동했구나. 일요일에도 네 생각하고 찾아와줘서?]

감동? 이건 감동이 아니라 황당함이다.

제혁은 손목시계로 시간을 확인했다.

30분 있으면 지은이 도착할 텐데…….

"연락도 안 하고 다짜고짜 오시면 어떡합니까? 저, 선배 볼 시간 없어요. 처리할 일 많아서."

[10분도 안 돼? 얼굴 보면서 할 말 있어.]

"내일 회사에서 하면 안 됩니까?"

[그 전에 결정해야 할 일이라서 그런다.]

10분이라면 잘만 하면 지은이 도착하기 전에 경민을 돌려보낼 수 있을 것이다. 안 되면 지은에게 잠시 밖에서 기다리라고 하면 되니까.

"딱 10분입니다."

경민의 전화를 끊고 지은에게 전화하려는데 '띠링' 소리와 함께 문자가 날아왔다.

제혁의 표정이 곤혹스럽게 일그러졌다.

30분 후에 도착해야 하는데 왜 이리 일찍 온 거야?

제혁은 지은에게 전화를 걸려다 생각을 바꾸고 휴대폰을 든 채, 황급히 로비로 뛰어갔다. 양손에 쇼핑백을 든 지은이 굳게 잠긴 로비 회전문 앞에 서 있었다.

오늘 그녀는 딱딱한 사무 정장을 벗어버리고 여성스러운 느낌이 물씬 풍기는 코트와 원피스를 입고 있었다. 한껏 부풀어 오른 푸들 머리와 마스카라까지 끝낸 화장하며, 데이트하기에 완벽한 차림이었다. 하지만 지금 제혁에게 중요한 건 그게 아니었다. 경민이 도착하기 전에 그녀를 보내야만 했다. 제혁은 서둘러 로비 회전문을 열고 밖으로 나갔다.

"왜 이렇게 일찍 도착한 겁니까?"

"일요일이라서 도로가 휑하니 뚫렸더라고요. 타고 온 택시도 완전 총알택시였고. 날아오는 줄 알았다니까요."

"우선 들어와요."

경민이 언제 도착할지 모르는데 지은과 한가히 건물 앞에서 서성거릴 순 없었다. 제혁은 그녀를 급히 건물 안으로 들여보냈다.

지은은 흥미로운 눈빛으로 건물 로비를 둘러보았다. 절제미를 살린 모던 스타일 인테리어가 인상적이었다. 이것도 인증샷으로 남겨야 하는데……

"그거 이리 줘요."

때마침 제혁이 지은의 손에 들린 쇼핑백을 건네받았다. 양손이 자유로워지자, 지은은 휴대폰을 꺼내 로비 사진을 찍기 시작했다. 그런 그녀를 제혁이 황당한 눈으로 바라보았다. 지금 여유롭게 사진을 찍을 때가 아니라고!

하지만 자초지종을 모르는 그녀를 탓할 수만은 없었다. 지은을 설득해서 옆문으로 몰래 빠져나가게 해야 했다.

"도시락은 고마워요. 그런데 오늘 일이 있어서…… . 이제 그만 가봐요."

조금은 다급한 목소리로 제혁이 말했다.

"네? 오자마자 가라고요?"

"미안합니다. 설명할 시간이 없으니까 어서 옆문으로 나가요."

"안 돼요!"

순순히 갈 줄 알았던 지은이 예상을 깨고 완강히 거부했다.

"이대론 못 가요. 인증 샷을 찍어서 올려야 한다고요."

"인증 샷을 찍어서 올린다고?"

"나도 설명하려면 기니까 우선 사무실로 올라가요."

말을 마친 그녀는 제혁이 말릴 사이도 없이 엘리베이터로 안으로 쑥 들어갔다. 동시에 건물 앞으로 들어서는 경민의 차가 시야에 들어왔다.

제길! 경민마저도 예상보다 일찍 도착했다. 지은을 밖으로 내보내기엔 이미 늦고 말았다. 로비 문을 통하든 옆문을 통하든 경민의 눈에 띌 위험이 컸다. 지금은 오히려 건물 안이 더 안전할지도 모른다.

제혁은 할 수 없이 지은을 사무실이 있는 위층으로 데려갔다. 개인 사무실이 없고, 직원 모두 함께 모여서 작업하는 형태라 숨기 적당한 장소는 없었지만, 딱 한 곳 프린트 실이 있었다. 프린트할 때 나오는 소음을 차단하기 위해 사방을 벽으로 막아두었기 때문이다.

"경민 선배가 곧 여기로 올라올 겁니다."

제혁은 쇼핑백을 커다란 회의용 테이블 위에 내려놓으며 짧게 상황을 설명했다.

"네에?"

테이블 위에 핸드백을 올려놓고, 막 의자에 앉으려던 지은이 흠칫 동작을 멈췄다.

"상무님이 오신다는 말, 왜 안 했어요?"

"그럴 틈을 주기나 했습니까?"

"어떡해요? 나 여기 있는 거 들키면 안 되잖아요."

"10분만 있다가 갈 거니까, 답답하더라도 잠시 프린트 실에 들어가 있어요."

다행히 지은은 별 반대 없이 제혁이 시키는 대로 프린트 실에 숨기로 했다. 얼마 지나지 않아, 엘리베이터 문이 열리며 경민이 모습을 드러냈다.

"어? 왜 혼자야? 일 바쁘다며?"

경민은 사무실에 홀로 남은 제혁을 발견하고 의아한 눈으로 주위를 둘러보았다.

"아무리 선배가 건물주라지만, 이렇게 무턱대고 들이닥치는 거, 예의 아닌 거 알죠?"

제혁은 대답 대신 차가운 표정으로 항의했다.

"왜 이래? 건물만 자유자재로 들어오는 거지, 사무실은 내 마음대로 못 들어오잖아."

"선배가 건물 빌려준다고 했을 때, 단호히 거절하는 건데……."

스탠퍼드에서 함께 공부한 선배와 동업으로 스타트업 기업을 시작할 시기, 경민은 본인 소유의 건물을 사용하라는 호의를 베풀었다. 그때는 경민이 제시한 저렴한 임대료가 마음에 들어 고민하지 않고 제안을 받아들였었는데 만약 지금 결정하라고 한다면 마음 편히 다른 건물을 선택할 것이다.

"그래서 할 이야기란 게 뭡니까?"

"야, 그래도 손님이 왔는데 차나 한 잔 내오면서 물어봐라."

"여긴 셀프입니다. 드시고 싶으면 알아서 드세요."

"하여간 무뚝뚝하기는……."

경민은 테이블 위에 놓인 G호텔 로고가 박힌 쇼핑백을 바라보았다. 쇼핑백에서는 군침을 돌게 하는 맛있는 냄새가 풍겨나왔다. 경민은 쇼핑백을 손으로 만지며 힐끗 안을 들여다보았다.

"아직 따뜻한 걸 보면, 내가 오기 전에 누가 막 들고 왔나 봐?"

실없는 농담 따먹기를 하는 것 같으면서도 경민은 매사에 빈틈이 없었다. 제혁은 경민 앞에 놓인 쇼핑백을 서둘러 옆으로 치웠다.

"막 퇴근한 직원의 아내가 가져온 겁니다. 혼자 남아서 일한다니까 먹으라고 놓고 갔어요."

"그래? 제혁이 너, 직원들 월급 많이 주나 보다? 한 개에 수십만 원하는 G호텔 도시락을 다 사 오고?"

젠장, 또 말려들었다. 제혁은 속으로 욕설을 내뱉으며 경민의 맞은편에 자리를 잡았다.

"그래서 할 이야기라는 게 뭡니까? 벌써 3분 지났습니다."

"알았어. 알았어. 녀석, 보채기는……. 신지은 씨 말이야."

"신지은 씨가 왜요?"

어머, 왜 갑자기 대화가 내 이야기로 튀지? 두 사람의 대화에서 자신의 이름이 나오자, 지은은 문틈에 바짝 귀를 들이대었다.

"네가 보기엔 어때? 믿을 만해? 우리 기밀 프로젝트에 참여시켜도 될까?"

"제가 어떻게 압니까? 첫날 인사하고 어제 회의에서 만난 게 전부인데."

"아, 왜 육감이란 게 있잖아."

"저, 여자 아닙니다."

흥! 그냥 믿을 만한 사람이라고 해주면 안 되나? 인상이 좋다든지, 현명해 보인다든지 칭찬이 쌔고 쌨는데. 지은은 속으로 투덜거리며 더욱더 가까이 문틈으로 귀를 가져갔다.

"내가 옆에서 지켜봤는데 강 팀장만큼 믿을 만해. 학력 조회, 경력 조회, 신용도 조회, 범죄 조회 모두 해봤는데 깨끗했고. 문제는 외국에서 오래 살다 와서 정확한 배경을 알 수 없다는 거야."

"고민할 필요 있습니까? 못 미더우면 자르세요."

뭐? 이 남자가 지금! 만약에 해고당하면 다 그쪽 탓이야! 지은은 밖으로 나가 따지고 싶은 걸 꾹 참으며, 문손잡이를 움켜잡았다.

"그 정도까진 아니고. 6개월 계약했는데 어떻게 도중에 잘라?"

"6개월치 월급 지급하면, 아무 말 없을 텐데요. 선배, 돈 많잖아요."

"야, 아무리 돈이 많아도, 그렇게 허투루 쓰는 거 아니야."

"자, 할 말 다 끝났죠."

제혁이 자리에서 일어서려 하자, 경민은 급하게 코트 주머니에서 USB 메모리를 꺼냈다.

"왜 이래? 아직 3분 남았어. 나, 이것 프린트 좀 해줘."

"이젠 하다 하다 프린트까지 해달라고요?"

"열 장밖에 안 돼."

"후."

제혁은 한숨을 내쉬며 거칠게 앞머리를 쓸어 올렸다. 괜히 실랑이를 벌이느니 빨리 프린트해주고 보내버리는 게 나을지도 몰랐다. 제혁은 경민이 건네준 USB 메모리를 컴퓨터에 꽂고 프로그램을 열어 인쇄를 실행했다. 잠시 후, '지잉' 하는 소리가 프린트 실에서 흘러나오기 시작했다.

"넌 여기 있어. 내가 가서 가져올게."

경민이 말릴 틈도 없이 자리에서 일어나 프린트 실로 향했다.

"선배."

제혁이 프린트 실로 달려갔을 때는 이미 경민이 문을 열고 안으로 들어간 후였다. 욕설이 입 밖으로 튀어나오려던 순간, 인쇄물을 챙긴 경민이 아무렇지 않은 얼굴로 프린트 실에서 걸어나왔다. 그는 험상궂게 일그러진 제혁의 얼굴을 보며 미간을 찌푸렸다.

"표정이 왜 그래? 종이 열 장이 아까워서 그러냐? 내일 내가 종이 한 박스 사주마."

어떻게 된 거지? 지은을 보지 못한 건가? 제혁이 열심히 머리를 굴리는 사이, 경민은 벗어두었던 코트를 집어 들고 문 쪽으로 향했다.

"그만 갈게. 신지은 씨 일은 좀 더 고민해야겠어. 우선은 기밀이 아닌 일을 시키면 되니까. 아, 그리고……."

사무실을 나가던 경민이 우뚝 멈추며 뒤를 돌아보았다.

"나 저번에 규한이 만났거든. 조만간 한판 뛰자."

그 말을 끝으로 경민은 사무실을 걸어나갔다. 그러나 제혁은 꿈쩍도 할 수 없었다. 언제 그가 마음이 바뀌어 돌아올지 모르니까.

조금 시간이 지나고 나서야, 프린트 실의 문을 열어보았다. 지은이 프린트 기기에 기댄 자세로 서 있었다. 이 여자, 마술이라도 하나?

"어떻게 된 겁니까?"

"상무님이 들어올 때, 재빨리 문 뒤로 숨었어요. 다행히 종이만 챙겨서 나가시던데요."

"후우."

제혁은 자신도 모르게 안도의 숨을 내쉬었다.

"이럴 땐 동지끼리 손바닥 부딪쳐서 하이파이브 하는 건데……."

누구는 심장이 떨려서 죽겠는데 지은은 뭐가 그리도 신이 난 건지 해맑게 웃었다.

"마실 걸 가져오죠."

제혁은 그녀의 말을 못 들은 척 무시하고 구석에 놓인 냉장고로 걸어갔다.

피, 대나무도 아니면서, 되게도 뻣뻣하네. 지은은 속으로 투덜거리며 쇼핑백에서 도시락을 꺼내 테이블 위에 올려놓았다.

"시간이 애매하게 됐네요. 점심치곤 너무 늦고 저녁치곤 이르고."

"괜찮습니다. 아직 아무것도 안 먹었으니까."

일에 몰두하다 보면 가끔 배고픈 걸 잊게 된다. 아침에 마신 카페라떼 한 잔이 오늘 그의 뱃속에 들어간 유일한 음식이었다.

"지금까지 아무것도 안 먹고 뭐 했어요? 그러다 위장 버려요."

고양이가 쥐 생각하는 것도 아니고, 그녀에게서 이런 소리를 듣다니. 제혁은 지은을 향해 피식 입매를 비틀었다.

"우리 둘만 있으니까, 걱정해주는 척 안 해도 됩니다."

"듣고 보니 그러네요."

하여간 싸가지 없긴. 남이 걱정해주는 거 고맙게 받아주면 어디가 어때서? 꼭 뭐라고 트집을 잡는다.

"이게 다 뭐죠?"

제혁은 현란하게 펼쳐진 도시락을 믿을 수 없다는 얼굴로 바라보았다. 장모 사랑을 내세운 안 여사가 오버를 하긴 했다. 최고급 안심, 로브스터, 전복, 민물 장어 등으로 구성된 모둠구이에 제철 채소로 준비한 각종 나물과 샐러드 등등, 말이 도시락이지 그야말로 만찬 수준이었다.

"엄마가 특별히 G호텔 총괄 셰프에게 부탁했어요."

"그래요, 어머께 고맙다고 전해줘요."

"잠깐!"

제혁이 젓가락으로 음식을 집으려 하자, 지은이 그를 제지했다.

"우리 아직 인증 샷 안 찍었어요."

그가 의아한 표정으로 바라보자, 지은은 차근차근 오늘 있었던 일을 설명했다.

"그러니까, 그게⋯⋯."

지은이 설명을 마치자, 제혁은 기가 막힌다는 듯 실소를 내뱉었다.

"지금 그 말은 이제 앞으론 우리 만나는 모습을 사진으로 찍어서 올려야 한다?"

제혁은 영 내키지 않는 듯 미간을 찌푸렸다. 간단할 거라고 여긴 일이 왜 자꾸만 어려워지는지 모르겠다. 제혁은 들었던 젓가락을 탁 소리 나게 내려놓았다.

지은은 휴대폰으로 테이블 위에 늘어놓은 도시락을 찍기 시작했다.

"도시락을 배경으로 해서 함께 있는 모습도 찍어야겠어요."

한참 동안 도시락 찍기에 열중하던 그녀가 마침내 제혁에게 다가왔다. 지은은 제혁에게서 멀찍이 떨어진 채, 프레임 안에 두 사람을 넣으려고 이리저리 휴대폰을 돌렸다.

그렇게 백날 해봐라. 프레임 안에 들어가나. 제혁은 지은의 허리에 팔을 둘러 자신의 품으로 끌어당겼다.

"앗!"

깜짝 놀란 지은이 버튼을 누르는 바람에 그대로 사진이 찍혔다. 모르는 사람이 보면 연인끼리 꼭 껴안고 있는 것처럼 다정해 보이는 모습이었다.

"빨리 찍고 끝내죠."

제혁은 지은의 손에서 휴대폰을 낚아채고는 지은을 품에 안은 채, 연신 버튼을 눌렀다.

아무렇지 않게 지은의 머리카락을 쓸어 넘기고, 어머! 찰칵―. 이마에 입을 맞추는 시늉을 하고, 안 돼! 찰칵―. 어깨를 쓰다듬고, 으악! 찰칵―. 숨도 쉴 수 없게 꽉 끌어안는 등등…… 헉! 찰칵―.

아직은 그녀가 쉽게 소화할 수 없는 스킨십이 대부분이었다. 모든 것이 한꺼번에 몰아치자, 지은은 정신없이 제혁의 리드를 따를 수밖에 없었다.

"이 정도면 충분할 겁니다."

제혁은 멍한 표정의 지은에게 휴대폰을 돌려주었다.

어쩜, 어쩜! 지은은 한 장, 한 장 사진을 넘기며 속으로 몰래 감탄사를 내질렀다.

이런 사진을 수백 번도 넘게 찍어본 모양이었다. 사진은 한 장도 버릴 것 없이 모두 만족스러웠다.

"이제 먹어도 됩니까?"

"네."

묵묵히 음식을 입으로 가져가던 제혁이 넌지시 우빈의 일에 대해 물어보았다.

"그래서 어땠습니까? 수의사 선생과 저녁 먹은 날."

"제혁 씨가 말해준 그대로예요."

제혁의 질문에 지은의 눈동자가 초롱초롱해졌다.

"제 입장을 이해해주더라고요. 안쓰럽게 바라보다가, 만약에 숨 막힐 것 같으면 언제든지 연락하라고 했어요. 이야기 상대가 되어주겠다고. 정말 잘됐죠?"

"숨 막힐 것 같으면?"

그는 우빈과의 일엔 관심이 없다는 듯, 숨 막힐 것 같다는 말에만 반응을 나타냈다.

"나와 있으면 숨 막힐 것 같다고 했습니까?"

"그건 제혁 씨와 있을 때뿐만 아니라, 부모님의 지나친……."

"됐어요. 설명할 필요 없습니다."

제혁은 그녀의 말을 도중에 자르고는 다시 음식을 입으로 가져갔다.

왜 또 갑자기 심술이래? 솔직히 숨 막힐 때가 어디 한두 번인가? 방금도 인증 샷 찍으면서 사람 숨 막히게 해놓고선.

"근데 아까요."

지은은 뿌로통한 얼굴로 제혁을 노려보며 말을 이었다.

"나 자르라고 한 말. 나는 계속 회사 다니겠다는데 뒤에서 비겁하게 작업하면 안 되죠."

"경민 선배, 내가 그런다고 해고할 사람 아닙니다."

"누가 그걸 몰라서 그래요? 그래도 기분 나쁘니까 하는 말이죠."

"기분 나빴다면 미안합니다. 사과하죠."

조금 더 토라진 모습을 보이고 싶었지만, 그가 정식으로 사과하는데 속 좁게 행동할 순 없었다. 지은은 마지못해 고개를 끄덕였다.

"그래요. 알면 됐어요."

지은이 사과를 받아들이자, 제혁은 손목시계로 시간을 확인했다.

"오늘 연기는 이 정도로 충분할 겁니다. 택시 타고 왔다고 했죠? 집까지 바래다주죠."

"이건 다 어쩌고요? 음식 남기면 벌 받아요."

지은은 아직 반도 없어지지 않은 도시락을 허망한 눈으로 바라보았다. 내가 이 무거운 걸 들고 오느라 얼마나 고생했다고! 사실 그가 도시락을 다 먹든 먹지 않든, 그녀와는 아무 상관이 없지만……. 그래도 가짜 연애였으니까 망정이지, 정말로 연애하는 거였다면 슬펐을 것 같다. 이런 남자가 진짜 애인이 아닌 게 얼마나 다행인지 모르겠다.

일요일 저녁인데도 나들이에서 돌아오는 차량이 많은지 교통 체증이 심했다. 차 안에 머무르는 시간이 길어져 분위기가 어색해지려 하자, 제혁은 말없이 음악을 틀었다. 음악은 저번과 마찬가지로 클래식 뮤직이었다. 브람스의 바이올린 소나타 1번이 스피커에서 잔잔하게 흘러나왔다.

집 앞에 도착하고 나서야 앞만 바라보던 제혁이 지은을 향해 고개를 돌렸다.

"오늘 도시락 고마웠습니다. 남은 건 집에 가져가서 마저 먹을게요."

또 이렇게 말해주면 아까 속으로 흉본 게 미안해지는데. 지은은 서둘러 손잡이를 움켜쥐었다.

"바래다줘서 고마워요."

"……잠깐만."

차에서 막 내리려고 하는데, 그가 지은을 제지했다.

또? 그녀는 먼저 안전벨트부터 확인해보았다. 이번에는 확실히 안전벨트가 풀려 있었다.

"왜요?"

고개를 돌리려는데, 제혁이 먼저 옆으로 다가와 지은의 입술을 엄지손가락으로 쓸어내렸다.

"흡."

손길이 닿는 입술이 마치 불에 덴 것처럼 따끔거렸다. 지은이 놀란 눈으로 바라보자, 제혁이 피식 입꼬리를 올렸다.

"분명히 누군가 지켜보고 있을 겁니다. 밖으로 나가면 바로 카메라에 노출되겠죠. ……립스틱이 뭉개져야 정상이니까."

직접 말하지 않았지만 생략된 말은 쉽게 짐작할 수 있었다.

—키스하면 립스틱이 뭉개져야 정상이니까.

평범한 연인이었다면 당연히 이쯤 되면 헤어지면서 키스 정도는 하겠지. 남녀가 함께 있다 보면 끈적끈적한 일이 일어나게 되니까. 두 사람은 아니지만……. 제혁과 키스하는 장면이 상상되자 그녀도 모르게 입술이 떨렸다.

"이런 또 떨고 있군."

이 남자, 또 도발한다. 지은은 떨리는 걸 감추려 매서운 시선으로 제혁을 노려보았다.

"이왕 하는 김에 머리카락도 헝클어뜨리지 그래요?"

그 말과 함께 지은은 두 손으로 머리카락을 헝클어뜨렸다. 전혀 예상하지 못한 지은의 반격에 제혁은 낮게 웃음을 터트렸다. 긴장을 풀어주려고 한 말인데, 지은은 자신을 놀린다고 오해한 모양이었다. 가뜩이나 꼬불거리는 머리가 그녀의 행동으로 더욱더 부풀어 올랐다. 기분 나쁜 듯 노려보는 모습이 마치 개 껌을 빼앗긴 푸들 같았다.

"누가 보면 우리 둘이 레슬링이라도 한 줄 알겠군."

제혁은 부드럽게 웃으며 손을 뻗어 지은의 헝클어진 머리카락을 살며시 쓸어내렸다.

"그 정도까지 할 필요 없을 텐데……."

머리카락을 쓸어내리다 보니 그녀의 보드라운 뺨이 자연스럽게 손끝에 닿았다. 순간 어느 선까지 그녀가 반격할 수 있을지 궁금해졌다. 절대로 지고는 못 사는 성격이니까.

"내가 다가가니까 당신이 먼저 날 껴안았었죠."

제혁의 나직한 목소리가 유혹하듯 귓가에 흘러들었다. 숨이 거칠어지고, 얼굴이 화끈거리며 심장이 쿵쾅거리기 시작했다.

뭐지? 이 야릇한 3종 세트 반응은?

그녀가 잠시 한눈을 판 사이, 제혁의 얼굴이 바로 코앞까지 다가와 있었다.

"그러면 이번에는 먼저 키스할 겁니까?"

따뜻한 숨결이 입술 위에 간지럽게 와닿자, 지은은 눈앞이 아찔하고 머릿속이 새하얘졌다.

이번에도 그가 먼저 도발했다. 하지만 그렇다고 그녀가 먼저 키스할 순 없었다. 괜히 소모적인 신경전에 말려들기 싫어서일 뿐, 결코 용기가 없어서는 아니었다.

"……그때는 그쪽이……."

지은은 목소리를 짜내듯이 어렵게 말을 꺼냈다.

"……회사를 그만두라고 협박하니까 화가 나서 그런 거죠. 아무렴 내가 무턱대고 그랬……."

"신지은 씨."

제혁은 도중에 말을 자르며, 나직한 목소리로 그녀의 이름을 불렀다.

쿵쿵, 쿵쿵. 단지 이름을 불러주었을 뿐인데, 그녀의 심장이 격렬하게 반응했다. 왜 이러지? 얼굴까지 달아오르자, 지은은 서서히 당황하기 시작했다.

진정해! 이건 단지 육체적인 반응일 뿐이야. 인간의 뇌는 긴장하거나 불안하면 신경 전달 물질인 아드레날린을 분비하는데, 그게 바로 심박 수를 증가하게 하고 얼굴을 붉어지게 하는 주범이지. 그러니까 지금은 단지 불안해서…….

지은의 눈동자가 혼란스럽게 흔들렸다.

"이럴 땐……."

제혁은 지그시 지은의 눈을 들여다보며 살며시 뒤로 물러났다.

"말하는 게 아니라, 가만히 눈을 감는 겁니다."

"……눈을 감으라고요? 왜요?"

"후."

그는 대답 대신 짧게 한숨을 내쉬었다. 지은의 표정으로 보아, 정말 몰라서 묻는 게 확실했다.

진도가 너무 빨랐나?

제혁에게서 대답이 없자, 지은은 눈을 감는 대신 더욱더 눈에 힘을 주었다. 앙다문 그녀의 입술이 여리게 떨렸다.

아무래도 안 되겠군.

그녀를 바라보던 제혁은 입가에 쓰디쓴 미소를 떠올렸다.

"오늘은 그만하죠."

여기까지가 그녀가 받아들일 수 있는 한계인 것 같았다.

"기억해요. 당신이 먼저 키스하기 전에는 내가 먼저 선을 넘지는 않을 겁니다."

그의 목소리는 여전히 차가웠지만, 조금은 누그러진 말투였다.

말을 마친 제혁은 다시 운전석으로 돌아갔다.

"그럼 내일 봐요."

"안녕히 가세요."

지은은 작별 인사를 하는 동시에 부리나케 손잡이를 잡아당겼다. 제혁은 그녀가 대문을 여는 것까지 지켜본 후, 차를 출발했다.

"놀라라. 난 또 진짜로 키스하는 줄 알고."

지은은 대문 안으로 발을 들여놓으며 놀란 가슴을 쓸어내렸다. 분위기 완전 이상했는데……. 아무 일도 없었건만 자꾸만 제혁과 키스하는 장면이 상상되어 그녀를 괴롭혔다.

그런데…… 왜?

지은은 문득 떠오른 의문에 제자리에 멈춰 섰다. 왜 우빈 씨와 키스하는 장면은 한 번도 상상하지 않은 거지?

그녀의 표정이 곤혹스럽게 일그러졌다. 일 년 넘게 짝사랑하는 동안 품에 안기는 것까진 상상해보았지만, 그 이상은 진도를 나가지 못했다.

아마도 쑥스러워서 그랬겠지? 그런 진한 상상을 하고 나면, 아무렇지 않게 대할 자신이 없을 테니까. 만약에 우빈 씨와 키스하게 되면 어떻게 해야 하지? 우선 안경부터 벗겨야 하나? 아닌가? 그냥 해도 되려나? 이런, 내가 지금 무슨 상상을!

눈앞에서 우빈의 얼굴이 점점 가까이 다가오자, 지은은 왠지 죄를 짓는 것 같아 세차게 고개를 흔들었다.

아니야! 아직은 아니다. 나중에 우빈 씨의 얼굴을 어떻게 보려고…….

지은은 서둘러 안으로 들어가며 쾅 소리가 나게 대문을 닫았다.

교차로에 차를 세우고 출발 신호를 기다리던 제혁은 무의식적으로 옆을 향해 고개를 돌렸다. 지은이 내리고 없는 텅 빈 조수석이 눈에 들어왔다.

오늘은 두 번째로 그녀를 집까지 바래다준 날이었다. 어느 순간부터 그녀를 내려주고 돌아오는 길이 약간 쓸쓸하게 느껴졌다. 아마 옆에 누군가를 태우고 다닌 적이 거의 없어서겠지. 든 자리는 티가 안 나도, 난 자리는 티가 난다는 옛말처럼.

다시 앞으로 고개를 돌리던 제혁은 피식 웃었다.

만약에 그녀가 먼저 키스를 했더라면 기분이 어땠을까?

순간 궁금해졌다.

"글쎄……."

제혁은 특유의 무표정으로 돌아가며 손으로 톡톡 운전대를 두드렸다. 그리 특별하진 않았을 것이다. 그녀는 한배를 탄 동지일 뿐이니까. 그게 아니더라도 다른 남자를 마음에 두고 있는 여자는 관심 없었다.

─제 입장을 이해해주더라고요. 안쓰럽게 바라보다가…….

제혁은 신호등에 시선을 고정한 채로, 환하게 웃으며 우빈의 이야기를 조잘조잘 늘어놓던 지은의 모습을 떠올렸다.

도무지 이해가 안 갔다. 샌님 같은 수의사 선생이 그렇게나 좋을까? 그가 상관할 일은 아니었지만, 이상하게 신경이 쓰였다. 물론 그가 간섭할 일도 아니었다.

출발 신호가 들어오자, 제혁은 퍼뜩 상념에서 깨어나, 가속 페달에 발을 올려놓았다.

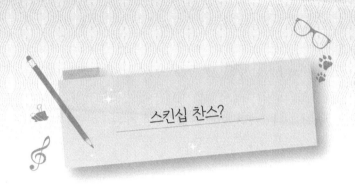

스킨십 찬스?

일주일 내내, 지은은 해외 마케팅 부서로 자리를 옮겨 번역 업무를 맡았다. 그동안 회사 안에서 제혁과 마주친 적은 딱 두 번 있었다. 한 번은 엘리베이터 앞이었고, 다른 한 번은 경민의 사무실이 있는 꼭대기 층 복도에서였다. 둘 다 합쳐서 10분도 안 되는 짧은 시간이었다.

계속 이렇게 사내에서 안 마주치면 일하기 편할 텐데…….

"지은 씨!"

퇴근 시간이 다가오자, 그새 가까워진 해외 마케팅 부서 진 대리가 생글생글 웃는 얼굴로 다가왔다.

"오늘, 지은 씨를 환영하는 회식인데, 기대되지 않아요?"

30대 초반인 그녀는 붙임성 있는 성격으로 지은을 친절하게 챙겨주었다.

"네."

지은은 기대에 친 얼굴로 활짝 웃었다.

"회식 장소는 민속 주점이래요."

회식이 화제에 오르자, 다른 여 직원들도 지은의 주위로 몰려들며 저마다 한마디씩 거들었다.

"오늘 회식, TF팀도 함께한다던데."

"민 실장님도 오시겠죠?"

"당연하지!"

"어떡해! 어떡해! 나, 너무 설레."

비서실과 마찬가지로 해외 마케팅 부서에서도 제혁의 인기는 하늘 높은 줄 모르고 치솟았다. 지은은 제혁을 향한 환호를 들으며 애써 표정 관리를 해야 했다.

"진 대리님, 그런데요……."

회식 장소로 향하는 길에, 지은은 진 대리에게 그동안 묻고 싶었던 질문을 꺼냈다.

"왜 다들 민 실장님을 좋아하는 거죠?"

"그거야 민 실장님은 배우나 모델처럼 멋있잖아요. 우리가 배우나 모델을 얼마나 자주 보겠어요? 그런데 민 실장님은 항상 우리 곁에 있다는 사실."

아, 그 말도 일리는 있네.

"그러니까 우리들에겐 민 실장님이 아이돌인 거죠."

진 대리 옆에 있던 여 직원이 빠르게 끼어들었다.

아이돌이라고? 무뚝뚝한 제혁을 곱게 화장한 아이돌에 비유하는 것 자체가 말이 안 됐지만, 극과 극은 서로 통한다니까, 이해가 갈 것도 같았다.

문득 지은은 두 사람 관계를 비밀로 한 건, 아주 현명한 판단이었다는 생각이 들었다. 안 그랬다간 수많은 이들의 질투를 한 몸에 받아 견디기 어려웠을 것이다.

"참, 오늘 회식은 지은 씨가 주인공이니까, 특별히 민 실장님 옆에 앉게 해줄게요."

"네?"

지은은 놀란 얼굴로 손사래를 쳤다.

"아뇨. 전 괜찮으니까, 다른 분들이 민 실장님 옆에 앉으세요."

그러자 모두 왜 그런 좋은 기회를 포기하느냐는 듯 의아한 표정을 지었다.

"양보할 때 냉큼 챙겨요. 이런 기회는 딱 한 번밖에 돌아오지 않는다고요. 지은 씨가 사양하면 서로 옆자리에 앉겠다고 신경전 일어나니까."

"아니, 저는 정말로 괜찮은데……."

사실은 심하게 불편했다. 알면서도 모르는 척 연기하기가 얼마나 어려운 줄 아는가?

몇 번이나 사양했지만, 결국 지은은 회식 장소에 도착하자마자 끌려가듯 제혁의 옆자리에 앉혀졌다.

"안녕하세요, 민 실장님."

"안녕하십니까, 신지은 씨."

지은이 어색하게 인사하자, 제혁은 가볍게 고개를 끄덕였다. 어쩔 줄 모르는 그녀와 달리 그는 얄미울 정도로 무덤덤한 표정이었다. 마치 그녀를 잘 모른다는 듯, 제혁에게선 거리감이 팍팍 느껴졌다.

언제나 그렇듯이 그의 연기는 최고였다. 저번에도 느꼈지만, 이 남자는 연기자가 됐어도 크게 성공했을 것이다.

"항상 내 옆에 회식의 주인공을 앉히더군요."

지은의 잔에 술을 따라주며 제혁이 지나가는 말투로 말했다.

"아, 그래서."

지은은 제혁의 눈을 피하며 조심스럽게 두 손으로 맥주잔을 감쌌다.

"표정 좀 풀지? 남들이 보면 너무 좋아서 얼어버린 줄 알아요."

지은의 옆에 술병을 내려놓으며, 제혁은 그녀만 알아들을 수 있도록 작게 중얼거렸다.

하, 좋아서 얼어버리다니. 절대로 아니거든!

지은은 제혁을 슬쩍 흘겨보며 따라준 술잔을 단번에 비웠다. 잠자코 술이나 마시자!

서먹하게 구는 것보단 아예 그를 상대하지 않는 게 나을지도 모르겠다. 지은은 앞에 놓인 안주에 부지런히 젓가락을 가져갔다.

"지은 씨, 내 잔 받아요."

해외 마케팅 직원들이 차례로 다가와 그녀에게 술을 권했다. 지은은 따라주는 술을 마다하지 않고 홀짝홀짝 들이켰다.

과일 맛 소주라서 그런지, 주스처럼 부드럽게 목구멍으로 내려갔다.

제혁은 연이어 소주잔을 비우는 지은을 불안한 눈으로 지켜보았다. 주는 대로 다 받아 마시는 걸 보면 술이 센 건가? 아니면 뭘 모르는 건가?

과일 맛 소주는 마시기 편할지 몰라도, 자칫 주량이 넘기 쉬워, 자신도 모르는 사이 갑자기 취할 수 있었다. 똑바로 젓가락질하는 걸 보면 멀쩡한 것 같은데 확신할 순 없었다. 제혁은 족발 한 점을 입으로 가져가 오물오물 맛있게 먹는 지은을 물끄러미 바라보았다.

─오늘 회식은 민속 주점에서 할 거야. 유 비서가 예약해 놨어.

퇴근 전, 경민은 불쑥 제혁의 사무실을 찾았었다.

─왜 갑자기 안 가던 민속 주점입니까?
─다들 와인, 위스키 그만 마시고 막걸리랑 소주 마시고 싶어 하더라고.

항상 프렌치 레스토랑이나 스테이크 하우스를 회식 장소로 고르던 경민이 오늘은 웬 변덕인가 싶었다. 지은이 이런 종류의 음식을 먹을 수 있을까, 은근히 걱정되기도 했다. 하지만 괜한 기우였나 보다. 지은은 아무런 거리낌 없이 족발, 순대, 심지어 번데기탕까지 입으로 가져갔다.

"그게 뭔 줄이나 알고 먹는 겁니까?"

뼈 없는 닭발을 젓가락으로 집어 드는 지은을 보며 제혁이 툭 내뱉듯 물었다. 술기운이 올랐는지, 지은이 아까보단 느슨해진 표정으로 그를 바라보았다.

"이거요? 바짝 구운 닭 껍질 아니에요?"

"뼈만 발라낸 닭발입니다."

"아, 닭발! 먹기 편하게 손질했구나."

'으악!' 하면서 다시 내려놓을 줄 알았는데, 지은은 무덤덤하게 빨간 닭발을 입 안으로 쏙 집어넣었다.

먹성이 좋은 건가? 취해서 아무거나 먹는 건가?

제혁은 다시 한 번 지은에게 확인시키고 싶었다. 지금 당신 입속으로 들어가고 있는 건, 닭발이라고.

"닭발 먹을 줄 알아요?"

"그럼요. 홍콩 갈 때마다 딤섬으로 꼭 먹고 와요. 한국에서는 닭발 딤섬 하는 곳 찾기 힘들죠. 진짜 맛있는데……."

"그래요?"

지은은 닭발이 매운지 눈살을 찌푸리더니 앞에 놓인 소주잔을 홀짝 비웠다.

이 여자, 지금까지 도대체 몇 잔을 마신 거지?

속으로 지은이 마신 소주잔을 세어보던 제혁은 짜증 난 얼굴로 고개를 내저었다. 모르겠다. 취하든지 말든지 성인이니까 본인이 알아서 하겠지.

말없이 지은을 지켜보던 제혁은 조용히 자리에서 일어나 화장실을 다녀온 후, 다른 테이블에 들러 직원들과 이야기를 나누었다.

한참 후, 다시 자리에 돌아오니, 지은의 모습이 보이지 않았다.

화장실 갔나? 크게 신경 쓰지는 않았지만, 한참이 지나도 지은이 돌아오지 않자 슬슬 불안해지기 시작했다. 다른 직원 모두 먹고 마시고 떠들기 바빠서, 아무도 지은의 빈자리를 눈치채지 못하고 있었다.

지은이 없어진 지 30분이 넘어가자, 제혁은 결국 자리에서 일어났다. 다른 뜻은 없었다. 옆에 앉은 사람이 지은이 아니라 다른 직원이었다고 해도 찾아 나섰을 것이다. 그뿐이다.

지은의 코트는 의자 뒤에 얌전히 걸려 있었다. 그렇다면 주점 어딘가에 있다는 말인데……. 혹시 화장실 안에서 잠든 건 아니겠지?

일인용이고, 계속 사람들이 들락날락하는 것으로 보아선 화장실 안은 아닌 것 같았다. 주점 곳곳을 둘러보았지만, 지은의 모습은 보이지 않았다. 제혁은 할 수 없이 코트를 집어 들고 건물 밖으로 나섰다.

밖으로 나오자, 차가운 바람이 얼굴에 쏟아졌다.

설마, 이렇게 추운데 밖에 있는 건가?

금요일 밤이라, 길은 수많은 사람으로 북적거렸다. 일일이 행인의 얼굴을 확인하느라 걸음이 늦어질 수밖에 없었다.

한참 후에야 제혁은 저 멀리 커피숍 테라스에 앉아 있는 지은을 발견했다. 그녀가 앉아 있는 테이블 옆에는 야외용 가스 히터가 불을 밝히고 있었다. 술을 깨기 위해서 커피를 사러 왔다가 잠시 앉아 있었던 모양이었다.

"후."

제혁은 안도의 한숨을 내쉬며 민속 주점으로 돌아가기 위해 등을 돌렸다. 그런데 어찌 된 일인지, 한 걸음도 내디딜 수가 없었다. 제길! 그녀가 무사한 걸 확인했으니까, 지금 이대로 돌아가도 아무 문제가 없을 텐데…….

제혁은 잠시 제자리에 선 채, 생각에 잠겼다. 이왕 여기까지 온 거, 회식 자리에서 혼자 제멋대로 사라지지 말라고 주의나 줘야겠다. 제혁은 인상을 찡그리며 서둘러 지은이 앉아 있는 테라스로 향했다.

"여기서 뭐 하는 겁니까?"

커피를 홀짝이던 지은이 깜짝 놀란 얼굴로 위를 올려다보았다. 그녀는 자신을 부른 이가 제혁이란 것을 확인하자, 발그레한 얼굴로 빙그레 웃어 보였다.

"……마니 마신 거 가타서…… 술 좀 깨려고요."

지은은 평소보다 어눌해진 말투로 천천히 대답했다. 걱정했던 대로 취하긴 취한 모양이었다. 그렇게 마시더니 역시…….

"그러다 감기 듭니다."

제혁은 말없이 지은 옆에 앉으며, 코트를 벗어 그녀의 어깨에 둘러주었다. 그녀를 찾아 열심히 걷느라 더워져서 어차피 코트를 벗을 참이었다. 그녀를 위해서 코트를 벗어준 건 절대로 아니었다.

"어머, 저 괜찮은데……."

말은 그렇게 하면서도 지은은 제혁의 코트를 두 손으로 꽉 움켜쥐었다. 가스히터가 있었지만, 재킷만 입고 밖에 앉아 있기엔 제법 추운 날씨였다. 민속 주점 안이 숨 막히게 답답해 도저히 실내에 머물 수 없어서 나온 건데. 평소보다 많이 마시긴 좀 많이 마셨나 보다.

과일 맛 소주를 주스 마시듯 홀짝홀짝 마셨으니, 그럴 만도 했다. 회식 중, 제혁이 자리를 뜬 지 얼마 되지 않았을 때 지은은 갑자기 눈앞이 캄캄해지는 현상을 겪었다. 주위 소음이 멀어지면서 몸이 바닥으로 내려앉는 것 같은 느낌은 술기운이 오른다는 증거였다.

나, 취한 거니?

순간 지은의 등 뒤로 식은땀이 흘러내렸다. 처음 갖는 회식에서 직장 동료에게 취한 모습을 보일 순 없었다. 지은은 코트를 챙길 새도 없이 부랴부랴 자리에서 일어나 주점 밖으로 걸어나갔다. 그러고는 술도 깰 겸, 커피를 마시기 위해 주위를 둘러보았다.

그런데 근처 커피숍은 손님들로 꽉 차, 발 디딜 틈이 없었다. 결국 회식 장소에서 멀리 떨어진 커피숍까지 오게 된 것이다.

커피를 주문하고 테라스에 앉아 숨을 좀 돌리려는데 불쑥 제혁이 나타났다. 얼마나 오랫동안 자리를 비웠는지 모르겠지만, 제혁이 자신을 찾아 나설 줄은 몰랐다.

아주 조금이지만, 감동했다.

동지라서 챙겨준 건가?

어깨에 놓인 제혁의 코트에서는 익숙한 향이 흘러나왔다. 시원하게 기분 좋은 향기였다.

다른 이에게서도 이런 향을 맡은 기억이 있었는데, 그게 누구였는지는 떠오르지 않았다. 코트 덕분에 온몸이 따뜻해지자, 지은은 몸이 붕 떠오르는 것처럼 기분이 좋아졌다.

아…… 또 취하는 건 아니겠지?

"그만 돌아가죠."

제혁의 말에 지은은 살며시 고개를 내저었다.

"……조금만 더…… 있다가요."

겉으론 크게 티가 안 났지만, 자꾸만 어지러워 도저히 걸을 자신이 없었다.

"……Pater noster, qui es in caelis, sanctificetur……."

지은은 자리에서 일어나는 대신 주문 같은 말을 웅얼거리기 시작했다. 제혁이 이상한 눈으로 바라보자, 지은은 느릿한 말투로 설명했다.

"……라틴어로 주기도문을 외우는 거예요…… 정신이 집중돼서…… 술이 깨거든요."

"안 물어봤습니다."

제혁이 차갑게 대응하자, 지은은 겸연쩍은 듯 살짝 혀를 내밀었다.

"……헤, 궁금해할까 봐."

술기운 때문일까? 항상 바짝 곤두서 있던 지은의 경계심이 풀려 있었다. 뭐가 그리도 좋은지, 지은은 제혁의 코트를 두 손으로 꽉 여미며 연신 눈꼬리를 곱게 휘었다.

술이 들어가면 잘 웃는 편인가?

생글생글 웃는 지은의 모습을 지켜보던 제혁은 슬그머니 불안해지기 시작했다.

회식 장소로부터 제법 멀리까지 왔기에, 회사 동료에게 들킬 위험은 없었다. 그런데도 목을 죄듯 답답하고 거북했다. 아무래도 신속히 자리를 떠야 할 것 같았다.

"코트 두고 갈 테니까, 다 마시고 와요."

"……제혁 씨?"

그가 자리를 뜨려고 하자, 지은이 살며시 제혁의 손을 거머쥐었다. 그녀가 먼저 손을 잡은 건 처음이었다. 지은은 초롱초롱한 눈으로 제혁을 올려다보며 작게 속삭였다.

"……함께 있어주면 안 돼요?"

그녀와 눈길이 부딪치는 순간, 가슴속 깊은 곳이 이상하게 간질거렸다. 익숙하지 않은 느낌에 제혁의 표정이 딱딱하게 굳어졌다. 그녀가 잡은 손을 단호히 뿌리치려고 했지만, 차마 그럴 순 없었다. 제혁은 손을 뿌리치는 대신, 어금니를 꽉 깨물었다.

"딱 10분 만입니다."

결국 그는 최대한 차갑게 대답하고 도로 자리에 앉았다. 제혁이 자신의 부탁을 들어주자, 지은은 눈을 반달 모양으로 휘며 해맑게 웃었다.

"헤…… 고마워요, 제혁 씨."

평소에는 '그쪽'이라고 부르던 그녀가 술이 좀 들어갔다고 꼬박꼬박 '제혁 씨'란다. 제혁이 다시 옆에 앉자, 지은은 얌전하게 커피를 홀짝였다. 그러더니 뭔가 생각이 났는지, 재킷 주머니에서 휴대폰을 꺼냈다.

"우리, 여기서 인증 샷 찍을래요?"

그러고는 제혁의 대답도 기다리지 않고 '찰칵', 찰칵' 버튼을 누르기 시작했다. 술에 취해서 대담해졌는지, 그녀가 먼저 제혁의 어깨에 얼굴을 기대며 포즈를 취하기도 했다.

"여기 보고 웃어요!"

지은은 발그레해진 뺨으로 휴대폰을 향해 생글생글 웃었다. 웃는 얼굴은 다 예쁘다고…….

다른 이의 눈에는 이런 지은이 예뻐 보일 수도 있겠다는 생각이 문득 들었다. 물론 그는 아니었지만.

"수의사 선생 앞에서 이렇게 취해본 적 있습니까?"

"아……뇨."

지은이 졸린 듯 느릿하게 눈을 깜박거렸다. 그 모습이 마치 잠들지 않으려고, 억지로 눈을 뜨는 강아지 같았다.

"나, 마니 이상해…… 보이죠? 하아."

지은은 풀이 죽은 얼굴로 한숨을 푹 내쉬었다. 제혁은 선뜻 대답할 수가 없었다. 진실을 말하자면, 전혀 이상하지 않았으니까.

정신을 놓을 정도로 취한 것도 아니었고, 평소보다 애교가 많아져 오히려 귀엽게 느껴졌다. 서로 몸이 맞닿았다고 잔뜩 긴장하지도 않고⋯⋯. 우빈이었다면 귀엽고 사랑스럽다고 생각했을 것이다. 어쩌면 지은을 여자로 보게 되는 계기가 될지도 모르겠다. 하지만 그 반대가 될 수도 있으니, 섣불리 도박할 필요는 없겠지.

"네. 그 사람 앞에선 절대로 취하지 말아요."

제혁은 단호한 목소리로 말을 이었다.

"수의사 선생 같은 성격이라면 이런 모습 안 좋아할 겁니다."

"⋯⋯네. 조⋯⋯딤할게요."

혀가 꼬여 무뎌진 발음이 끔찍하게 들려야 하는데, 왜 깜찍하게 들리는지 모르겠다. 제혁은 인상을 쓰며 서둘러 화제를 돌렸다.

"봉사자끼리는 언제 회식을 합니까? 저번 회식은 나를 만나느라 빠졌으니까."

"아, 그거 회식 아니었대요. 간단히 저녁만 먹었다고⋯⋯ 곧 하겠죠. 두 달에 한 번씩은 하니까요."

"수의사 선생도 참석합니까?"

"아마도?"

그 말에 술이 확 깼는지, 지은의 눈이 커지며 얼굴에 생기가 돌기 시작했다. 저리도 좋을까? 제혁은 왠지 모르게 기분이 가라앉았다.

"회식에서 어떻게 행동해야 할지, 생각해둔 건 있습니까?"

"……음, 정 쌤을 빤히 뚫어지게 쳐다본다?"

"뚫어지게 바라보면 부담이 돼서, 수의사 선생 체할 것 같은데요."

그 말에 지은은 시무룩한 얼굴로 고개를 숙였다. 영화에선 여자 주인공이 바라만 봐도 남자 주인공과 연결되던데, 현실은 다르구나. 제혁의 날카로운 질문은 계속되었다.

"수의사 선생이 술을 마시다 찬바람을 쐬러 밖으로 나갔다고 합시다. 어떻게 할 겁니까?"

"음……."

이번엔 정답을 맞히고 싶은지 지은은 자못 심각한 표정으로 눈동자를 이리저리 굴렸다. 그리고 잠시 후, 밝은 표정으로 자신 있게 대답했다.

"얌전히 앉아서 돌아오길 기다린다?"

제혁의 얼굴이 싸늘하게 변하자, 지은은 서둘러 다음 답을 꺼냈다.

"아니, 아니. 그게 아니라…… 예뻐 보여야 하니까, 재빨리 화장실에 가서 화장을 고친다?"

"신지은 씨, 나무 밑에 앉아만 있으면 감이 입속으로 떨어집니까?"

그 말에 지은의 커다란 눈이 더욱더 커다랗게 변했다.

"정 쌤을 찾아서 밖으로 나간다!"

"정답."

그제야 제혁은 찡그렸던 표정을 조금 풀고, 다음 질문을 던졌다.

"그다음은?"

"그다음이요?"

연이은 질문 공세에 지은의 머릿속은 텅 비어버렸다.

뭘 해야 하지?

혼자 이것저것 대답을 고민하던 지은이 결국 자신 없는 목소리로 대답했다.

"옆에 다가가서, '정 쌤, 안 들어오시고 뭐 해요? 다들 정 쌤 찾아요.'라고 말을 걸어……."

"이봐요!"

제혁이 엄한 표정으로 그녀의 말을 잘랐다.

"단둘이 있을 기회가 생겼는데, 안으로 들어가자고 한다고?"

"아! 그러네요. 단둘이……."

지은의 얼굴에 다시금 환한 생기가 돌았다. 우빈과 단둘이 있다는 상상만 해도 신이 나는가 보다.

"그러면 뭐라고 하죠. 아, 알았다! '술 많이 드셨어요? 괜찮으세요?'라고 물어보는 거예요. 모성애를 발휘해서."

그녀가 생각해도 자신의 대답이 마음에 들었는지, 지은의 목소리에 힘이 깃들었다.

"말로만?"

"네?"

"말로만 그렇게 할 겁니까? 스킨십을 할 수 있는 최고의 기회인데?"

스킨십 찬스? 그 말에 지은은 재빨리 주위를 둘러본 후, 그의 귓가에 낮게 속삭였다.

"그럼 어떻게 해요?"

"이쯤 되면 하나하나 다 알려주지 않아도 알아서…… . 하, 됐습니다."

제혁은 짧게 한숨을 내쉬더니 한 손으로 지은의 어깨를 감쌌다.

"지은 씨가 수의사 선생이라고 생각하고, 시범을 보이죠. 그러니까 잘 보고 기억해요."

그는 천천히 그녀의 어깨를 쓸어내렸다. 그리고 부드러운 목소리로 물었다.

"괜찮아요? 아까 보니까 많이 마시는 것 같던데…… ."

걱정이 담긴 따뜻한 손길. 지은은 할 말을 잃고 잠시 멍한 눈으로 제혁을 바라보았다. 시범을 보이는 중이라는 걸 뻔히 알면서도 그의 눈동자에 빨려 들어갈 것 같았다. 지은은 억지로 마른기침을 내뱉으며 목을 가다듬었다.

"……흠흠."

"이런 괜찮아요? 물 좀 마실래요?"

제혁은 그녀의 손을 잡은 뒤, 테이블 위에 놓인 물 잔을 건

네주었다. 두 손으로 물 잔을 쥔 그녀의 손을 꽉 움켜쥐는 것
도 잊지 않았다.

"아······."

손을 감싸는 따뜻한 느낌에 지은의 입에서 한숨이 흘러나
왔다.

"이제 알겠습니까? 좋아하는 사람에겐 이렇게 다가가는 겁
니다."

그 말에 지은은 꿈에서 깨어난 듯 현실로 돌아왔다. 동시에
술도 확 깨버렸다. 그의 연기가 너무나도 자연스러워, 시범이
라는 걸 깜빡 잊고 말았다. 제혁은 심각한 얼굴로 설명을 이어
갔다.

"이 정도 스킨십은 해줘야, 상대에게 어필할 수 있다는 것,
명심해요."

그와는 가짜 연애를 하고 있다는 것도 명심하자.

"······네에."

지은은 짧게 대답하고는 그의 시선을 피해 살며시 길 건너
로 고개를 돌렸다.

"10분 지났군요."

손목시계로 시간을 확인한 제혁은 바로 자리에서 일어났다.

"먼저 들어갈게요."

그는 뒤 한 번 돌아보지 않고 회식 장소로 향했다. 멀어지
는 제혁의 뒷모습을 바라보던 지은은 손에 들고 있던 물 잔을
테이블에 내려놓았다.

순간이었지만, 뭔가 기분이 이상했어. 아마도 술 때문이겠지? 하아, 빨리 술이나 깨야겠다.

지은은 가볍게 고개를 흔들며 커피 잔을 입으로 가져갔다. 쌉쌀하면서도 달콤한 커피 맛이 입 안을 가득 채웠다.

"소주랑 막걸리를 마셨으니까, 이젠 입가심으로 맥주를 마셔야지!"

회식은 긴 1차를 끝내고 2차로 이어졌다. 2차 회식 장소로 뽑힌 건, 생맥주 전문점이었다. 봉사자들과 회식할 때는 1차는 밥과 술, 2차에서는 커피를 마시는 게 고작이었는데, 오늘 회식은 이제 막 시작하는 분위기였다.

다행히도 2차에선 지은에게 제혁 옆에 앉으라고 하지 않았다. 옆자리 기회는 1차 회식에서만 통하는 규칙이었나 보다. 되도록 제혁과 멀리 떨어져 앉기 위해 테이블 안쪽으로 들어갔는데, 공교롭게도 제혁의 맞은편에 앉게 되었다.

이런, 옆에 앉을 때보다 더 불편하잖아! 그렇다고 티 나게 자리를 바꿀 수도 없는 일이고.

지은은 한숨을 내쉬며 앞에 놓인 500cc 생맥주잔을 물끄러미 바라보았다. 분위기 맞추려고 예의상 주문했는데, 일이 이렇게 되니 심한 갈증이 밀려왔다. 술도 다 깬 것 같은데 딱 한 잔만 마실까? 맥주인데 괜찮겠지?

때를 맞춰 옆에 앉은 진 대리가 지은의 잔에 그녀의 잔을 부딪쳤다.

"건배, 지은 씨!"

"건배."

건배까지 했는데 한 모금은 마셔줘야지.

입맛을 다시며 막 마시려는데, 맞은편에 앉은 제혁과 눈길이 딱 마주쳤다.

"쿨럭."

지은은 자신도 모르게 기침을 내뱉었다. 제혁은 평소처럼 싸늘한 무표정이었지만, 그녀를 향한 눈빛은 은근히 살벌했다. 걱정해서라기보단 또 술에 취하면 가만히 두지 않겠다는 경고 같았다.

결국 지은은 한 입도 마시지 못하고 힘없이 맥주잔을 내려놓았다. 이래서 그가 회식에 안 따라왔으면 한 건데……. 지은은 짧게 한숨을 내쉬며 맥주 대신 물을 들이켰다.

"그거 알아?"

제혁이 다른 직원과 함께 잠시 자리를 뜨자, 진 대리를 비롯한 여 직원들이 저마다 한 마디씩 꺼내며 떠들었다.

"민 실장님, 오늘 회식 끝날 때까지 계실 거라며?"

"정말? 나, 밤을 꼬박 새우는 한이 있어도 끝까지 달릴 거야."

"난 이럴 줄 알고 술 먹기 전에 먹는 약 가져왔어."

지은은 그들의 대화를 건성으로 들으며 핸드백에서 휴대폰을 꺼내 보았다.

도대체 몇 차까지 갈 거지?

휴대폰으로 시간을 확인하니, 어느새 자정이 훌쩍 넘어가고 있었다. 오늘은 술을 마실 거라서 차를 가지고 오지 않았다. 많이 늦지 않으면, 안 여사의 개인 비서인 마 과장에게 데리러 오라고 부탁할 계획이었다.

"지은 씨, 3차 갈 거죠?"

"물론 가야죠."

진 대리의 물음에 지은은 깊이 생각하지 않고 바로 대답했다. 어차피 마 과장이 데리러 오기엔 너무 늦었으니까, 조금 더 어울리다 가도 상관없을 것 같았다.

모두 3차 회식 장소로 이동하기 위해 자리에서 일어났다. 지은이 맨 마지막으로 자리에서 일어나려는데 제혁이 그녀의 앞을 막아섰다.

"신지은 씨, 3차 갈 겁니까?"

"네, 물론이죠."

"내일 봉사 활동하러 가지 않습니까?"

내일 봉사 활동 가야 하니까, 이만 집에 가보라는 뜻일 것이다. 하지만 그가 모르는 사실이 하나 있었다.

"이번 주말은 아니거든요."

지은은 제혁을 똑바로 바라보며 말을 이었다.

"대학 병원에서 봉사 활동하러 온다고 이번 주말은 봉사자들 오지 말라고 했어요."

"그래서 밤새워 노시겠다?"

"네."

대답을 마친 지은은 생긋 웃으며 제혁을 지나쳤다. 뒤통수가 따끔거렸지만, 애써 무시했다.

3차 장소인 치킨 집에서는 다행히 제혁과 멀리 떨어진 테이블에 앉을 수 있었다. 3차가 끝나고 이제 각각 헤어질 줄 알았는데, 놀랍게도 4차를 가자는 데 의견이 모였다.

"4차로 노래방 가야죠, 노래방!"

"실장님도 같이 가실 거죠?"

"……그러죠."

제혁은 '노래방'이란 말에 곤혹스러운 표정을 지었지만, 곧 마지못해 동의했다.

뭘 부르지?

노래방에 도착한 지은은 두툼한 노래책을 뒤적거리며 부를 만한 노래를 골랐다. 그때 낯익은 곡이 눈에 들어왔다.

〈회색빛 하늘을 향해〉 - Broken Wings

색다르게 이거나 불러볼까?

클럽 공연에서 라이브로 들어봤고 지금 생각해보니 미나 차에 탈 때마다 듣던 곡이었다.

지은이 대뜸 '회색빛 하늘을 향해'를 고르자 제혁은 크게 눈살을 찌푸렸다.

하고많은 노래 중에서 왜 하필 그 노래를?

일부러 그를 골탕 먹이려는 건 아니겠지만 기분이 묘했다.

회색빛 하늘을 향해 걷다 보면……

지은이 마이크를 잡고 노래를 시작하자 제혁의 이마에 깊은
주름이 생겼다.

……가면 갈수록 더욱더 짙어지는 외로움 속에 하나둘씩 가로
등이 켜지고…….

단순한 노래 반주야 그렇다 쳐도 계속해서 틀리는 가사는
도저히 참을 수가 없었다. 제혁은 낚아채듯 리모컨을 집어 들
어 취소 버튼을 눌러버렸다. 동시에 흘러나오던 곡이 툭 끊
겼다.

"어?"

지은이 어리둥절한 얼굴로 돌아보자 제혁은 재빨리 리모컨
을 내려놓았다.

"실장님이 취소 버튼 누른 거예요?"

지은이 투덜거리자 제혁은 사과는커녕 퉁명스럽게 대꾸
했다.

"가사 틀렸습니다. '더욱더 짙어지는'이 아니라, '더더욱 짙어

지는. '하나둘씩 가로등'이 아니라 '하나둘 가로등'."

제혁의 깨알 같은 지적에 지은은 기가 막힌다는 듯 입을 벌렸다.

"난 화면 고대로 불렀다고요."

"화면 가사가 틀린 겁니다."

"그걸 실장님이 어떻게 알아요?"

"그거야 내가 작……."

이런, 얼떨결에 '내가 작사, 작곡한 곡이니까.'라고 말해버릴 뻔했다.

"……됐습니다. 그만하죠."

제혁은 심각한 표정을 지으며 입을 꽉 다물었다. 왠지 살벌한 느낌에 지은은 더 이상 따지는 걸 포기하고 묵묵히 리모컨을 집어 들었다.

취소하려면 하라지. 다시 선택하면 그만인걸.

지은은 투덜거리며 예약 버튼에 손을 가져갔다. 하지만 결국 그녀는 '회색빛 하늘을 향해' 대신 '초콜릿 러브'를 눌렀다. 그가 또다시 취소 버튼을 누르기라도 한다면 괜히 좋은 분위기를 망치게 될 것 같아서.

지은은 리모컨을 내려놓으며 힐끔 제혁을 훔쳐보았다. 그는 무료한 얼굴로 팔짱을 낀 채, 화면만 바라보고 있었다.

분위기 깨게 왜 저래?

그래서인지 아무도 그에게 마이크를 건네며 노래를 권하지 않았다. 지은이 이상하다는 듯 제혁을 바라보자, 진 대리가 귓속말로 속삭였다.

"노래방 싫어하세요. 민 실장님 노래 들어본 사람, 아무도 없을걸요?"

진 대리의 말에 지은은 살며시 미간을 찌푸렸다. 어련하시 겠어. 고고하게 클래식 뮤직만 듣는 남자인데……. 아니면 음 치라든가? 지은은 음정 박자 모두 틀리며 제멋대로 노래 부르 는 제혁을 상상하며 쿡 웃음을 터뜨렸다. 그렇게라도 깎아내 리자 기분이 한결 나아졌다.

2시간 넘게 노래를 부르고 나니 모두 지쳤는지 집에 가자는 의견이 나왔다.

"그럼 월요일에 봅시다."

한두 명씩 택시를 잡거나, 저마다 대리운전을 부르기 위해 휴대폰을 꺼내기 시작했다. 대중교통을 이용할 직원들은 삼삼 오오 짝을 지어서 지하철역으로 향했다.

직원들과 인사를 마친 제혁은 차를 세워둔 주차장으로 걸어 갔다.

"지은 씨는 어떻게 집에 갈 거예요?"

"제 걱정은 마세요. 데리러 올 사람 있어요."

"그래요, 그럼 월요일에 봐요."

진 대리마저 택시를 타고 떠나자, 지은만이 컴컴한 거리에 홀로 남게 되었다. 지은은 휴대폰을 바라보며 잠시 생각에 잠 겼다.

시각은 새벽 5시 40분이 지나가고 있었다. 마 과장에게 데리러 오라고 전화하기에는 너무 이른 것 같았다.

그냥 택시를 타고 갈까? 혼자 머릿속으로 궁리하며 길을 걷는데, 뒤에서 익숙한 목소리가 들렸다.

"신지은 씨."

뒤를 돌아보니, 이미 가버린 줄 알았던 제혁이 서 있었다.

어? 어째서 아직 여기에 있는 거지?

지은은 의아한 얼굴로 제혁을 향해 걸어갔다.

"아까 먼저 갔던 거 아니었어요?"

"그러는 당신은 아직 안 가고 여기서 뭐합니까?"

"원래는 누가 데리러 오기로 했는데, 너무 이른 시간 같아서 택시를 타고 갈까 생각 중이었어요."

"그렇다면 내가 바래다주죠."

"대리운전 부르실 거예요?"

"술 한 방울도 안 마셨습니다. 운전할 수 있어요."

거짓말! 그런데 곰곰이 되짚어 보면 틀린 말은 아니었다. 오늘 회식에서 그의 앞에 술잔이 놓인 건 봤지만, 술잔을 들고 건배하는 모습까지 봤지만, 그가 술을 마시는 모습은 한 번도 보지 못했다.

진짜 독하네. 회식을 4차까지 가고도 어쩌면 술을 한 방울도 안 마실 수 있지?

"어떻게 할 겁니까?"

바래다준다는데 사양할 필요가 있을까? 솔직히 대낮이라면 몰라도 사방이 컴컴할 때 혼자 택시를 타는 건, 조금 무섭긴 했다. 지은은 묵묵히 제혁의 뒤를 따라갔다. 그러다가 주차장 건물에 다다랐을 때쯤, 환하게 밝혀진 건물 앞에 우뚝 걸음을 멈추었다.

"와, 인형 뽑기다! 잠깐만요."

앞서 가던 제혁을 부른 지은은 그를 기다리지 않고 인형 뽑기 가게 안으로 쏙 들어가버렸다. 제혁은 금세 그녀의 모습이 보이지 않자 인상을 찡그리며 주변을 둘러보았다. 곧 인형 뽑기 기계 앞에 쭈그리고 앉아 있는 지은을 발견했다.

정말 어디로 튈지 모르는 여자였다. 제혁은 고개를 설레설레 흔들며 인형 뽑기 가게 안으로 들어섰다.

"와아, 진짜 귀엽다."

지은은 기계 앞에 딱 달라붙어 수북이 쌓인 각양각색의 인형을 보며 감탄사를 내뱉었다.

"인형 좋아할 나이는 지난 것 같은데……."

"인형 좋아하는데 나이가 무슨 상관이에요?"

지은은 옆으로 다가온 제혁을 쳐다보지도 않고, 앞에 놓인 핑크 푸들 인형만을 뚫어지게 바라보았다.

"안 되겠어요. 쟤, 집에 데려가야지."

지은은 지갑에서 지폐를 꺼내어, 인형 뽑기 기계 입구에 집어넣었다.

순진하긴. 저게 난이도가 얼마나 높은 게임인데……. 제혁은 진지한 얼굴로 레버를 조종하는 지은을 보며 속으로 투덜거렸다.

"돈 낭비예요. 보기엔 쉬워 보여도 인형을 뽑으려면……."

"와아!"

그러나 무색하게도 지은은 제혁의 말이 채 끝나기도 전에 한 번에 인형을 빼내었다. 제혁은 도저히 자신의 눈을 믿을 수 없었다. 정말 기가 막힌 행운이군.

지은은 꼭 그녀처럼 생긴 푸들 인형을 손에 쥐고 해맑게 웃었다.

"가까이에서 보니까 더 귀여워요. 털도 완전 보들보들하고."

기껏해야 천 원짜리 인형 하나 가지고 저리도 좋을까?

"잠깐만 이거 들고 있어줘요."

한 번에 인형을 뽑자 신이 났는지, 지은은 인형을 제혁에게 맡기고 다시 기계에 지폐를 집어넣었다.

아까는 운이 좋았다 치고, 이번에야말로 인형 뽑기의 쓴맛을 보겠군.

"와아!"

그러나 이번에도 그의 예상을 깨고 지은은 단번에 인형 뽑기에 성공했다. 그녀가 뽑은 건 하늘색 푸들 인형이었다.

이 여자, 언어 천재인 줄 알았는데, 인형 뽑기 천재였나? 처음엔 운이 좋았다고 해도 두 번째는 뭐지?

"이리 줘봐요."

지은은 제혁에게서 핑크 푸들을 돌려받고는 방금 뽑은 푸들 인형과 비교해보았다.

"어때요? 이 둘, 꼭 커플 같죠? 하나는 핑크, 하나는 하늘색."

"보기에 따라선."

제혁이 동의하자, 지은은 세상을 다 가진 사람처럼 환하게
웃었다.

"나중에 정 쌤과 사귀게 되면 이 하늘색 푸들 인형을 선물
할 거예요. 난 이 핑크 푸들을 간직하고. 커플 인형으로 완전
딱이죠?"

"아직 고백도 안 했으면서, 우물에서 숭늉 찾기라도 하는 겁
니까?"

"네."

비아냥거린 건데도 지은은 전혀 기분 나쁘지 않은 표정이었
다. 오히려 그가 기분이 나빠지려고 했다. 술도 한 방울 마시
지 않았으면서 밤을 새우며 회식에 따라다녔기 때문일 것이
다. 피곤하니까, 그래서 그런 것뿐이다.

"잠깐만 이거 들어줘요."

지은은 제혁에게 두 개의 푸들 인형을 맡기고 다시 인형 뽑
기 기계에 지폐를 넣었다.

"예전에 사귀었던 남자 친구랑 인형 뽑기 하러 자주 왔었어
요."

지은은 레버를 손에 쥐고 위치를 조절하며 말을 이어갔다.

"계속 돈만 잃고 하나도 못 뽑으니까, 옆에서 지켜보던 경호
원 아저씨가 보다 못해서 대신 뽑아주셨거든요. 알고 보니까
경호원 아저씨가 완전 인형 뽑기 고수였어요. 나중에 나에게

만 비법을 살짝 전수해주셨죠."

그녀는 제법 매서운 눈빛으로 목표 인형을 향해 집게를 이동했다. 제혁은 자신도 모르게 숨을 죽이고 게임에 열중한 지은을 지켜보았다.

내게도 하나 뽑아주려고 그러는 건가?

인형 따위 필요 없지만, 애써 뽑아주겠다는데, 거절할 필요는 없다고 제혁은 생각했다. 하지만 그 이후로 지은은 만 원 넘게 잃을 때까지 하나의 인형도 뽑지 못했다.

뭐지 이건?

제혁은 눈살을 찌푸리며 지폐가 얼마 남지 않은 지은의 지갑을 들여다보았다.

"아까 처음 두 번은 운이 좋았던 겁니까?"

"아뇨."

마지막 게임에서도 인형을 뽑지 못했지만, 지은의 얼굴에선 미소가 사라지지 않았다.

"나머진 일부러 안 뽑은 거예요. 인형 값은 돌려줘야죠. 천 원만 내고 쏙 빼버리면 손해잖아요. 기계 값도 있고, 건물 세도 내야 하고, 전기세도 있을 텐데……."

"지금 얼굴 한 번 본 적 없는 사람 걱정해 주는 겁니까?"

"왜요? 그러면 안 되나요?"

"관둡시다."

그녀와 말싸움을 벌여봤자, 괜한 시간 낭비에 에너지 낭비만 될 것이다.

"이건 그쪽이 보관해주세요."

지은이 불쑥 하늘색 푸들 인형을 제혁에게 내밀며 말했다.

"이걸 왜 나에게 주는 겁니까?"

제혁은 어리둥절한 얼굴로 인형을 받았다.

"꼭 고백에 성공해서 돌려받으러 갈게요. 그 편이 나에게 더 큰 동기 부여를 줄 테니까요."

왠지 결연에 찬 그녀의 눈빛에 제혁은 아무 말도 할 수 없었다. 그대로 등을 돌려 가게를 걸어나가려 하자, 지은이 재빨리 그의 팔을 잡아당겼다.

"어디 가요? 함께 인형 뽑기 한 거, 인증 샷 찍어야죠!"

아무래도 이 여자, 인증 샷 찍는 재미에 흠뻑 빠진 것 같군. 그리 내키진 않았지만, 제혁은 지은의 어깨를 끌어안고 휴대폰 쪽으로 고개를 돌렸다.

찰칵―. 찰칵―. 무표정의 남자와 그 옆에서 생긋 웃는 여자, 그리고 핑크와 하늘색 푸들 인형이 프레임 안에 가득 채워졌다.

스피커를 통해 쇼팽의 피아노 협주곡 1번 1악장이 은은히 흘러나오고 있었다. 스쳐가는 어두운 창밖을 바라보던 지은은 자신도 모르게 깜빡 졸고 말았다. 재빨리 눈을 뜨고 허리를 바짝 세웠지만, 다시금 눈꺼풀이 무거워졌다. 꼬박 밤을 새운 데다가 히터에서 나오는 더운 바람 탓에 졸음이 솔솔 밀려

들었다. 열 선으로 따뜻해진 카 시트도 한몫을 단단히 했다.

지은은 나오려는 하품을 참으며 운전석에 앉은 제혁에게로 시선을 돌렸다. 그도 어쩌면 그녀만큼 졸음이 몰려올지도 모르겠다. 아무리 술을 한 방울도 마시지 않았다지만, 함께 밤을 꼬박 새웠으니까. 잠이 쏟아지는데 운전하면 위험할 텐데…….

새벽이라 몇몇 차들은 신호와 차선을 무시하고 거리의 무법자처럼 도로를 쌩쌩 달리고 있었다.

잠을 깨려면 자장가 같은 클래식보다는 시끄러운 음악이 낫지 않을까?

"다른 음악 채널로 돌려도 될까요?"

"아뇨. 이대로 놔둬요."

지은이 채널을 돌리려 하자, 제혁이 단호하게 제지했다.

"이런 음악 들으면 졸음 오지 않아요?"

"아뇨."

그래, 아까 전에도 노래방에서 그 혼자만 듣기 싫어 죽겠다는 표정으로 고고하게 앉아 있었지.

"한숨도 못 잤는데 졸리지 않아요?"

"전혀."

제혁은 앞쪽에 시선을 고정한 채, 짧게 대답했다.

뭐지? 센 척하려고? 좋아, 그렇다면 졸음이 쏟아지지 않게, 계속 말이라도 시키자.

지은은 열심히 머리를 굴리며 적당한 화제를 찾아보았다.

심각한 이야기가 잠을 쫓기에 더 효과적이려나?

"음…… 아까 인형 뽑기 정말 못 하던 남자 친구 말이에요."

"그 남자가 왜요?"

건성이라도 제혁에게서 대답이 돌아오자, 지은은 용기를 얻어 본격적으로 말을 꺼냈다.

"인형 하나 뽑겠다고 기계 한 대에 거의 수십만 원을 집어넣었을 거예요. 걔가 승부욕이 좀 강했거든요."

"동갑이었나 보군요. 걔라고 호칭하는 걸 보니."

"네. 대학교 동창이었어요. 과는 달랐는데 교양 수업을 같이 들었죠."

"그 친구도 경호원 때문에 헤어진 겁니까?"

"아뇨. 조금 사정이 달랐어요."

지은의 얼굴에 잠시 어두운 그림자가 내려앉았다.

"우리 둘이 사귀고 나서, 갑자기 SB그룹의 자금 사정이 많이 안 좋아졌어요. 크게 흔들릴 정도는 아니었지만, 뉴스에선 부도 임박, 어쩌고저쩌고 한창 떠들었죠."

"그게 7년 전이었나요?"

"네. 맞아요."

제혁도 그때 일을 기억하고 있었다. 한국 경제 성장률이 세계 경제 성장률보다 낮아지기 시작한 해로 SB그룹만이 아니라, 많은 기업이 힘든 시기를 겪었던 해였다.

"남자 친구와 이야기하던 중에 요새 회사 사정이 안 좋아서 아버지가 식사를 제대로 하시지 않아 걱정이라고 했어요. 남자 친구니까 그런 사정, 허심탄회하게 털어놓을 수 있다고 생각했거든요. 그런데······."

그때를 회상하는지 그녀의 얼굴에 씁쓸한 미소가 떠올랐다.

"얼마 지나지 않아서, 저 보고 헤어지자고 하더라고요. 나를 좋아하지만, 내 뒤에 있는 SB그룹도 좋아한 거래요. 그중 하나가 없어지면, 나와 사귈 이유가 없어지는 거라면서."

그저 졸음을 쫓기 위해서 시작한 대화인데 어느새 제법 심각해져 버렸다.

"하여간 그랬어요."

지은은 혼잣말하듯 작게 속삭이며 끝을 맺었다.

"잘 헤어졌군요."

잠자코 그녀의 이야기를 듣던 제혁이 도로에 시선을 둔 채, 무뚝뚝하게 말했다.

"먼저 헤어지자고 하지 못한 게, 아쉽지만."

"네, 정말 잘 헤어졌죠."

지은은 다시금 창밖으로 시선을 돌렸다. 너무 오래전 일이라서 더는 아프지 않을 줄 알았는데······. 가시가 걸린 듯 목구멍이 따끔거렸다. 상처라는 건 얼마나 오래되었나보다는, 얼마나 깊게 베었느냐에 따라서 기억의 강도가 달라지나 보다. 이젠 상대의 얼굴도 잘 기억나지 않을 정도로 그녀의 기억 속에서 지워져버렸지만, 그가 했던 말만큼은 아직도 가끔 머릿속에 떠올랐다.

—솔직히 생각해봐. 세상에 어떤 남자가 너를 '신지은'으로
만 봐주겠어? 넌 '신병익' 회장의 외동딸이야. 다 네 뒤에
있는 SB그룹을 볼 거라고. 난 그중에 한 명일 뿐이었어.

완전히 틀린 말은 아니었지만, 그렇다고 다 맞는 말도 아니
었다. 세상에는 분명히 그녀를 그녀로서만 봐줄 수 있는 남자
가 존재할 것이다. 우빈이 그중 한 사람이고, 옆에 있는 저 남
자는? 글쎄, 아직은 잘 모르겠다.

지은은 이런저런 생각에 잠기며 가만히 두 눈을 감았다.

집 앞에 차를 세우는데도 지은에게서 아무 반응도 없자, 제
혁은 옆으로 고개를 돌렸다. 유리창에 머리를 기댄 채, 잠들어
버린 지은의 모습이 눈에 들어왔다. 계속해서 졸리지 않느냐
고 끈질기게 묻더니, 결국 그녀가 먼저 잠들어버린 것이다.

"신지은 씨."

잠에서 깨우려 지은의 어깨에 손을 가져가던 제혁은 멈칫했
다. 너무 곤하게 잠들어서 차마 깨울 수가 없었기 때문이었다.
살짝 벌어진 그녀의 입술에서 옅은 숨이 흘러나왔다.

좀 더 자게 놔둘까? 아니, 여기서 불편하게 자는 것보단 들
어가서 편하게 자는 게 나을 것이다.

"다 왔습니다."

제혁이 어깨를 건드리자, 그녀의 눈이 번쩍 떠졌다. 지은은 잠시 '여기가 어디지?'라는 표정으로 주위를 둘러보더니 곧 상황을 깨달았는지 부랴부랴 안전벨트를 풀었다.

"벌써 다 왔네. 바래다줘서 고마워요."

"오늘은 집에서 푹 쉬어요. 내일 아침 일찍 데리러 오죠."

"아침부터 만나자고요?"

제혁은 가볍게 고개를 끄덕였다.

"과제 하나. 내일 어디서 데이트할지 당신이 정해요. 뭘 어떻게 하면서 시간을 보낼지도 고민해보고."

"내가요?"

"수의사 선생과 데이트하게 되면 가고 싶은 곳 없습니까?"

왜 없었겠는가? 너무 많아서 탈이지.

"알았어요. 계획 잘 세워볼게요."

"그럼 내일 봐요."

지은을 내려주고 홀로 집에 돌아가는 길이, 오늘도 지난번만큼이나 꽤 쓸쓸하게 느껴졌다. 제혁은 정지 신호에 차를 세우고, 주인 없이 비어 있는 옆 좌석을 물끄러미 바라보았다.

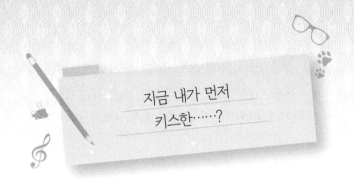

지금 내가 먼저
키스한……?

"지은아, 지금 들어온 거야?"

민 과장이 놀란 얼굴로 주방에서 걸어나왔다. 지은은 비집고 나오려는 하품을 참으며 고개를 끄덕거렸다.

"네. 엄마랑 아빠는요?"

"너 오기 바로 전에 나가셨어."

"이렇게 아침 일찍이요?"

"응. 중요한 조찬 모임이라서 시간 넉넉히 잡고 가셨어."

내년이면 40대 후반에 접어드는 마 과장은 20년 넘게 안 여사의 개인 비서로 일하고 있었다. 지은이 외국에서 지낼 때, 가끔 안 여사 대신 마 과장이 보호자 노릇을 했기에 지은에게는 가족처럼 가까운 존재였다.

"술 많이 마셨구나."

그래서인지 마 과장은 현관에 들어서는 지은을 보자마자, 그녀의 상태를 알아차렸다.

"속 괜찮아? 약이라도 가져다줄까?"

"아뇨. 괜찮아요. 그냥 올라가서 잘래요."

지금은 숙취가 문제가 아니라, 제대로 서 있지 못할 만큼 눈꺼풀이 무거웠다. 번역 일을 하느라 밤을 새운 적은 많아도 이렇게 술 마시다가 밤을 새운 건 정말 오래간만이었다.

"그래, 어서 올라가. 식사는 일어나면, 준비하라고 할게."

"하암, 고마워요."

지은은 늘어지게 하품을 하며 터덜터덜 2층으로 올라갔다. 정말 길고 긴 밤이었다. 지은은 침실에 들어가자마자, 핑크 푸들 인형을 끌어안고 침대 위에 쓰러졌다.

"하아암."

비몽사몽에 자꾸만 하품이 흘러나왔다.

이대로 자면 안 되는데, 샤워하고 자야 하는데, 화장이라도 지우고 자야 하는데, 그게 아니면 옷은 갈아입고 자야 하는데……

하지만 온몸이 물에 빠진 솜뭉치처럼 무거워 손가락 하나 까딱할 수 없었다. 느릿느릿 눈꺼풀을 깜박이던 지은은 그대로 잠에 빠져들고 말았다. 눈앞이 캄캄해지기 전, 잘생긴 남자 얼굴이 떠올랐는데 그게 우빈이었는지, 그 남자였는지 잘 모르겠다.

희미하게 기억할 수 있는 건, 그녀를 바라보는 눈빛이 녹을 듯이 부드러웠다는 것과 그녀의 손을 감싼 상대의 손이 참 따뜻했다는 것뿐이었다.

"……흐응."

깊게 잠든 지은의 입가에 아련한 미소가 떠올랐다.

다음 날, 토요일 늦은 오후, 작업실에 들어서던 은우는 제혁을 발견하고 깜짝 놀란 얼굴로 자리에 멈춰 섰다.

"선배?"

전자 기타에서 흘러나온 강렬한 전자 음이 작업실을 가득 메우고 있었다. 연주한 지 꽤 되었는지, 제혁의 얼굴에는 땀이 촉촉하게 맺혀 있었다.

"석준아, 무슨 일이야? 제혁 선배, 이번 주말엔 못 온다고 하지 않았어?"

벽에 기대어 묵묵히 제혁의 연주를 지켜보는 석준에게 다가간 은우가 물었다.

"나도 모르겠어. 1시간 전에 와서 지금까지 쉬지도 않고 연주만 하고 계신다."

"선배, 뭔가 잘 안 풀리면 저러잖아. 뭐지? 곡이 잘 안 써지나?"

은우가 혼잣말처럼 중얼거리자, 석준은 제혁에게 시선을 고정한 채로 고개를 끄덕거렸다.

"그럴지도. 선배, 회사 일로 바빠서 1년 넘게 작곡에서 손 놓고 있었으니까."

"그건 그렇고……."

은우는 넋이 빠진 표정으로 기타 줄을 튕기는 제혁의 현란한 손놀림을 바라보았다.

"선배의 연주는 정말 대단해."

"응…… 완전 전설이지."

은우와 석준은 제자리에 얼어붙은 채, 동경에 찬 눈빛으로 제혁을 바라보았다.

빌어먹을……. 제혁은 기타 줄을 튕기며 연신 속으로 욕설을 삼켰다. 기타 연주에 집중하고 있으면 잡념이 사라질 거라 여겼는데, 머릿속은 점점 더 혼탁해졌다.

집으로 간 제혁은 고작 서너 시간 밖에 눈을 붙일 수 없었다. 몸은 피곤한데, 쉬이 잠들지 못하고 계속 몸을 뒤척였다.

눈만 감으면 화사하게 미소 짓는 누군가가 떠올라 머릿속이 복잡해서였다. 특별한 이유는 없을 것이다. 어젯밤부터 아침까지 계속 함께 있었기에, 피곤한 뇌가 제멋대로 마지막 영상을 끄집어내는 것뿐이다.

겨우 잠이 들자, 이번에는 연신 이상한 꿈을 꾸었다. 눈을 떴을 때 심장이 두근거리고, 온몸이 긴장된 것을 보면 악몽인 게 분명했다. 꿈에서 깨어나서도 발그레하게 물든 두 뺨과 반달 모양으로 휘어지는 눈꼬리, 살며시 기대오는 부드러운 감촉이 떠올라 그를 괴롭혔다.

피곤해서 그런 거다. 밤을 꼬박 새웠으니까 체력이 달려서…….

투덜거리며 반대편으로 돌아눕던 제혁은 익숙하지 않은 물체를 발견하고 미간을 찌푸렸다.

"……!"

하늘색 푸들 인형이 그를 빤히 쳐다보고 있었다. 분명히 코트 주머니 속에 넣어두었는데, 잠결에 꺼내서 침대 위에 올려놓았나 보다.

─가까이에서 보니까 더 귀여워요. 털도 완전 보들보들하고.

꼭 자신처럼 생긴 푸들 인형을 손에 쥐고 생글거리던 지은의 얼굴이 떠올랐다. 제혁은 손을 뻗어 인형을 쥐어보았다. 지은의 말대로 보들보들한 인형의 촉감이 손에 느껴졌다.

─어때요? 이 둘, 꼭 커플 같죠? 하나는 핑크, 하나는 하늘색.
─나중에 정 쌤과 사귀게 되면 이 하늘색 푸들 인형을 선물할 거예요.
─꼭 고백에 성공해서 돌려받으러 갈게요.

아직 고백도 안 했으면서, 혼자 들떠서는……. 뚫어지게 인형을 노려보던 제혁은 귀찮다는 듯 인형을 침대 밖으로 던져버렸다.

그러나 얼마 지나지 않아 침대에서 일어나 인형이 떨어진 곳

으로 갔다. 하늘색 푸들 인형이 또랑또랑한 눈으로 그를 올려
다보고 있었다.

그래, 너에게 무슨 잘못이 있겠어.

제혁은 바닥에 놓인 인형을 집어 들어 손으로 툭툭 털고는
조심스럽게 책상 위에 올려놓았다. 그 후론 다시 잠을 청할
수 없었다. 할 수 없이 그는 뜨거운 물로 샤워하고 곧바로 작
업실로 향했다. 땀으로 흠뻑 젖을 때까지 연주할 작정이었다.
그러고 나면 잠시나마 기분이 개운해지니까. 하지만 기대와는
달리 전혀 나아지지 않았다.

제길. 빠른 속도로 마지막 부분을 소화하고 막 연주를 마치
려는데, 띠리릭―. 띠리릭―. 바닥에 놓아둔 휴대폰이 울리기
시작했다. 휴대폰 화면으로 발신자를 확인한 그의 미간이 살
짝 찌푸려졌다.

"여보세요?"

제혁은 잠시의 망설임도 없이 곧바로 통화 버튼을 눌렀다.

"아아아!"

지은은 눈을 뜨자마자, 낮게 신음을 토하며 몸을 웅크렸다.
약 먹고 자라던 민 과장의 말을 한 귀로 흘린 걸 처절하게 후
회했다. 두통은 없었지만, 너무나도 속이 쓰렸다. 과장 하나
안 보태고 목구멍에서 아랫배까지 손톱으로 박박 긁어대는 것

만 같았다.

"도대체 얼마나 술을 많이 마셨는데 그래?"

마 과장이 걱정스러운 얼굴로 지은의 헝클어진 머리카락을 쓸어 넘겨주었다.

"몰라요. 내가 다신 과일 맛 소주 마시나 봐…… 흐엉."

지은은 두 손으로 가슴을 움켜쥐고 힘없이 투덜거렸다.

"못 참겠어? 응급실 갈래? 아니면 김 박사님 오시라고 할까?"

"아뇨!"

지은은 설레설레 고개를 내저었다. 사람이 양심이 있지. 이깟 술병 따위로 다급한 환자가 쌔고 쎈 응급실에 찾아갈 수는 없었다. 주치의인 김 박사를 부르기에는 너무나도 쪽팔렸다.

"혹시 안주 매운 거, 먹었니?"

"흐흑, 뼈 없는 닭발이라나, 뭐라나? 좀 맵긴 하던데. 그래서 소주를 더 많이 마시긴 했……."

"아휴. 매우면 소주가 아니라 우유를 마셨어야지."

이렇게 속이 뒤집어질 줄 알았나! 지은은 베개를 꽉 끌어안으며 눈물을 글썽거렸다.

"그나저나 내일 민 실장이랑 데이트하지 않아? 이래서 어디 데이트하겠니?"

아, 맞다! 지은은 까맣게 잊고 있었던 내일의 계획을 떠올렸다. 오늘 푹 쉰다고 해도 내일까지 몸이 회복될 거라 장담할 수 없었다. 이런 상태로 나갔다간 눈 뜨고 기절하고 말 것이다. 지은은 힘겹게 침대에서 몸을 일으키며 화장대 위에 놓인 휴대폰을 가리켰다.

"휴대폰 좀 주실래요."

더 늦기 전에 전화해서 약속을 취소해야 했다. 내일이 돼서 전화하면 까칠한 성격에 뭐라고 한 마디 할 게 뻔하니까. 신호음이 두 번도 채 울리기 전에 그가 전화를 받았다.

[여보세요.]

"저……예요."

지은은 다 죽어가는 소리로 입을 열었다.

"내일 데이트 취소해야 할 것 같아서……."

[그러죠, 그럼.]

제혁은 잠시도 뜸을 들이지 않고 곧바로 대답했다. 마치 그녀가 먼저 취소해주길 기다렸다는 듯이.

"미안하게 됐어요…… 그게……."

[괜찮습니다. 다 그럴 만한 이유가 있어서겠죠. 그럼, 이만.]

그 말을 끝으로 통화가 종료됐다. 지은은 멍한 얼굴로 끊어진 휴대폰을 바라보았다.

"민 실장이 뭐래?"

옆에 있던 마 과장이 이상한 분위기를 느끼고 조심스럽게 물었다. 마 과장이 아무리 가족 같은 존재라지만, 두 사람 사이에 뭔가가 있다는 걸 알아챈다면 곧바로 안 여사에게 보고할 것이다. 지은은 마 과장에게 휴대폰을 건네며 억지로 웃어 보였다.

"뭐라긴요. 목소리에 힘이 없다고 어디 아픈 거 아니냐고 걱정하죠."

마 과장은 지은의 말을 곧이곧대로 믿으며 다정한 손길로 지은의 어깨를 토닥거렸다.

"그래, 우선 약 먹고 푹 쉬고 있어. 죽 끓이라고 할게."

마 과장이 침실을 나가고, 지은은 도로 침대에 누웠다.

순순히 취소를 받아들여줘서 고맙긴 한데, 반응이 왜 이렇게 싸늘하지? 그녀는 멀뚱멀뚱 천장을 올려다보며 제혁과의 통화를 되짚어보았다. 목소리만 들어도 어디가 안 좋다는 게 바로 느껴질 텐데, 괜찮으냐는 말 한마디 없이 매정하게 전화를 끊다니. 은근히 기분이 나빴다. 월요일에 회사에서 마주치기만 해라. 아는 척도 안 할 거야! 괘씸한 마음에 지은은 갑자기 기운이 펄펄 나는 것만 같았다.

"아아아."

그러나 그것도 잠시, 지은은 다시금 밀려오는 통증에 가슴을 움켜쥐며 몸을 구부렸다.

다 죽어가던 목소리던데…… 감기라도 걸렸나?

제혁은 휴대폰을 손에 들고 잠시 생각에 잠겼다.

어제 지은이 코트 없이 재킷만 입고 커피숍 테라스에 앉아 있던 모습이 떠올랐다. 그런 차림으로 꽤 오랫동안 밖에 있었던 것 같았다.

집에 도착해서도 차 안에서 깜빡 잠이 들었었다. 시동을 꺼서 히터가 멈추는 바람에 조금 추웠을지도 모르겠다.

아무리 곤히 자고 있어도 바로 깨워서 들여보냈어야 했나? 많이 아픈 건 아니겠지?

걱정은 됐지만, 다시 그녀에게 전화할 수는 없었다. 두 사람은 안부를 물을 만큼 가까운 사이가 결코 아니었으므로.

제혁은 일요일 내내 휴대폰만 노려보았을 뿐, 끝내 전화하지 못했다. 간단히 문자를 보내 몸은 어떤지 물어볼 수도 있었지만, 그러지 않았다.

만약에 월요일에 출근하지 않으면 그때 연락해도 늦지 않을 것이다. 월요일이 돌아오자, 제혁은 출근하자마자 곧바로 경민의 사무실로 향했다.

"민 실장님."

그가 안으로 들어오자, 유 비서가 놀란 얼굴로 자리에서 일어났다. 지은이 있어야 할 옆자리는 주인 없이 텅 비어 있었다. 역시 출근하지 않았나? 제혁의 미간이 자동으로 좁혀졌다.

"상무님은 방금 지은 씨와 함께 해외 마케팅 부서로 가셨는데요. 급한 일인가요?"

지은이 회사에 있다는 말에 제혁은 자신도 모르게 안도의 숨을 내쉬었다. 그렇다면 크게 아프진 않았다는 뜻일 것이다.

"아닙니다. 나중에 다시 오죠."

그래도 지은의 얼굴을 봐야 마음이 놓일 것 같았다.

그날 제혁이 지은과 부딪친 것은 퇴근 시간 무렵이었다. 해외 마케팅 부서에 들렀다가, 그의 사무실로 돌아가는 길이었다. 해외 마케팅 부서가 바로 아래층에 있었기에, 제혁은 엘리베이터를 타지 않고 비상계단을 이용하곤 했다.

오늘도 비상계단으로 향하는데, 갑자기 복도 모퉁이에서 지은이 나타났다. 그를 발견한 지은은 그 자리에 우뚝 멈춰 섰다.

그새 그녀의 얼굴은 눈에 띄게 수척해져 있었다. 많이 아팠나?

제혁은 자신도 모르게 그녀를 향해서 걸음을 내디뎠다. 하지만 어찌 된 일인지, 지은은 인상을 쓰며 슬쩍 뒷걸음을 쳤다. 다가갈수록 자꾸만 그녀가 뒤로 물러서자, 제혁은 걸음을 빨리해 단번에 그녀 앞으로 갔다. 결국 지은은 피하는 걸 포기했는지, 짧게 숨을 들이마시며 제자리에 멈춰 섰다.

"안녕하세요, 민 실장님."

건조하고 사무적인 목소리가 그녀의 입에서 흘러나왔다.

"어디 아팠습니까?"

제혁은 인사를 생략한 채, 질문부터 던졌다. 질문이 마음에 들지 않았는지, 지은은 살짝 눈살을 찌푸렸다.

"어차피 그쪽과는 상관없는 일이잖아요?"

이유도 들을 필요 없다면서 먼저 전화를 끊어버린 게 누군데 그래? 왜 이제 와서 걱정하는 척하는지 모르겠다. 흥!

지은은 기분이 별로라는 것을 드러내고 싶은 듯 뚱한 표정을 지으며 시선을 돌렸다. 아랫입술이 삐쭉 나온 얼굴은 영락없이 사탕을 빼앗긴 아이의 얼굴이었다.

"잠깐 이야기 좀 하죠."

"네?"

제혁은 지은의 손목을 이끌고 비상계단으로 향했다. 쉽게 뿌리칠 수도 있었지만, '무슨 이야기를 하려고 하나?' 하는 호기심에 지은은 순순히 제혁을 따라갔다.

비상계단에 이르자, 제혁은 잡았던 손목을 놓아주고 뒤로 한 발 물러섰다. 지은은 제혁을 바라보는 대신 한쪽 벽을 차지한 유리창 너머로 시선을 돌렸다.

바깥은 이미 어둠이 내려, 화려한 야경이 펼쳐지고 있었다. 아무리 기다려도 그가 말을 하지 않자, 지은은 뽀로통한 얼굴로 먼저 말을 꺼냈다.

"그래서 할 말이라는 게 뭐예요?"

토요일 하루를 끙끙 앓고 일요일도 내내 죽만 먹었지만, 지은은 아직도 속이 불편했다. 오늘 먹은 음식은 아침에 먹은 오트밀과 점심으로 먹은 치킨 수프가 고작이었다. 완전 계획에 없었던 다이어트를 한 셈이었다. 지금도 어서 집에 돌아가, 침대에 드러눕고 싶은 생각밖에 없었다.

"돌아가서 퇴근 준비해야 하니까 할 말 있으면 빨리……."

순간 이마에 닿은 낯선 감촉에 지은은 흠칫, 몸을 움츠렸다. 이 남자, 갑자기 왜 이래?

제혁이 심각한 표정으로 손으로 지은의 이마를 짚고 있었다. 그녀도 모르게 두 뺨이 화끈 달아올랐다. 지은은 제자리에 얼어붙은 채, 멍하니 그를 바라보았다.

"미열이 있는 것 같군."

제혁은 작게 중얼거리며 이마를 짚었던 손으로 이번에는 그녀의 뺨을 감쌌다.

"그날 밖에 있다가, 감기 걸린 겁니까? 한두 살 먹은 꼬마도 아니고, 왜 코트도 없이 밖에 나가선……."

무뚝뚝하게 전화를 끊을 땐 언제고, 왜 지금은 걱정스러운 눈으로 바라보는 거지? 지은은 혼란스러운 생각을 정리하기 위해 미간을 찌푸렸다. 그래도 내가 걱정돼서 이러는 건 아닐 거야. 그렇다면?

"……혹시."

나름대로 결론을 내린 지은은 조심스럽게 입을 열었다.

"이것도 실습인가요? 정 쌤 아파 보이면 이렇게 하라고 시범 보이는 거죠?"

순간 제혁의 눈꼬리가 치켜 올라갔다. 꽉 다문 입매가 왠지 떨떠름해 보였다. 아니면 아닌 거지, 저렇게 기분 나쁜 눈으로 쳐다볼 필요는 없잖아!

지은은 제혁의 살벌한 눈빛을 피해 슬그머니 시선을 내렸다.

잠시 후, 낮게 가라앉은 제혁의 목소리가 들렸다.

"아픈 사람 데리고 실습할 만큼 무감각한 사람 아닙니다. 얼굴이 많이 수척하기에 걱정돼서 물어보는 겁니다. 순수하게.”

'순수하게'에 힘을 주어 말하는 것으로 보아, 정말 걱정돼서 물어봤던 모양이다. 내 얼굴이 그렇게 아파 보였나?

지은은 유리창에 반사된 자신의 얼굴로 시선을 돌렸다. 이상한 건, 사내에서 마주친 그 누구도 그녀에게 어디 아프냐고 물어보지 않았다는 것이다. 그녀가 아픈 티를 내지 않기도 했지만, 공들인 화장이 창백한 안색을 가려주었기 때문이기도 했다.

이 남자, 보기보다 꽤 섬세한 면이 있나 보다. 단번에 아프다는 걸 알아채고. 지은은 다시 제혁에게로 시선을 돌리며 별거 아니라는 듯이 말했다.

“감기 아니에요.”

그녀의 대답에도 제혁은 굳은 표정을 풀지 않았다.

“그러면 왜 얼굴이 그 모양입니까?”

창피하게 술병이었다고 털어놓아야 하나?

지은은 할 수 없다는 듯이 작게 한숨을 내쉬었다.

“후우, 감기가 아니라 술병이 나서……. 소주를 그렇게 많이 마셔본 적 없었거든요. 속 쓰려서 죽는 줄 알았어요. 계속 죽만 먹어서 기운도 없고.”

덕분에 3킬로나 빠졌다. 완전 강제 다이어트였다고!

“위경련은 아니었습니까?”

“아뇨. 그 정도까진 아니었어요.”

“병원에 가보지 않아도 됩니까?”

지은은 대답하는 대신 제혁을 빤히 올려다보았다. 저리도 따뜻한 목소리로 물어봐주니 진심으로 걱정해주는 것 같아 기분이 묘해졌다. 하지만 지은은 곧 생각을 바꾸었다. 같은 동지끼리 이 정도 걱정이야, 당연한 걸지도 모르니까.

"괜찮아요. 내일 되면 말짱해질 거예요."

지은은 눈꼬리를 휘며 제법 씩씩한 목소리로 말했다.

"그렇다면……."

한동안 잠자코 그녀를 바라보던 제혁이 입을 열었다.

"내일부터 보충 수업을 해야겠군요. 술병 때문에 일요일을 그냥 보냈으니까."

"네? 보충 수업이요?"

보충 수업이란 말에 지은의 눈이 커다래졌다. 이 나이에 보충 수업이 웬 말인가!

"수의사 선생에게 고백하기까지, 절대로 시간이 넉넉한 거 아닙니다."

기가 막힌다는 듯이 눈을 동그랗게 뜬 지은과 달리 제혁은 진지한 목소리로 말했다.

"솔직히 지금 당신 수준으론 갈 길이 멀어요. 그런데 별거 아닌 일로 수업까지 빼먹었으니. 어쩌겠습니까? 보충 수업이라도 해야지."

"그러면 주중에도 퇴근 후에 만나자고요?"

"아뇨. 난 퇴근 후 시간까지 당신에게 할애할 만큼 여유롭지 않습니다."

지은은 '나도 마찬가지거든요!'라고 쏘아붙이고 싶었다. 하지만 그녀 탓으로 일요일을 빼먹은 거니까 우선은 그의 말을 들어보기로 했다.

"내가 준 과제 아직 다 못 했죠? 수의사 선생과 스킨십을 어디까지 진행했습니까?"

"그건……."

지은은 바로 대답하지 못하고 머뭇거렸다. 소매 걷어준 게 다였지, 아마? 하지만 어쩌겠는가? 서로 볼 일이 없었는데…….

"단둘이 식사한 이후로 통 만날 기회가 없었어요. 일정이 어긋나는 바람에."

그러자 제혁이 싸늘한 목소리로 말했다.

"신지은 씨, 내가 전에도 이야기했죠. 나무 밑에 앉아만 있으면 감이 입 속으로 떨어지냐고."

"네, 그랬죠."

지은은 죄지은 학생처럼 가만히 고개를 숙였다. 왜 분위기가 선생님께 혼나는 것 같지? 안 그래도 술병 나서 아픈데, 혼나기까지 하다니. 확 솟구치는 서러움에 눈물이 핑 돌았다.

하지만 이 남자 앞에서 나약한 모습을 보일 순 없었다.

Girls don't cry!

지은은 고개를 숙인 채, 입술을 앙다물었다.

"정말로 수의사 선생과 잘되고 싶다면, 무슨 수를 써서라도 만났어야 하는 것 아닙니까?"

인정하기 싫었지만, 제혁의 말이 맞았다. 지은은 동의의 뜻으로 고개를 끄덕거렸다.

"오늘부터 목요일까지, 나와 사내에서 부딪칠 때마다 자연스럽게 스킨십을 유도해봐요. 열 군데 이상."

"네에?"

지은은 깜짝 놀란 듯 고개를 번쩍 들었다. 제혁은 황당해하는 지은의 반응을 무시하며 말을 이어나갔다.

"금요일에는 무슨 수를 써서라도 수의사 선생을 만나서 일주일 동안 연습했던 스킨십을 시도할 것."

"아니, 사내 안에서 사귀는 티 내지 말자고 할 때는 언제고……."

"그러니까 아무도 모르게 자연스럽게 하라는 거 아닙니까."

제혁은 지은의 항의를 냉정하게 잘랐다.

"수의사 선생에게도 좋아하는 거 티 나지 않게 해야 하는 건 마찬가지니까."

"그래서 그걸 어떻게 하느냐고요."

"음식을 목구멍까지 넘겨달라는 말로 들리는군요. 그것까지 가르쳐주면 너무 쉽지 않나?"

이럴 줄 알았으면, 눈 뜨고 기절하는 일이 있어도 데이트를 취소하지 말걸.

지은은 원망스러운 눈으로 제혁을 노려보았다.

"싫으면 언제든지 그만둬요. 난 단지 도와주는 것뿐이니까."

상대가 이렇게 나오면 할 말이 없잖아. 보충 수업까지 해주겠다는데 감사한 마음으로 받아들여야겠지? 지은은 가만히 고개를 끄덕거렸다.

"자, 그러면 지금부터 시작입니다."

동의는 했지만 뭘 어떻게 해야 할지 몰라 지은은 현기증이 날 것만 같았다. 그녀도 모르게 힘이 풀리며 다리가 휘청거렸다. 지은이 비틀거리며 벽에 몸을 기대려는데, 제혁이 먼저 손을 뻗어 그녀의 허리를 끌어안았다.

"시도는 좋았지만."

그가 그녀의 귓가에 나직이 속삭였다.

"이건 너무 구태의연한 방법 같은데……. 그래도 한 군데로 쳐주죠."

아니거든! 진짜로 눈앞이 아찔했거든요! 하지만 입 안에서만 맴돌 뿐 말이 되어 나오지는 못했다. 지은은 입을 꽉 다물고 제혁의 가슴으로부터 천천히 몸을 일으켰다.

띠리릭─. 띠리릭─. 그때 침묵을 깨며 제혁의 휴대폰이 울렸다. 발신자를 확인한 제혁은 미간을 좁히며 재빨리 통화 버튼을 눌렀다.

"여보세요? ……네, 말씀하세요."

전화를 받은 제혁은 지은을 향해 손을 들어 보인 후, 서둘러 비상계단을 빠져나갔다.

혼자 남은 지은은 잠시 멍한 표정으로 제혁이 사라진 쪽을 바라보았다. 정말 헷갈리게 하는 남자야.

지은은 힘없이 계단에 앉으며 화려한 야경이 펼쳐진 유리창 너머로 시선을 돌렸다. 처음엔 걱정스러운 표정을 지어서 사람을 감동하게 하더니 별안간 180도로 태도를 바꾸다니.

"흠……."

혼자 골똘히 생각에 잠겼던 지은은 이내 설레설레 고개를 내저었다. 깊게 생각하지 말자. 원래 자상하고 따뜻한 것과는 거리가 먼 사람이니까.

지은은 계단에서 몸을 일으키며 옷을 툭툭 털었다. 그리고는 원래 몸이 아프면 똑바로 생각할 수 없는 거라고 자신을 설득하며 비상계단을 나섰다.

"어머니는요?"

연락을 받고 급히 병원으로 달려온 제혁은 병실에 들어서자마자, 최 여사의 안부부터 물었다.

"걱정하지 마라. 지금은 많이 안정됐다. 내가 전화를 안 받으니까 병원에서 나 대신 너에게 전화를 했더구나."

최 여사를 돌보던 민 교수가 상황을 설명했다.

"뭐 하러 여기까지 왔니?"

최 여사는 침대에서 몸을 일으키며 아들을 향해 환하게 웃어 보였다.

"일어나지 마세요."

"아니야. 누워만 있으려니까 너무 답답해서."

제혁은 최 여사가 편하게 앉을 수 있게 버튼을 눌러 침대 상단을 올렸다.

"미안하다…… 바쁠 텐데, 괜히 번거롭게 오게 했구나."

"아니에요, 어머니. 번거롭다니요."

"난 괜찮아. 잠시 어지러워서 쓰러진 것뿐이야. 며칠 전에 약을 바꿨는데 부작용이 있었나 봐."

최 여사는 걱정하지 말라는 듯 온화하게 미소 지으며 제혁의 머리카락을 쓰다듬어주었다.

"지은 양과는 잘 만나고 있니?"

"네, 어머니."

최 여사를 보는 순간, 제혁은 내내 자신을 괴롭혔던 의문이 풀리는 것을 느꼈다. 오늘 수척해진 지은을 보고 마음이 흔들렸던 이유는 자신도 모르게 최 여사를 떠올렸기 때문이었다. 딱히 지은이 걱정돼서라기보단 그녀의 아픈 모습을 보고 지나칠 수 없었을 뿐이다. 주위에 아픈 사람은 어머니 한 사람만으로 충분하니까. 그래서 그랬던 것뿐이다.

제혁은 내일이 되면 멀쩡해질 거라고 씩씩하게 말하던 지은을 떠올렸다.

"혹시 두 사람, 같이 사진 찍은 거 있니?"

"사진이요?"

"그래, 요즘은 휴대폰이 있어서 다들 잘 찍잖니."

제혁은 지은이 문자로 보내준 인증 샷을 떠올렸다.

그는 필요 없다고 했지만 지은은 사진을 찍는 즉시 그에게 보내주곤 했었다.

"잠시만요."

제혁은 휴대폰을 꺼내어 지은과 함께 찍은 사진을 최 여사에게 보여주었다.

"두 사람, 정말 보기 좋구나."

사진을 본 최 여사의 얼굴에 환한 미소가 떠올랐다.

"지은 양, 정말 사랑스러운 아가씨구나. 표정이 아주 밝아. 눈빛도 선하고."

표정이 밝다는 것과 눈빛이 선하다는 의견에는 제혁도 동의했다. 토라져서 뚱한 표정으로 노려볼 때도 나름 귀여웠다. 지은을 보면서 푸들을 떠올리게 되는 건, 꼬불거리는 머리카락뿐 아니라 크고 맑은 눈동자를 가졌기 때문일 것이다.

"두 사람, 주말마다 만나니?"

인형 뽑기 가게 안에서 찍은 사진을 들여다보며 최 여사가 물었다.

"네. 그런데 지난 주말엔 지은이가 몸이 안 좋아서 못 만났어요."

"어디가 안 좋은데?"

"감기가 왔나 봐요."

술병이라고 말할 순 없어서, 제혁은 아무렇게나 둘러댔다.

"그랬구나. 감기에는 유자차가 좋은데……. 내가 만든 유자청 좀 가져다줄래?"

"아뇨, 됐습니다. 그보다 어머니, 아프지 마세요. 어머니 아픈 모습 보고 싶지 않습니다."

"그래, 알았어."

최 여사는 부드럽게 웃으며 제혁의 손을 꽉 마주 잡았다. 어머니를 위해서 내키지 않는 선을 보기 시작했고, 급기야 지은과 가짜 연애를 하기로 했다.

제혁은 최 여사가 지은의 사진을 보며 행복하게 웃는 이유를 알고 있었다. 지은이 마음에 든 것보다 제혁이 해수의 그림자에서 벗어났다고 생각하기 때문일 것이다.

글쎄…… 언젠가는 벗어날 수 있을까?

제혁은 휴대폰 안에서 푸들 인형을 안고 활짝 웃는 지은을 말없이 바라보았다.

도대체 자연스러운 스킨십을 어떻게 하라는 거야? 회사 안에서 부딪칠 일도 별로 없는데…….

지은은 턱을 괸 채 모니터를 빤히 노려보며 생각에 잠겼다.

아, 아니다. 감나무 밑에서 입만 벌리고 있지 말라고 했으니까, 부딪힐 기회가 없으면 일부러라도 만들어야 하나? 그렇다고 사무실 앞에서 알짱거릴 수도 없고.

지은은 초조한 얼굴로 모니터 하단에 있는 컴퓨터 시계를 쳐다보았다. 시간은 6시를 훌쩍 넘어가고 있었다. 퇴근 시간이 가까워지도록 오늘 그녀는 제혁의 코빼기도 보지 못했다.

솔직히 그가 내준 과제를 못한다고 해도 크게 문제가 될 건 없었다.

하지만 그랬다간 한심하다는 눈빛으로 쳐다보겠지?

싫어! 이건 자존심이 걸린 문제였다. 지은은 각오를 다지며 자리에서 벌떡 일어났다. 사람들로 복잡한 퇴근길 엘리베이터 안이라면, 한두 곳 정도는 성공할 수 있을지 모른다.

지은은 서둘러 퇴근 준비를 마치고 제혁의 사무실로 향했다. 하지만 사무실에 도착하기도 전에 사기가 꺾이고 말았다.

"지은 씨, 함께 안 갔어요? 실리콘 밸리 기술팀 만난다고 상무님이랑 민 실장님이랑 함께 나가시길래 지은 씨도 당연히 동행하는 줄 알았지."

우연히 복도에서 마주친 진 대리가 놀란 얼굴로 물었다.

"두 분 다 영어 잘하시니까 저까지 갈 필요는 없죠."

"맞다. 그러네요. 지금 퇴근하는 거예요?"

"네."

아무 시도도 하지 못하고 그렇게 화요일을 허비했다. 하지만 수요일이 돼서도 나아질 기미가 보이지 않았다. 출근길, 운 좋게도 제혁과 같은 엘리베이터를 탔지만, 빽빽하게 들어찬 사람들 때문에 그의 옆에 가까이 갈 수조차 없었다. 그 이후로 기회가 몇 번 더 있었지만, 결국 그녀는 그의 손가락 하나 건드리지 못했다.

어느새 퇴근 시간이 다가오자, 지은은 초조해졌다. 오늘도 그냥 보내버리면 목요일밖에 남지 않는데……. 사내에서 우연히 부딪치는 순간을 얌전히 기다릴 수만은 없었다.

호랑이를 잡으려면 호랑이 굴로 들어가야 한다. 지은은 결심이 흔들리기 전에, 재빨리 제혁의 사무실로 향했다.

"무슨 일입니까?"

제혁은 사무실 안으로 들어서는 지은을 얄미울 정도로 사무적인 태도로 맞이했다.

"아무리 생각해봐도 안 되겠어요."

지은은 불필요한 앞부분을 생략한 채, 본론으로 들어갔다.

"무턱대고 나보고 스킨십을 해보라고 하는데, 솔직히 아직 제대로 가르쳐준 적도 없잖아요. 먼저 나에게 시범을 보여줘요."

"그리 어려운 과제라고 생각하지 못했는데, 그렇게 어렵습니까?"

"네, 나에겐 어려운 과제예요."

왠지 비아냥거리는 듯한 말투에 지은은 자신도 모르게 언성을 높였다.

"이런 게 쉬웠으면 내가 정 쌤을 일 년 넘게 옆에서 바라만 봤겠어요?"

"틀린 말은 아니군요."

제혁은 가볍게 고개를 끄덕이더니, 책상에서 일어나 지은의 앞으로 걸어왔다.

"아무래도 책을 먼저 읽는 게 나을지도 모르겠군요."

제혁은 사무실 벽 한쪽 면을 차지한 책장을 손으로 가리

컸다.

"저기 맨 위에 꽂혀 있는 검은 가죽 표지 책 보입니까? 빌려줄 테니까, 집에 가져가서 읽어봐요."

난데없이 책을 읽으라니? 지은의 미간이 살짝 찌푸려졌다. 나, 이래 봬도 이론의 여왕이거든!

"이론이라면 나도 잘 알아요. 단지 실천에 옮기지 못할 뿐이라고요."

지은의 항의에도 제혁은 표정 없는 얼굴로 책장에 꽂힌 책을 손가락으로 가리켰다.

"좋아요. 얼마나 대단한 책인지 한번 읽어보죠."

지은은 책장으로 걸어가 제혁이 가리킨 책을 빼기 위해 손을 뻗었다. 책은 책장 맨 꼭대기에 꽂혀 있어서 손에 닿을 듯 말 듯 애를 태웠다.

"도와줄까요?"

"됐어요. 저도 키 크거든요."

지은은 힘껏 발돋움하며 위를 향해 손을 뻗었다. 조금만, 더 조금만.

"아무래도 안 될 것 같은데……."

어느새 뒤에 다가온 제혁이 그녀의 귓가에 나직이 속삭였다.

"흡."

제혁이 가까이 다가오는 것을 전혀 알아채지 못한 지은은 놀란 숨을 들이켰다. 책을 뽑기 위해 그가 손을 올리자, 등 뒤에서 그에게 안긴 자세가 되어버렸다.

아니, 왜 이렇게 가까이 다가온 거야.

지은은 서서히 빨라지는 심장박동을 느끼며 아랫입술을 지그시 깨물었다. 맞닿은 등과 어깨로부터 따뜻한 체온이 전달되고, 시원한 향과 뒤섞인 제혁의 체취가 코끝을 자극했다. 이어서 그의 아래턱이 그녀의 머리 위에 살며시 닿았다.

"이것까지 포함하면……."

제혁의 한 손은 책장을 짚고, 다른 한 손은 책을 잡으려는 그녀의 손에 자연스럽게 포개졌다.

"다섯 군데."

다섯 군데? 순간 지은의 머리 위로 느낌표가 떠올랐다.

"이제 알겠습니까?"

그제야 지은은 왜 제혁이 그녀에게 책을 꺼내라고 했는지 깨달았다. 책을 읽게 하려는 게 아니었다.

스킨십 시범이었어! 그러면 그렇다고 처음부터 말해주지, 왜 사람, 심장 떨리게…….

"지금 약 올리는 거예요?"

뒤로 고개를 휙 돌리던 지은은 순간 부드럽고 따뜻한 무언가를 입술에 느끼고 흠칫 몸을 굳혔다.

이게 뭐지?

제혁의 얼굴이 바로 코앞에 있었다. 지은은 제혁이 바로 뒤에서 얼굴을 가까이 대고 있다는 것을 깜빡 잊어버리고 있었다.

그렇다면 이 촉촉한 느낌은……. 헉! 상황을 파악한 지은의 눈동자가 불안하게 흔들렸다.

입술이 닿았다는 뜻?

눈에 안 보인다고 이미 일어난 일이 없었던 일이 되는 것도 아닌데, 긴장한 나머지 지은은 질끈 눈을 감아버렸다.

입술이 닿았을 리가 없어. 다시 눈을 뜨면 그는 저만치 떨어져 있을 거야.

"……다가왔다고 먼저 키스한 겁니까?"

하지만 그녀를 비웃기라도 하듯 나직한 제혁의 목소리가 귓속을 파고들었다.

"그게 아니면 눈 감은 걸 보니 이제야 슬슬 학습 효과가 나타나는 건가?"

지은은 제혁이 차 안에서 했던 말을 떠올렸다.

─내가 다가가니까 당신이 먼저 날 껴안았었죠. 그러면 이번에는 먼저 키스할 겁니까?
─이럴 땐 말하는 게 아니라, 가만히 눈을 감는 겁니다.
─기억해요. 당신이 먼저 키스하기 전에는 내가 먼저 선을 넘지는 않을 겁니다.

그런데 지금 내가 먼저 키스한……?

부리나케 눈을 뜨자 뚫어지게 그녀를 바라보는 제혁의 강한 시선과 눈이 마주쳤다.

"방금 그건 실수였어요."

지은은 제혁이 무슨 말을 하기 전에 재빨리 사실을 바로잡았다.

"그러게 누가 뒤에 딱 달라붙어 있으래요?"

지은의 항의에 제혁은 피식 웃음을 흘렸다.

"이런 실망이군. 하나를 가르쳤더니 벌써 셋을 깨우쳤나 감탄했는데……."

지은은 제혁을 매섭게 흘겨보며 서둘러 옆으로 비켜섰다. 그러자 제혁은 기가 막힌다는 듯 미간을 찌푸렸다.

"왜 그런 눈으로 쳐다봅니까? 누가 먼저 키스했는지 잊었나?"

제혁의 놀리는 말투에 지은은 얼굴을 붉게 물들였다. 누가 뭐래도 그녀가 먼저 입술을 가져다 댄 사실은 변함이 없으니까. 그래도 키스는 아니었다. 실수로 입술이 닿은 것뿐!

"키스 아니라니까요!"

지은은 첫 키스 경험을 이런 식으로 대충 가질 생각은 전혀 없었다.

"1초도 안 되게 닿은 건데 키스는 무슨! 아무 의미 없는 입술 접촉일 뿐이에요."

그녀가 당황하면 당황할수록 제혁은 웃음을 참는 듯 입매를 일그러뜨렸다. 다행히 그는 더 이상 뭐라고 하지 않고 잠자코 뒤로 물러섰다.

"실수든 아니든 꽤 진전된 것 같으니까, 보충 수업은 이쯤으로 해두죠."

이렇게 순순히 놓아준다고? 정말?

지은은 혼란스러운 눈으로 제혁을 바라보았다. 하지만 아무 표정이 없어서 도무지 그가 무슨 생각을 하고 있는지 알 수 없었다. 제혁은 무뚝뚝한 목소리로 말을 이어갔다.

"수의사 선생을 만나면 방금 시범을 보인 것처럼 자연스럽게 스킨십을 시도해요. 그렇다고 오늘 한 거 고대로 따라 하진 말고. 특히 입술 접촉 사고."

"당연하죠!"

그의 말이 끝나기가 무섭게 지은이 대답했다.

"내가 미쳤다고 정 쌤과의 첫 키스를 이런 식으로 얼렁뚱땅 할 것 같아요?"

"얼렁뚱땅? 첫 키스?"

꼬투리를 잡은 듯, 제혁의 얼굴에 승리의 미소가 떠올랐다.

"방금 '아무 의미 없는 입술 접촉'이라고 하지 않았습니까?"

앗, 말려들었다! 이야기의 방향이 우빈에게로 흘러가는 바람에 너무 흥분했나 보다. 지은이 곤혹스러운 얼굴로 입술을 깨물자 제혁의 입꼬리가 살며시 위로 말려 올라갔다.

"그 웃음은 뭐죠?"

왠지 모르게 비웃는 것 같아 지은은 눈살을 찌푸렸다. 그러자 제혁은 어깨를 으쓱거리며 말을 꺼냈다.

"키스는커녕 먼저 팔짱 낄 생각도 못하는 사람이 환상적인 키스를 꿈꾼다는 게, 참 아이러니해서……."

정곡을 찔린 탓일까? 지은은 저도 모르게 언성을 높였다.

"그게 뭐가 아이러니해요? 그런 건 경험이 없어도 다 되는 거거든요. 본능이라고요. 본능."

"본능?"

제혁의 눈에 장난스러운 빛이 서렸다. 그는 은근히 비아냥거리는 말투로 말했다.

"아무리 본능이라도 처음엔 제대로 안 될 텐데?"

"아니거든요!"

"증명할 수 있습니까?"

"당연하죠. 그건…… 아."

증명하긴 뭘 증명해!

지은은 분한 마음을 애써 억누르며 입을 꾹 다물었다. 마음 같아선 확 증명해 보이고 싶었다.

먼저 못 다가갈 뿐이지 키스가 별거냐고! 저 잘난 척하는 입술을 입술로 확 막아버릴까?

하지만 그럴 순 없었다. 저번에도 그랬지만, 결코 용기가 없어서는 아니었다. 지은은 애써 흥분을 가라앉히며 슬그머니 화제를 돌렸다.

"보충 수업은 이걸로 충분한 거죠?"

"네. 그런 것 같군요."

말 돌리는 거라는 걸 뻔히 알면서도 제혁은 그녀의 질문에 순순히 대답했다.

"그럼 전 이만 가볼게요."

지은은 당당히 어깨를 펴고 아래턱을 추켜올렸다. 혹시라도 붙잡을까 봐 걱정했는데, 제혁은 싱긋 웃으며 이만 가보라는 듯 고개를 끄덕거렸다. 지은은 빠른 걸음으로 제혁의 곁을 지나쳐 문으로 향했다.

"참, 그리고."

문을 열기 위해 손잡이를 잡던 그녀가 잠시 동작을 멈추고 뒤를 돌아보았다.

"취소했던 데이트는 이번 일요일에 하면 되겠네요. 봉사 활동 끝나고 오후에 시간 낼 수 있어요."

"그러죠. 어디서 데이트할지는 당신이 정해요. 어떻게 시간을 보낼지도 생각해보고."

"알았어요."

말을 끝낸 지은은 곧바로 문을 열고 사무실을 빠져나갔다. 달칵, 하고 문이 닫히는 소리와 함께 사무실 안은 정적이 흘렀다. 제혁은 우두커니 선 채, 지은이 나간 문을 말없이 바라보았다.

"흠."

그러곤 그녀의 입술이 닿았던 자신의 입술을 손으로 쓰윽 훑어보았다. 아주 찰나였지만 입술에 느껴진 말랑거리는 감촉 때문에 온몸에 전율이 일었다. 아무렇지 않은 척했지만 그 역시 당황스럽긴 마찬가지였다. 그녀의 입술이 닿자마자 숨이 탁 막혔으니까. 제혁은 맛을 음미하려는 듯 천천히 혀끝으로 입술을 핥아보았다. 그녀의 입술은 녹아들 것처럼 달콤했고,

상상했던 것보다 훨씬 더 부드러웠다. 그래서 뭐 어쩌라고.

제혁은 씁쓸한 미소를 지으며 다시 책상으로 돌아가 자리에 앉았다.

지은이 들어오기 전, 테스트 중이던 코드 파일을 열었다. 그런데 어찌 된 일인지 아무리 뚫어지게 바라보아도 그 내용이 머릿속에 들어오지 않았다.

지은의 말대로 '아무 의미 없는 입술 접촉'일 뿐인데 왜 마음이 싱숭생숭한 걸까…….

"후."

제혁은 짧게 한숨을 내쉬며 다시금 손으로 입술을 쓰다듬었다. 입술에 남은 달콤한 여운이 가시지 않아 좀처럼 일이 손에 잡히지 않았다.

제혁의 사무실을 나온 지은은 뛰다시피 빠른 걸음으로 복도를 걸었다. 거울로 확인하지 않아도 목덜미까지 온통 붉게 물들어 있을 것이다. 그녀의 이런 모습을 다른 직원이 본다면 의아하게 여길지도 모른다.

지은은 사무실로 돌아가는 대신 비상계단으로 향했다. 그곳에서 숨 좀 돌리다가 사무실로 돌아갈 계획이었다.

지은은 화끈거리는 뺨을 두 손으로 감싸며 계단 중간쯤에 주저앉았다. 말 그대로 1초도 안 되는 접촉이었는데, 왜 심장이 덜컥 내려앉는 기분이 드는 걸까.

사무실에선 제혁과 신경전을 벌이느라 몰랐는데 복도로 나오자 얼굴이 확 붉어지며 심장이 미친 듯이 두근거리기 시작했다. 자꾸만 입술에 닿았던 감촉이 떠올라 저도 모르게 손에 힘이 들어갔다. 지은은 손바닥으로 가슴을 꾹 내리누르며 깊게 숨을 들이마셨다.

"하아."

호흡을 골랐지만, 한 번 빨라진 심장박동은 속도를 늦출 생각이 없는 것 같았다. 그래, 아무리 사고라지만 입술이 닿은 사고인데 아무렇지 않을 리가 없어. 그래서 그런 것뿐이다.

─아무래도 안 될 것 같은데…….

자꾸만 나직이 속삭이던 제혁의 목소리가 떠오르며, 귓가에 닿던 후끈한 숨결이 느껴졌다. 조금 더 가까웠더라면 그의 입술이 그녀의 귓바퀴에 닿았을 것이다. 그 순간을 떠올리자, 들뜬 기분이 가라앉기는커녕 더욱더 온몸이 견딜 수 없게 달아올랐다.

"흐음."

상상하는 것만으로도 온몸에 소름이 돋자 지은은 저도 모르게 신음을 내뱉었다.

─이것까지 포함하면…….

그녀의 손을 감쌌던 그의 손은 커다랗고 따뜻했다. 자연스럽게 닿는 살갗의 감촉마저도 너무나 좋았다.

하지만 그런 반응은 사랑하는 상대에게만 나타나야 하는 것 아닌가? 왜 그 남자에게 이런 반응이 나타나는 거지?

이게 다 경험이 없어서 이런 거다. 이론만 파고들다가, 실전에 뛰어드니 그제야 부족한 점이 도드라지는 것뿐이다.

"하아, 너무 어려워."

지은은 벽에 어깨를 힘없이 기대며 길게 한숨을 내쉬었다. 그나저나 우빈 씨를 어떻게 만나지? 저번처럼 동물 병원으로 찾아갈까? 골똘히 계획을 세우다 보니 어느새 들뜬 기분이 가라앉기 시작했다.

사무실로 돌아가 자리에 앉으려는데, 기다렸다는 듯이 휴대폰이 울렸다.

[지은 씨, 기쁜 소식이에요. 솜이를 입양할 가족이 나타났어요.]

휴대폰 너머로 밝은 목소리가 흘러나왔다.

"네? 정말이에요?"

유기 동물 보호 센터 관리를 맡은 경애에게서 걸려온 전화였다. 솜이는 이제 갓 3살이 넘은 하얀색 푸들 암컷으로 6개월이 넘도록 입양처가 나타나지 않아 안타까워하던 중이었다.

지은이 도경과 함께 안락사 위기에 처했던 솜이를 구조했던 터라 조금은 더 정이 가는 유기견이었다.

[금요일 오전에 데려간대요. 마지막으로 솜이 보고 싶으면

내일 회사 끝나고 오세요.]

"네, 그럴게요."

애석하게도 도경은 지방 출장 중이었다. 지은은 혼자서라도 솜이를 보기 위해 다음 날 퇴근 후, 유기 동물 보호 센터로 달려갔다.

"정 쌤?"

센터 안에 들어선 지은은 솜이를 품에 안고 서 있는 우빈과 맞닥뜨렸다. 그를 만날 거라고는 예상하지 못했던 지은의 눈이 커다랗게 변했다.

"여긴 어쩐 일이세요?"

우빈 씨와는 운명인 게 분명하다. 애써 머리를 굴리지 않아도 이렇게 만나게 되잖아!

"솜이가 입양 간다고 해서 마지막으로 진찰해주려고 왔습니다."

우빈 씨는 어쩌면 이리도 마음씨가 고울까.

"저도 마지막으로 솜이 보러 왔는데……. 진찰하시는 거 저도 도울게요."

지은은 수줍게 웃으며 우빈의 뒤를 따랐다. 치료실로 솜이를 데려간 우빈은 이리저리 꼼꼼하게 솜이의 상태를 살펴보았다. 솜이는 얌전히 우빈에게 몸을 맡긴 채, 진료해주는 그의 손을 정성스럽게 핥았다. 둘의 정겨운 모습에 지은의 입가엔 절로 미소가 떠올랐다.

"솜이가 정 쌤에게 고맙다고 인사하는 것 같아요."

"고맙다는 인사는 지은 씨에게 해야죠. 한밤중에 차를 몰고 지방까지 내려가서 구조한 사람은 지은 씨니까."

그 말에 지은은 겸연쩍은 표정을 지으며 솜이의 머리를 쓰다듬었다.

"그때 솜이가 다음 날 첫 안락사 명단에 올랐었잖아요. 한시라도 빨리 구조해야 된다는 생각밖에 없었어요."

그날 지은은 솜이 말고도 5마리의 유기견을 안락사 직전에 구조했고, 모두 새 가정에 입양되었다. 솜이가 마지막으로 남은 유기견이었다.

지은이 손을 내밀자, 하얀 솜뭉치 같은 솜이는 곧바로 그녀의 품으로 파고들었다.

"우리 솜이, 행복해야 해. 알았지?"

그 말에 솜이는 기분 좋은 듯 학학거리며 분홍색 혀를 내밀었다.

"그래도 솜이는 순종인 데다가 털도 하얀색이어서 늦게라도 국내 입양이 된 거죠. 믹스견이나 털빛이 어두운 유기견은 해외 입양만이 살 길이라서 참 가슴 아파요."

지은의 말에 우빈은 씁쓸한 미소를 지으며 혼잣말처럼 중얼거렸다.

"……글쎄 말입니다. 어쩌다 동물에게도 외모가 제일 중요하게 돼버려서."

진찰을 끝낸 우빈은 솜이를 견사로 돌려보내고 의료 기구를 정리했다. 그런데 웬일인지 우빈의 얼굴이 어두워 보였다.

"정 쌤, 어디 불편하세요? 안색이……."

"아…… 별거 아닙니다. 솜이가 조금 걱정돼서. 가끔 슬개골이 빠지거든요. 언젠가 수술이 필요할지도 모르는데 괜찮을까 해서요."

"새 가족이 생겼으니까 문제가 되면 치료해주지 않을까요?"

"그러면 다행이지만 아닌 경우도 많아서요. 입양 가족에게 솜이 상태를 설명하긴 했는데 어떻게 될진 모르는 거죠."

"입양 안 돼도 걱정이고, 입양돼도 걱정되긴 마찬가지네요."

지은의 말에 우빈은 가만히 고개를 끄덕였다.

"아 참, 지은 씨, 소식 들었어요? SB그룹에서 유기견 센터를 오픈한대요. 철거되는 보호소의 유기견을 위해 우선 임시 보호소부터 시작한다더군요."

"네, 저도 들었어요."

물론이다. 그녀가 직접 세운 계획이니까.

"정 쌤, 커피 드시고 하세요."

서둘러 화제를 돌릴 겸 은근히 우빈의 손도 잡을 겸, 지은은 자판기에서 꺼낸 캔 커피를 우빈에게 내밀었다.

"고마워요."

그러나 슬프게도 지은은 우빈의 손가락 하나 건드리지 못한 채, 캔을 건네주었다. 지은은 애통한 심정으로 자신의 텅 빈 손을 내려다보았다.

어째서! 그 남자는 자연스럽게 손을 포개며 물잔을 건네주던데 왜 나는 안 되는 걸까? 아무리 연습을 하면 뭐하냐고! 실전에선 터무니없이 무너지는데.

지은은 울고 싶은 마음을 꾹 누르며 다음 기회를 노렸다.

"지은 씨, 커피 나눠 마실래요? 제가 카페인에 예민해서 밤에는 캔 하나를 다 마실 수가 없거든요."

"네, 그래요."

우빈은 종이컵을 꺼내기 위해 캐비닛으로 걸어갔다.

그 순간, 지은은 책장에서 책을 뽑으려던 그녀의 뒤로 다가왔던 제혁을 떠올렸다. 어쩌면 지금이 바로 그 기회일지도 모른다!

"정 쌤, 제가 할게요."

너무 급하게 다가간 탓일까. 지은은 진찰하다 바닥에 흘린 소독용 알코올 거즈를 보지 못하고 밟고 말았다. 거즈를 밟은 발이 앞으로 미끄러지며 체조 선수처럼 다리가 쫙 벌어졌다.

"아얏!"

지은이 바닥에 넘어지려는 찰나, 우빈이 손을 뻗어 뒤에서부터 그녀를 끌어안았다.

"지은 씨, 안 다쳤어요?"

"네. 다행히 제때 잡아주셔서."

그녀의 허리에 둘렀던 우빈의 팔이 재빨리 떨어져나갔다. 지은은 놀란 가슴을 쓸어내렸다. 정말 다행이다! 우빈 씨 앞에서 넘어졌으면 얼마나 창피했을까.

"정 쌤, 고마워요."

지은이 감사의 인사를 하려고 뒤를 돌아보자, 우빈은 살짝 얼굴을 붉히며 시선을 피했다.

"미안해요. 바닥에 거즈를 떨어뜨린 걸 몰라서."

"아니에요. 제가 부주의해서 그런 거죠."

"정말 다치지 않았어요?"

우빈이 재차 물어오자, 지은은 빠르게 고개를 내저었다.

다칠 걸 그랬나? 그랬다면 우빈 씨가 치료해줬을 텐데……. 최대의 스킨십 찬스를 놓친 거네? 하지만 뭐 어떤가! 그와 함께 있다는 사실만으로도 긴장이 풀리며 마음이 편안해지는 걸.

지은은 방금 우빈의 품에 안겼다는 사실을 깨닫지 못한 채 만족스러운 웃음을 지었다. 의료 기구를 제자리에 가져다 놓는 우빈의 귀 끝이 빨갛게 물든 것 역시 그녀는 깨닫지 못했다.

다음 날, 지은은 경민을 비롯한 중역을 따라 외부에서 열린 회의에 참석했다.

우빈을 만난 이야기를 제혁에게 해주고 싶었지만, 온종일 밖에서 머무느라 그를 볼 기회가 전혀 없었다.

어제 만났습니까?

토요일 아침, 제혁에게서 문자가 날아왔다. 일요일에 만나서 들어도 될 텐데, 도저히 기다릴 수 없었나 보다.

그는 정말로 성실한 선생님이었다.

> 목요일에 만났어요.

과제는?

손가락 하나 건드리지 못했는데……. 혼나려나? 아, 맞다.

지은은 넘어지려는 자신을 우빈이 뒤에서 안아주었다는 사실을 떠올렸다. 어쩌면 지금까지 까맣게 몰랐을까? 우빈 앞에서 보기 흉하게 넘어지지 않았다는 것에만 정신이 팔려 그가 자신을 끌어안았다는 사실을 깨닫지 못하고 있었다.

지은에게서 답이 없자, 제혁이 다시 문자를 보냈다.

못 했습니까?

> 했어요.

뭐라고 설명해야 하지? 넘어지는 걸 잡아주느라 뒤에서 껴안았다고 상세하게 설명해야 하나? 혼자 열심히 머리를 굴리고 있는데, 제혁에게서 다음 문자가 날아왔다.

내일, 계획 잘 세워봐요.

더 이상 물어보지 않아서 다행이긴 했지만 조금 서운하기도 했다. 잘했다고 칭찬을 들을 줄 알았는데…….

지은은 아랫입술을 내밀며 휴대폰을 가방에 집어넣었다. 그나저나 어째서 뒤에서 우빈이 안아주었다는 사실을 까맣게 모르고 있었을까? 너무 좋아서 정신이 나간 게 분명했다.

어떤 느낌이었지? 등 뒤에 닿았던 가슴팍이 단단했었나? 허리를 감았던 팔의 감촉은 어땠더라? 하아, 모르겠다.

지은은 두 손으로 머리를 감싸며 긴 한숨을 내쉬었다. 이미 깨끗하게 지워진 기억을 무슨 수로 살릴까! 다음엔 기필코 솜털 하나하나의 느낌까지 모두 기억하고 말 거야.

지은은 다짐에 다짐을 하며 침대 맡에 놓아둔 핑크색 푸들 인형을 꽉 끌어안았다.

"선배, 갑자기 왜 저래?"

석준이 은우의 어깨를 툭 치며 고갯짓으로 앞쪽을 가리켰다. 제혁이 심각한 표정으로 휴대폰을 들여다보고 있었다. 은우는 전혀 모르겠다는 듯이 아랫입술을 내밀며 고개를 흔들었다.

"선배 어머님 상태가 나빠지신 건 아니겠지?"

"그랬으면 벌써 병원으로 달려가고도 남았지."

"또 어떤 여자가 막무가내로 고백했나?"

"아무래도 그런 거 같은데……?"

"에이, 또 누가!"

강 팀장의 고백으로 한바탕 회오리가 몰아친 게 언제라고 그새 또 누가 제혁에게 넘어갔단 말인가!

분위기가 심상치 않자 석준과 은우는 슬그머니 자리에서 일어나 작업실을 빠져나갔다. 제혁은 두 사람이 작업실을 나가는 것도 모른 채, 지은이 보낸 마지막 문자를 뚫어지게 바라보았다.

했어요.

했다고? 그 말은 수의사 선생을 뒤에서 끌어안았다는 건가? 아니면 손을 포개었다는 말인가? 이 여자, 입술 접촉까지 한 건 아니겠지?

어떤 스킨십을 했냐고 물어보면 간단하겠지만 '했어요.'라는 문자를 본 순간, 아무것도 알고 싶지 않았다.

어째서지? 배움에 진전이 있는 제자를 보면 선생으로서 뿌듯해야 하는데 전혀 그렇지 않았다.

"훗."

제혁은 쓴웃음을 머금으며 들고 있던 휴대폰을 옆에 내려놓았다. 특별한 이유는 없었다. 지은이 워낙 청정 지역 1등급이라 물가에 어린애를 내놓은 것처럼 불안해서 그럴 것이다. 그래, 그뿐이다!

제혁은 소파 등받이에 등을 기대며 스르르 두 눈을 감았다.

그래, 다른 감정이 있을 리가 없어.

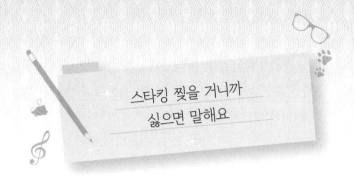

스타킹 찢을 거니까
싫으면 말해요

"정 쌤, 지방 내려가셨다고요?"

겉으론 아무렇지 않은 척했지만, 지은의 마음속은 실망으로 차디찬 바람이 불었다. 아무것도 모르는 경애는 친절히 설명을 이어나갔다.

"네. 이번 주말에는 지방에 있는 유기견 센터를 방문하실 거래요. 목요일에 솜이를 마지막으로 진찰하기 전에 다른 유기견도 돌봐주셨거든요."

"그렇구나."

주말이면 우빈을 만날 수 있을 거라고 기대했는데, 지은은 저도 모르게 어깨가 축 처졌다.

[지은아, 이번 주말엔 너 혼자 해야겠다. 나, 아직 부산이야.]

도경 역시 지방 출장이 끝나지 않아, 이번 주말엔 올 수 없다고 전화가 왔다. 덕분에 손이 모자라 지은은 토요일 온종일을 눈코 뜰 새 없이 바쁘게 보내야만 했다.

"그 차림으로 민 실장 만날 거 아니지?"

다음 날 일요일, 간편한 복장으로 집을 나서는 지은에게 안 여사의 잔소리가 쏟아졌다.

"너 저번 주말엔 술병으로 앓아눕느라 데이트 못했잖아. 그랬으면 이번엔 미안해서라도 예쁘게 꾸미고 나가야지. 예의 없이 그게 뭐니? 넌 민 실장이 목 늘어난 티셔츠에 운동화 신고 나오면 좋겠어?"

"엄마는! 당연히 아니지. 봉사 끝나고 옷 갈아입을 거야."

데이트에 방해가 된다고 봉사를 못하게 할 것 같아, 지은은 부랴부랴 갈아입을 옷과 화장품을 챙겼다. 어차피 인증 샷을 찍으려면 약간의 꾸밈이 필요하긴 했다.

일요일 봉사를 모두 끝낸 지은은 샤워를 한 후, 준비해 온 옷으로 갈아입었다. 완벽하진 않지만 푸들 머리도 어느 정도 굵은 웨이브로 풀고 화장도 정성스럽게 마무리했다. 마지막으로 운동화까지 벗고 적당한 굽 높이 구두로 갈아 신었다.

"이러니까 꼭 진짜로 데이트하는 것 같잖아!"

전신 거울에 비춰보며 마지막 점검을 하던 지은은 혼자 실없이 웃고 말았다. 아주 조금 설레는 것도 사실이었다. 처음으로 현장 실습에 나가는 기분이랄까? 지은은 갈아입은 옷과 운동화가 담긴 가방을 센터 사무실에 맡기고 서둘러 건물을 빠져나왔다.

"타요."

만나기로 한 커피숍으로 가기 위해 길을 건너려는데, 제혁의 차가 그녀의 앞에 멈춰 섰다.

"어디로 갈지 정했습니까?"

그녀가 차에 올라타자 제혁이 내비게이션을 작동하며 물었다.

"N 서울 타워요."

"남산 타워?"

제혁은 의외라는 듯 미간을 찌푸렸다. 그와는 달리 지은은 미소 가득한 얼굴로 고개를 끄덕거렸다.

"네. 꼭 그곳에서 데이트하고 싶었어요. 연인들이라면 필수로 가는 데이트 코스래요. 사랑의 자물쇠도 달아보고, 사랑의 서약 스티커 사진도 찍고."

야경을 바라보며 짜릿한 키스도 해보고……란 말은 슬그머니 생략했다. 지은은 우빈과 사귀게 되면 화려한 야경이 펼쳐지는 남산 위에서 첫 키스를 할 거라고 굳게 다짐했었다. 그러니까 제혁과 함께 미리 탐사해보는 것도 나쁘진 않을 것이다.

"그러죠."

한껏 들뜬 지은과 달리 제혁은 건성으로 대답했다. 그는 시동 버튼을 누르려다 잠시 멈추고 지은의 발을 힐끗 내려다보았다. 그녀는 하이힐은 아니지만 적당히 굽이 있는 구두를 신고 있었다.

"좀 걸어야 할 텐데, 그 구두 괜찮겠습니까?"

"그럼요. 이 정도야 뭘."

지은은 아무것도 아니라는 듯 자신만만하게 대답했다. 뭐라고 한 마디 하려던 제혁은 묵묵히 차를 출발시켰다. '걸어 봤자, 얼마나 걷겠어?' 하던 지은의 예상은 금세 산산조각이 났다.

"네에? 차를 타고 갈 수 없다니요?"

지은은 당황한 나머지 저도 모르게 언성을 높였다. 이 무슨 마른하늘에 날벼락 같은 소리야? 우아하게 차에서 내려서 곧바로 타워로 올라갈 줄 알았는데!

"일반 차량이 남산으로 들어가지 못하게 된 지 십 년도 넘었는데 몰랐습니까?"

지은은 금시초문이라는 얼굴로 고개를 내저었다. 드라마나 영화에선 전망대에서 풍경을 즐기는 모습만 보여줬지 그곳까지 가는 과정을 보여주지는 않았으니까. 장면이 바뀌면 여자 주인공과 남자 주인공은 화려한 야경을 뒤로하고 키스하기에만 바빴다. 그러니 당연히 편안하게 차를 타고 올라갈 줄 알았다.

"남산 도서관에 주차하고 걸어서 올라가는 방법이 있지만, 그 구두를 신고는 무리일 것 같고."

제혁은 건조한 목소리로 남산 타워에 올라가는 방법을 나열했다.

"케이블카를 타도 되지만 오늘 같은 주말엔 주차할 자리가 없을 겁니다. 가장 무난한 방법은 남산 순환 버스를 타는 것. 아니면 지금이라도 장소를 바꿔도 되고."

"버스 타고 가요."

제혁의 말이 끝나기가 무섭게 지은은 재빨리 대답했다. 버스를 타는 거라면 상관없을 것이다. 하지만 지은은 얼마 후, 또 다른 난감한 상황에 직면했다.

"헉!"

15분 후에 도착한 순환 버스를 보며 지은은 급히 숨을 들이마셨다. 버스 안은 발 디딜 틈 없이 수많은 사람들로 빽빽하게 들어차 있었다.

"지금 저걸 타라고요?"

저 버스에 탔다간 숨도 제대로 못 쉴 것 같았다.

"그냥 다음 버스 타면 안 될까요?"

"다음 버스도 마찬가지일 겁니다."

지은은 굳은 표정으로 버스에 오르는 사람들을 바라보았다. 밖에서 보기에 버스 안은 이미 터져나갈 듯이 꽉 찬 상태였다. 그런데 신기하게도 사람들은 계속 버스 안으로 들어갔다. 마치 상자에 차곡차곡 채워지는 쿠키를 보는 느낌이었다.

마 과장님께 전화를 할까, 말까?

지은은 심각하게 갈등하기 시작했다. 전화 한 통이면 마 과장은 곧바로 관광버스를 대여해서 보내줄 것이다. 하지만 환경오염을 막기 위해 일반 차량을 금지한 걸 뻔히 알면서 양심상 그럴 순 없었다.

답답하긴 하겠지만 조금만 참자. 지은은 크게 숨을 들이마신 후, 제혁을 따라 버스에 올라탔다.

버스에 올라 탄 지은은 시간이 어떨 땐 영원보다 더 길게 느껴질 수 있다는 것을 알게 되었다. 버스가 정거장에 설 때마다 승객은 늘었고 지은이 차지한 공간은 급속도로 줄어 갔다.

처음엔 제혁과 떨어져서 있었지만, 조금 뒤엔 더 가까워졌고, 서서 그 후엔 딱 달라붙는 수준까지 공간이 좁아졌다. 그녀의 뒤에는 대부분 여자 승객이 있었기에 어깨가 스치거나 팔이 스쳐도 견딜 만했다. 하지만 그녀의 앞엔 제혁의 단단한 가슴이 떡 버티고 있었다.

여기서 아주 조금만 더 앞으로 다가가면 제혁의 품에 안긴 자세가 돼버릴 것이다. 진짜 연인 사이라면 상관없겠지만, 두 사람은 아니었다.

지은은 난처한 얼굴로 주위를 둘러보았다. 연인끼리 혹은 가족끼리 온 사람들은 아무렇지 않게 서로를 붙잡거나 끌어안고 있었다. 지은은 버스를 앉아서 타보기만 했지, 서서 탄 적은 오늘이 처음이었다. 버스는 지하철과 달리 이리저리 흔들림이 심했다.

"아앗!"

버스가 가파른 산길을 돌자, 지은의 몸이 크게 흔들렸다. 손잡이를 잡긴 했지만 도무지 어떻게 균형을 잡아야 할지 가늠할 수 없었다. 지은이 휘청거리자 제혁은 그녀의 어깨를 끌어안아 자신의 품으로 당겼다. 가뜩이나 가까운 두 사람의 간격이 종이 한 장 들어갈 틈도 없게 딱 붙어버리고 말았다.

"괜찮아요?"

"……네, 괜찮…… 어어어어어!"

이번에는 버스가 반대 방향으로 산길을 돌았다. 또다시 크게 흔들렸다. 그 충격으로 손잡이를 놓친 지은은 제혁의 가슴에 얼굴을 묻으며 반사적으로 그를 끌어안고 말았다. 제혁은 한 손으로 손잡이를 잡고, 다른 손으론 그녀의 등을 힘껏 끌어안았다.

"많이 흔들리니까 날 붙잡아요."

지은은 제혁의 가슴에 얼굴을 묻은 채, 가만히 숨을 죽였다. 너무나도 가까운 탓에 그의 심장 소리가 그대로 귀를 통해 전달되었다. 제혁의 심장박동을 느끼는 순간, 지은의 심장도 덩달아 걷잡을 수 없이 빨라졌다.

쿠쿵ㅡ. 쿠쿵ㅡ. 쿠쿵ㅡ. 뺨에서부터 시작된 화끈거림이 이젠 귀 끝을 타고 목덜미까지 내려가기 시작했다. 좁은 공간에 사람이 너무 많아 산소가 부족해서 일어나는 현상일 것이다.

"조금만 더 참아요. 거의 다 왔으니까."

제혁이 속삭일 때마다 그의 뜨거운 숨결이 귓속을 파고들었다. 머리카락이 쭈뼛쭈뼛 서는 것처럼 온몸으로 전율이 일었다.

제발, 아무 말도 하지 말아요! 품에 안긴 상태만으로도 심장에 과부하가 생길 지경인데, 귀까지 공격하면 어쩌라고!

다리가 후들거리는 것만 같아 지은은 크게 숨을 들이마셨다. 하지만 곧 후회하고 말았다. 제혁의 시원하고 남성적인 체취가 그녀의 후각을 자극했기 때문이다. 지은은 저도 모르게 아랫입술을 깨물며 두 눈을 질끈 감았다. 그녀의 그런 모습이 제혁에게는 몸이 불편한 것처럼 보였나 보다.

"혹시 멀미가 나는 건 아니죠?"

제혁은 걱정스러운 목소리로 물으며 지은의 뺨을 손등으로 톡톡 두드렸다. 지은은 대답 대신 살며시 고개를 흔들었다.

목이 탁 막혀버려서 지금 입을 열면 이상한 소리가 나올 게 분명했다. 그가 숨을 쉴 때마다 따뜻한 숨결이 그녀의 귀를 간질였고, 그의 코트엔 그녀의 향수 냄새가, 그녀의 코트엔 그의 체취가 흠뻑 배고 말았다.

얼마나 시간이 흘렀을까, 드디어 버스는 다시 한 번 더 크게 흔들리고 나서야 도착지에 멈춰 섰다. 고작 10분이 좀 넘는 시간이었지만, 지은에겐 한 시간이 흐른 것 같았다.

지은은 제혁의 품에서 빠져나왔지만, 도저히 그를 똑바로 볼 자신이 없어 황급히 등을 돌렸다. 버스에서 내릴 때까지 지은은 아무 말도 하지 않았다. 아니, 할 수 없었다.

"와아!"

하지만 땅에 발을 딛는 순간, 지은은 저도 모르게 감탄사를 내뱉었다. 탁 트인 도시의 광경이 한눈에 들어왔다. 그와 함께 신선한 공기가 그녀의 폐부 깊숙이 스며들었다.

역시 고생하며 올라온 보람이 있었다. 방금까지 다 죽어가던 지은의 얼굴이 환해지자 제혁은 피식 웃음을 내뱉었다. 금방 기분이 풀리는 걸 보니, 꽤 낙천적이군.

"이쯤 해서 인증 샷이나 찍죠."

제혁이 코트 주머니에서 휴대폰을 꺼내 들었다. 그가 먼저 인증 샷을 찍자고 한 건 이번이 처음이었다. 그것도 그녀의 휴대폰이 아닌 그의 휴대폰으로. 지은이 의아한 표정으로 바라봤지만, 제혁은 아무 말 없이 그녀의 어깨에 팔을 둘렀다.

"자, 그만 표정 풀고 웃어요."

예전 같으면 어깨에 두른 팔이 어색했겠지만, 이미 버스 안에서 샌드위치처럼 서로의 몸이 겹쳐졌던 터라 크게 불편하지 않았다. 오히려 제혁의 널찍한 가슴이 아늑하게만 느껴졌다.

이래서 스킨십을 하다 보면 정이 든다는 걸까? 하지만 정이 드는 상대는 그가 아니라 정 쌤이어야 하잖아. 뒤에서 우빈이 안아준 건 알아채지도 못했으면서…….

지은은 애써 복잡한 머릿속을 정리하며 휴대폰을 향해 활짝 웃어 보였다.

인증 샷 찍기가 끝나자 제혁은 곧바로 지은에게 사진을 전송했다.

"제일 하고 싶은 게 뭡니까?"

"사랑의 자물쇠요."

질문이 끝나기가 무섭게 지은은 제혁의 팔을 잡고 사랑의 자물쇠가 걸려 있는 곳으로 이끌었다. 여기저기에 달린 각양각색의 자물쇠를 보며 제혁은 눈살을 찌푸렸다. 솔직히 그의 눈에는 공해로 보였으니까. 하지만 지은은 뭐가 그리도 좋은지 제혁의 팔에 매달린 채, 쉴 새 없이 조잘거렸다.

"파리 퐁네프나 피렌체 베키오 다리에도 이렇게 자물쇠가 채워져 있어요. 이젠 다리를 넘어서 주변의 가로등에도 자물쇠를 채운대요. 나도 한 번쯤 해보고 싶었어요."

"사랑이 도망가지 못하게 자물쇠로 잠근다는 아이디어, 유치하다고 생각하지 않습니까? 열쇠가 없다고 자물쇠를 못 여는 것도 아닌데."

제혁의 질문에 지은은 가볍게 어깨를 으쓱거렸다.

"어차피 오늘 자물쇠를 채우는 것도 인증 샷을 위한 거고 진심은 아니잖아요. 진짜는 나중에 정 쌤이랑 같이 와서 하면 되죠, 뭐."

그러든지 말든지, 어차피 가짜 연애인데 상관있으랴.

"잠깐만 여기 있어요. 자물쇠 사 올게요."

지은은 자물쇠를 사 오겠다며 기념품 숍으로 뛰어갔다. 얼마 후, 그녀는 하트 모양의 자물쇠 세트를 들고 돌아왔다.

"글을 쓸 수 있게 네임펜도 들어 있어요."

처음엔 떨떠름하던 제혁도 어쩌면 최 여사가 이런 모습을 좋아할 거란 생각이 들었다. 다른 어떤 사진보다 인형 뽑기 가게 안에서 찍은 사진을 제일 좋아했으니까.

"자물쇠에 뭐라고 적을지 생각해둔 거 있습니까?"

주위에 달린 자물쇠를 유심히 살펴보니, 저마다 길고 긴 사연이 적혀 있었다.

"이건 어때요?"

혼자 곰곰이 생각하던 지은이 두 눈을 반짝거리며 말했다.

"결혼은 운명이다. 지은에게 녹아들다. 당신의 반쪽 제혁."

"지금 장난합니까?"

제혁의 표정이 험상궂게 변하자, 지은은 서둘러 다음 문구를 말했다.

"미치도록 지은만을? 아니면 당신과 나의 애타는 로맨스? 그럼 이건요? 우리의 아주 은밀한 연애?"

제혁은 굳은 표정으로 계속해서 고개를 내저었다. 어차피 그냥 하는 척하는 건데 적당히 오케이 해주면 안 되나? 생각해낸 모든 문구를 거절당하자 지은은 대충 아무 문구나 둘러댔다.

"우리, 이대로 영원히. 지은 ♡ 제혁."

"그게 제일 무난하군요."

기껏 생각해서 말했더니 고리타분한 문구나 고르고. 마음엔 안 들었지만, 뭐 어떠랴. 어차피 진심도 아닌데……

지은은 네임펜을 들고 자물쇠 위에 한 자 한 자 적어 내려갔다.

하지만 자꾸만 강한 바람이 머리카락을 헝클어뜨리는 바람에 한 손으론 머리카락을 넘기고 다른 한 손으로 글을 써야만 했다. 보다 못한 제혁은 조용히 옆으로 다가가 코트를 열어 바람을 막아주었다. 그녀는 힐끗 고개를 돌리더니, 고맙다는 듯 제혁을 향해 생긋 미소를 지었다.

"고마워요."

지은은 다시 글쓰기에 집중했다. 제혁은 무표정을 유지하며 말없이 지은을 내려다보았다. 대충 적고 말지 찬 겨울바람에 뺨과 코가 빨갛게 변해가면서 뭘 저리도 정성스럽게 적는지 모르겠다.

제혁의 마음 속에선 찬바람에 얼어버린 지은의 뺨을 따뜻한 손으로 녹여주고 싶다는 충동과 싸우고 있었다. 별 뜻은 없었다. 그저 눈앞에서 오들오들 떠는 지은이 보고 싶지 않을 뿐이었다.

지나가다 추위에 떠는 길 고양이를 보고 발길을 멈추는 것과 비슷한 감정일 것이다. 생판 모르는 길 고양이에게도 바람막이하라고 빈 상자를 던져주는데, 동지끼리 바람을 막아주는 것쯤이야.

드디어 자물쇠에 글쓰기를 끝낸 지은이 초롱초롱한 눈으로 주위를 둘러보았다.

"어디에 채울까요?"

지은이 너무 진지해 보여서 제혁은 '아무 데나 채우고 빨리 끝내죠.'라는 말을 꾹 참았다. 두 사람은 가장 보기 좋은 곳에 자물쇠를 채우고, 각자 휴대폰으로 인증 샷을 찍었다.

"열쇠는 난간 밑으로 던질 겁니까?"

"아뇨."

지은은 자물쇠를 잠근 열쇠를 버리는 대신 핸드백에 집어넣었다.

"자물쇠를 채우고 던져버리는 열쇠 때문에 환경오염이 심하대요. 나 하나쯤이야, 할 수도 있지만 누군가는 치워야 하잖아요. 열쇠는 나중에 집에 가서 버릴 거예요."

그때 마침 강한 바람이 불어와 그녀의 머리카락을 마구 헤집어놓았다.

"앗!"

지은은 어쩔 줄 모르며 반사적으로 두 눈을 감았다. 제혁은 재빨리 코트 자락을 벌려 그녀를 자신의 품에 끌어안았다. 순식간의 일이라 지은은 두 눈을 감은 채로 제혁의 가슴에 얼굴을 묻을 수밖에 없었다.

"이만 안으로 들어가죠."

잠시 후, 제혁은 그녀를 품에서 떼어놓으며 차가운 말투로 말했다.

타워 안 역시 밖과 마찬가지로 수많은 사람으로 붐볐다. 지은이 상상했던 로맨틱한 데이트와는 거리가 멀었다. 어디를 가나 사람들에게 이리 치이고 저리 치였다. 솔직히 제혁도 이렇게 사람이 많을 거라곤 예상하지 못했다. 주말이라서 그런가?

"전망대로 올라가려면 저 긴 줄을 서야 한다고요?"

지은은 믿을 수 없다는 표정으로 꼬리에 꼬리를 문 사람들의 줄을 손으로 가리켰다.

"태어나서 줄 한 번도 안 서봤습니까?"

"서봤죠. 하지만 엘리베이터 타는 것까지 줄을 서야 한다곤 생각하지 못했거든. 정 쌤과 이곳으로 데이트 오는 건 생각 좀 해봐야겠어요."

"왜요? 아까처럼 함께 순환 버스를 타면 스킨십 하나는 제대로 될 텐데……."

제혁이 장난치듯 말하자, 지은은 아까 일을 떠올리며 빨갛게 얼굴을 물들였다. 당황해서인지 목소리가 자동으로 커졌다.

"아뇨. 정 쌤과 오게 되면 그땐 등산화를 신고 걸어서 올라올 거예요."

어쩔 줄 몰라 하는 지은을 보며 제혁은 저도 모르게 웃음을 터뜨렸다.

"하하하."

뭐라고 한마디 쏘아붙일 줄 알았던 제혁이 크게 소리 내어 웃자, 지은은 멍한 얼굴로 그를 바라보았다.

뭐지? 이 남자, 웃기도 하네?

"왜 그런 눈으로 바라봅니까?"

지은의 표정이 평소와 사뭇 다르다는 걸 알아챈 제혁이 지그시 미간을 좁혔다. 그의 경험상 여자가 저런 표정을 지을 때, 위험 신호가 들어오곤 했었다.

"비웃는 모습은 많이 봤지만, 소리 내서 웃는 모습은 처음이라서요."

"그래서…… 나에게 반하기라도 했습니까?"

"하, 누가!"

지은은 기가 막힌다는 듯 입을 벌렸다. 세상 모든 여자가 고백한다고 해도 난 아니거든!

제혁은 지은의 날이 선 시선을 무시하고, 손목시계로 시간을 확인했다.

"더 늦기 전에 저녁이나 먹죠."

두 사람은 전망대 대신 커플 전용 좌석이 있는 이탈리안 레스토랑으로 발길을 돌렸다. 서울의 야경이 정면으로 보이는 자리에 앉아 토마토 미트 소스 생면 파스타와 매콤한 이탈리아식 소시지가 들어간 피자를 주문했다.

"정말 배고팠어요."

그새 좀 가까워졌다고, 지은은 그리 불편하지 않은 얼굴로 파스타 면발을 포크에 돌돌 말았다. 제혁은 지은이 먹는 모습을 잠자코 바라보았다. 무슨 까닭인지 입에 면발을 넣고 오물오물하는 모습이 다람쥐처럼 귀여워 보였다. 아무래도 찬바람을 너무 맞아서 머리가 어떻게 된 모양이다.

제혁은 지은에게서 시선을 돌리며 묵묵히 피자 조각을 한입 베어 물었다.

"이런, 이게 누구야? 진짜 오래간만이네."

그때 뒤쪽에서 누군가의 목소리가 들려왔다. 반사적으로 뒤를 돌아본 지은의 얼굴이 급속도로 어두워졌다.

"……그러네. 오랜만이다."

잠시 침묵을 지키던 지은은 마지못해 말을 꺼냈다.

"잘 지냈지?"

"응. 뭐, 그럭저럭."

목소리만 들어도 지은이 상대를 꺼리는 게 분명했다. 언제나 밝고 상냥한 목소리로 인사하던 그녀의 목소리가 착 가라앉았으니까. 제혁은 지은의 시선이 닿는 곳으로 고개를 돌렸다. 그곳에는 지은의 나이 또래로 보이는 남자가 서 있었다. 평범한 외모의 남자는 머리끝에서 발끝까지 한껏 명품으로 꾸민 차림이었다. 하지만 마구잡이로 입었는지 서로 어울리지 못하고 겉돌았다.

시선이 마주치자, 남자는 경계의 눈빛으로 제혁을 바라보았다. 하지만 별로 상대하고 싶지 않다는 듯 이내 지은에게로 시선을 돌렸다.

"경호원이 한 명도 안 보이네?"

남자는 경호원을 찾는 듯 주위를 둘러보았다. 질문이 마음에 들지 않았는지 포크를 잡은 지은의 손이 가늘게 떨렸다.

"어떻게 된 거야? 네 옆에 항상 그림자처럼 따라붙었잖아."

"보시다시피 이젠 없어."

지은은 서늘한 눈빛으로 남자를 노려보았다. 남자는 자신을 소개해주길 원하는 듯 제혁 쪽으로 고갯짓을 했지만, 지은은 아무 말도 하지 않았다. 자신이 불청객이란 걸 눈치챈 남자는 피식 웃으며 어깨를 으쓱거렸다.

"그래도 같은 하늘 아래에 있다고 이렇게 만나네. 나중에 또 보자."

남자가 제자리로 돌아가고 난 후에도 지은의 굳은 표정은 좀처럼 풀리지 않았다.

"별로 반가운 상대는 아닌 것 같군요."

제혁이 지나가는 투로 중얼거리자, 지은은 그제야 표정을 풀며 씁쓸하게 웃었다.

"전에 인형 뽑기를 하느라 수십만 원을 털어 넣은 친구 이야기해준 적 있죠? 바로 걔예요. 이상후."

"아!"

그것으로 모든 의문이 풀렸다. 제혁은 자신들과 서너 테이블 떨어진 곳에 앉은 상후에게로 시선을 돌렸다. 그의 옆에는 명품으로 한껏 치장한 여자가 앉아 있었다. 그녀는 상후가 자리에 앉자마자 안기듯 그의 팔에 매달려 아양을 부렸다.

"주애리?"

제혁의 미간이 살짝 좁혀졌다. 주애리는 '정&주' 대형 로펌의 대표 변호사인 주 변호사의 차녀였다. 제혁에게도 선이 들어왔지만, 돈 되는 일이라면 무슨 일이든 맡고 보는 악명 높은 로펌이라 정중히 사양했었다. 사진 속 애리의 모습이 하도 화려해서 아직도 기억에 남아 있었다.

"아는 사람이에요?"

"'정&주' 로펌 대표 변호사의 딸입니다."

"한국 대기업 소송을 대부분 가져간다는 그 법률 사무소 '정&주'요?"

"네."

그게 무슨 의미인지를 알기에 지은은 가만히 고개를 내저었다. 상후는 이번에도 부잣집 딸을 잡았나 보다.

간간이 대학 동창으로부터 상후의 이야기를 전해 듣곤 했었다. 언제나 한 귀로 듣고 한 귀로 흘렸지만, 쟁쟁한 집안의 여자와 사귀다가 깨졌다는 내용이 대부분이었다. 하지만 저 여자와는 그런 만남이 아니길. 지은은 그렇게 믿고 싶었다.

"그땐 어려서 뭘 몰랐을 때고 이젠 철이 들었으니까 아직도 그러진 않겠죠."

"사람은 쉽게 변하지 않습니다."

제혁은 무뚝뚝하게 말하며 힐끗 옆으로 시선을 돌렸다. 상후는 애리를 상대하는 와중에도 틈틈이 두 사람을 훔쳐보고 있었다.

"속 좀 쓰리겠군요. SB그룹은 아직도 건재하니까."

그 말에 지은은 피식 웃음을 흘렸다.

"다들 상후랑 헤어진 게 조상님 찬스였대요. 아니면 지금까지 구해준 유기견들이 보은한 거라고. 아, 맞다. 그러고 보니까……."

조금 전까지 어두웠던 지은의 표정이 갑자기 밝아졌다.

"토마토소스 파스타를 보니까 생각났다. 디즈니 만화 '레이디와 트럼프' 알죠? 트럼프가 유기견이었잖아요. 스파게티를 먹다가 둘이 키스하는 장면은 너무나 유명하죠. 어릴 때, 그 장면이 너무 좋아서 몇 번이나 돌려 봤어요."

헤어진 남자 친구를 만나서 우울할 땐 언제고 갑자기 디즈니 만화 이야기로 튀다니. 지은의 속을 알 길 없는 제혁은 지그시 미간을 찌푸렸다. 가라앉은 분위기를 바꾸려는 걸까?

"그래요? 난 그 장면이 나오면 항상 빨리 돌려버렸는데."

"왜요?"

"유치해서."

제혁은 분위기를 바꿀 작정으로 지은을 발끈하게 했다. 그러면 그녀는 모든 걸 뒤로하고 활활 불타오를 테니까.

"그뿐 아니라 강아지에게 토마토소스는 독약입니다. 양파와 마늘이 들어 있어 위험하고 짜기도 하고, 스파게티 역시 밀가루라 섭취하면 가스가 차고 소화가 안 돼요."

"아니, 그걸 누가 몰라서 그래요?"

역시나 지은은 상후의 일은 까맣게 잊어버린 듯 살짝 언성을 높였다.

"난 지금 만화 이야기를 하는 거라고요. 다큐멘터리가 아니라."

"하지만 그걸 모르고 강아지에게 스파게티를 주는 사람이 있을 겁니다."

"네, 네. 그러네요. 그쪽 말이 모두 맞네요."

지은은 뾰로통한 얼굴로 파스타를 포크에 돌돌 말아 입으로 가져갔다. 상후를 만난 것보다 제혁이 그녀의 인생 만화를 망쳤다는 데에 기분이 더 상했다.

"내 앞에선 후루룩 소리 내고 먹어도 됩니다. 난 수의사 선생이 아니니까."

"컥."

면을 입 속에 넣으려던 지은은 눈살을 찌푸리며 포크를 내려놓았다. 이 남자가 점점!

"저, 원래 교양 있게 소리 안 내고 얌전히 먹거든요."

제혁의 눈에는 화난 듯 콧잔등을 찡그린 지은의 모습이 간식을 빼앗겨 뿔이 난 강아지처럼 보였다. 처음 만났을 때부터 느꼈지만, 그녀는 토라졌을 때 모습이 꽤 귀여웠다. 평소에도 커다랗던 눈동자가 더욱더 동그랗게 커진다는 것을 그녀도 알까?

"큭."

결국 제혁은 참지 못하고 짧게 웃음을 터뜨렸다. 제혁이 웃음을 터뜨리자, 지은은 기가 막힌다는 듯 그를 매섭게 노려보았다. 그러나 곧 그녀도 그를 따라서 웃을 수밖에 없었다. 투덕거리는 두 사람을 멀리서 지켜보는 상후와 시선이 마주쳤기 때문이었다.

이 남자, 일부러 그랬나? 어색하게 다정한 척 연기하는 것보단 오히려 이런 모습이 훨씬 더 가까워 보일 테니까.

그렇다면 그녀도 제혁의 장단에 맞춰줄 필요가 있었다.

지은은 휴대폰을 꺼내 앞에 놓인 음식을 찍기 시작했다.

"요리 블로그 사진이라도 찍습니까?"

"계속 인물 사진만 찍으면 재미없잖아요. 가끔 이런 다른 사진도 들어가줘야죠."

지은은 한참 동안 음식 사진을 찍은 후에야 제혁에게로 휴대폰을 돌렸다.

"자, 이젠 여기를 보면서……."

사진 찍기에 열중한 지은은 제혁의 얼굴이 가까이 있다는 사실을 깨닫지 못했다. 손가락으로 반대편을 가리키며 고개를 돌리던 지은의 입술에 '촉' 부드럽고 따뜻한 입술이 느껴졌다.

헉! 너무 놀란 나머지 지은은 촬영 버튼을 눌러버렸다.

찰칵! 두 사람의 키스하는 모습이 그대로 휴대폰에 담겼다.

"이런, 입술이 닿았군."

당황해서 입이 벌어진 지은과 달리 제혁은 느긋하게 한쪽 입꼬리를 올렸다. 분명 실수가 아니었다는 뜻이다.

"방금, 그거."

"당신이 가까이 다가오기에 이번엔 내가 먼저 했는데……. 왜요? 그러면 안 됩니까?"

먼저 실수한 전적이 있기에 지은은 뭐라고 항의할 수가 없었다. 아무것도 아니라고, 단순한 입술 접촉이라고 하지 않았던가! 문제가 있다면 그때나 지금이나 그녀에겐 단순한 접촉이 아니라는 것.

제혁의 입술이 닿았던 부분이 불타오를 것처럼 화끈거리고 심장박동도 빨라졌다. 이러다 얼굴까지 빨개지는 건 아니겠지?

"긴장 풀어요."

제혁은 부드럽게 속삭이며 이마 위로 흘러내린 지은의 앞머리를 넘겨주었다.

"똥차가 지금 우리를 뚫어지게 노려보고 있으니까."

그게 무슨 말이냐고 물어보려던 찰나, 지은의 머릿속에 느낌표가 떠올랐다. 똥차 가고 벤츠 온다! 제혁이 덧붙인 말이 그녀의 짐작에 확신을 더했다.

"사람 심리가 헤어진 연인 옆에 자신보다 멋진 상대가 있으면 자신이 똥차가 된 것 같거든요."

아무리 부정하려고 해도 민제혁이란 남자가 찌질이 이상후보다 백배 천배 더 멋있는 건 사실이었다.

하지만 그는 왜 이런 행동을 하는 걸까? 그저 순수하게 헤어진 남친 앞에서 도와주려고? 아니면 단순한 수컷의 경쟁 심리일까?

"여기서 실습 한번 하죠."

제혁은 입가에 빙그레 미소를 지었다.

"지금 이 자리에 내가 아니라 수의사 선생과 있다고 상상해봐요. 두 사람은 이미 사귀는 사이이고. 어떻게 할 겁니까?"

글쎄, 어떻게 할까? 상후에게 보여주려고 일부러 가까운 척을 할까? 다정한 모습을 보여주고 싶겠지?

"물론 내가 성인군자도 아니고, 오버해서라도 깨가 왕창 쏟아지는 모습을 보여주고 싶겠죠. 하지만 여기서 얼마나 더 가까운 척을 해야 하는 거죠? 이미 충분히…… 앗."

말이 채 끝나기도 전에 제혁은 지은을 품속으로 끌어당겼다. 그리고 그녀의 관자놀이에 입술을 꾹 눌렀다.

"아무렇지 않은 척하지 말아요. 이렇게 떨고 있으면서."

귓가에 흘러드는 제혁의 목소리에 지은은 마른침을 꿀꺽 삼켰다. 지금 그녀가 떨고 있는 건 상후 때문이 아니라 제혁 때문인데……. 하지만 군이 말해줄 필요가 있을까?

지은은 제혁의 가슴에 얼굴을 기댄 채, 가만히 눈을 감았다. 그의 따뜻한 품이 상후의 기분 나쁜 눈빛으로부터 보호해주는 것만 같았다.

'저 두 사람 얼마나 오래 사귄 거지?'

꼭 끌어안은 지은과 제혁을 바라보던 상후의 얼굴에 비릿한 미소가 떠올랐다.

제길! 상후는 자신의 바보 같은 실수를 떠올리며 속으로 욕설을 퍼부었다. 부자는 망해도 삼대는 간다는데, 그땐 너무 경솔했었다. 아무리 SB그룹의 재정 상태가 나빠졌다고 해도 로펌 대표 변호사보단 나을 텐데.

그뿐인가? 7년이 지난 후, SB그룹은 재계 20위 안에 들어갈 정도로 번창했다. 상후는 닭 쫓던 개가 된 기분으로 지은을 바라보았다. 이젠 너무나 높은 지붕에 올라가버려 손댈 수도 없게 되다니.

지은의 옆에 있는 남자 역시 마음에 들지 않았다. 반반한 외모 빼곤 내세울 것도 없는 것 같은데 어떤 녀석인지 완전히 땡잡았군. 부러운 마음에 자꾸만 목구멍으로 신물이 올라와 더는 두 사람과 같은 공간에 있고 싶지 않았다.

"여기 음식 별로인 거 같아. 더 좋은 데 가자."

상후는 애리를 설득해 서둘러 자리에서 일어났다.

"두 사람 나갔습니다."

애리와 상후가 레스토랑을 빠져나가자, 제혁은 끌어안았던 지은을 품에서 놓아주었다. 아주 짧은 순간이었지만, 지은은 왠지 모를 허전함을 느꼈다. 하지만 곧 지은은 싱숭생숭한 마음을 애써 무시해버리고 다시 포크를 집어 들었다. 그러곤 파스타를 포크로 돌돌 말아 입으로 가져갔다.

그러나 결국 한 입도 먹지 못하고 다시 포크를 내려놓았다. 가슴이 두근거려서 음식이 목구멍으로 넘어가지 않을 것 같았기 때문이었다.

도경은 자신의 눈을 믿을 수 없다는 듯 미간에 주름을 잡았다. 벽 쪽 테이블에 앉아 맥주를 마시는 남자는 정우빈이 틀림없었다. 서울에서는 우연이라도 부딪치지 않았던 우빈을 부산에 와서 보게 되다니.

멀리서 보기엔 비슷한 사람이라고 할 수 있겠지만, 지금 우빈이 입은 스웨터는 작년 크리스마스에 지은이 선물한 옷이 분명했다. 지은의 손에 이끌려 함께 쇼핑에 나섰기에 모르려야 모를 수가 없었다. 최고급 명품이면서 절대로 명품 티가 나지 않는 옷을 고르기 위해 엄청나게 고생했으니까.

"저, 잠시만 실례할게요."

도경은 직장 동료에게 잠시 양해를 구한 후, 우빈이 앉아 있는 테이블로 다가갔다.

"정 쌤!"

동행과 대화를 나누던 우빈이 소리가 나는 쪽으로 고개를 돌렸다.

"도경 씨."

그 역시 이곳에서 도경을 만났다는 사실에 깜짝 놀란 듯했다.

"정 쌤, 부산엔 어쩐 일이세요? 전 지금 출장 중이거든요."

"저는 경주 유기 동물 보호소에 들렀다가 친구도 만날 겸 부산으로 왔습니다."

"이번 주말은 지방을 도시는구나."

"네. 아, 이쪽은 제 친구예요."

우빈의 친구는 이미 술을 꽤 많이 마셨는지 눈에 초점이 풀려 있었다.

"유기 동물 보호소에서 나와 함께 봉사하는 분이야."

우빈이 도경을 소개하자 친구는 손에 들고 있던 맥주잔을 탁 내려놓았다.

"아, 이분이 방금 네가 말한 그분이냐? 지붕 위로 날아간 닭?"

순간 우빈의 얼굴이 당혹스럽게 일그러졌다.

"죄송합니다. 제 친구가 좀 취해서."

"왜? 네 아픈 사연 들어주느라 속이 문드러져서 마셨다. 멍청한 자식!"

아픈 사연? 무슨 뜻인지 몰라 고개를 갸우뚱거리는 도경을 향해 우빈의 친구가 한마디 덧붙였다.

"댁이 그러니까 푸들 푸드들 닭 맞죠? 우리 우빈이 설레게 하고, 지붕 위로 휙 날아가버린."

푸들 푸드들 닭? 수수께끼 같은 소리에 도경은 살며시 눈살을 찡그렸다. 누군가를 닭이라고 칭하는 건 그리 좋은 표현이 아니기에. 게다가 '푸들 푸드들'이라니. 닭이 '파닥 파다닥'거리지 '푸들 푸드들'거리진 않잖아?

"죄송합니다, 도경 씨. 친구가 술이 좀 약해서요."

"괜찮아요. 저, 이만 가볼게요. 서울에서 봬요."

더 있다간 우빈이 곤란한 상황에 빠질 것 같아 도경은 서둘러 자리로 돌아갔다. 그녀는 의자에 앉으며 힐끗 우빈의 테이블을 바라보았다.

우빈은 친구에게 뭐라고 한마디 하는 듯, 화난 표정이었다. 정 쌤 저런 표정 본 적 없는데 화나니까 꽤 살벌하네? 슬그머니 시선을 돌리던 도경의 뇌리에 스치듯 한 가지 생각이 떠올랐다.

잠깐! 푸들 푸드들? 지붕 위에 올라간 닭?

도경은 멍한 표정으로 크게 입을 벌렸다.

설마! 아니겠지? 그녀의 짐작이 맞는다면 이건 완전 대박이었다.

"저, 다시 잠시만."

도경은 부랴부랴 핸드백에서 휴대폰을 꺼내 들고 자리에서 일어섰다.

"사진 찍을 곳이 많아서 좋긴 좋네요."

밖으로 나온 지은은 화려한 조명에 빛나는 타워를 물끄러미 올려다보았다. 어느덧 남산에서 내려가야 할 시간이 다가오고 있었다.

"아쉽다."

아무리 사진을 잘 찍는다고 해도 눈부신 야경 그대로를 완벽하게 담을 순 없었다. 마음에 드는 사진을 건지기 위해 이리저리 찍어보는 지은을 제혁은 불평 없이 기다려주었다.

"한 장만 더 찍고 가요."

따라라라라ー. 마지막 사진을 찍는데 갑자기 휴대폰이 울렸다.

"어, 언니."

발신자를 확인한 지은은 재빨리 통화 버튼을 눌렀다.

[지은아, 어디야?]

"여기? N 서울 타워. 왜? 언니는 아직 부산이지?"

[어, 그래. 나 아직 부산이야. 남산 타워면 그 남자랑 같이 있니? 데이트?]

"응."

주말 중 하루는 꼭 데이트해야 한다는 걸 알면서 뭘 새삼스럽게 물어보나?

[지은아, 저기…….]

"응, 언니. 말해."

[후우.]

도경은 선뜻 말을 꺼내지 못하고 한숨만 푹푹 내쉬었다. 무슨 일이지?

[지은아, 너……. 내가 아주 신중한 거 알지?]

"갑자기 그건 왜?"

[그러니까…… 아, 아니다. 내가 아주 신중히 고민하고 나서 확실해지면 말해줄게. 하여간 서울에 올라가서 보자.]

그 말을 끝으로 도경은 전화를 끊어버렸다.

이게 무슨 뚱딴지같은 소리래?

평소에도 도경은 가끔 엉뚱한 소리를 하긴 했지만 오늘 그녀의 목소리는 뭔가 불안하게 떨리고 있었다. 그러나 잠시 후 버스 타는 곳에 도착한 지은은 도경과 통화한 내용을 모두 잊어버렸다.

"말도 안 돼!"

지은은 눈앞에 펼쳐진 풍경에 할 말을 잃고 말았다. 버스 타는 곳은 발 디딜 틈도 없이 사람으로 꽉 채워져 있었다. 지은이 공포에 질린 얼굴로 제자리에 멈춰 섰다. 아까 올라올 때 보았던 줄보다 수십 배는 더 길어 보였다. 버스에 올라타기도 전에 줄 서는 과정에서부터 이리저리 사람에 치일 게 뻔했다. 지은은 도저히 버스에 탈 엄두가 나지 않았다.

"순환 버스 타는 것 말고 다른 방법은 없나요?"

"산책로로 걸어 내려가면 되는데 그 구두론 불편할 겁니다."

"올라오는 거라면 몰라도 내려가는 건 괜찮을 거예요."

지은은 짐이 될까 봐 편한 신발을 사무실에 맡기고 온 걸 후회했다. 하지만 어쩌랴. 후회하긴 이미 늦은 것을.

"천천히 걸어서 내려가면 되죠."

내려가는 길은 대부분 평평한 편이었고 가로등이 환하게 비추고 있어 그리 나쁘진 않았다. 물론 그렇게 느낀 건 처음 산책길을 걷기 시작할 때였다. 편한 신발이었다면 아무렇지 않았을 테지만, 그녀는 굽이 있는 구두를 신은 상태였다.

걷고 또 걸어도 끝이 나지 않을 것만 같은 산책로가 계속해서 이어졌지만 도중에 그만둘 순 없었다. 지은은 이를 악물었다. 하지만 그것도 잠시…….

"흐음."

지은은 발뒤꿈치에 따끔한 통증을 느끼며 걸음을 멈추었다. 아무래도 발뒤꿈치가 심하게 까진 것 같았다.

"왜 그래요?"

보조를 맞추어 걷던 제혁도 지은을 따라 걸음을 멈추었다. 아랫입술을 깨문 지은의 얼굴을 본 순간, 제혁은 뭔가 잘못됐음을 느꼈다.

"발목 삐었어요?"

"아뇨. 그게 아니라 발뒤꿈치가…….."

지은은 허리를 구부려 발뒤꿈치에 손을 가져갔다. 제혁은 무릎을 구부려 그녀를 기대게 한 후, 조심스럽게 구두를 벗겨 내었다.

"아니, 도대체."

생각했던 것보다 상태가 더욱더 좋지 않았다. 제혁은 살갗이 벗겨져 피가 배어난 지은의 발뒤꿈치를 보며 눈살을 찌푸렸다.

"발이 이렇게 되도록 참으면 어떻게 합니까?"

"처음에는 약간 쓰라린 정도여서 참을 만했거든요."

스타킹만 신은 발로 차가운 땅을 밟게 되자 이젠 다리마저 후들거렸다. 아무리 평평한 편이라고 해도 구두를 신고 산책로를 내려오는 건 역시 무리였나 보다.

"할 수 없군."

제혁은 무릎을 굽혀 지은에게 등을 내밀었다.

"업혀요. 내려가려면 아직 한참 더 가야 하니까."

"그렇다고 어떻게……."

지은은 당황한 나머지 더 이상 말을 이을 수가 없었다. 갓난아기일 때조차 다리가 휘어질지 모른다는 주위의 호들갑 때문에 업혀본 적 없는 그녀였다. 지은이 머뭇거리자, 제혁은 험상궂게 인상을 찡그렸다.

"지금 그 발로 걷겠다는 겁니까?"

"그건 아니지만."

"그럼 안아줘요?"

그 말이 끝나기가 무섭게 제혁은 그녀의 무릎에 손을 넣어 가볍게 안아 올렸다.

"까악!"

지은은 반사적으로 비명을 지르며 두 손으로 제혁의 목을 꽉 끌어안았다. 지은은 지금 자신에게 일어난 일을 믿을 수 없었다.

공주님 안기라니! 영화 '슈퍼맨' 또는 '스파이더맨'에서나 가능한 장면 아닌가?

아무리 그가 힘센 남자라고 해도 이런 자세로 산책로를 내려가는 건 말도 안 되는 일이었다. 할 수 없다. 못 이기는 척 업힐 수밖에……

"알았어요. 업힐 테니까 제발 내려줘요."

지은이 백기를 든 후에야 제혁은 그녀를 다시 땅에 내려놓았다. 이어서 제혁은 지은 쪽으로 등을 돌리곤 무릎을 굽히고 앉았다. 그의 널찍한 등이 오늘따라 더욱더 넓게만 느껴졌다.

지은은 긴장을 풀기 위해 숨을 들이마시며 주위를 둘러보았다. 다행히도 늦은 시각이라 산책로를 걸어 내려가는 사람은 그리 많지 않았다.

창피하게 생각하지 말자! 발뒤꿈치가 까져서 더는 걸을 수 없어 업히는 것뿐이다. 난 부상자니까!

지은은 애써 마음을 가다듬으며 조심스럽게 제혁의 등에 업혔다. 그녀를 등에 업은 채로 제혁은 전혀 흔들림 없이 가뿐히 자리에서 일어섰다. 대부분의 사람들은 지은을 업은 제혁을 무심한 얼굴로 힐끗 쳐다보곤 그대로 지나쳤다. 모두 사랑에 빠진 평범한 연인이라고 생각할 것이다.

불편할 거라고 생각했는데 막상 업히고 나니 그의 넓은 등은 편하고 아늑하기만 했다. 지은은 가만히 제혁의 어깨에 얼굴을 기대었다. 맞닿은 제혁의 등을 통해 따뜻한 온기가 전해져오자, 지은은 묘한 설렘을 느꼈다. 누군가에게 보호받는 느낌이랄까. 소중히 여겨지는 느낌이랄까. 딱히 뭐라고 정의를 내릴 순 없었지만, 마음이 부드럽게 녹아드는 것만은 틀림없었다.

어느새 지은은 화끈거리던 발뒤꿈치의 통증을 까맣게 잊어버렸다.

"……저 그런데 무겁지 않아요?"

잠시 망설이던 지은은 용기를 내어 물어보았다. 술병 탓에 강제로 다이어트를 한 게 그래도 천만다행이었다. 3kg이나 가벼워진 게 어디야? 그런데 무슨 이유에서인지 제혁에게선 아무런 대답도 돌아오지 않았다. 너무 무거워서 말도 할 수 없는 걸까? 지은은 곤혹스러운 얼굴로 미간을 찌푸렸다.

"……글쎄."

한참 뜸을 들인 후에야, 제혁이 덤덤한 목소리로 말했다.

"지금까지 조카 말고는 업어본 적이 없어서 무겁다 아니다 말 못하겠군요."

조카밖에 업어준 적이 없다고? 대뜸 업어준다고 해서 여자친구를 업어준 경험이 있을 거라고 예상했는데 아닌가 보다. 그럼 내가 처음인 거야?

지은 역시 누군가에게 업힌 건 지금이 난생처음이었다. 문득 지은은 제혁에게 말로 표현할 수 없는 고마움을 느꼈다.

"정말 고마워요. 매번 도와주는데 고맙다는 인사 한 번 제대로 못했네요."

이번에도 제혁은 잠시 틈을 두었다 차가운 목소리로 말

했다.

"……그런 말할 필요 없습니다. 인사를 받으려고 한 건 아니 니까."

하지만 싸늘한 목소리와는 달리 가슴과 맞닿은 그의 등은 녹아들 것처럼 따뜻했다. 어쩌면 제혁은 겉은 딱딱해 보여도 속은 부드러운 남자일지도 모르겠다. 그렇지 않고서야 발뒤꿈 치 좀 까졌다고 업어줄 리가 있겠는가. 지은은 제혁의 목덜미 에 얼굴을 묻으며 수줍게 중얼거렸다.

"나, 열심히 노력해서 꼭 고백 성공할게요."

그녀 딴에는 최대한의 감사 표현이었을지도 모르겠다. 하지 만 듣는 제혁은 기분이 좋지 않았다. 아무리 일편단심이라고 해도 너무하잖아. 다른 남자의 등에 업힌 순간에도 수의사 선 생을 들먹이다니!

물론 그녀가 우빈과 잘돼야 나중에라도 골치 아픈 일이 일 어나지 않을 것이다. 하지만 그래도 뭔가 입맛이 씁쓸한 것은 사실이었다. 그뿐 아니라 말할 때마다 그녀의 따뜻한 숨결이 귓가를 간질였다. 그 때문에 제혁은 잠시 뜸을 두었다가 대답 해야만 했다.

무겁지 않느냐고? 이상하게도 제혁은 지은의 무게를 전혀 느낄 수 없었다. 마치 깃털이 내려앉은 것 같았다. 오히려 등 에서 전해오는 따뜻한 체온과 상큼한 향이 내딛는 발걸음을 가볍게 했다. 주차장이 점점 가까워지고 있는 게 아쉬울 정도 였다.

어째서일까? 한시라도 빨리 도착하고 싶은 게 정상일 텐데. 제혁은 혼란스러운 마음에 도착할 때까지 입을 꾹 다물었다.

"여기서 기다려요. 구급상자 가져올 테니까."

제혁은 지은을 조수석에 앉힌 후, 트렁크를 열어 구급상자를 꺼냈다.

"그럴 필요 없어요. 집에 가서 치료하면 돼요."

그녀는 치료를 사양했지만, 제혁은 구급상자를 열고 소독약을 꺼냈다. 발목을 잡는 제혁의 따뜻한 손길을 느끼며 지은은 가만히 숨을 들이마셨다.

"발이 꽁꽁 얼었군."

제혁은 지은의 발목을 어루만지며 혼잣말처럼 중얼거렸다. 한 번도 눈여겨보지 않았는데 손에 잡힌 지은의 발목은 유난히 가늘었다. 이러다 부러지지 않을까 걱정될 만큼 가느다란 발목이었다.

요즘 들어 지은에 대해 몰랐던 부분들이 하나둘씩 눈에 들어오고 있었다. 그게 무엇을 뜻하는지는 아직 모르겠지만……

세심하게 발뒤꿈치의 상처를 들여다보던 제혁은 미간을 살짝 찌푸렸다. 피가 굳으면서 스타킹과 상처가 함께 엉겨 붙은 상태였다. 상처를 치료하려면 스타킹부터 제거해야 했다.

"스타킹 찢을 거니까 싫으면 말해요."

지은이 싫다고 말할 겨를도 없이, 제혁의 손에 스타킹이 종잇장처럼 '찌익' 찢어졌다.

"아프더라도 참아요."

제혁은 한 손으로는 그녀의 종아리를 잡고 다른 한 손으로는 상처에 엉겨 붙은 스타킹을 단숨에 떼어냈다.

"흡."

지은의 입에선 짧은 신음이 흘러나왔다. 단순히 통증 때문은 아니었다. 그보다는 제혁의 손바닥에 맞닿은 살갗이 화끈거리며 욱신거려서였다.

찬 바람에 얼은 피부 위로 따뜻한 손이 닿아서일까? 제혁의 손길이 닿는 곳마다 그녀의 몸이 민감하게 반응했다.

"소독약으로 닦아낼 거라서 조금 따끔거릴 겁니다."

제혁은 건조한 목소리로 말하며 소독약의 마개를 열었다. 그의 손이 다시 발목을 감싸자 지은은 살며시 아랫입술을 깨물었다. 간질간질 미묘한 감각이 느릿하게 온몸으로 퍼져나가고 가슴 또한 아릿하게 조여왔다. 이럴 바에는 극심한 통증을 느끼는 편이 나을지도 모르겠다. 소독약으로 상처 부위를 조심스럽게 닦아낸 제혁은 양 발뒤꿈치에 반창고를 붙여주었다.

"끝났습니다."

치료를 끝낸 제혁이 그녀를 향해 고개를 들어 올렸다. 순간 두 사람의 시선이 마주쳤다. 단지 눈길이 닿았을 뿐인데도 지은은 숨이 막히는 것만 같았다. 그의 손은 아직도 그녀의 발목을 감싸고 있었다. 어서 놓아주었으면 하는 마음과 이대로 계속 잡아주었으면 하는 마음이 복잡하게 얽혀 들었다. 이윽고 발목을 잡았던 손이 떨어져나가자, 지은은 저도 모르게 한

숨을 내쉬었다.

"고마워요."

제혁은 보일 듯 말 듯 미소를 머금더니 구급상자 안에서 막대 사탕을 꺼내 불쑥 내밀었다.

"안 울고 버텼으니까 상을 주죠."

지은은 의아한 눈으로 동그란 막대 사탕을 바라보았다. 갑자기 막대 사탕은 왜?

"치료가 끝날 때까지 울지 않으면 조카에게 상으로 막대 사탕을 주거든요. 그래서 항상 구급상자에 막대 사탕을 넣고 다닙니다."

그러니까 지금 그 말은 울지 않고 얌전히 치료받았으니까……. 말뜻을 깨달은 지은은 기가 막힌다는 듯 헛웃음을 내뱉었다.

"하, 그러니까 내가 그쪽 조카처럼 기특하다는 말이에요?"

"이럴 땐 또 눈치가 빠르군."

미치겠다, 정말! 상대는 완전 꼬마 취급하는데, 나 혼자만 괜스레 두근거린 꼴이잖아! 지은은 뾰로통한 얼굴로 그가 내민 막대 사탕을 낚아채듯 손에 쥐었다. 그리고 냉큼 포장을 벗겨 막대 사탕을 입 속에 집어넣었다. 한 번에 사탕을 와작 씹어버리고 싶었지만 치아 건강을 위해서 꾹 참았다.

제혁은 의약품을 다시 구급상자에 넣은 후, 자리에서 일어나 트렁크로 걸어갔다. 트렁크를 열고 구급상자를 집어넣던 그는 잠시 동작을 멈추고 피식 입매를 비틀었다.

고작 발뒤꿈치 하나 치료하면서 이상한 감정에 휩쓸리다니. 혹시라도 들뜬 감정을 들킬까 봐 제혁은 장난하듯 막대 사탕을 건넸다. 제혁은 트렁크를 닫고 운전석으로 돌아가며 제 손바닥을 들여다보았다. 손바닥에 닿는 살갗이 너무나 부드러워 저절로 탄식이 흘러나왔다. 아직도 그녀의 피부 감촉이 남아 있는 것만 같아 가슴이 두근거렸다.

"후우."

제혁은 허탈하게 웃으며 고개를 흔들었다. 별거 아닌 접촉에 사춘기 소년처럼 반응하다니.

그가 차에 올라타자, 지은은 막대 사탕을 물어 한쪽 뺨이 볼록해진 얼굴로 제혁을 향해 고개를 돌렸다.

"맛있습니까?"

지은은 눈꼬리를 휘며 가볍게 고개를 끄덕거렸다.

"덕분에 오랜만에 막대 사탕을 먹어보네요."

기분 나빠하는 표정을 지어 보일 땐 언제고, 지은은 진심으로 막대 사탕을 즐기는 것 같았다. 저번에도 초콜릿을 먹으며 광고를 찍더니 이번도 마찬가지였다. 자꾸만 그녀의 입으로 눈길이 향했다. 사탕의 달콤한 향이 심장박동을 빠르게 하고, 사탕의 사각거리는 소리가 청각을 자극했다.

괜히 줬나? 막대 사탕을 빼앗아 창밖으로 던져버릴까 하는 충동을 참으며 제혁은 오디오 버튼을 눌렀다. 스피커에선 베토벤의 월광 소나타 1악장이 흘러나왔다. 목적지에 도착할 때까지 제혁은 운전에만 신경을 집중했다. 일요일 늦은 시간이라 교통 체증은 그리 심하지 않았다.

"혼자 걸어서 들어갈 수 있겠습니까?"

차를 세우며 제혁이 건조한 목소리로 물었다.

"그럼요. 바로 집 앞인걸요."

지은은 다 먹지 못한 막대 사탕을 입에서 빼내고는 서둘러 포장지로 감쌌다.

"내가 버릴 테니까 그거 이리 줘요."

"집에 가서 버리면 되는데……."

제혁은 그녀의 사양에도 불구하고 묵묵히 손을 내밀었다. 지은은 할 수 없다는 듯 제혁에게 막대 사탕을 건네주었다.

"바래다줘서 고마워요. 조심해서 들어가요."

"내일 회사에서 보죠."

제혁은 지은이 대문 안으로 들어가는 모습을 확인한 후에야 차를 출발시켰다. 그의 손에는 지은이 남기고 간 막대 사탕이 들려 있었다. 도로에 시선을 고정한 채로 제혁은 사탕이 쥐어진 손을 꽉 움켜쥐었다.

사탕의 달콤한 향이 손을 통해 몸으로 흘러들어 오는 것만 같았다. 스피커에서 나오는 월광 소나타는 어느새 3악장으로 넘어가 있었다.

그의 심장박동이 태풍처럼 휘몰아치는 피아노 연주를 따라 서서히 빨라지고 있었다.

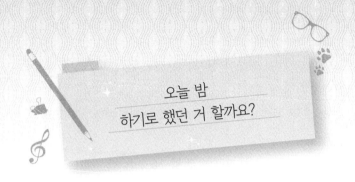

오늘 밤 하기로 했던 거 할까요?

월요일 아침, 로비 1층.

제혁은 엘리베이터 앞에 선 지은을 발견하고 걸음을 멈추었다. 그의 시선은 자동으로 아래를 향했다. 오늘 그녀는 굽이 낮은 단화를 신고 있었다. 다친 곳은 어떠냐고 묻는 대신 제혁은 지은을 지나쳐 로비 커피숍으로 들어갔다. 마시지도 않을 커피를 사서 나오자, 엘리베이터를 탔는지 지은의 모습은 보이지 않았다.

"어어, 민 실장님! 좋은 아침."

뒤를 돌자, 경민이 유 비서와 함께 걸어오고 있었다. 제혁은 손에 든 커피를 경민에게 건넸다.

"커피 드시죠."

"뭐야? 나 주려고 준비했어?"

경민이 과장된 표정으로 놀란 척하자 제혁은 무뚝뚝하게 대답했다.

"아뇨. 들고 있기 귀찮아서……."

"또, 또 아닌 척은. 나 주려고 샀으면서."

커피 한 잔에 기분이 좋아진 경민은 환하게 웃으며 제혁의 어깨에 팔을 올렸다.

"잠깐 내 사무실로 올라올래? 세미나에 관해서 의논할 게 있는데."

"오늘 오후에 컨벤션 센터로 갈 예정입니다. 거기서 의논하죠."

"그럴까?"

경민의 사무실로 올라가면 지은과 부딪칠 게 분명했다. 그녀와 마주치지 않으려고 커피까지 산 노력을 물거품으로 만들고 싶진 않았다.

어젯밤 제혁은 회사 내에선 되도록 지은과 부딪치지 말아야겠다고 다짐했다. 일주일에 한 번 만나는 것만으로도 그녀의 존재가 가깝게 다가오고 있었다. 주중에는 그녀를 보지 않는 게 안전할 것이다. 그렇다고 지은에게 이성으로서 끌리거나 매력을 느끼는 건 절대로 아니었다. 그저…….

제혁의 얼굴에 어두운 그림자가 내려앉았다. 지은의 얼굴이 문득문득 머릿속에 떠오르는 횟수가 잦아졌을 뿐이었다. 같이 있는 시간이 길어지다 보니 자연스럽게 나타나는 현상일 것이다.

다행스럽게도 제혁은 미래를 주도하는 AI 개발 세미나에 참여하느라 일주일 내내 외부에서 지낼 수 있었다.

경민은 TF 팀을 위해 컨벤션 센터와 가까운 호텔에 최고급 응접실과 10명을 수용할 수 있는 회의실, 비서관 전용 객실이 포함된 로열 스위트룸을 잡아주었다. 집이 먼 곳에 있는 직원 몇 명은 스위트룸에 묵었고 나머지는 컨벤션 센터로 출퇴근했다. 목요일 퇴근 무렵, 경민이 불쑥 스위트룸을 방문했다.

"지금 수정하려면 너무 늦었을까?"

경민의 손에는 두툼한 파일이 들려 있었다. 갑자기 수정하는 경우가 종종 있는 터라, 제혁은 잠자코 손을 내밀었다.

"이건 없던 내용이잖아요?"

경민이 넘겨준 자료를 훑어보던 제혁이 인상을 찡그렸다. 단순 수정으로 끝낼 작업이 아니었다.

"오늘 아침에서야 독일에서 자료를 보내왔거든. 꼭 필요한 내용이야."

"번역만 해도 이틀은 걸립니다."

"무슨 소리! 우리에겐 지은 씨가 있잖아. 안 그래?"

동시에 문이 열리고 지은이 스위트룸 안으로 들어왔다. 제혁은 표정을 굳히며 싸늘하게 경민을 노려보았다.

"아무리 그래도 이 많은 걸 오늘 안에 번역할 순 없습니다."

"네. 민 실장님 말이 맞아요. 그건 무리입니다, 상무님."

어느새 옆으로 다가온 지은이 제혁을 거들었다. 하지만 그것도 잠시뿐이었다.

"밤새도록 번역한다면 또 모를까요."

지은의 입에서 나온 '밤새도록'이란 단어에 제혁은 크게 눈살을 찌푸렸다. 반대로 경민은 입가에 미소를 띠었다.

"그러면 밤새요. 대신 월요일 하루 쉬게 해줄게요."

"네, 상무님. 알겠습니다."

알긴 뭘 알아! 제혁은 기가 막힌다는 얼굴로 지은과 경민을 번갈아 노려보았다.

"발표를 하루 앞두고 대대적으로 손보는 건 위험합니다."

"괜찮아. 발표자는 나니까. 망쳐도 내 선에서 처리할게."

"상무님!"

"고마워. 그럼 수고해."

경민은 제혁의 말을 한 귀로 듣고 한 귀로 흘린 후, 유 비서와 함께 스위트룸을 빠져나갔다. 지은은 태연한 얼굴로 경민이 남기고 간 자료를 훑어보았다.

"꼭 이렇게까지 무리할 필요 있습니까?"

"무리하는 거 아닌데요. 번역하다 보면 자주 밤새우거든요."

제혁의 속마음도 모르고 지은은 아무렇지 않다는 듯 웃어 보였다.

"누가 그걸 몰라서……. 후우, 됐습니다."

제혁은 짧게 한숨을 내쉬며 고개를 내저었다. 이미 경민이 결정을 내리고 떠났기에 다시 무를 수도 없었다.

"생각보다 꽤 많은데, 정말 오늘 밤 안으로 번역할 수 있겠습니까?"

제혁은 소모적인 언쟁을 하는 대신 경민에게 받은 나머지 자료를 지은에게 넘겼다.

"잘하면 꼬박 새우진 않아도 될 거예요. 새벽 4시면 끝나려나?"

그녀는 심각한 표정으로 중얼거리더니 곧바로 자리에 앉아 번역을 시작했다. 저녁도 간단한 샌드위치로 해결하고 계속해서 작업에 매달렸다.

11시가 넘자 팀원 대부분이 퇴근했고 집이 먼 직원은 스위트룸과 연결된 객실로 향했다. 끝까지 남아서 작업하던 제혁도 퇴근 준비에 들어갔다. 아침 일찍 원고 수정 작업에 들어가려면 지금이라도 집에 가서 쉬어야 했다. 그때까지도 지은은 같은 자리에 앉아서 번역에 열중하고 있었다.

"모두 내일 아침 6시쯤에 출근할 겁니다. 그때까지 끝날 것 같습니까?"

"네."

지은은 자료에서 시선을 돌리지 않은 채로 짧게 대답했다. 그녀의 앞에는 아직도 많은 분량의 자료가 쌓여 있었다. 저걸 다 언제 끝내려고……. 지은을 남겨두고 가려니 목에 가시가 걸린 것 같았지만, 제혁은 애써 발길을 돌렸다. 그녀가 자처한 일이니까 스스로 알아서 끝낼 것이다.

집에 돌아온 제혁은 뜨거운 물로 샤워를 하고, 잠을 청하기 위해 눈을 감았다. 하지만 30분도 넘기지 못하고 저절로 눈이 떠졌다. 혼자 남아서 작업하는 지은의 모습이 자꾸만 떠올라 도저히 잠을 잘 수 없었다. 이리저리 뒤척거리던 제혁은 결국 잠들기를 포기하고 침대에서 일어났다.

텅 빈 새벽 거리를 달려 호텔에 도착하니, 어느새 새벽 3시에 가까웠다. 스위트룸은 주 조명은 꺼져 있고 은은한 보조 조명만이 실내를 밝히고 있었다. 회의실로 들어서니 노트북을 켜둔 채로 테이블에 엎드려 잠든 지은의 모습이 눈에 들어왔다. 번역이 필요한 서류는 그가 떠날 때와 비교해서 현저히 줄어 있었다. 제혁은 소리 나지 않게 의자를 뺀 후 지은의 옆에 자리를 잡았다.

왜 사서 고생인지……. 제혁은 잠든 지은의 얼굴을 물끄러미 바라보았다. 흘러내린 머리카락 때문에 얼굴을 제대로 볼 수 없자, 제혁은 머리카락을 살며시 쓸어 올렸다. 손끝에 닿은 부드러운 촉감이 지난 주말의 일들을 떠올리게 하자, 제혁은 저도 모르게 그녀의 뺨을 살며시 어루만졌다.

"……으음."

정체를 알 수 없는 묘한 느낌에 지은은 눈꺼풀을 힘겹게 들어 올렸다. 흐릿한 윤곽이 지은의 눈앞에서 아른거렸다. 음……? 지은은 미간을 모으며 느릿하게 눈을 깜빡거렸다. 꿈속에서 봤던 남자와 비슷한 누군가가 그녀의 앞에 앉아 있었다.

잠에서 깨어나기 직전 굉장히 기분 좋은 꿈을 꾸었다. 포근하고 따뜻하고 말랑한……. 머리를 쓰다듬어주는 느낌이 너무나도 좋았더랬다. 흐렸던 초점이 서서히 선명해지며 또렷한 모습을 드러냈다. 앞에 있는 사람은 그러니까…….

"헉!"

제혁을 알아본 지은은 화들짝 놀라며 상체를 일으켰다. 그는 어제 분명 아침 6시에 오겠다고 하고 퇴근했었다. 제혁이 여기 있다는 건 벌써 아침이 됐다는 뜻이었다. 잠깐 눈 좀 붙인 건데, 언제 시간이 이렇게 됐지? 분명히 30분 알람 설정을 하고 잠이 들었는데.

"어떡해! 어떡해!"

당황한 지은은 허둥지둥 앞에 놓인 자료를 모았다. 자신 때문에 세미나 발표를 망칠지도 모른다고 생각하니 등줄기에서 식은땀이 흘렀다. 지금이라도 미친 듯이 하면 1시간 안에 끝낼 수 있겠지?

"미안해요. 잠깐 눈 좀 붙이려고 했는데. 빨리 끝낼게요."

지은은 한 손으로 헝클어진 머리를 정리하며 노트북에 패스워드를 입력했다. 손이 부들부들 떨리는 바람에 패스워드가 자꾸만 틀리게 입력되었다. 그러자 제혁이 키보드 위에 놓인 그녀의 손을 잡았다.

"진정해요. 시간 많이 남았습니다."

"네? 시간이 많이 남다니요?"

지은은 어리둥절한 눈으로 모니터 하단에 뜬 시계를 바라보았다. 어째서인지 숫자는 6이 아닌 3을 가리키고 있었다.

그렇다면 새벽 3시? 하아, 다행이다! 지은은 놀란 가슴을 쓸어내렸다. 잠깐! 그러면 이 남자는 왜 여기에 있는 거지? 지은은 의아한 표정으로 제혁을 바라보았다.

"어떻게 된 거예요?"

"번역과 동시에 수정하는 게 나을 것 같아 일찍 왔습니다."

식겁한 지은과 달리 제혁은 무덤덤한 얼굴로 대답했다.

"아……"

지은은 안도의 숨을 쉬며 휴대폰을 확인했다. 알람이 울리려면 아직 15분쯤 남아 있었다.

"먼저 하고 있을 테니까, 지은 씨는 안에 가서 좀 더 자요."

"아뇨. 심장이랑 간이 한꺼번에 떨어져서 잠이 확 달아났어요."

지은은 번역해야 할 자료를 일렬로 정리하고는 빠르게 키보드를 두드렸다. 제혁은 작업하는 지은을 지켜보다가 잠자코 자리에서 일어나 회의실을 걸어나갔다. 그가 회의실을 나가자 지은은 키보드를 두드리던 손놀림을 멈추었다.

너무 놀란 탓일까? 아직도 심장이 걷잡을 수 없이 마구 뛰었다. 지은은 의자를 뒤로 밀어내며 회의실 유리 벽 너머에 서 있는 제혁을 힐끗 훔쳐보았다. 그는 그녀에게 등을 돌린 채로 구석에 있는 세미나 일정 보드를 응시하고 있었다. 다시 돌아올 것이라곤 상상도 못 했는데……. 지은은 속으로 중얼거리며 다시 노트북 화면으로 시선을 돌렸다. 그녀만 남기고 모두 퇴근하고 난 후, 너무 조용하고 고요해서 쓸쓸하다는 생각이 든 건 사실이었다. 왜 무리하면서까지 번역 일을 맡은 걸까? 굳이 그럴 필요는 없었는데……. 아니, 솔직하게 털어놓자면 지은은 그 이유를 알고 있었다. 그건 바로 제혁이 여기에 있었기 때문이다.

"흐음."

지은은 한 손으로 턱을 짚으며 물끄러미 생각에 잠겼다. 어쩐 일인지 이번 주 내내 회사 안에서 제혁을 볼 수 없었다. 나중에야 지은은 유 비서를 통해 제혁의 세미나 일정에 대해 알게 되었다.

'이번 주는 회사에서 못 보겠네.' 하고 무심히 지나치면서도 어딘지 모르게 마음 한구석이 허전했다. 아마도 등에 업혔던 후유증 때문인 듯했다. 그렇다면 주중에는 보지 않는 게 나을 텐데, 이상하게도 마음이 싱숭생숭하니 혼란스러웠다.

퇴근 시간이 가까워질 무렵, TF팀이 머무는 호텔로 가보자는 경민의 말에 지은은 자리에서 벌떡 일어났다. 경민과 대화 중인 제혁을 본 순간, 지은은 반가운 마음에 절로 미소가 떠올랐다.

그래서였다. 번역만 해도 이틀은 걸릴 거란 제혁에게 자신의 능력을 보여주고 싶어 밤을 새워서라도 끝내겠다고 해버렸다. 정말 유아스러운 행동이었다. 그러나 후회해서 뭐하랴. 이미 물은 엎질러졌는데……. 주위를 적시기 전에 닦아내야지.

지은은 다시금 빠르게 손을 놀렸다. 그때 탁, 소리와 함께 그녀의 옆에 머그잔이 놓였다. 고개를 들자 제혁이 무표정한 얼굴로 그녀를 내려다보고 있었다.

"마시면서 해요."

"고마워요."

지은은 조심스럽게 머그잔을 손에 쥐었다. 한 모금 마셔본 지은이 놀란 듯 눈을 동그랗게 떴다. 입 안에 감도는 상큼한 유자 향과 맛이 매우 뛰어났다.

"이거 파는 제품 아니죠?"

"어머님이 직접 담그신 겁니다."

제혁은 그녀가 감기에 걸린 줄 알고 최 여사가 특별히 챙겨 주었다는 말은 생략했다. 아무것도 모르는 지은은 눈꼬리를 반달 모양으로 휘며 '호로록' 차를 홀짝였다. 초콜릿과 막대 사탕에 이어 오늘 그녀는 유자차 광고를 찍는 모양이다. 어떤 맛인 줄 뻔히 아는데도 머그잔을 빼앗아 한 모금 마시고 싶다는 충동이 일었다. 제혁은 애써 충동을 내리누르며 테이블을 돌아 그녀의 맞은편에 앉았다. 그리고 노트북 전원을 켜며 사무적인 말투로 말했다.

"번역을 끝낸 자료부터 우선 클라우드에 올려줘요."

"네."

지은은 고개를 끄덕이며 마우스를 클릭했다. 그 후, 두 사람은 침묵을 지킨 채 서로의 모니터를 응시하며 작업에 열중했다. 가끔씩 '탁탁' 키보드 두드리는 소리만이 조용한 실내에 울려 퍼졌다.

"언니!"

토요일 아침, 유기 동물 센터에서 봉사 중인 도경을 본 지은이 반가운 얼굴로 그녀에게 다가갔다. 캐비닛 안에서 청소 도구를 꺼내던 도경이 지은을 향해 뒤돌아섰다.

"그때 그 전화는 뭐야? 신중하게 생각해보다니, 뭘?"

"아, 그거? 별거 아냐."

도경은 어깨를 으쓱거리며 지은의 손에 청소 도구를 건넸다.

"그런데 지은아."

무언가 말을 꺼내려던 도경은 지은과 눈이 마주치자 설레설레 고개를 내저었다.

"아니, 아니야."

"뭔데 그래?"

"……너, 혹시 초등학교 다닐 때 별명 생각나?"

"초등학교 때 내 별명?"

"너 초등학교 때 머리가 푸들처럼 꼬불꼬불하다고 다들 푸들이라고 불렀잖아. 푸들, 푸드들! 기억 안 나?"

"언니! 왜 갑자기 아픈 기억은 들춰내고 그래?"

지은이 발끈 언성을 높이는데, 그 순간 문이 열리며 경애가 들어왔다. 지은과 도경은 동시에 경애를 향해 고개를 돌렸다.

"어떡하죠? 어젯밤에 솜이가 도망갔대요. 잠깐 현관문을 열어 놨는데, 그새 그렇게 됐다고."

"네? 그럴 리가 없는데……."

지은과 도경은 믿을 수 없다는 듯 되물었다. 겁쟁이 솜이는 평소에도 도망은커녕 케이지 밖으로도 나오려고 하지 않았기 때문이다.

"모르겠어요. 도망갔다고 하니까 그런가 보다 하는 거죠. 우선 동네 주위를 둘러보라고 했어요. 멀리 가진 않았을 테니까."

"솜이 성격에 멀리 가진 못하고 어디엔가 웅크리고 있을 거예요."

"그러길 바라야죠."

지은의 말에 경애는 굳은 표정으로 고개를 끄덕거렸다. 그러나 저녁이 되도록 솜이를 찾았다는 연락은 오지 않았다.

"내 예감인데, 어쩌면 솜이 도망간 게 아닌 것 같아요."

애견 미용 센터 원장과 막 통화를 끝낸 경애가 어두운 얼굴로 말했다.

"감당이 안 되니까 몰래 버린 것 같아요. 금요일 날 입양하고 바로 월요일에 털 손질을 시켰는데 털이 날린다고 아주 바짝 깎았다네요."

"말도 안 돼. 솜이는 푸들이라고요. 푸들은 털 안 빠지잖아요."

"그러니까요. 이 추위에 털을 바짝 깎으면 안 되는데. 그러면서 미용 센터 원장님께 투덜거렸나 봐요. 딸애가 하도 졸라서 입양하긴 했는데 아무래도 실수한 것 같다고."

"가봐야지 안 되겠어요. 솜이가 없어진 곳이 어디예요?"

지은은 자리에서 벌떡 일어났다.

"무작정 간다고 찾을 수 있겠어요? 원장님이 주위에 전단지를 붙인다고 했으니까."

"아뇨. 엄청 추울 텐데 가만히 앉아서 기다릴 수만은 없어요. 제 목소리 들으면 어디 숨어 있다가 나올지도 몰라요."

"알았어요. 무슨 연락이라도 오면 바로 알려줄게요."

지은은 경애에게 주소를 받아내고, 그곳으로 차를 몰았다. 하지만 솔직히 어디서부터 찾아야 할지 막막했다. 우선 입양한 가족이 사는 아파트 주위부터 샅샅이 훑어보기로 했다.

"솜이야! 솜이야!"

낯선 곳에서 떨고 있을 솜이를 생각하자, 가슴이 바늘에 찔리는 것처럼 아팠다. 쉽게 버릴 거면 입양은 왜 했을까. 살아있는 생명체를 장난감처럼 다루는 이들에게 화가 났다.

동시에 후회가 밀려왔다. 이럴 줄 알았으면 좀 더 알아보고 입양 보낼 걸. 입양이 늦어져도 서두르는 게 아니었는데. 모든 게 그녀의 잘못 같아서 솜이에게 미안한 마음에 눈물이 차올랐다.

그때 휴대폰이 울리기 시작했다.

솜이를 찾았다는 전화일까?

지은은 발신자도 확인하지 않고 바로 통화 버튼을 눌렀다.

"여보세요."

[아직 안 끝났습니까?]

휴대폰 너머로 제혁의 목소리가 흘러나왔다. 지은은 그제야 제혁과의 저녁 약속을 기억해냈다.

"미, 미안해요. 오늘 못 만날 것 같아요."

지은은 울먹거리는 소리로 간신히 말을 꺼냈다.

[무슨 일입니까?]

제혁은 그녀의 목소리가 평소와 다르다는 것을 곧바로 눈치챘다.

[목소리가 왜 그래요? 무슨 안 좋은 일이라도 생겼습니까?]

왠지 모르게 제혁의 목소리가 따뜻하게 느껴졌다. 그 때문에 눈물이 왈칵 쏟아졌다.

"……솜이가…… 솜이가 날씨도…… 추운데……."

[솜이? 무슨 말이에요? 솜이라니?]

"……다 내 잘못이에요. 서두르면 안 됐는데……."

[지금 거기 어딥니까?]

"……흐윽."

눈물이 차오르고 목이 메어와 지은은 더 이상 아무 말도 할 수 없었다.

[밖인 것 같은데. 어딥니까?]

"……흑."

대답 대신 흐느낌만이 계속해서 이어지자, 제혁의 인내심이 드디어 한계에 달했다.

[말하라니까! 지금 거기 어디야?]

제혁이 외치는 소리가 휴대폰 너머로 새어 나왔다. 겨우 지은에게 위치를 확인한 제혁은 한 시간도 채 지나지 않아 다급한 얼굴로 달려왔다. 그는 이리저리 골목을 헤매고 있는 지은을 발견하고 눈살을 찌푸렸다.

"신지은 씨."

그녀의 얼굴은 찬 바람에 꽁꽁 얼어 있었고 계속 울었는지 커다란 두 눈은 붉게 충혈돼 있었다.

"도대체 얼마나 밖에서 헤맨 겁니까?"

어제부터 기온이 좀 풀리긴 했지만 밖에서 서너 시간을 헤매기엔 아직은 추운 한겨울 날씨였다.

"……벼, 별……로 그다지 오래……."

추위로 지은의 뺨이 얼어붙은 탓에 발음이 느릿하게 흘러나왔다.

"이런."

제혁은 못마땅한 표정으로 재빨리 장갑을 벗어 얼어붙은 지은의 두 뺨을 양손으로 감쌌다. 전혀 예상하지 못한 제혁의 행동에 지은은 어리둥절한 표정을 지었다.

"……괜, 괜찮아요."

"이렇게 꽁꽁 얼었는데, 괜찮긴 뭐가 괜찮습니까? 따라와요."

제혁은 지은의 손을 잡고 근처 커피숍으로 향했다. 지은은 묵묵히 제혁을 따랐다. 그녀의 손을 꽉 잡은 그의 손이 너무나 따뜻해서 도저히 뿌리칠 수가 없었다. 제혁은 지은을 창가 자리에 앉히고는 뜨거운 커피가 담긴 머그잔을 들고 돌아왔다.

"우선 커피 마시면서 몸부터 녹여요."

그녀가 가만히 있자 제혁은 지은의 손을 잡아 머그잔을 쥐게 했다.

"장갑 안 끼고 다녔습니까? 손이 완전 얼음장이던데."

지은은 고개를 숙여 말없이 머그잔을 내려다보았다.

"……장갑은 없지만, 난 그래도 목도리도 있고 코트도 입었잖아요. 하지만 솜이는…… 아무것도 없다고요. 밖에서 얼마나 추울까."

그녀의 두 눈이 촉촉하게 젖어 들더니 머그잔 안으로 눈물이 '툭' 떨어졌다.

"푸들은 단일모라서 털갈이를 하지 않아요. 그런데도 입양한 주인이 털을 바짝 깎아버렸대요."

단일모인 푸들은 이중모인 강아지보다 추위를 잘 탄다. 그런데 엎친 데 덮친 격으로 솜이는 털까지 밀린 상태로 쫓겨났단다. 지은은 아랫입술을 깨물며 손등으로 눈물을 훔쳐냈다. 여기서 이러고 있을 시간이 없었다. 날이 저물면 더 추워질 테니까.

"다시 나가서 찾아봐야 해요. 저체온증이라도 오면 정말 위험해요."

"무턱대고 나가서 어떻게 찾겠다는 겁니까?"

제혁의 눈에는 사라진 푸들보다 지은의 상태가 더 위태로워 보였다. 그는 지은의 팔을 잡아 다시 자리에 앉혔다. 그녀가 주말마다 유기견 센터에 가는 이유는 오로지 짝사랑하는 우빈을 보고 싶어서라고 생각했었다. 그런데 아닌가 보다. 지은은 진심으로 유기견을 돌보며 걱정하는 듯했다. 그렇다고 해도 자신을 돌보지 않는 지은에게 제혁은 짜증이 났다.

"일부러 버린 것 같다면서? 그렇다면 집 근처가 아니라 먼 곳에 버렸……."

말을 채 끝내기도 전, 제혁은 자신이 실수했다는 걸 깨달았다. 지은의 얼굴이 일그러졌기 때문이다.

"……그렇게까지 나쁜 사람은 아닐 거예요."

제혁의 말에도 일리가 있었다. 최악의 경우 절대로 돌아오지 못하게 멀리 지방까지 내려가서 강아지를 유기하기도 하니까. 그랬기에 지은은 솜이가 걱정돼 억장이 무너지는 것만 같았다.

"어떻게 입양하고 일주일 만에 버려요? 키울 수 없을 것 같으면 다시 센터로 데려와야지. ……흑."

지은은 울음을 참으려 손으로 입을 막았지만, 어깨가 들썩이는 것까지 멈출 순 없었다.

제길! 제혁은 지은의 눈물을 보며 속으로 욕설을 퍼부었다.

지금까지 얼마나 많은 여자가 그의 앞에서 눈물을 쏟았던가!

좋아한다고, 사랑한다고, 내 마음을 받아달라고, 그저 옆에만 있어달라고, 각양각색의 이유를 늘어놓으며 그에게 매달렸었다.

─제혁아, 난 너밖에 없어. 내 말 못 믿겠어?

거짓말을 감추기 위한 뻔뻔한 눈물도 있었다. 그래서 그는 우는 여자의 모습에 신물이 났다. 상대 여자의 눈이 촉촉해지는 순간 그의 마음은 차갑게 식어버렸다. 그랬는데…….

제혁은 소리를 죽이며 혼자 울음을 삼키는 지은을 물끄러미 바라보았다. 그녀의 눈물 때문에 가슴이 찢어질 듯 아팠다. 왜인지 정확한 이유는 모르겠다. 그저 숨이 막히는 것처럼 가슴을 쥐어짜는 통증이 느껴졌다.

"미안해요."

제혁은 팔을 뻗어 지은의 어깨를 끌어당겼다. 그러자 지은은 그가 이끄는 대로 그의 가슴에 힘없이 얼굴을 묻었다.

"그렇게까지 나쁜 사람은 아니길 빌죠."

"……네에."

제혁은 울먹거리느라 말을 잇지 못하는 지은의 머리를 부드럽게 쓰다듬었다. 지은은 솜이를 찾을 때까지 거리를 헤맬 게 분명했다. 할 수 없군. 제혁은 휴대폰을 꺼내 단축 번호를 눌렀다. 신호 음이 몇 번 흐르고 전화가 연결됐다.

"……어, 석준아. 부탁 하나만 하자. ……팬 카페 자유 게시판에 글 좀 올려줄래? 내용은 문자로 보낼게."

전화를 끊자 지은은 의아한 표정으로 그를 바라보았다. 제혁은 설명 대신 지은의 손에 손수건을 쥐여주었다.

"눈물 좀 닦아요."

지은이 눈물을 훔쳐내는 모습을 지켜보던 제혁이 조용히 입을 열었다.

"한 시간만. 딱 한 시간만 여기서 기다려요."

"그건……."

그녀가 반대의 말을 꺼내려 하자, 제혁은 손가락으로 지은의 입을 막았다.

"그다음엔 나도 말리지 않을 테니까 지금은 내가 하라는 대로 해요. 혹시 솜이 사진 구할 수 있습니까? 아까 애견 센터에서 미용하고 찍은 사진 있다고 했죠?"

"네. 있긴 있는데. 그건 왜요?"

"혼자 찾는 것보단 여럿이 찾는 게 훨씬 더 빠를 테니까."

지은은 그의 말을 선뜻 이해할 수 없었지만, 휴대폰에 저장해두었던 사진을 문자로 전송했다. 제혁이라면 솜이를 찾아줄지도 모른다는 실낱같은 희망을 품고서……. 별로 가능성은 없겠지만.

B.W. 팬 카페 자유 게시판에 솜이를 찾는다는 글이 올라가고, 곧이어 연계된 다른 카페에도 글이 실렸다. 여러 군데 사이트에서 유기견을 찾는다는 글과 솜이의 사진이 오르고 30분쯤 지나자, 하나둘씩 제보가 들어오기 시작했다. 하지만 쓸 만한 제보는 없었다. 한 시간쯤 지난 후에야 초등학교 운동장에서 하얀 푸들을 봤다는 신빙성 있는 제보가 올라왔다.

"……알았어. 고마워. 그쪽으로 가볼게. ……응."

석준에게 연락을 받은 제혁은 지은에게로 고개를 돌렸다.

"근처 초등학교 운동장에서 솜이를 닮은 유기견을 본 학생이 있답니다. 추워 보여서 종이 상자 안에 신문지를 넣어서 옆에 두었답니다. 오후 늦게쯤 봤다고 하니까 아직 거기 있을지 몰라요."

그들이 있는 커피숍에서 멀지 않은 곳이었다. 다행히도 주말에는 밤늦게까지 운동장이 개방되어 있어 출입에 어려움은 없었다. 지은과 제혁은 각자 반대편에서부터 둘러보며 운동장 중앙으로 향했다.

"솜이야! 솜이야!"

하지만 두 사람이 운동장 중앙에서 만날 때까지도 솜이의 흔적은 보이지 않았다.

"혹시 모르니까 다른 곳도 찾아볼게요."

지은은 운동장 밖으로 손전등을 비추며 빠르게 걸음을 옮겼다. 제보가 들어온 유기견이 솜이란 확신은 없었지만, 그게 아니더라도 유기견이 있다는 걸 알면서 그대로 발길을 돌린 순 없었다.

한참을 헤맨 후, 지은은 운동장에서 멀리 떨어진 곳에서 상자를 발견할 수 있었다. 운동하는 데 방해가 돼 누군가 그곳으로 옮겨놓은 모양이었다. 손전등으로 상자를 비추자, 안에서 웅크리고 있는 하얀 강아지의 모습이 보였다.

"솜이야?"

지은은 웅크리고 있는 강아지에게 조심스럽게 손을 내밀었다. 익숙한 목소리에 푸들이 천천히 고개를 들어 올렸다. 자신을 부른 이가 지은이란 것을 확인하자, 푸들의 꼬리가 느릿하게 좌우로 움직였다.

"솜이 찾았어요!"

그 말에 제혁이 한걸음에 달려왔다. 지은은 상자 앞에 무릎을 꿇으며 재빨리 코트를 벗었다.

"솜이야, 추웠지?"

털을 어찌나 바짝 깎았는지 분홍색 속살이 군데군데 보일 정도였다. 지은은 솜이의 몸을 코트로 감싸고 품에 끌어안았다.

"이젠 걱정하지 않아도 돼. 솜이야……."

지은이 눈물을 흘리자, 솜이는 혀를 내밀어 뺨에 흐른 눈물을 할짝할짝 핥았다. 느리긴 했지만 꼬리도 살랑살랑 좌우로 흔들었다. 지은은 그런 솜이의 뺨과 이마에 키스를 퍼부었다.

"그러다 감기 듭니다."

제혁이 자신의 코트를 벗어 지은의 어깨에 둘렀다. 그에겐 추위에 벌벌 떠는 솜이보다 코트를 벗어버린 지은이 더 신경 쓰였다.

"우선 차로 가죠."

차에 타자마자 지은은 솜이를 찾았다는 사실을 경애에게 알렸다. 경애는 봉사를 위해 대전으로 내려갔던 우빈이 솜이 소식을 듣고 서울로 올라오는 중이라고 말했다. 지은과 제혁이 센터에 도착하는 것과 동시에 우빈도 모습을 나타냈다. 우빈은 지은에게서 솜이를 건네받고 곧바로 진찰실로 향했다.

"약간 저체온증이긴 하지만 걱정할 정돈 아닙니다. 계속 따뜻하게 체온을 유지해주면 될 겁니다."

잠시 후, 진찰을 마친 우빈이 솜이의 상태를 설명했다.

"다행입니다. 늦지 않게 발견해서……."

"네. 정말 큰일 날 뻔했어요."

지은은 쓸쓸히 웃으며 솜이의 머리를 어루만져주었다.

"방금 입양한 가족에게 솜이 찾았다고 연락했어요."

경애가 진찰실로 들어오며 말했다.

"그런데 반응이 시큰둥하더라고요. 그래서 파양하고 싶으면 하라고 했더니 고민해보지도 않고 곧바로 그러겠대요."

"잘됐어요. 저도 그런 집에 솜이를 보내고 싶지 않아요."

제혁은 벽에 어깨를 기댄 채로 가만히 지켜보기만 했다. 엔진룸에 들어간 고양이를 구조하러 온 우빈을 본 이후로 지은과 우빈이 함께 있는 모습을 보는 건 오늘이 두 번째였다. 그때와 지금의 분위기는 비슷한 것 같으면서도 미묘하게 달랐다. 지은을 바라보는 우빈의 시선에 변화가 느껴졌다.

우빈이 제혁을 대하는 태도도 뭔가 달랐다. 전에는 느끼지 못했던 장벽이 느껴졌다.

"어, 도경 언니. ……그래. 솜이 찾았어. 잠깐만."

까닭 모를 경계심은 경애가 파양 절차를 준비한다며 사무실로 가고 지은이 도경의 전화를 받기 위해 진찰실을 나가면서 확실해졌다.

두 사람만 진찰실에 남게 되자, 우빈이 서먹서먹하게 말을 건넸다.

"민 실장님, 저번에도 그렇고 이번에도 그렇고. 항상 지은 씨와 함께군요."

제혁과 지은이 사귀는 사이라는 걸 알면서도 우빈은 아무것도 모르는 척 질문을 던졌다. 물론 교제하는 척할 뿐이지 진실로 만나는 것은 아니었지만, 제혁은 그런 우빈의 행동이 마음에 들지 않았다. 그가 집안 어른 때문에 지은과 억지로 만난다는 걸 확인받고 싶은 건가?

"오늘 밤 지은 씨와 만나기로 했는데 갑자기 약속을 취소해야 한다고 해서 무슨 일인지 와봤습니다."

"아, 그랬군요……. 솜이를 못 찾으면 지은 씨가 많이 슬퍼할 거라서 많이 걱정했습니다. 이제 한숨 좀 돌렸네요."

무슨 이유에서인지 제혁은 지은을 걱정했다는 우빈의 말이 마음에 들지 않았다.

"도경 언니가……."

그때 문이 열리며 통화를 끝낸 지은이 안으로 들어왔다. 그녀는 실내에 감도는 어색한 분위기를 깨닫지 못한 채 말을 이어나갔다.

"걱정된다고 친구들이랑 찾아보겠다고 해서 솜이 찾았다고 말했어요."

우빈에게 하는 말이었지만, 제혁은 재빨리 대화를 가로챘다.

"그러면 이제 마음 놓아도 되는 겁니까?"

우빈을 바라보던 지은이 밝게 웃으며 제혁에게로 고개를 돌렸다.

"네, 제혁 씨. 오늘 정말 고마웠어요."

"고마울 것까지야……."

제혁은 만족스러운 미소를 띠며 팔을 뻗어 지은의 어깨를 끌어안았다. 이어서 우빈을 힐끗 쳐다보고는 그녀의 귓가에 나직이 속삭였다.

"그럼 이제 오늘 밤 하기로 했던 거 할까요?"

제혁의 말에 지은은 두 눈을 깜박거렸다. 그냥 저녁 먹기로 한 거 아니었나? 특별히 계획한 일은 없었는데……. 그러나 우빈 앞에서 아니라고 부정할 순 없었다.

"네. 그래요."

지은은 제혁을 바라보며 어색하게 웃어 보였다. 그 모습이 우빈의 눈에는 오늘 밤 있을 이벤트를 앞두고 수줍어하는 모습으로 보였다. 우빈이 표정을 굳히자, 제혁은 피식 한쪽 입꼬리를 끌어 올렸다. 미묘한 신경전에서 승리하니 유치하더라도 기분이 좋아졌다.

"파양 절차 다 끝냈어요."

그때 문이 열리며 경애가 안으로 들어섰다. 경애는 제혁을 보자마자 지은의 남자 친구라고 결론을 내린 것 같았다. 곧바로 제혁에게 다가가 지은을 부탁했다.

"솜이는 우리가 돌볼 테니까 어서 지은 씨 데리고 가세요."

"알겠습니다."

제혁이 고개를 끄덕이자, 경애는 부드러운 미소를 떠올렸다.

솜이를 찾느라 지은 혼자 밖에서 헤맬까 봐 걱정했는데 이리 멋진 남자와 함께 있었을 줄이야. 다행이면서도 한편으로는 부럽다는 생각이 들었다. 그나저나 누구는 오늘 가슴 좀 아프겠네. 경애는 우빈의 표정을 슬쩍 살펴보았다.

"지은 씨 오늘 너무 고생 많았으니까 내일은 오지 말아요."

"그래도 솜이가 걱정되니까 잠깐 보러 올게요."

지은은 솜이의 등을 토닥거린 후, 경애에게 넘겨주었다. 지은의 품 안에서 편하게 있던 솜이는 경애가 끌어안자 긴장한 듯 몸을 떨기 시작했다. 그리고 지은이 밖으로 나가려 하자 날카롭게 비명을 질렀다.

"깨앵, 깨앵."

깜짝 놀란 지은은 황급히 뒤를 돌아보았다. 솜이가 케이지 안에 들어가지 않으려고 바동거렸다. 그러자 우빈이 경애에게서 솜이를 넘겨받았다.

"아무래도 경애 씨가 솜이를 케이지에 넣어 입양 보내서 그런가 봐요. 다시 돌아가는 줄 알고. 제가 하겠습니다."

하지만 우빈의 손에서도 솜이는 케이지에 들어가지 않으려고 발버둥 쳤다.

"어떡하죠?"

경애와 우빈이 난감한 얼굴로 서로를 마주 보았다.

"깨애앵, 깨애앵, 깨애앵."

솜이의 애처로운 비명이 진찰실에 울려 퍼지자, 지은은 할 수 없이 솜이에게로 되돌아갔다.

"당분간 혼자 두면 안 될 것 같아요."

우빈에게 안겨 있던 솜이는 바들바들 떨며 지은의 품으로 파고들었다.

"다시 버려지는 줄 알고 그러나 봐요. 주말 동안 제가 데리고 있을게요."

지은은 솜이를 품에 안고 주차장으로 향하며 제혁에게 양해를 구했다.

"미안해요. 아무래도 이번 주말은 데이트 못할 것 같아요."

제혁은 크게 상관없다는 듯 어깨를 으쓱거렸다.

"괜찮습니다."

"그런데 아까 한 말이요, 오늘 밤 우리가 뭐 하기로 했었죠?"

지은은 궁금하다는 표정으로 제혁을 쳐다보았다. 우빈의 탐탁지 않은 눈빛이 싫어서 도발한 거라고 말한다면 그녀는 뭐라고 할까? 제혁은 대답하는 대신 차의 잠금장치를 해제했다.

"집까지 바래다주죠."

솜이를 돌봐야 하기에 지은은 자신의 차를 주차장에 놔두고 제혁의 차를 얻어 탔다.

"오늘 데이트도 못 하고 추운데 밖에서 고생만 하고. 민폐만 끼쳤네요. 미안해요."

"이왕 민폐를 끼쳤으니 끝까지 가보죠. 도중에 그만둔다고 민폐가 덜해지는 건 아니니까."

지은을 위해 조수석 문을 열어주며 제혁이 무뚝뚝하게 말했다. 그런데 말이 씨가 된다고 차에 올라타고 10분도 되지 않아, 또 다른 민폐 거리가 생겼다.

"캭, 캭."

지은의 품에 안긴 솜이가 입을 크게 벌리더니 왠지 불안한 소리를 내기 시작했다. 솜이의 상태를 살피던 지은이 곤혹스러운 표정으로 말했다.

"이런. 멀미하려나 봐요."

멀미? 정지 신호에 차를 세우며 제혁이 급히 조수석 쪽으로 고개를 돌렸다.

"데리고 올 때는 멀쩡했잖아요?"

"아까는 기력이 없어서 반쯤 기절한 상태라 괜찮았나 봐요. 가끔 멀미하긴 해요. 지방에서 구조해서 올라올 때도 차 안에다 토하고 그랬거든요."

토했다는 말에 제혁의 표정이 심각하게 굳어졌다. 아무리 이해심이 넓다고 해도 강아지가 차 안에서 구토한다면 기가 막힐 것이다.

입양 간 날도 멀미하느라 차 안에 토한 건 아니었을까? 그때부터 그들은 솜이를 입양한 걸 후회했을까?

지은은 착잡한 마음에 한숨을 내쉬었다.

"하아, 이럴 줄 알았으면 봉투를 챙기는 건데……."

지은은 철저하게 준비하지 못한 자신을 책망했다.

"만약에 토하면 내 코트로 받을게요."

그녀의 차도 아닌데 솜이의 토사물로 차 안을 더럽힐 순 없

오늘 밤 하기로 했던 거 할까요? 379

었다. 그 말에 제혁은 힐끗 그녀의 코트로 시선을 내렸다. 강아지의 토사물을 받아내기에는 너무나도 고급스러운 캐시미어 코트였다.

"앞으로 얼마나 견딜 수 있을 것 같습니까?"

"글쎄요?"

솜이는 지은의 품에 안긴 채로 제혁의 눈치를 보며 입을 벌렸다 닫기를 반복했다. 하지만 끅끅거리는 모양이 그리 오래 버티진 못할 것 같았다. 지은의 집으로 가려면 아직 한참을 더 가야 했다. 제혁은 재빨리 유턴할 수 있는 차선으로 바꾸었다.

"우선 급한 대로 우리 집으로 가죠. 여기서 10분 거리니까."

"네?"

갑작스러운 제안에 지은은 당황하고 말았다. 지금 이 남자, 자기 집에 가자고 한 거야?

"그 방법밖에 없잖아요."

제혁은 단호하게 말하며 운전대를 꺾었다.

얼떨결에 제혁의 집에 오게 된 지은은 어색한 눈으로 주위를 둘러보았다. 아파트 실내는 집주인의 성격을 보여주는 듯 적절한 위치에 필요한 가구만이 놓여 있었다. '혹시 도우미의 도움을 받는 건 아닐까?'라는 생각이 들 정도로 먼지 하나 없이 깔끔했다.

"편하게 앉아요."

제혁은 지은에게 소파에 앉기를 권한 후, 침실로 사라졌다. 지은은 솜이를 안은 상태로 조심스럽게 가죽 소파에 앉았다.

이렇게 깨끗한 집에 솜이를 데려온 게 과연 잘한 일인가?

은근히 걱정되었다. 다행히 솜이는 푸들이라 다른 강아지들처럼 털이 많이 빠지진 않지만 그래도……. 솜이도 그런 그녀의 속마음을 아는지 긴장한 표정으로 지은의 품에서 꼼짝도 하지 않았다.

잠시 후, 제혁이 커다란 담요를 들고 와 거실 바닥에 깔았다.

"그 강아지 여기에 앉게 해요."

"네."

솜이를 담요 위에 내려놓고 지은도 솜이 옆에 자리를 잡았다.

"이름이 솜이라고 했나요?"

제혁 역시 소파에 앉는 대신 한쪽 팔로 상체를 지탱하며 바닥에 비스듬히 앉았다.

"네. 솜처럼 하얗고 몽실몽실하다고 지어준 이름이에요. 지금은 아니지만……."

지은은 안쓰러운 눈으로 털이 바짝 깎인 솜이를 바라보았다. 솜이는 보드라운 담요의 감촉이 좋은지 몸을 동그랗게 웅크리더니 곧 꾸벅꾸벅 졸았다. 긴장이 풀리며 잠이 쏟아지는 모양이었다.

"녀석, 여기가 어디라고 잠이 들어."

제혁은 투덜거리듯 말하며 솜이의 머리를 쓰다듬었다. 솜이는 낯선 손길을 경계하긴커녕 기분 좋은 듯 팔다리를 쭉 펴며 제혁에게 몸을 기댔다.

이런 모습 전에도 한 번 본 것 같은데…….

"그러고 보니 제혁 씨, 그때 광고 촬영장에 올리비아와 함께 있었죠?"

"올리비아?"

"스탠더드 푸들이요. 동물 모델로 광고에 출연했던."

"아, 그 올리비아. 당신…… 아니."

제혁은 '당신 머리카락을 가진'이라고 말하려던 걸 멈추고 서둘러 표현을 바꾸었다.

"갈색 털을 가진…….''

"네. 맞아요. 갈색 털 푸들. 올리비아도 낯을 가리는데 제혁 씨 옆에서 꽤 편안해 보였어요. 혹시 강아지 키워보셨어요?"

"아뇨. 강아지를 키워본 적은 없습니다. 친구 강아지를 돌봐준 적은 가끔 있어요."

"그랬구나."

제혁이 동물을 싫어하면 어떡하나 걱정하던 지은은 그제야 마음이 놓였다. 처음 만났을 때 제혁의 까칠한 이미지를 떠올리면, 오늘 같은 일은 절대로 상상도 할 수 없을 테지만.

그래도 늦게까지 제혁의 집에 머물 순 없었다. 어느새 시간은 밤 10시에 가까워지고 있었다. 어쩐다. 너무 민폐를 끼치는 거 아닌가?

그런데 다른 한편으론 솜이처럼 한숨 자고 싶다는 유혹이 밀려들었다. 추운 곳을 뛰어다닌 탓에 피곤도 하거니와, 어느 순간 긴장이 풀리니 졸음이 몰려왔다. 그렇다고 솜이처럼 무사태평하게 잠들 순 없었다. 지은은 쏟아지는 졸음을 쫓으려 입술을 잘근잘근 씹었다.

"솜이가 안정되는 대로 집에 갈게요."

솔직하게 말하면, '여기서 잠들기 전에 집에 가야만 해요.'

"글쎄요. 솜이보다는 당신이 먼저 안정을 취해야 할 것 같은데……."

"네?"

아리송한 제혁의 말에 지은은 미간에 주름을 잡았다.

"오늘 저녁 안 먹었죠?"

"그러고 보니 그렇네요."

저녁만 안 먹었나? 솜이 소식을 듣고 나서 입맛이 떨어져 점심도 먹는 둥 마는 둥 했었다.

"내가 아는 당신은 조금만 배고파도 뱃속에서 꼬르륵 소리가 나거든요. 그런데 아직도 그런 반응이 없다는 건 불안정하다는 뜻이 되겠죠."

전혀 틀린 말은 아니었지만, 그래도 놀림을 당한 것 같아 지은은 제혁을 향해 곱게 눈을 흘겼다. 얼마나 정신이 없었으면 배고픈 것도 몰랐을까. 빈속이라는 것을 깨닫는 순간, '꼬르륵' 배꼽시계가 울어댔다.

"어떡하죠? 여기엔 초콜릿이 없는데……."

"뭐라고요? 풉."

지은은 저도 모르게 웃음을 터뜨렸다.

"여기 있어봐요. 초콜릿은 없지만 즉석 수프는 있으니까."

제혁이 자리에서 일어나 주방으로 사라지자 지은은 숌이 옆으로 몸을 누였다. 숌이는 '고로롱, 고로롱' 코까지 골아가며 단잠에 빠져 있었다. 지은은 아무 곳에서나 잠들 수 있는 숌이가 부럽다는 생각이 들었다. 깨어 있으려 노력하는데도 불구하고 조금씩조금씩 눈꺼풀이 무거워졌다. 주방에서 흘러나오는 달그락거리는 소리는 마치 자장가처럼 아늑하게만 느껴졌다.

잠시 후, 수프를 데우는지 고소한 냄새가 솔솔 풍겨왔다. 하지만 지금 배고픔과 졸음 중에서 어느 것이 참기 힘드냐고 물어본다면 망설이지 않고 졸음이라고 대답할 수 있었다. 지은은 딱 10분만 눈을 붙이자는 생각으로 숌이를 끌어안고 사르르 눈을 감았다. 그다음은 검은 장막이 내려와 아무것도 생각나지 않았다.

"클램차우더밖에 없는데 괜찮……?"

수프를 가지고 돌아온 제혁은 거실 바닥에 누워 잠이 든 지은을 발견했다. 잠든 모습이 너무 고단해 보여 제혁은 선뜻 그녀를 깨울 엄두가 나지 않았다. 그는 지은을 깨우는 대신 이불을 가져와 몸 위에 덮어주었다.

꽤 피곤한가 보군. 제혁은 지은을 물끄러미 내려다보다 가만히 그녀의 맞은편으로 가 몸을 누였다. 별 뜻은 없었다. 그저 그녀의 잠든 모습을 조금 더 가까이에서 보고 싶어서였다. 제혁은 손끝으로 그녀의 눈을 천천히 훑어 내렸다. 얼마 전까지만 해도 펑펑 울었다는 것이 믿기지 않을 만큼 지은은 아주 평온하게 잠들어 있었다.

만약 솜이를 찾지 못했다면 어떻게 되었을까? 밤새도록 솜이를 걱정하며 눈물을 흘렸을까?

상상만으로도 제혁의 미간에 깊게 주름이 파였다. 그녀가 우는 모습은 보고 싶지 않았다. 이유는 알 수 없었다. 제혁은 지은의 어깨 너머로 보이는 벽시계로 시선을 돌렸다. 시간은 11시를 향해 가고 있었다. 한 시간쯤 자게 놔둘까?

말없이 지은을 바라보던 제혁의 두 눈도 어느새 서서히 감기기 시작했다.

"으으음."

따뜻하고 단단한 무언가가 뒤에서부터 그녀를 끌어안았다. 앞으로는 보들보들한 솜뭉치가 느껴졌다. 앞뒤로 느껴지는 따뜻한 기운에 지은은 저도 모르게 미소를 떠올렸다. 뭔지 모르지만 아늑하고 기분이 좋았다. 그런데 잠시 후, 앞에 있던 솜뭉치가 꿈틀거리더니 그녀의 코끝을 할짝할짝 핥기 시작했다. 지은은 손으로 솜뭉치를 밀어내며 뒤로 돌아누웠다. 돌아눕는 것과 동시에 단단한 무언가가 그녀를 끌어안았다. 지은은 미소 지으며 따뜻한 품속으로 파고들었다. 너무 달콤한 꿈이야. 꿈속이지만 실제로 넓은 가슴에 폭 안긴 것처럼 생생했다. 응, 그러니까…….

순간 몽롱한 의식 속에 커다란 물음표가 떠올랐다. 동시에 감겼던 그녀의 두 눈이 번쩍 뜨였다. 잠에서 깨어나면 모든 것이 사라져야 정상이거늘, 그녀의 눈앞에는 단단한 남자의 가슴이 놓여 있었다.

콧속으로 흘러드는 체취는 시원하면서도 지극히 남성적이었다. 익숙한 향기였다. 그러니까 이 향의 주인은? ……헐! 지은은 급히 숨을 들이켜곤 시선을 위로 올렸다. 눈에 익은 남자의 얼굴이 시야에 들어왔다. 헉! 미쳤어, 미쳤어! 지은은 속으로 비명을 지르며 재빨리 제혁의 품에서 빠져나왔다.

벽시계를 보니, 어느새 시간은 새벽 1시에 가까워지고 있었다. 말도 안 돼! 잠시만 눈을 붙이려고 했는데 그대로 잠들어버렸나 보다. 그런데 나는 그렇다 치고 이 남자는 왜 여기서 자는 거야?

곤하게 잠이 들었는지 제혁은 미동도 하지 않고 가만히 눈을 감고 있었다. 돌이켜보니 그와 함께 잠든 건 이번이 두 번째였다. 자료실에 갇혔을 땐 경황이 없어 잠자는 모습을 볼 생각도 하지 못했었다. 오늘은…….

지은은 무릎을 끌어안아 턱을 괴며 잠든 그의 얼굴을 물끄러미 바라보았다. 눈을 뜨고 있을 땐 강하고 차갑게 보이지만,

눈을 감고 있을 땐 어딘지 모르게 부드럽고 여리게 느껴졌다.

오늘 그가 그녀에게 보여준 말이나 행동은 참으로 의외였다. 통화 중에 울먹이긴 했지만 그렇다고 단숨에 달려올 줄은 몰랐다.

흠……. 심각하게 울긴 했지. 갑자기 창피해진 지은은 '끄응' 소리를 내며 고개를 숙였다. 다 큰 여자가 눈물이나 펑펑 쏟고, 속으로 엄청 비웃었을 거야. 게다가 남의 집 거실 바닥에서 잠들어버리다니. 쥐구멍에라도 숨고 싶은 심정이었다.

"끼잉, 끼잉."

그때 얌전히 옆에 있던 솜이가 앞발로 그녀의 팔을 긁기 시작했다.

"왜 그래? 화장실 가고 싶어?"

잠에서 깨어난 강아지가 제일 먼저 하는 건 볼일을 보는 거다. 솜이도 예외는 아니었는지 불안한 모습으로 빠르게 담요 위를 왔다 갔다 하길 반복했다.

"……화……장실?"

제혁의 목소리를 듣는 순간 지은의 심장은 덜컹 저 밑으로 떨어졌다.

"……방금 솜이 화장실 가야 한다고 했습니까?"

뒤를 돌아보자, 제혁이 마른세수하듯 한 손으로 얼굴을 쓸어내리고 있었다. 다행스럽게도 제혁은 잠결에 서로 끌어안았다는 사실을 전혀 모르는 것 같았다. 그녀만 시치미를 뗀다면 그대로 없었던 일로 끝날 것이다.

"네. 그런가 봐요. 욕실로 데려갈게요. 거기서 일 보게 훈련 시켰거든요."

지은은 솜이와 함께 부랴부랴 욕실로 달려갔다. 볼일을 마친 솜이를 데리고 나오니 제혁은 테이블 위에 놓인 그릇을 치우고 있었다.

"왈, 왈."

솜이는 쪼르르 제혁에게 달려가 뒷발을 툭툭 차며 이리저리 뛰어다녔다. 마치 집주인인 제혁에게 '나 착하죠? 아무 데나 싸지 않고 욕실에 쉬 했어요!'라고 으쓱거리는 것 같았다.

"실수하지 않고 배변 제대로 했다고 칭찬해달라는 거예요."

제혁이 의아한 표정으로 솜이를 바라보자, 지은이 빠르게 설명해주었다.

"8개 국어도 모자라서 이젠 강아지 말까지 통역해줍니까?"

그 말에 지은은 쿡 웃음을 터뜨리며 코트 주머니에서 간식을 꺼내 솜이에게 건네주었다. 솜이는 잽싸게 간식을 물고 거실 구석으로 달려가 야금야금 해치웠다. 그런데 간식을 다 먹은 솜이가 갑자기 귀를 쫑긋하더니 벽을 향해 짖기 시작했다.

"왈, 왈."

꼬리가 빨리 흔들리는 것으로 보아 무슨 소리를 들은 것 같았다. 동시에 제혁의 표정이 굳어졌다.

"솜이야, 조용히 해."

지은은 솜이를 나무라며 부산스럽게 코트와 핸드백을 집어 들었다. 더 민폐를 끼치기 전에 얼른 사라져야겠다고 생각하며.

"저는 이만 가볼게요."

"바래다줄게요."

제혁이 차 키에 손을 뻗으려 하자 지은은 황급히 손을 내저었다.

"아뇨, 바래다줄 필요 없어요. 제가 알아서 갈게요."

"어떻게 알아서 갈 겁니까? 솜이 때문에 택시 타기 어려울 텐데……."

"아, 맞다!"

케이지에 반려동물을 넣지 않으면 일반 택시를 이용할 수 없었다. 펫 택시 운영 시간도 대부분 밤 10시까지였다. 어떡하지? 마 과장님을 깨워야 하나? 혼자 골똘히 머리를 굴리는데 제혁이 차 키를 챙겨 지은에게로 다가왔다.

"유리창을 열어놓고 운전하면 멀미가 덜할 겁니다. 비닐봉지도 넉넉하게 가져가면 되고."

"정말 괜찮겠어요?"

"너무 심하면 다시 차 돌려서 오죠."

다행히 이번에 솜이는 지은의 집에 도착할 때까지 얌전히 안겨 있었다. 거의 다 도착해서 크게 입을 벌렸지만 토하려는 게 아니라 단지 하품하는 거였다. 제혁은 차를 세우고 먼저 밖으로 걸어나갔다. 그리고 지은이 솜이를 안고 내릴 수 있게 조수석 문을 열어주었다.

"너무 늦었다고 뭐라고 하면 오늘 있었던 일 그대로 설명하면 될 겁니다."

"그럴게요."

오늘 그는 사귀는 남자가 할 수 있는 배려의 정석을 보여줬다. 안 여사와 신 회장이 오늘 일을 알게 된다면 혹여 의심이 남아 있더라도 말끔히 가실 게 분명했다.

그래서 도와준 건가? 철저히 사귀는 것처럼 보이려고? 너무 경험이 없다 보니 조그만 친절에도 갈팡질팡 흔들리고 만다. 복잡한 마음에 지은은 입을 꼭 다물었다. 지은이 말없이 빤히 쳐다만 보자 제혁은 한 손으로 그녀의 뺨을 감쌌다.

"누가 보고 있을지도 모르는데 그냥 들여보내면 이상하겠죠? 데이트 나갔는데 이 시간까지 안 들어왔으니 분명 누군가를 뒤에 붙였을 겁니다."

듣고 보니 안 여사 성격에 그냥 앉아서 기다릴 리가 없었다. 지은은 숨을 죽이고 주위를 둘러보았다. 하지만 컴컴한 새벽에 누가 어디서 지켜보는지 알아내기는 불가능했다.

"긴장 풀어요. 입술만이니까."

제혁은 한쪽 팔로 지은의 허리를 끌어안으며 그녀에게 고개를 숙였다. 처음도 아니고 이미 두 번이나 입술이 닿았으면서도 제혁의 숨결이 가깝게 느껴지자 심장이 미친 듯이 날뛰기 시작했다.

"하아."

아직 입술이 닿지도 않았는데……. 지은은 숨을 들이마시며 마음을 가다듬으려 애썼다. 제혁은 이마를 맞댄 채, 엄지손가락으로 그녀의 뺨을 가만히 어루만졌다. 뺨을 거친 손끝은 슬그머니 도톰한 입술로 옮겨왔다. 살며시 쓰다듬다가 꾹 내리누르는 손길에 그녀의 입술이 바르르 떨렸다.

그녀를 바라보는 제혁의 눈빛이 점점 더 짙어졌다. 실제로는 몇 초도 되지 않는 시간이었지만 그녀에겐 영원처럼 길게 느껴졌다. 지은의 눈이 사르르 감기자 허리를 감은 손에 힘이 들어가며 떨리는 입술 위로 그의 입술이 포개졌다.

약속한 대로 제혁은 입술만 머금었다. 하지만 지금까지의 입술 접촉과는 차원이 달랐다. 입술이 닿는 순간 숨 막히는 것 같은 진율이 온몸을 훑고 지나갔다.

그의 입술이 떨어져나가려 하자 지은은 저도 모르게 제혁의 코트 깃을 움켜쥐었다. 이대로 그를 보내고 싶지 않았다. 조금만 더 그를 맛보고 싶었다. 지금까지 그녀가 상상해왔던 키스와 너무나도 달랐으니까. 뜨겁고 말랑하고 달콤하면서도 시원하고…… 그리고 또…….

"아하."

지은은 자신의 입에서 달뜬 소리가 흘러나온다는 것도 모를 만큼 키스에 취해 머릿속이 하얘졌다. 잠시 후 제혁은 입술을 떼어내며 그녀의 머리카락을 쓸어 올려주었다.

"피곤할 텐데 어서 들어가요."

귓속으로 흘러드는 나직한 목소리에 지은은 감았던 눈을 천천히 떴다. 혼란스러워 보이는 제혁의 눈빛이 그녀에게 쏟아졌다. 그제야 지은은 자신이 지나치게 반응했다는 사실을 깨달았다. 그는 단지 작별 인사를 한 것뿐인데 그녀 혼자 열심히 영화의 한 장면을 찍고 있었던 것이다.

"오늘 정말 고마웠어요."

지은은 짧게 인사하고는 그대로 등을 돌렸다. 대문이 열리자 뒤도 돌아보지 않고 안으로 들어갔다. 그리고 곧바로 계단을 올라 침실로 향했다. 그녀는 솜이를 바닥에 내려놓고는 코트를 벗을 생각도 하지 않은 채 멍하니 침대에 앉았다.

그의 입술이 떨어져나가는 순간, 얼마나 아쉬웠는지 모른다. 좀 더 해달라고 조를 뻔했다.

"나 미쳤나 봐."

좋아하는 남자가 따로 있으면서 다른 남자의 키스에 흥분하다니.

"솜이야, 네가 말렸어야지!"

지은은 바닥에 앉아 초롱초롱하게 자신을 바라보는 솜이에게 비난의 화살을 돌렸다.

"거기서 네가 가만히 있으면 어떡하니!"

두 사람 사이에 껴서 불편하다고 바둥거릴 만도 한데, 솜이는 키스가 끝날 때까지 찍소리도 내지 않고 얌전히 있었다. 솜이를 가운데 두고 내가 정말 뭐 한 거야! 낯 뜨거워서 솜이마저 쳐다보지 못 할 것 같았다. 지은은 두 손으로 얼굴을 감싸며 고개를 숙였다.

"심각하게 생각하지 말자. 난 오늘 너무 지쳐 있었고 그래서 작은 친절에 잠시 흔들린 것뿐이야."

지은은 탄식을 내뱉으며 그대로 침대에 몸을 누였다. 아직도 입술이 타들어가는 것 같았다. 어디 입술뿐인가? 아까부터 쿵쾅거리는 심장은 도무지 잠잠해질 생각이 없었다.

"아아아!"

자꾸만 떠오르는 장면 때문에 지은은 크게 소리 지르며 두 손으로 머리카락을 움켜잡았다.

"왈, 왈."

그런 지은이 안쓰러운 듯 솜이가 낮게 짖으며 꼬리를 살랑살랑 흔들었다.

달칵, 문이 열리며 어두운 방 안으로 한 줄기 빛이 흘러들었다. 제혁은 불을 켜지 않고 그대로 성큼성큼 들어갔다. 벽 테이블 위에 놓인 기기에서 붉은 불빛이 깜박거리고 있었다. 제혁은 손을 뻗어 전원 버튼을 눌렀다.

아까 지은의 전화를 받고 급히 나가느라 비밀 작업실의 문을 잠그지 못했다. 오디오 믹서의 전원을 끄는 것도 깜빡 잊고 말았다. 아마 솜이는 오디오 믹서에서 나오는 소리 때문에 짖었을 것이다. 미세한 신호 음이라도 강아지의 청각을 자극하기엔 충분했을 테니까.

지은에게 작업실을 들킬까 봐 긴장한 탓에 그만 인상을 쓰고 말았다.

그것 때문에 그녀가 급히 집에 가겠다고 한 건 아닐까?

작업실의 문을 잠그고 나온 제혁은 빈 것처럼 공허한 거실을 둘러보았다. 조금 전까지만 해도 지은과 솜이가 있던 자리에는 이불과 담요만이 놓여 있었다. 지은을 내려주고 돌아오는 차 안이 항상 텅 빈 것처럼 느껴졌는데 이젠 그의 집이 텅 빈 것처럼 썰렁해 보였다.

제혁은 씁쓸한 미소를 지으며 지은이 누워 있던 자리로 걸어갔다. 그러고는 그녀가 누웠던 자리에 그대로 누워 손등으로 입술을 훔쳤다. 그녀의 입술 감촉이 아직도 생생하게 남아 있었다.

맹세컨대 입술만 살짝 대고 키스하는 시늉만 할 생각이었다. 하지만 입술이 닿는 순간 감성이 이성을 지배해버리고 말았다. 그녀의 입술을 머금으면 머금을수록 도저히 놓아줄 수가 없었다. 입술을 벌리고 좀 더 파고들고 싶은 유혹과 힘겹게 싸우느라 돌아버리는 줄 알았다.

"후우."

제혁은 길게 한숨을 내쉬었다. 말도 안 되는 잡념 때문에 머릿속이 망가질 것만 같았다. 아니, 어쩌면 이미 망가졌는지도 모르겠다.

제혁은 두 눈을 감으며 오지 않는 잠을 억지로 청했다.

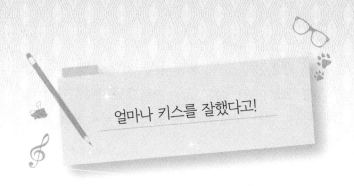

얼마나 키스를 잘했다고!

"어쩌면 사람이 그렇게 모질 수가 있니? 이렇게 예쁜 애를⋯⋯."

다음 날, 지은에게서 자초지종을 들은 안 여사는 '쯧쯧쯧' 혀를 찼다. 아침을 배부르게 먹은 솜이는 안 여사의 품에 안겨 느긋하게 낮잠을 즐기는 중이었다.

"그러니까요. 말 못하는 짐승이라고 그러면 안 되죠."

마 과장도 옆에서 안 여사를 거들며 불쌍하다는 얼굴로 솜이를 어루만졌다.

"그래, 나랑 마 과장이 입양 가족 찾을 때까지 잘 돌봐줄게."

지은이 가끔 유기견을 집에 데려오곤 했기에 안 여사는 흔쾌히 솜이를 받아들였다.

"그런데 어제, 민 서방 말이야."

잠든 솜이를 내려다보던 안 여사가 힐끔 지은 쪽으로 시선을 돌렸다.

"엄마! 민 서방이 뭐야? 민 서방이! 징그럽다고."

지은이 인상을 확 구기며 빽 소리를 질렀다.

"그래, 알았어. 솜이 깬다. 소리 지르지 마. 하여간 어제 민 실장이 솜이 찾는 거 도와줬다며. 아무래도 너희 완전 천생연분인 것 같아."

"천생연분?"

"왜? 그렇잖아. 네가 아무리 유기견을 좋아하면 뭐 하니. 상대가 싫어하면 나중에 크게 문제된다. 그런데 민 실장, 전혀 불평하지 않고 같이 솜이 찾아줬다면서. 후배들에게 부탁해서 인터넷에 솜이 찾는다는 사연도 올리고."

그런 이유 때문이라면 제혁보다는 우빈이 더 열정적으로 유기견 봉사에 나서니까 우빈이야말로 그녀와 천생연분일 것이다. 그녀의 꿈은 동물 보호 재단을 차려서 전 세계 멸종 위기에 처한 동물을 보살피는 것이다. 우빈이라면 함께 세계를 돌며 봉사하는 훌륭한 동반자가 될 게 분명했다. 그런데……

지은의 얼굴에 어두운 그림자가 서서히 내려앉았다. 어제만 해도 미래를 상상하면 마음이 설레었는데 오늘은 이상하게도 이성적으로 차분히 분석하게 되었다.

꼭 결혼해야만 함께 봉사하는 건 아니잖아? 남녀 관계가 아니더라도 좋은 동지로서 함께할 수 있는 거 아닌가. 잠깐! 나 지금 우빈 씨를 좋은 동지라고 한 거야? 동지는 그 남자가 동지인 거고 우빈 씨는……

"앗!"

어제 제혁이 키스했던 것처럼 우빈이 다가오는 모습을 떠올리자, 지은은 자리에서 벌떡 일어났다.

"얘? 갑자기 왜 그래?"

안 여사와 마 과장이 의아한 얼굴로 목덜미까지 붉어진 지은을 바라보았다.

"아무것도 아냐. 엄마 잠깐 솜이 좀 봐줘."

그 말을 끝으로 지은은 재빨리 2층으로 뛰어갔다. 그러고는 침실에 들어서자마자 그대로 침대에 몸을 날려 베개에 얼굴을 묻었다. 분명 우빈이 다가오는 상상을 했는데 허리를 끌어안고 입술을 밀어붙인 남자는 어느새 제혁으로 변해 있었다. 순식간에 얼굴이 빨개지고 입 안이 바짝 말라버려 지은은 안 여사를 똑바로 바라볼 수가 없었다.

더 기가 막힌 건 그와 키스하고 싶다는 충동이 들었다는 것이었다. 키스 한 번에 미쳐버린 게 분명했다. 어쩌면 잠이 모자라서 이런 걸지도 모르겠다. 한숨 푹 자고 나면 머리가 맑아지지 않을까?

지은은 양 한 마리, 양 두 마리, 양 수백, 수천 마리를 세어가며 잠을 청했다. 겨우 힘들게 잠이 들었나 싶었는데…… 얼마 가지 못해서 어깨를 흔드는 누군가의 손길에 잠이 깨고 말았다. 지은은 무거운 눈꺼풀을 들어 올리다 자신을 깨운 사람이 누구인지를 깨닫고는 자리에서 벌떡 일어났다.

"……그쪽이 왜?"

지은의 입에서 떨리는 목소리가 흘러나왔다. 제혁이 침대에 비스듬히 걸터앉은 자세로 그녀를 내려다보고 있었기 때문이었다.

여긴 어떻게 들어왔지?

지은이 급히 몸을 일으키려 하자, 제혁은 두 손으로 그녀의 어깨를 내리눌렀다. 그의 손아귀에서 벗어나려 몸을 비틀었지만, 남자의 힘을 당해낼 수는 없었다.

"뭐 하는 짓이에요?"

제혁은 대답 대신 그녀의 두 손을 잡아 머리 위로 올리고는 몸으로 묵직하게 그녀를 내리눌렀다.

"⋯⋯왜, 왜 이래요?"

이제껏 당당했던 그녀의 목소리가 가늘게 떨리기 시작했다. 그러자 제혁은 어르고 달래는 듯 그녀의 뺨을 손등으로 쓸어내렸다. 화를 내며 밀쳐내야 하는데도 불구하고 손가락 하나 까딱할 수 없었다. 그의 부드러운 손길에 온몸이 아이스크림처럼 녹아내리는 것만 같았다.

"하아."

지은이 끝내 참았던 숨을 토하자 제혁은 고개를 숙여 단번에 입술을 겹쳤다.

제혁의 입술이 닿는 순간, 지은은 이건 현실이 아니라 꿈이라는 걸 깨달았다. 꿈일 수밖에 없었다. 그렇지 않고선 지금의 이 상황이 설명되지 않았다. 아하, 그런데 꿈 주제에 왜 이리도 생생한 거야!

―긴장하지 말아요.

제혁이 그녀의 입술 위에서 나른하게 속삭였다. 지은은 애써 마음을 진정시키며 꿀꺽 마른침을 삼켰다. 그래, 긴장할 필요는 없어. '자각몽'을 꾸는 것뿐이다. 꾹꾹 내리눌렀던 무의식이 꿈속에서 발현되는 거라고. 하지만 아무리 마음을 다잡으려고 해도 입술에 닿는 제혁의 숨결에 머리카락이 쭈뼛쭈뼛 곤두섰다. 그가 다시 고개를 숙이며 지은에게 입술을 포갰다. 이번에는 처음보다 훨씬 더 깊게 입술이 엇물렸다.

"하아."

입술 사이를 두드리는 말캉한 감촉에 지은은 저도 모르게 신음을 토했다. 동시에 저절로 굳게 닫혀 있던 입술이 스르르 벌어졌다. 목이 타들어갈 것 같은 달콤함이 혀끝에 느껴지며 뜨거운 열기가 거침없이 안으로 밀려들었다.

쿵쿵. 쿵쿵. 쿵쿵. 심장이 밖으로 튀어나올 것처럼 맹렬히 날뛰어댔다. 그를 밀어내야 한다는 이성과 꿈이니까 상관없다는 감성이 거세게 충돌했다.

꿈속에서 벌어진 일인데 너 말고 누가 알겠어? 안 그래? 힘의 균형은 빠른 속도로 감성이 이성을 지배해 나갔다. 너도 이걸 원했잖아.

정말? 나는 이런 걸 원했던가? 온몸으로 퍼지는 열뜬 흥분에 지은의 심장은 터져버릴 것만 같았다.

실제 경험은 없었지만, 이론에서만큼은 누구에게도 뒤지지 않는 그녀였다. 책이나 영화를 통해 후끈 달아오르게 했던 행위가 꿈이라는 장소를 빌려 적나라하게 펼쳐졌다. 그녀의 입술을 세차게 머금던 제혁의 입술이 목선을 따라 아래로 이동했다. 이내 따끔한 통증이 뒤따랐다.

지은이 살짝 인상을 찌푸리자 제혁은 사악하면서도 아름다운 미소를 입가에 떠올렸다. 그는 붉은 자국이 남은 목덜미를 손가락으로 어루만지다 입술로 꾹 내리눌렀다. 그러곤 그녀의 귓가에 나직하게 속삭였다.

—설마 계약을 잊은 건 아니겠지?

그가 무언가를 들이댈 때까지 지은은 무슨 뜻인지 깨닫지 못했다. 펄럭이던 하얀 물체가 서서히 초점이 잡히며 선명하게 모습을 드러냈다. 이건 냅킨인데……?

냅킨을 빽빽하게 채운 글자와 두 사람의 사인, 그리고 그 아래 찍힌 립스틱 지장이 눈에 들어왔다.

이건……?

그를 좋아하게 되면 그녀가 보유한 지분과 유산으로 받게 될 지분 모두를 그에게 넘긴다는 계약서였다.

"혁!"

그녀가 꿈속에서 벌떡 몸을 일으키는 것과 동시에 현실에서도 감았던 눈이 번쩍 뜨였다.

"허억, 허억, 허억."

지은은 가쁜 숨을 내쉬며 뚫어질 듯 천장을 노려보았다. 꿈이란 걸 알고 있었으면서도 너무나 큰 충격에 꼼짝도 할 수 없었다. 어느 순간부터 계약서의 존재를 까맣게 잊고 있었다. 하지만 그가 나오는 꿈을 꿨다고 당장 그를 좋아하게 되는 것도 아니니 걱정할 필욘 없었다.

아닌가? 심각한 건가?

꿈이라지만 아주 야하게 키스했잖아. 꿈에서 펼쳤던 노골적이고도 진한 행위를 떠올리며 그녀는 얼굴을 붉혔다.

"하아, 나 진짜 미쳤나 봐."

우빈 씨를 좋아하면서 왜 그 남자와 그런 꿈을 꾼 거지?

지금까지 우빈이 등장한 꿈에서는 손이나 잡고 고작 오솔길을 걷는 게 전부였다. 그러면서 손이라도 잡은 게 어디야 하며 설레곤 했었다. 하지만 제혁이 등장한 꿈은 그녀를 송두리째 흔들고 말았다. 중간에 계약서가 등장하지 않았다면 그와 끝까지 몸을 섞었을 것이다. 상상하는 것만으로도 짜릿한 전율이 일었다.

"안 돼!"

지은은 정신을 차릴 목적으로 곧장 욕실로 들어가 샤워기를 틀었다. 쏟아지는 거센 물줄기 아래서 지은은 이 묘한 기분이 진정될 때까진 당분간 제혁을 피해야겠다고 마음먹었다.

다음 날, 지은은 퀭한 얼굴로 평소보다 일찍 회사로 향했다. 제혁과 마주칠 기회를 피하고 싶어서였다. 머리를 굴려 얻어 낸 방법이었다. 이른 시간이라 로비는 텅 비어 있었다. 지은은 빠르게 로비를 가로질러 엘리베이터로 향했다. 그런데 가는 날이 장날이라고 엘리베이터 앞에 서 있는 익숙한 뒷모습이 눈에 들어왔다.

지은은 우뚝 제자리에 멈춰 섰다.

아니, 왜 오늘따라 일찍 나온 거야!

그녀는 황급히 커피숍 쪽으로 시선을 돌렸다. 커피라도 사서 나올까? 하지만 아직 이른 시간이라 커피숍 문은 굳게 잠겨 있었다. 할 수 없이 다시 주차장으로 돌아가려는데 제혁이 그녀가 있는 쪽으로 고개를 돌렸다. 그와 눈이 딱 마주친 지은은 어색하게 웃을 수밖에 없었다.

"안녕하세요, 민 실장님."

제혁은 무덤덤한 얼굴로 그녀를 향해 까딱 고개를 숙이고는 다시 엘리베이터로 고개를 돌렸다.

인사까지 했는데 주차장으로 가긴 그렇고, 잠깐 엘리베이터를 타는 건데 괜찮겠지?

지은은 제혁과 최대한 일정 거리를 유지하며 옆으로 다가섰다.

"일찍 나왔군요."

엘리베이터 층 표시등에 시선을 고정한 채 제혁이 짧게 말했다.

"네, 조금."

'우연이라도 그쪽이랑 안 부딪치려고 일찍 나왔어요.'라고는 말할 수 없었다. 대신 그녀는 "민 실장님도 일찍 나오셨네요."

라고 원망스럽게 말했다.

"오늘 온종일 외근이거든요. 나가기 전에 급히 처리할 일이 있어서."

제시간에 출근했다면 그와 부딪치지 않았을 거라는 뜻이었다.

땡—. 엘리베이터가 도착하자 지은은 기다리지 않고 먼저 안으로 들어섰다. 제혁이 그 뒤를 따랐다. 이번에도 지은은 그와 최대한 멀리 떨어지기 위해 황급히 구석으로 향했다. 제혁은 그런 그녀의 행동에 아무런 말도 하지 않고 무심한 듯 가운데에 자리를 잡았다.

위이잉—. 문이 닫히고 엘리베이터가 위를 향하기 시작했다. 아무리 멀찍이 떨어졌다곤 하지만 겨우 두 평 남짓한 엘리베이터 안이었다. 신경 쓰지 않으려고 해도 자꾸만 그에게로 눈길이 향했다.

은은하게 흘러드는 제혁의 체취에 그녀의 심장이 콩닥콩닥 뛰기 시작했다. 오늘따라 엘리베이터는 왜 이리도 더디게 올라가는지. 지은은 초조한 마음으로 엘리베이터 불빛을 노려보았다. 이제 한 층만 더 올라가면 문이 열리고 그가 내릴 것이다. 그런데…….

지이이잉, 하는 불길한 소리가 나며 올라가는 속도가 느려졌다. 그리고 순간 무릎이 꺾일 정도로 엘리베이터가 크게 흔들렸다. 지은은 중심을 잡기 위해 반사적으로 제혁의 팔에 매달렸다. 제혁도 팔을 뻗어 지은을 자신 쪽으로 끌어당겼다.

끼이이잉―. 쇠가 거칠게 마찰되는 소리가 들리며 엘리베이터가 멈춰 섰다. 이어서 실내등이 꺼지고 컴컴한 암흑이 두 사람의 시야를 뒤덮었다. 오로지 층수를 알리는 불빛만이 윤곽을 구분할 수 있을 정도로 엘리베이터 안을 밝혔다.

"뭐, 뭐죠?"

지은이 떨리는 목소리로 물었다. 제혁은 그녀를 안심시키려는 듯 재빨리 비상벨을 눌렀다.

"갑자기 엘리베이터가 멈췄습니다. 어떻게 된 겁니까?"

삑―. 삑―. 삑―. 몇 번의 신호 음이 흐르고 대답이 돌아왔다.

[죄송합니다. 엘리베이터에 공급되는 전력에 잠시 이상이 생겼습니다. 수리에 들어갔으니까 적어도 30분 안에는 다시 작동될 겁니다.]

지금 장난해? 30분 동안 엘리베이터 안에 이 남자와 갇혀 있으라고?

공포로 떤 건 잠시뿐, 30분이란 말에 지은은 화들짝 놀라며 제혁의 품에서 빠져나왔다. 그러곤 스피커 앞으로 달려가 애원하듯 매달렸다.

"30분이나 갇혀 있으라고요? 더 빨리 안 돼요?"

[죄송합니다. 최선을 다해서 될 수 있으면 빨리…….]

최선이란 말은 그녀에게 아무런 해결책이 되지 못했다.

"이 건물엔 비상 전력도 없어요?"

지은은 다급한 목소리로 상대의 말을 싹둑 끊어버렸다.

[전체 전력이 나간 게 아니라 엘리베이터로 공급되는 연결에 문제가 있는 거라서요.]

비좁은 공간에 갇힌 것도 기가 막힌데 불까지 나가서 캄캄한 상태라니. 지은은 영영 울고 싶었다. 지은의 그런 반응에 제혁은 그녀가 겁을 먹었다고 오해한 모양이었다.

"괜찮아요? 혹시 폐소 공포증이라도 있습니까?"

왜 이리도 자상한 목소리로 물어봐주는 건데? 예전처럼 '30분 갇혀 있다고 큰일 나는 거 아닙니다.'라고 비아냥거려주면 안 되나!

"……아뇨. 그런 거 없어요."

지은은 혼잣말처럼 중얼거리며 풀썩 제자리에 주저앉았다. '폐소 공포증이 아니라 그쪽이랑 단둘이 있기 싫다고요!'라고 말할 순 없었다. 제혁도 그녀의 옆에 앉았다.

"어둠이 무서운 건 아니죠?"

"아뇨."

"시간이 좀 걸릴 테니까 편하게 있어요."

제혁은 손을 뻗어 그녀의 어깨를 감싸 자신에게 기대게 했다. 괜찮다고 뿌리치면 그만인데 그녀의 몸은 이성을 배신하며 그의 품에 착 안겨 들었다. 제혁은 진정시켜주려는 듯 그녀의 머리카락을 어루만져주었다.

"솜이는 어떻습니까?"

어색한 침묵을 깨며 제혁이 솜이에 관해 물었다.

"다행히 잘 적응하고 있어요. 이번 주는 엄마가 시간이 많아서 솜이랑 놀아주신다고 했어요."

"다시 센터로 돌려보낼 겁니까?"

"아뇨. 입양처가 나올 때까지 제가 임시 보호하려고요."

"그렇군요."

솔직히 말하면 제혁은 그날도 그렇고 지금도 그렇고 솜이가 아닌 지은에게만 신경이 쓰였다. 혹시 감기라도 걸린 건 아닌지, 쉬지 않고 뛰어다니느라 다음 날 근육통이 온 건 아닌지 등등. 하지만 그녀에게 그런 질문을 하는 것 자체가 우습게 느껴졌다. 진짜로 사귀지도 않는 사이에 그런 것까지 세세히 챙겨줄 필요는 없으니까. 그랬다가 상대가 착각이라도 해버린다면 꽤 곤란해질 것이다.

지금까지 예의로 챙겼다가 감당할 수 없는 사랑의 고백이 쏟아진 적이 한두 번이 아니었다. 만약에라도 지은이 착각하게 되면 어떻게 될까? 우빈을 향한 마음이 워낙 강하기에 쉽게 그럴 리야 없겠지만 그래도…….

지은이 수줍게 고백하는 모습을 상상하자, 안에서 무언가 뜨거운 것이 울컥하고 올라왔다. 제혁은 저도 모르게 지은의 어깨를 껴안은 손에 힘을 주었다. 그러자 그녀의 몸이 그에게 더욱더 가까이 밀착되었다. 그러자 그날 밤 맛보았던 그녀의 입술 감촉이 떠올랐다. 말랑말랑 촉촉하고 부드러운 느낌이 아직도 입술에 남아 있는 것만 같았다.

지금 다시 그녀의 입술을 머금어도 그때와 같은 느낌일까?

제혁은 터무니없는 상상을 하는 자신이 당혹스러웠다.

제길, 입술 몇 번 부딪쳤다고 사춘기 소년처럼 민감하게 반응하는 꼴이라니.

"음……."

그때 지은이 머뭇거리듯 말을 꺼냈다.

"제가 눈물이 흔한 편은 아닌데…… 그날 좀 그랬죠."

"수도꼭지처럼 펑펑 눈물 쏟은 거 말입니까?"

"과장이 심하네요. 조금 울긴 했지만 수도꼭지처럼은 아니었거든요."

그가 툭 던진 말에 지은이 발끈한 목소리로 쏘아붙였다.

"울보라고 놀릴까 봐 걱정됩니까?"

"어머, 울보는 누가 울보예요?"

기분이 상했는지 지은은 씩씩거리며 그의 품에서 빠져나가려 버둥거렸다. 그러자 제혁은 그녀를 안은 손에 더욱더 힘을 주며 지은의 귓가에 속삭였다.

"자신 때문이 아닌 다른 이를 위해서 우는 것을 보고 울보라고 하진 않아요."

뭔가 사람의 마음을 따뜻하게 해주는 말이었다. 지은은 살며시 고개를 들어 제혁의 얼굴을 올려다보았다. 거의 윤곽만 구분할 수 있는 정도로 어두웠지만, 왠지 모르게 그가 부드러운 눈길로 그녀를 바라보고 있을 것만 같았다.

쿵쿵―. 쿵쿵―. 이번에는 좀 다른 이유로 그녀의 심장박동이 급격히 빨라지기 시작했다. 그의 체취에 흠뻑 배어버린 부작용일까? 그의 얼굴이 점점 더 가까이 다가오는 것이 느껴졌다.

지은은 밀어내는 대신 그의 코트 깃을 꽉 움켜잡았다. 그를 기다렸다는 듯 그녀의 입술이 서서히 벌어지기 시작했다. 더운 숨결이 입술에 느껴질 정도로 그의 얼굴이 앞으로 다가왔다.

덜컹ㅡ. 그때 또다시 엘리베이터가 흔들렸다.

"앗!"

예상하지 못한 움직임에 지은은 중심을 잃고 제혁의 가슴에 얼굴을 묻으며 쓰러졌다. 잠시 후, '우웅'하는 소리와 실내 등이 들어왔다. 갑자기 환한 불빛이 쏟아진 탓에 지은은 반사적으로 손을 들어 눈을 가렸다. '삑' 신호 음과 함께 관리자의 목소리가 스피커를 통해 흘러나왔다.

[생각보다 수리가 빨리 끝났습니다. 이제 정상적으로 가동하겠습니다.]

지은은 캄캄해진 시력을 회복하려 눈을 깜박거렸다. 오히려 앞이 잘 안 보이는 게 다행이었다. 그렇지 않다면 어떻게 제혁의 얼굴을 봐야 할지 모를 테니까.

그의 얼굴이 가까이 다가온 것 같았지만 확신할 순 없었다. 키스하려는 건 아닐까? 하고 내심 기대하지 않았다면 새빨간 거짓말일 것이다.

예정보다 수리가 빨리 끝나지 않았다면 어땠을까? 지금 두 사람은 입술을 포개고 있었을까?

"내 손을 잡아요."

제혁의 목소리에 지은은 상념에서 깨어났다. 먼저 자리에서 일어난 제혁이 그녀에게 손을 내밀었다. 지은이 그의 손을 잡고 자리에서 몸을 일으키는 것과 동시에 '위이이잉' 멈췄던 엘리베이터가 위로 향하기 시작했다. 잠시 후, 엘리베이터가 멈추고 스르르 문이 열렸다. 밖으로 향하던 제혁은 잠시 지은을 돌아보며 말했다.

"오늘 시작은 나빴지만, 나머진 평탄하게 보내요. 그럼 이만."

말을 마친 제혁은 그대로 밖으로 걸어나갔다. 지은은 꿈에서 막 깨어난 것처럼 그의 뒷모습을 멍하니 바라보았다. 곧이어 '땅', 소리와 함께 엘리베이터 문이 닫혔다.

지은은 혼란스러운 얼굴로 엘리베이터 불빛을 뚫어지게 노려보았다. 제혁의 무덤덤한 행동으로 보아 오로지 그녀 혼자만 상상의 나래를 펼친 것 같았다. 그는 그저 겁먹지 말라고 다정하게 챙겨줬을 뿐인데……. 그리 결론을 내리자 가슴을 바늘로 콕콕 찌르는 듯한 통증이 밀려왔다. 지은은 인상을 찡그리며 뻐근해진 가슴을 손바닥으로 문질렀다. 그녀의 눈동자가 혼란으로 힘없이 흔들렸다.

제길, 위험했어!

복도를 걷는 제혁의 발걸음이 점점 더 빨라졌다. 엘리베이터가 조금 더 늦게 움직였다면 그는 그녀에게 키스했을 것이다.

"미쳤군."

제혁은 쌉쌀한 조소를 머금으며 고개를 내저었다.

이성을 잃고 달려들 뻔한 적이 마지막으로 언제였더라? 7년 전이었나? 기억하고 싶지 않은 추억이 떠오르자 제혁은 미간을 찌푸리며 한 손으로 얼굴을 쓸어내렸다. 다신 그런 일 없을 거라고 여겼는데…….물불 가리지 않고 상대에게 뛰어드는 건 피 끓는 20대 시절에나 하는 실수였다. 사랑에 빠져 하루가 멀다 하고 상대를 찾아가고 격한 감정에 부딪치는 건, 이젠 사양해야 할 나이였다.

지금은 냉철한 눈으로 상대를 분석하고 적절하게 대응해야 한다. 그는 이미 어떻게 지은을 대해야 할지 계획을 세워놓았다. 가짜 연애를 하는 도중 혹시라도 지은이 그에게 빠질 것을 대비해 수의사 선생과 잘될 수 있게 계획까지 세워놓았다. 그런데 왜 벌써부터 삐거덕거리며 이상 신호를 보내는지 모르겠다.

제혁은 우뚝 제자리에 멈추곤 문이 닫혀버린 엘리베이터로 고개를 돌렸다. 떨쳐버리려고 해도 자꾸만 바보 같은 질문이 머릿속에 떠올랐다.

만약에 지은에게 키스했더라면 어떻게 되었을까?

순간 향긋한 그녀의 향이 얼굴에 훅 끼쳐 오는 것만 같아 제혁은 주먹을 불끈 움켜쥐었다. 겨우 진정됐던 가슴이 또다시 두근거렸다.

제혁의 외근은 목요일까지 이어졌다. 한껏 긴장하며 제혁을 피해 다녔으면서도 막상 그를 보지 못하자 지은은 왠지 서글 퍼졌다. 내일도 외근할까? 지은은 퇴근 준비하던 손길을 멈추고 멍하니 모니터를 바라보았다. 업무라도 산더미처럼 많다면 잡생각이라도 덜할 텐데 이번 주 진행될 회의가 취소되는 바람에 그녀가 할 일이 사라졌다. 덕분에 주위로 흘러드는 잡다한 소문에 귀가 쫑긋 세워졌다.

오늘 지은은 오랜만에 회장실 김 비서, 이사실 전 비서와 함께 점심을 먹었다. 두 사람은 가뜩이나 심란한 지은을 붙잡고 더욱더 심란한 이야기를 쏟아냈다.

"유 비서는 오늘도 공 상무님 따라서 외근인가 봐요. 민 실장님도 함께 외근이죠?"

지은은 대답 대신 고개를 끄덕거렸다. 이에 김 비서가 혼잣 말처럼 투덜거렸다.

"민 실장님 못 보니까 어제도 오늘도 일할 맛이 안 난다."

"나도 그래. 아, 힘 빠져."

전 비서도 재빨리 거들었다.

"공 상무님, 미워. 맨날 민 실장님만 끌고 나가고. 모르는 사 람이 보면 둘이 사귀는 줄 알 거야."

"……솔직히."

전 비서의 투정에 김 비서는 주위를 둘러보더니 속삭이듯 말을 꺼냈다.

"그런 소문도 있었잖아. 상무님과 민 실장님 그렇고 그런 사이라고. 게이라고."

"네? 말도 안 돼요!"

깜짝 놀란 지은이 큰 소리로 되묻자 김 비서와 전 비서는 동시에 손가락을 입으로 가져갔다.

"쉿!"

지은은 눈만 동그랗게 뜬 채 입을 꾹 다물었다.

"그게 그러니까……."

김 비서는 아까와 마찬가지로 주위를 둘러보더니 작은 목소리로 설명을 이어나갔다.

"공 상무님과 민 실장님, 둘만의 비밀이 있대요. 신체적인 비밀이라고 하는데……. 우리도 거기까지만 알아요."

신체적인 비밀? 이건 또 무슨 소리래?

"누가 그래요?"

"강 비서라고 재작년에 퇴사한 공 상무님의 남자 수행 비서가 있거든요."

김 비서는 지은에게 얼굴을 바짝 가져가며 차근차근 설명에 들어갔다.

"강 비서가 상무님 옆에서 근무했을 땐 민 실장님이 쌍우에 없었어요. 하여간 두 사람이 수영장에 있었는데 마침 강 비서가 상무님 심부름으로 그곳에 들렀대요. 그런데……."

김 비서가 잠시 뜸을 들이자, 지은은 침을 꿀꺽 삼키며 다음 말을 기다렸다.

"뭘 봤나 봐요. 정확히 그게 뭔지는 우리도 몰라요. 강 비서가 막 이야기하려는 순간 상무님에게 들켰거든요. 그리고 바로 퇴사했어요. 다들 말이 퇴사지 해고나 다름없다고 수군거렸어요. 하지만 그저 소문일 뿐, 아무도 그 말을 심각하게 믿는 사람은 없어요."

"그래. 민 실장님이 게이일 리가 없지."

지은도 전 비서처럼 말도 안 되는 소리라고 여기고 한 귀로 듣고 한 귀로 흘렸다. 그런데 점심을 먹고 자리로 돌아오니 묘하게도 그 얘기가 자꾸만 머릿속에 떠올랐다. 곰곰이 생각해 보면 경민이 제혁의 여자관계에 지나치게 반응하는 것도 이상하긴 했다.

난데없이 일요일에 제혁의 회사에 불쑥 찾아온 것도 그렇고, 어떻게 보면 두 사람이 연인처럼 친밀한 것도 같았다. 그게 사실이라면 성 정체성을 숨기기 위해 할 수 없이 선은 보지만, 결혼은 하기 싫다? 키스하면서 완벽하게 절제하는 것 역시 여자에겐 육체적으로 끌리지 않기 때문에?

설마……. 제혁과 경민이 그윽한 눈으로 서로를 마주 보는 데까지 상상이 이르자, 지은은 세차게 고개를 내저었다. 아니야! 그 남자는 확실히 여자를 좋아해. 절대로 남자를 좋아할 리가 없어! 지은은 다시 마음을 다잡으며 모니터로 시선을 돌렸다.

"헐!"

지은은 화면을 가득 채운 글을 황당한 눈으로 바라보며 서둘러 삭제 버튼을 눌렀다. 자신도 모르게 속마음을 적어놓고 있었다.

> 게이일 리가 없잖아.
> 얼마나 키스를 잘했다고!
> 게이인 남자가 여자에게 그리 뜨겁게 키스할 리가 없어.

마지막 문장을 지우려던 찰나, 벌컥 문이 열리며 경민이 안으로 성큼 들어왔다. 지은은 허둥지둥 나머지를 지우고는 황급히 자리에서 일어섰다.

"상무님."

아무렇지 않은 척하려 했지만 자꾸 이상한 장면이 떠올라 경민을 똑바로 바라볼 수가 없었다. 지은은 경민의 시선을 피해 슬그머니 아래로 고개를 숙였다.

"다행히 아직 퇴근 안 했군요. 급하게 번역할 서류가 생겼는데 오늘 늦게까지 야근할 수 있습니까?"

"물론입니다, 상무님."

지은은 고개를 숙인 채로 경민이 내미는 서류를 재빨리 받았다. 경민은 왠지 멀게 느껴지는 지은의 태도가 의아했지만 심각하게 받아들이진 않았다. 누구라도 퇴근 시간에 야근하라고 업무를 맡기면 싫을 테니까.

"부탁해요."

그는 씩 웃어주고는 그대로 집무실로 들어갔다. 지은은 번역해야 할 서류를 들여다보며 자리에 앉았다. 번역에 집중하는 동안은 망상에서 벗어날 수 있을 테니 오히려 그녀에겐 반가운 일이었다. 지은은 서류와 모니터를 번갈아 바라보며 '탁, 탁, 탁' 키보드를 두드렸다.

다음 날 아침, 갑작스러운 경민의 호출로 회의가 소집되었다. 몇 시간에 걸친 회의를 끝내고 제혁은 피곤에 찌든 얼굴로 연신 하품을 해대는 경민에게 다가갔다.

"상태가 왜 그래요?"

"갑자기 자료 준비하느라 어젯밤 12시 넘어서까지 야근했거든. 이게 있어야 회의할 수 있으니까. 하아암."

경민은 길게 하품을 하며 회의에서 사용한 자료를 제혁에게 건넸다. 제혁은 건성으로 자료를 훑어보며 미간을 찌푸렸다. 경민이 독어를 번역하진 않았을 테고 그 말은 지은도 밤늦게까지 회사에 남아 있었다는 뜻이었다. 경민은 '갑자기'라고 변명했지만, 저번 주까지 번역이 끝났어야 할 자료였다.

제때 번역을 맡겼더라면 지은이 밤늦게까지 야근할 필요는 없었을 텐데…….

"전 이만 들어가보겠습니다."

"어, 그래. 오늘 반차 쓴다고 했지? 작업실에 가는 거야?"

"네. 수요일 공연이라서 연습해야 합니다."

"하아!"

그 말에 경민은 과장되게 두 팔을 벌리며 목청을 높였다.

"민제혁! 난 세상에서 네가 젤 부럽다. 다 가진 녀석."

"됐습니다."

제혁은 경민의 말을 차갑게 잘라내고는 뒤돌아 회의실을 나섰다. 엘리베이터를 기다리던 그는 무심결에 주머니에서 휴대폰을 꺼내 들었다. 며칠 전 그렇게 헤어지고 나서 아직도 지은을 보지 못했다. 문자라도 보내볼까?

> **어제 야근했죠. 피곤하지 않습니까?**

전송 버튼을 누르려던 제혁은 흠칫 동작을 멈추고 빠히 화면을 들여다보았다. 그러다 묵묵히 삭제 버튼을 눌렀다. 어차피 주말에 만날 건데 뭐하러 문자를 보내나 하는 의문이 들었기 때문이었다. 둘이 진짜로 사귀는 것도 아니면서 이런 문자를 보내는 건 위험할 정도로 다정한 태도였다.

집에 들러 평상복으로 갈아입은 제혁은 곧장 작업실로 향했다. 작업실에서는 제일 먼저 도착한 석준이 음향 기기를 점검하고 있었다.

"선배, 일찍 오셨네요."

"응. 다른 멤버는?"

"점심때쯤 올 거예요."

그때 벌컥 문이 열리며 은우가 들어왔다.

"짜잔!"

아무 생각 없이 고개를 돌리던 제혁과 석준은 은우를 보자마자 동시에 탄성을 터뜨렸다.

"은우, 너!"

어제까지만 해도 목덜미를 살짝 덮는 정도의 머리 길이였는데 어느새 굵은 웨이브 머리로 탈바꿈해 어깨까지 길게 늘어져 있었다.

"큰맘 먹고 익스텐션 했어. 잘 어울려?"

은우는 자랑하는 것처럼 한 손으로 머리카락을 쓸어내렸다. 로커의 자존심은 긴 머리라고 노래를 부르더니 드디어 일을 저지른 모양이었다. 가뜩이나 여자처럼 예쁘장한 얼굴인데 머리까지 길어지자, 힐끗 보면 여자로 착각할 수도 있을 정도였다.

"어때요, 선배. 어울려요?"

"노코멘트."

빈말이라도 마음에 없는 말은 하고 싶지 않기에 제혁은 입을 꾹 다물고 고개를 돌려버렸다.

어제는 야근하느라 망상에서 벗어날 수 있었다. 하지만 오늘은……

지은은 고개를 숙인 채 터덜터덜 발걸음을 옮겼다. 이럴 줄 알았으면 오후까지 근무할걸. 자유 시간이 주어지자 자꾸만 헛된 상상으로 머리가 아팠다.

결국 지은은 봉사 활동이라도 하면 딜하지 않을까 하는 기대심에 유기 동물 보호 센터로 향했다. 이번 주 내내 한 번도 우빈 생각을 하지 않았다는 사실이 기가 막혔다. 머릿속이 온통 제혁 생각으로 채워져 우빈을 위한 자리가 남아 있지 않았다. 그렇다고 우빈을 좋아하지 않게 되었다는 뜻은 절대로 아니다.

단지 지금은 제혁이란 존재가 마음을 복잡하게 만들었기 때문일 것이다. 육체적인 접촉이 이리도 큰 작용을 할 줄은 몰랐다. 대문 앞에서 키스한 이후로 제혁은 잊을 만하면 꿈에 나타나 그녀를 괴롭혔다.

누가 이론의 여왕 아니랄까 봐! 실전 경험도 없으면서 꿈속에서 그녀는 아주 다양한 방법으로 제혁과 사랑을 불태웠다. 지은은 괜스레 얼굴을 붉히며 조심스럽게 주위를 둘러보았다. 혹시라도 누가 그녀의 머릿속을 들여다보는 건 아니겠지? 그런데…….

"어?"

지은은 방금 본 장면을 믿을 수 없다는 듯 미간을 찌푸렸다. 길 건너 저 멀리 제혁이 서 있었다. 혹시 잘못 본 것은 아닐까, 지은은 재빨리 손등으로 눈을 비비고 다시 길 건너를 응시했다.

아무리 봐도 잘못 본 게 아니었다. 그곳에 있는 남자는 제혁이 틀림없었다. 그는 슈트 대신 편안한 청바지와 스웨터를 입고 있었다.

분명 회사에 있어야 할 시간인데 여기서 뭐 하는 거지?

제혁은 누군가를 기다리는 듯 손목시계를 들여다보고 있었다. 길 건너에 지은이 있다는 사실은 전혀 눈치채지 못한 모양이었다.

잠시 후 양손 가득 비닐봉지를 든 여자가 제혁에게 다가갔다. 멀리서 보기에도 윤곽이 뚜렷한 여자는 가까이에서 보면 미인일 것 같았다. 굵은 웨이브 머리를 가진 그녀는 여자치곤 키가 큰 편이었다. 각진 어깨와 볼륨 없는 몸매로 보아 세련된 모델 같았다.

제혁은 여자에게서 비닐봉지 하나를 넘겨받더니 그녀와 어깨를 나란히 하고 걷기 시작했다.

아무래도 뭔가 있어. 왠지 모를 불길한 예감에 지은은 반사적으로 두 사람의 뒤를 쫓았다. 제혁과 일행은 이탈리안 레스토랑 앞을 지나 조금 낡아 보이는 건물로 향했다.

"하하하."

무슨 재미있는 이야기를 나누는지 갑자기 제혁이 크게 웃음을 터뜨렸다.

"정말이라니까요. 하하하."

여자도 제혁을 따라서 큰소리로 웃었다. 그런데 여자치곤 목소리가 너무 굵직했다.

여자가 아니라 남자? 지은은 의아한 표정을 지으며 굵은 웨이브 머리 여자를 유심히 관찰했다. 털털하게 다리를 벌리며 걷는 모습을 보니 여자보다는 남자에 가깝긴 했다. 두 사람은 건물 옆으로 돌더니 유리문을 열고 안으로 들어갔다. 지은은 놓칠세라 그 뒤를 재빠르게 쫓았다. 유리문 너머로 계단을 내려가는 두 사람의 뒷모습이 보였다.

두 사람이 사라지자 지은은 건물 밖에 선 채 골똘히 생각에 잠겼다. 아무리 생각해도 제혁의 일행은 여자가 아닌 것 같았다. 그런데 요즘에 어떤 남자가 저렇게 머리를 기르지? 로커도 아니면서 남자가 길게 머리를 기르는 건 한물간 유행인데……. 순간 어제 김 비서가 해준 이야기가 그녀의 뇌리를 스치고 지나갔다.

—……그렇고 그런 사이라고. 게이라고.

그렇다면 혹시?

"말도 안 돼!"

너무 놀란 나머지 지은은 한 손으로 입을 틀어막았다. 게이라는 소문이 사실이었어? 그러면 저 남자랑 살림 차린 거야? 카사노바일 거라고 생각했을 때와는 비교할 수도 없는 큰 충격이었다. 하지만 그게 사실이라고 해도 그녀가 항의할 순 없었다. 둘이 진짜로 사귀는 것도 아닌데 도대체 무슨 권리로 따질 수 있을까.

그보다는 제혁이 게이인 줄도 모르고 요 며칠 마음이 싱숭
생숭했다는 것에 헛웃음이 나왔다. 지은은 어쩔 줄 모르고 제
혁이 사라진 건물만 빤히 쳐다보았다.

한참을 그렇게 건물 앞에서 서성거리던 그녀는 결국 힘없이
발걸음을 돌렸다.

"잠깐."

그러나 채 몇 걸음도 떼지 못하고 지은은 제자리에 멈춰 섰
다. 이대로 돌아갈 순 없었다. 두 사람은 엄연히 지장까지 찍
으며 가짜 연애를 하기로 계약한 관계였다. 상대에게 성 정체
성을 숨겼다는 것은 빼도 박도 못할 계약 위반이었다. 그렇다
면 그녀에게는 당당하게 따질 권리가 있었다.

지은은 서둘러 제혁이 들어간 건물로 향했다. 유리문을 열
고 지하로 내려가니 입구를 막은 견고한 철문이 눈에 들어왔
다. 잠시 망설이던 지은은 숨을 가다듬고 문 옆에 놓인 벨을
꾹 눌렀다. 곧이어 '덜컹' 소리와 함께 철문이 열리고 굵은 웨
이브 머리를 한 남자가 모습을 드러냈다.

"누구시죠?"

지은이 예상했던 대로 그는 여자처럼 예쁘장하게 생긴 남자
였다. 그렇다면 제혁 씨는 정말로……? 흐흑. 지은은 울고 싶
은 마음을 애써 내리누르며 담담하게 말했다.

"민제혁 씨를 만나러 왔는데요. 지금 여기 있죠?"

"네. 그런데 누구시죠?"

"여자 친구예요."

"네?"

여자 친구란 말에 남자의 눈이 휘둥그레졌다. 하지만 그것도 잠시뿐, 남자는 별말 하지 않고 그녀가 들어올 수 있게 한 걸음 뒤로 물러섰다. 지은은 짧게 숨을 들이마시며 안으로 발을 내디뎠다. 살림집인 줄 알았는데 상상과는 다른 실내 풍경이 지은을 기다리고 있었다. 제일 먼저 눈에 들어온 것은 벽 여기저기에 붙은 인디 밴드 'Broken Wings' 로고와 사진들이었다.

왜 저런 게 여기에? 그때 어디선가 귀에 익은 음악 소리가 은은하게 흘러나왔다.

"이쪽으로 오세요."

예쁘장하게 생긴 남자는 그녀를 복도 끝으로 안내했다. 다가갈수록 음악 소리가 점점 커졌지만 그래도 아직 미미한 정도였다. 남자가 다른 문을 여는 순간, 커다란 음악 소리가 순식간에 울려 퍼졌다. 놀랍게도 그녀가 서 있는 곳은 최신 설비가 갖추어진 음악 작업실이었다. 안에서는 인디 밴드 'Broken Wings'가 한창 연주 중이었다. 예전에 클럽에서 보았던 낯익은 멤버의 모습도 눈에 띄었다.

띠디디디딩―. 띠디디디디링―. 아주 익숙한 기타 연주에 지은은 자석에 이끌리듯 소리가 나는 쪽으로 고개를 돌렸다. 그녀의 시선이 닿은 곳에는 전자 기타를 멘 제혁이 서 있었다. 그는 연주에 심취한 탓에 지은이 들어온 것을 전혀 깨닫지 못하고 있었다.

어떻게 된 거지? 저 남자가 전자 기타를 치다니. 고상하게 클래식 음악만 듣는 줄 알았는데…….

지은의 미간이 저절로 좁혀졌다. 제혁의 어깨에 멘 기타가 왠지 낯이 익었다. 지은은 찬찬히 기타를 훑어보았다. 역시 짐작한 대로 제이가 무대 위에서 사용한 기타였다. 제혁의 손끝을 통해 흘러나오는 기타 연주 역시 제이의 그것과 일치했다.

지은은 어안이 벙벙한 눈으로 제혁을 바라보았다.

게이가 아니라 제이였어?

도저히 믿어지지 않았다. 무슨 남자가 양파도 아니면서 까도, 까도 끝이 없대!

놀랄 일은 그것뿐만이 아니었다. 솔로 기타 연주가 끝나자 제혁이 마이크를 잡고 자신의 키에 맞게 높이를 조절했다.

제이가 보컬도 담당했었나? 공연 중에 노래 부르는 모습을 본 적이 없는데.

Yesterday never came. Tomorrow's already gone. Windows after windows……

이윽고 제혁의 노랫소리가 은은하게 퍼졌다. 음치라고 생각한 그녀의 상상을 비웃기라도 하듯 나직하면서 성량이 풍부한 목소리였다. 옆으로 고개를 기울인 채 반쯤 눈을 감은 제혁의 모습은 너무나도 황홀했다. 세상의 모든 에너지가 그를 향하는 것 같은 착각이 들 정도였다. 로렐라이의 노래에 홀린다는 게 바로 이런 걸까? 그녀도 모르는 사이에 두 눈 가득 눈물이 차올랐다.

노래를 부르던 제혁이 눈을 뜨며 자연스럽게 문 쪽을 향해 고개를 돌렸다. 문 앞에 서 있는 지은을 발견한 순간, 그의 얼굴이 그대로 굳어버렸다. 제혁이 노래를 멈추자 다른 멤버도 연주를 중단하고 그를 따라 문 쪽으로 고개를 돌렸다. 일순간 쥐 죽은 듯한 정적이 감돌았다.

"……어떻게 여기에?"

제혁이 추궁하는 듯한 눈빛으로 바라보자 굵은 웨이브의 예쁘장한 남자는 머뭇거리듯 설명에 들어갔다.

"이분이 선배 여자 친구라고 해서……."

여자 친구란 말에 멤버 모두 깜짝 놀란 얼굴로 지은과 제혁을 바라보았다. 지은은 그제야 자신이 실수했다는 생각이 들었다. 제혁은 둘의 관계를 되도록 주위 사람에게 알리고 싶어 하지 않았으니까.

계약 위반을 따지러 왔을 뿐인데 어쩌다 일이 이렇게 꼬여버렸을까. 갑자기 난처해진 지은은 조심스럽게 제혁의 눈치를 살폈다.

제혁은 굳은 표정으로 기타를 벗어 바닥에 내려놓았다. 그러곤 느릿한 걸음으로 지은에게 다가왔다. 그 모습은 마치 먹잇감을 노리는 늑대 같았다. 지은은 마른침을 삼키며 콩알만 해진 심장을 다독였다. 지은은 제혁과 눈길을 마주하며 희미하게 웃어 보였다. 그녀의 미소에 그의 눈꼬리가 움찔 경련을 일으켰다. 이어서 그의 입가에 건조한 미소가 떠올랐다.

"소개할게."

제혁은 그녀의 어깨에 팔을 올리며 멤버들을 향해 몸을 틀었다.

"내 여자 친구야."

어딘지 모르게 차가운 제혁의 목소리가 그대로 그녀의 심장에 꽂혀버렸다.

화났나? 지은은 지글지글 익어가는 고기를 바라보다 슬그머니 옆으로 시선을 돌렸다. 제혁은 입을 꾹 다물고 애꿎은 불판만 노려보고 있었다.

"에고, 아까운 고기 다 타겠네."

그때 맞은편에 앉은 은우가 재빨리 고기를 뒤집었다. 지은은 불판 위에서 쪼그라드는 고기를 보며 작게 한숨을 내쉬었다. 불판 위에 있는 고기가 자신의 모습 같다는 생각이 들었다. 이럴 줄 알았으면 가지 말라고 잡아도 돌아갔어야 하는 건데…….

지은이 작업실에 나타난 후로 연습이 제대로 진행되지 않았다. 멤버 모두 지은을 힐끗힐끗 쳐다보며 한눈을 팔았기 때문이었다. 결국 연습은 예정했던 시간보다 일찍 끝났다.

"만나서 반가웠어요. 저는 이만 가볼게요."

"에이, 무슨 소리예요. 이렇게 오셨는데 저녁은 하고 가셔야죠. 그렇죠, 선배?"

자리를 뜨려는 지은의 팔을 은우를 비롯한 다른 멤버들이 붙잡았다. 제혁은 대답 대신 까딱 고개를 끄덕거렸다. 눈치껏 알아서 행동하라는 건가?

"뭐 하세요. 어서 가요. 배고프다고요."

은우의 독촉에 지은은 할 수 없이 밴드 멤버들과 함께 근처 고깃집으로 자리를 옮겼다. 제혁은 작업실에서 고깃집으로 올 때까지 단 한마디도 하지 않았다. 주로 은우가 붙임성 있게 지은의 말 상대를 해주었다.

누가 봐도 제혁은 화가 난 얼굴이었다.

정체를 들켜버려서 그런 건가? 그게 아니면 여자 친구라고 소개해서? 아니면 둘 다?

지은은 제혁의 시선을 피하며 앞에 놓인 물컵만 만지작거렸다. 그때 석준이 맥주병을 들고 지은에게 다가왔다.

"한잔하시죠."

"네."

속 타는데 차가운 맥주라도 마셔야겠다. 자은이 맥주를 마시려던 찰나, 제혁이 그녀의 손에서 잔을 채갔다. 그러곤 그녀가 '앗!' 하는 사이 단번에 잔을 비웠다. 지은은 황당하다는 듯 비어버린 잔을 바라보았다. 잔을 비운 제혁은 맥주 대신 얼음물을 가득 따라 지은의 앞에 내려놓았다.

"석준아, 술 권하지 마라."

"네, 선배."

석준은 꾸벅 고개를 숙이곤 재빠르게 자리로 돌아갔다.

"왜요?"

지은은 황당한 눈으로 제혁을 바라보았다.

"오늘 차 가져왔지?"

제혁이 싹둑 짧아진 말꼬리로 물었다.

"대리운전 부르면 되거든요."

"또 저번처럼 술병 나려고?"

어머, 딱 한 번 술병 난 거 가지고! 모르는 사람이 들으면 알코올 중독자인 줄 알겠네. 지은은 씩씩거리며 앞에 놓인 잔을 말끔히 비웠다. 그러자 제혁은 다시금 잔에 얼음물을 가득 따랐다. 물로 배 채우라는 거야? 뭐야?

"저기요."

한마디 하려고 했는데 제혁이 더 빨랐다. 그는 그녀의 손을 맞잡더니 자리에서 벌떡 일어났다.

"잠깐 나와봐."

그는 그녀의 손을 잡은 채 밖으로 이끌었다. 제혁은 건물 앞 테라스에 와서야 잡았던 손을 놓아주었다. 그는 먼저 벤치에 앉더니 그녀에게도 앉으라는 듯 손바닥으로 옆을 툭툭 내리쳤다.

"갑자기 들이닥쳐서 미안해요."

지은은 제혁의 옆에 앉으며 먼저 말을 꺼냈다. 모양새가 바람피우는 현장을 급습한 것처럼 됐으니까. 제혁이 아무 말도 하지 않고 가만히 있자 지은이 넌지시 물었다.

"화났어요?"

"왜 그렇게 생각합니까?"

그의 말꼬리는 다시 길어져 있었다.

"그거야 내가 갑자기 들이닥쳤고. 여자 친구라고 소개했으니까."

"흠."

제혁은 길게 한숨을 내쉬더니 한 손으로 흘러내린 앞머리를 쓸어 올렸다.

"화 안 났습니다. 당황하긴 했지만."

"그런데 아까부터 표정이 왜 그래요? 화났으면 솔직히 화났다고 말해요."

"그런 거 아닙니다."

제혁은 테이블에 몸을 기대며 지은 쪽으로 몸을 돌렸다.

"진짜 남자 친구처럼 보이려고 연기한 겁니다. 여자 친구가 심각한 얼굴로 작업실에 불쑥 들이닥쳤는데. 그것도 빈손으로."

"……그건."

그의 말이 맞았다. 지은은 자신의 행동이 남자 친구 작업실에 놀러 온 것과는 거리가 멀었다는 사실을 깨달았다. 보통 연인끼리 다투고 나서 일방적으로 찾아온 느낌에 가까웠다.

"왜 그렇게 들이닥친 겁니까?"

"제혁 씨를 본 것 같아서. 음……. 뭐랄까? 저는 순수한 호기심으로……. 반가운 마음에, 일주일 동안 거의 얼굴을 못 봤잖아요."

그녀가 생각하기에도 말도 안 되는 변명이었다. 지금까지 둘이 얼마나 자주 얼굴을 봤다고. 게다가 어차피 주말이면 가짜 데이트하느라 만나야 할 텐데. 남들이 들으면 둘이 열렬하게 사귀는 줄 알겠다. 그런데 비웃을 거라고 여긴 제혁은 그저 무뚝뚝한 얼굴로 그녀를 바라보기만 했다. 그런 제혁의 얼굴에 제이의 모습이 겹쳐졌다.

바라만 봐도 상대를 빨아들일 것 같은 섹시한 눈빛. 이 남자 알고 보니까 회사원의 탈을 쓴 섹시한 뮤지션이었어. 왜 이렇게 가슴이 두근거리지? 지은은 슬며시 옆으로 고개를 돌리며 그의 시선을 피했다. 그러곤 어색한 분위기를 깨고 싶어 아무 말이나 내뱉었다.

"제혁 씨가 제이일 줄은 꿈에도 몰랐어요. 그때 복도에서 잡아줬을 때, 나인 줄 알고 그런 거예요? 무대에서부터 나 알아본 거죠?"

제혁은 대답 대신 피식 마른 웃음을 흘렸다. 또다시 눈을 반쯤 감고 노래를 부르던 제이의 모습이 겹쳐졌다. 제발, 그렇게 웃지 말아줘!

쿵! 심장이 저 밑으로 떨어지는 것 같았다. 여우가 사람을 홀린다는 말은 들어봤지만, 늑대가 사람을 홀릴 줄은 꿈에도 몰랐다.

"추워요. 이제 그만 들어가요."

벤치에서 일어나려는데 제혁이 갑자기 손을 뻗어 그녀를 품에 꽉 끌어안았다. 지은은 반항할 틈도 없이 쓰러지듯 제혁의 가슴에 얼굴을 묻었다.

"은우가 우리를 찾으러 나왔어요. 연인끼리는 다투고 나면 화해해야 하니까."

제혁의 품에 안긴 채로 지은은 옆으로 시선을 돌렸다. 제혁의 말대로 은우가 그들을 찾아서 건물 밖으로 나오고 있었다. 그러다 부둥켜안은 두 사람을 보고 제자리에 멈춰 섰다.

"나무토막처럼 있지 말고 등 뒤로 팔 둘러요."

지은은 조심스럽게 제혁의 등으로 손을 돌려 그를 꽉 끌어안았다. 서로의 몸이 조금 더 가깝게 밀착되었다.

"그런데 왜 내게 제이라는 거 말 안 했어요?"

'우리 사이에 그런 것까지 일일이 털어놔야 합니까?'라는 대답이 돌아온다면 서운할 것 같았다. 다행히 그는 예전처럼 사생활에 관한 질문은 삼가라는 말은 하지 않았다.

"나는 제이가 아니라 민제혁 실장으로서 선을 보러 나간 거니까."

"제혁 씨가 밴드 활동하는 거 누가 알아요?"

"부모님은 모르시고 친한 친구 몇몇만 알고 있습니다."

"그러면 회사 사람들도 모르겠네요?"

"공 상무님만 압니다."

잠시 어색한 침묵이 흘렀다. 지은은 언제까지 껴안고 있어야 하는지 물으려다 가만히 입을 다물었다. 솔직히 그의 품에 조금 더 안겨 있고 싶었으니까.

"내일 봉사 가죠? 끝나고 만날까요?"

"좋아요. 5시면 끝날 거예요."

오늘도 만나고 내일도 만나고. 진짜로 연애하는 것 같아 지은은 가슴이 설레었다.

"그런데 우리 언제까지 이러고 있어야 해요?"

"조금만 더 이러고 있어요. 방금 다른 멤버가 나왔으니까."

"아, 네."

지은은 순순히 고개를 끄덕이며 그의 어깨에 머리를 기댔다. 누군가 멀리서 그들을 봤다면 영락없이 다정한 연인이라고 했을 것이다.

사실은 은우도 석준도 두 사람을 보자마자 방해하지 않으려 곧장 안으로 들어가버렸다. 그러나 제혁은 그 사실을 지은에게 알려주는 대신 그녀를 더욱더 세게 품에 안았다.

단지 연기하는 것뿐이라고 자기 자신을 설득하며······.

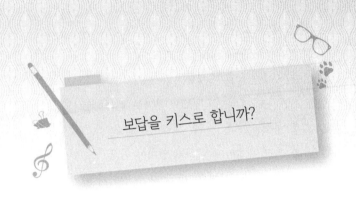

보답을 키스로 합니까?

유기 동물 보호 센터에서의 봉사 활동은 여느 때와 같았다. 한 가지 다른 점이 있다면 천장에 물이 샌다며 사무실에 들어가지 못하게 막아놓은 것뿐이었다. 지은이 봉사를 마치고 옷을 갈아입고 나오자, '사무실 출입 금지'라는 사인은 치워져 있었다.

"천장 공사 다 끝났어?"

지은의 물음에 도경이 건성으로 고개를 끄덕였다.

"응. 그런 거 같아. 가봐."

공사가 끝난 사무실은 불이 꺼진 캄캄한 상태였다. 지은은 아무 생각 없이 벽에 있는 전등 스위치를 눌렀다.

"앗!"

전혀 예상하지 못한 풍경에 지은의 눈이 휘둥그레졌다. 벽 스위치를 눌렀는데 천장에 달린 전등 대신 꼬마 장식 전구에 불이 들어왔다. 예전에는 없었던 올망졸망한 장식 전구였다.

마치 천장에서 눈이 내리는 것 같았다. 새로운 건 장식 전구만이 아니었다. 천장에는 금색, 은색의 풍선이 빽빽이 들어차 있었고, 벽에는 '생일 축하' 배너가 걸려 있었다.

그제야 지은은 오늘이 자신의 생일이라는 것을 깨달았다. 그동안 너무 머릿속이 복잡해서 깜빡하고 말았다.

"서프라이즈!"

그때 갑자기 반대쪽 문이 열리며 봉사자들이 폭죽을 터뜨렸다. 하트 모양의 은색 반짝이가 눈처럼 허공에 휘날렸다.

"생일 축하합니다. 생일 축하합니다."

모두 흥겹게 생일 축하 노래를 부르는 가운데 우빈이 촛불이 커진 생일 케이크를 들고 지은에게로 걸어왔다.

케이크 위에는 '지은 씨, 항상 고맙고 사랑해요!'라는 문구가 적혀 있었다.

"이게 다 뭐예요?"

지은은 감격스러운 듯 양손으로 얼굴을 감쌌다.

"그동안 지은 씨에게 고맙다는 인사도 제대로 못 하고 모두 마음이 불편했거든요. 이렇게라도 고마움을 표현하고 싶었습니다."

우빈이 수줍게 웃으며 말했다.

"아니에요. 다들 저보다 더 열심히 하면서……."

말은 그렇게 하면서도 지은은 코끝이 찡해질 정도로 감동을 받았다.

"이거 어젯밤에 정 쌤이 와서 다 꾸민 거야."

옆에서 흐뭇한 눈으로 두 사람을 지켜보던 도경이 살짝 설명을 보탰다.

"고마워요, 정 쌤."

"아닙니다. 아이디어는 도경 씨가 냈어요. 꾸미는 것도 경애 씨와 가을 씨가 도와주었고."

우빈이 겸연쩍은 얼굴로 빠르게 정정했다.

"어머, 정 쌤은! 그래도 정 쌤이 풍선이랑 전구 사 오고 케이크도 직접 주문했잖아요."

도경은 생글생글 웃으며 모든 공을 다시 우빈에게로 돌렸다. 그러곤 지은을 재촉했다.

"자, 어서 소원 빌고 촛불 꺼."

"응."

이게 꿈인가, 생시인가! 우빈 씨가 직접 케이크를 들고 와 생일을 축하해주다니!

당장에라도 하늘로 날아갈 것 같은 기분이었다. 뭐라고 소원을 빌지?

그때였다. 뒤에서 익숙한 남자의 목소리가 들렸다.

"생일 축하합니다."

깜짝 놀라 뒤를 돌아보자 제혁이 굳은 표정으로 서 있었다.

시간을 넉넉하게 잡고 작업실에서 걸어오느라 제혁은 약속 시간보다 10분 정도 일찍 도착하게 되었다. 밖에서 지은이 나오길 기다릴 생각이었는데 우연히 건물 앞에서 경애와 부딪쳤다.

"안녕하세요. 지은 씨 기다리는 거예요?"

지난주에 솜이 때문에 안면을 익혔던 터라 경애가 먼저 아는 체를 하며 제혁에게 다가왔다.

"네. 그렇습니다."

"추운데 밖에서 기다리지 말고 안으로 들어오세요."

경애는 제혁을 지은의 남자 친구로 알고 있었기에 안으로 들어오라는 건 어쩌면 당연한 배려였다.

"서프라이즈!"

경애를 따라 건물 안으로 들어서는 순간 복도 끝에서 커다란 환호성이 들려왔다.

"이런, 벌써 시작했나 보네요. 이쪽으로 오세요."

경애는 제혁에게 따라오라는 손짓을 하며 서둘러 복도 끝에 있는 사무실로 향했다. 얼떨결에 경애를 따라간 제혁은 봉사자들에게 둘러싸인 지은을 발견했다. 그 옆으로 촛불이 켜진 생일 케이크를 손에 든 우빈이 보였다. 지은은 막 소원을 빌려는지 두 눈을 감고 있었다.

오늘이 생일이었나? 제혁은 갑자기 밀려드는 불쾌한 감정에 인상을 찡그렸다. 어째서 아무 말도 하지 않은 걸까? 생일이란 걸 알려줄 필요가 없다는 건가? 문득 그녀와의 거리가 아주 멀게 느껴졌다. 사귀는 척 연기만 할 뿐 사실 두 사람은 아무 관계도 아닌 게 맞았다. 그 역시 지은에게 뭐라고 할 자격은 없었다. 제이라는 이름으로 인디 밴드에서 활동한다는 사실을 숨겼으니까.

제혁은 씁쓸하게 웃으며 봉사자들에게 둘러싸인 지은에게 가까이 다가갔다.

"생일 축하합니다."

그의 목소리가 들리자 지은은 깜짝 놀란 얼굴로 뒤를 돌아보았다.

"뭐 합니까? 녹기 전에 촛불 빨리 불어요."

제혁은 지은이 뭐라고 말을 꺼내기 전에 재빨리 그녀의 허리에 손을 감아 자신의 품으로 끌어당겼다. 지은의 생일인 줄 몰랐다는 사실을 우빈에게만큼은 들키고 싶지 않았다. 그래서 제혁은 좀 더 친밀한 척 연기했다.

처음엔 제혁이 모두가 보는 앞에서 끌어안자 지은은 잠시 당황했다. 하지만 이내 긴장을 풀었다. 사귀는 남자가 끌어안았다고 당황하면 이상할 테니까.

"후우."

그녀는 소원을 빈 후, 크게 숨을 들이마시고 단번에 촛불을 껐다.

"와!"

촛불이 꺼지자 봉사자들은 크게 손뼉을 치며 환호했다. 제혁은 지은의 귓가에 입술을 가져가며 속삭이듯 말했다.

"한 번에 촛불을 껐으니 소원이 이뤄졌겠군요."

그 말에 지은은 수줍게 웃어 보였다.

그녀는 뭐라고 소원을 빌었을까? 저 수의사 선생과 잘되게 해달라고 빌었을까? 제혁은 옆에 선 우빈에게로 고개를 돌렸다. 제혁과 눈길이 마주치자 우빈은 굳은 표정을 풀며 마지못해 어색한 미소를 떠올렸다. 그의 손에는 촛불이 꺼진 케이크가 들려 있었다.

우빈이 지은을 위해서 직접 주문했다는 케이크는 한눈에 보기에도 꽤 고급스러워 보였다. 어쩌면 우빈은 지은을 마음에 두고 있을지 모르겠다는 생각이 들었다. 만약에 서로 좋아하는 거라면 그의 계획대로 착착 들어맞는 건데 왜 이리 불쾌한 기분이 드는 걸까.

"자, 생일 주인공이 케이크 잘라."

도경은 케이크박스에서 빵 칼을 꺼내 지은에게 건넸다. 지은은 빵 칼을 들고 테이블 위에 놓인 케이크를 자르기 시작했다. 그런 지은을 우빈이 사랑스럽다는 듯 지켜보았다. 제혁은 지은에게로 힐끗 시선을 돌렸다. 그녀는 우빈이 자신을 바라본다는 것을 모른 채 아주 열심히 케이크를 자르고 있었다. 지금 그녀에게는 어떻게 하면 예쁘게 케이크를 자를 수 있는지만이 가장 큰 관심사인 것 같았다.

아무리 청정 지역 1등급이라도 너무 눈치가 없군. 제혁은 다시 우빈에게로 고개를 돌렸다. 제혁의 눈길을 느낀 우빈도 옆으로 고개를 돌렸다. 순간 두 사람의 시선이 허공에서 부딪쳤다. 우빈은 예의상 사무적인 미소를 지었지만 어딘지 모르게 묘한 적대감이 느껴졌다.

그 이유를 모르는 것은 아니었다. 공들여서 이벤트를 준비했는데 제혁이 지은의 옆을 차지했으니 화가 날 만도 했다. 재주는 곰이 부리고 돈은 조련사가 챙긴 꼴이 되었으니까.

"인사가 늦었네요, 민제혁 실장님. 태도경이라고 해요. 지은이와는 이종사촌이죠."

그때 도경이 케이크가 담긴 접시를 내밀며 직접 자신을 소개했다.

"만나서 반갑습니다."

"민 실장님은 나를 모르겠지만 나는 민 실장님을 알아요. 지은이 맞선 보는 날, 내가 지은이에게 민 실장님 사진을 문자로 보내줬거든요."

도경은 제혁에게 말할 기회를 주지 않고 다다다 할 말을 이어갔다.

"그런데 이제 어떻게 할 거죠? 난 오늘 두 사람 데이트하는 줄도 모르고 봉사자들과 저녁 먹을 계획을 세웠거든요."

도경의 말투는 당신 때문에 계획에 차질이 생겼다고 불평하는 것처럼 들렸다.

"정 쌤이 얼마나 신경 써서 준비했는지 아세요?"

'그게 나와 무슨 상관입니까?'라는 말이 목구멍까지 올라왔지만 차마 그 말을 할 수 없었다. 제혁의 눈에 우빈과 다정하게 대화를 나누는 지은의 모습이 들어왔다.

오늘은 그녀의 생일이었다. 지금 그녀에게 가장 큰 선물은 우빈과 함께 시간을 보내는 것 아닐까? 하루쯤 우빈에게 지은을 양보한다고 큰일 날 것도 아니고. 어차피 언젠가 지은은 우빈와 사귀게 될 테니까. 그때 지은이 제혁에게로 고개를 돌렸다. 그와 눈길이 마주치자 그녀는 눈꼬리를 휘며 환하게 웃어 보였다. 그 순간 제혁은 결정을 내렸다. 오늘 저녁만큼은 지은이 우빈과 행복한 시간을 보낼 수 있게 성심껏 도와주자.

"오늘은 지은 씨 생일이니까 제가 한턱내죠."

제혁이 봉사자들을 향해 말했다.

"어디로 갈까요?"

막 샤워를 마치고 나온 경민은 한 손으로 머리의 물기를 털어내며 침대로 걸어갔다. 침대 옆 탁자에 올려둔 휴대폰에선 '삐익, 삐익' 신호 음이 흘러나오고 있었다. 휴대폰 화면에는 '부재중 전화' 메시지가 떠 있었다. 발신자를 확인한 경민은 지그시 미간을 찌푸렸다. 생전 처음 보는 번호로 미국에서 걸려온 전화였다.

띠리링―. 띠리링―. 잠잠했던 휴대폰이 다시 울리기 시작했다. 화면에선 방금 확인했던 부재중 전화번호가 떠올랐다. 경민은 본능적으로 밀려오는 불안감에 선뜻 전화를 받을 수 없었다. 전화는 몇 번 더 울리더니 곧 끊어졌다.

띠리링―. 띠리링―. 그러나 얼마 안 있어 다시 휴대폰이 울렸다. 경민은 몇 번을 망설이다 결국 통화 버튼을 눌렀다.

"여보세요?"

휴대폰 너머에선 아무런 말도 나오지 않았다. 전화를 끊어 버리려던 경민은 움칫 놀라 동작을 멈췄다. 저 너머로 들리는 숨소리가 어딘지 모르게 익숙하게 느껴졌기 때문이었다.

"……해수?"

[후우.]

순간 짧은 웃음소리가 흘러나왔다.

"해수 맞지?"

그러자 약간 허스키하면서도 깊고 진한 여자의 목소리가 흘러나왔다.

[오랜만이야. 숨소리만 듣고도 난 줄 바로 알아맞히네? 역시…….]

경민은 화를 참으려 어금니를 꽉 깨물었다.

"……너 지금 어디야?"

[글쎄 어디에 있을까? 너무 초조해하진 마. 곧 알게 되겠지.]

그 말을 끝으로 툭 전화가 끊어졌다. 경민은 재빨리 발신 번호로 전화를 걸었다. 하지만 '뚜뚜' 신호만 갈 뿐 전화를 받지 않았다. 몇 번이나 전화를 걸었지만 끝내 연결되지 않았다.

"제길!"

경민은 손에 쥐고 있던 휴대폰을 침대 위로 힘껏 내던졌다. 해수에게 전화가 왔다는 사실을 제혁에게 말해줘야 하나? 아니, 어쩌면 제혁에게 먼저 전화를 하고 자신에게 연락했을

지도 모른다. 만약에 그랬다면 제혁 혼자 잘 알아서 대처했을까?

경민은 침대 위에 놓인 휴대폰을 말없이 바라보았다.

처음엔 아주 순수한 감정이었다. 오늘 생일의 주인공인 지은이 우빈과 함께 시간을 보낼 수 있도록 도와주자! 하지만 평정을 유지하며 두 사람을 지켜보는 것은 생각보다 쉽지 않았다.

근처 레스토랑에 도착하고 얼마 지나지 않아 제혁의 인내심은 한계에 달하고 말았다. 우빈은 메뉴를 고를 생각도 하지 않고 맞은편에 앉은 지은을 빤히 바라만 보았다. 옆에 앉은 도경도 바로 알아챌 만큼 아주 노골적인 눈빛이었다.

그러나 정작 당사자인 지은은 메뉴판에 얼굴을 묻고 음식을 고르기에 바빴다. 제혁은 메뉴판을 열자마자 곧바로 '비프 라자냐'로 정한 상태였다.

"뭘 그렇게 어렵게 고릅니까?"

제혁은 일부러 우빈 보란 듯이 지은의 흘러내린 머리카락을 귀 뒤로 넘겨주었다. 그러자 돌연 우빈의 표정이 싸늘하게 식었다. 제혁은 입가에 승리의 미소를 띠며 차가운 눈으로 우빈을 바라보았다.

지은을 위해 우빈과 함께 저녁 식사를 하지만 그녀의 남자는 우빈이 아닌 자신이라는 것을 확인시킬 필요가 있었다. 우빈이 끝내 견디지 못하고 먼저 시선을 돌릴 때까지 제혁은 다정하게 지은의 머리카락을 매만졌다.

미치겠다. 이 남자, 도대체 왜 이러는 거야!

지은은 목덜미까지 붉어진 얼굴을 감추려 메뉴판을 앞에 세우고 그 아래로 고개를 숙였다.

도경이 사촌이라서 평소보다 더 적극적으로 연기해야 한다고 생각한 걸까? 그래도 그렇지. 이렇게까지 할 필요는 없는데!

머리카락을 쓰다듬던 그의 손길이 이번에는 서서히 뺨으로 옮겨갔다. 그가 손등으로 그녀의 뺨을 위아래로 느릿하게 쓸어내렸다. 그러다 살짝 손을 틀어 엄지로 부드럽게 원을 그렸다.

이런 식의 스킨십은 그녀 생전 처음이었다. 그런데 살짝 닿은 감촉이 너무 좋아서 차마 그만하라고 말할 수 없었다.

아까까지만 해도 우빈에게 생일 축하를 받고 정신이 하나도 없었는데……. 이렇게라도 고마움을 표현하고 싶었다는 우빈의 말에 감동의 눈물을 펑펑 흘릴 뻔했었다. 그런데 그뿐이었다.

사무실 안으로 들어서는 제혁을 보자마자 그녀의 모든 감각은 오로지 그를 향했다. 확실하진 않지만, 제혁은 오늘이 그녀의 생일이라는 것을 알려주지 않아서 기분이 상한 것처럼 보였다. 사귀는 사이라면서 여자 친구의 생일도 모르고 있었으니 제혁 딴에는 꽤 난처했을 것이다.

하지만 일부러 숨긴 게 아니라고! 까맣게 잊고 있었다고 하면 그는 믿어줄까? 아무래도 안 되겠다. 식사가 나오기 전에 말끔하게 정리해야지. 그러지 않고선 음식이 목으로 넘어가지 않을 것 같았다.

지은은 '탁' 소리 나게 메뉴판을 덮으며 도경을 향해 말했다.

"언니, 나 대신 주문 좀 해줄래? 나 해산물 파스타로 시켜 줘."

그러곤 제혁의 팔을 잡고 자리에서 일어났다.

"잠깐 나 좀 봐요."

제혁은 순순히 그녀를 따라 건물 뒤쪽에 마련된 정원으로 향했다. 인적이 드문 곳에 다다르자 지은은 곧바로 본론을 꺼냈다.

"곤란하게 해서 미안해요. 하지만 숨길 생각은 없었어요. 믿지 않겠지만 나도 오늘이 생일이라는 거 깜빡했거든요."

"처음엔 좀 난처하긴 했지만……."

제혁은 큰일 아니라는 듯 가볍게 어깨를 으쓱거렸다.

"다행히 아무도 눈치채지 못한 것 같으니까 상관없습니다. 그보다 내가 준비한 생일 선물은 마음에 듭니까?"

난데없이 생일 선물이라니? 지은은 제혁의 텅 빈 손으로 시선을 내렸다. 그러자 제혁은 피식 입매를 비틀며 고갯짓으로 레스토랑 안을 가리켰다. 지은은 무슨 뜻인지 모르겠다는 듯 고개를 갸웃거렸다. 그러다 뭔가를 깨달았다는 듯 반달 모양으로 눈꼬리를 휘었다.

"아, 저녁 사는 거요? 네, 고마워요. 이렇게까지 크게 한턱낼 필요는 없었는데."

"그것 말고."

"네? 그게 아니면 뭐요?"

"수의사 선생과 함께 저녁 먹을 수 있게 우리 데이트를 취소한 거. 그게 내가 당신에게 주는 생일 선물입니다."

"아……."

그제야 지은은 무슨 뜻인지 알았다는 듯 고개를 끄덕거렸다.

"그런 깊은 뜻이 있는 줄은 몰랐어요."

제혁이 나름대로 신경을 써서 배려해주었는데 왜 기분이 착 가라앉는 걸까? 지금 생각해보니 우빈은 바로 그녀의 맞은편에 앉아 있었다. 그 중요한 걸 이제야 깨닫다니! 그건 바로 제혁이 정신을 못 차릴 정도로 그녀 옆에 바짝 붙어 있었기 때문일 것이다.

"그런데 남자 친구라는 거 너무 티를 내는 거 아니에요? 특히 정 쌤 앞에서요."

"그래요? 난 일부러 그랬는데……."

일부러 그랬다는 말에 지은은 이해할 수 없다는 표정을 지었다.

"내가 예전에도 그랬죠. 인간은 가질 수 없는 존재에 더욱더 매력을 느낀다고. 뺏고 싶다는 승부욕도 생기고."

"그건 그렇지만."

그렇다고 우빈이 괜한 질투심을 일으킬 것 같진 않았다. 좋아하지도 않는 여자가 다른 남자와 무슨 짓을 하든 관심이나 있을까? 아까도 우빈은 제혁이 지은을 끌어안자 어색한 표정을 지으며 황급히 시선을 돌렸었다.

"그 방법이 정 쌤에게 통할 것 같지는 않은데요?"

"정말 그렇게 생각합니까?"

그때 제혁의 눈에 건물 안에서 걸어나오는 우빈의 모습이 들어왔다. 한참이 지나도 두 사람이 돌아오지 않자 찾아 나선 모양이었다. 지은의 어깨 너머로 우빈이 가까이 다가오는 모습을 지켜보던 제혁은 재빨리 지은을 향해 고개를 숙였다.

"그럼 한번 확인해볼까요?"

우빈이 지은을 마음에 두고 있는지 알아볼 수 있는 절호의 기회였다.

"움직이지 말고 가만히 있어요."

말을 끝낸 제혁은 지은의 허리에 팔을 둘러 자신 쪽으로 잡아당기고는 그대로 입술을 겹쳤다.

"흡."

그대로 입술이 닿는 줄 알았는데 종이 한 장 들어갈 틈을 남겨두고 동작이 멈췄다. 영문을 모르는 지은은 그저 두 눈만 깜빡거렸다. 무슨 일인지 파악하기도 전에 제혁의 얼굴이 금세 멀어졌다.

"지금……."

뭐 하는 거냐고 물어보려는데 제혁이 손가락을 입술에 대며 살짝 옆으로 고개를 틀었다. 그러자 그녀의 시선이 자석에 끌리듯 제혁의 어깨 너머를 향했다.

"헉."

지은의 눈동자가 충격으로 세차게 흔들렸다. 레스토랑과 정원 사이를 잇는 곳에 우빈이 서 있었다. 우빈 씨, 언제부터 저기 있었지? 약간 굳어 보이는 표정으로 보아 지금까지 두 사람의 모습을 지켜본 게 틀림없었다. 당황한 지은은 황급히 고개를 숙이며 제혁의 가슴에 얼굴을 묻었다.

두 사람이 진짜로 키스한 건 아니었지만 멀리서 봤다면 오해하고도 남을 상황이었다. 그녀의 얼굴이 화끈 달아올랐다. 우빈의 얼굴을 어떻게 봐야 할지 눈앞이 캄캄해졌다.

부모님 때문에 어쩔 수 없이 만나는 사이라고 할 땐 언제고 버젓이 애정 행각이나 벌이고. 한 입으로 두말을 하는 여자라고 흉볼 거야.

다시 어깨 너머로 보니 우빈은 그새 레스토랑으로 들어갔는지 보이지 않았다.

"방금 일부러 그런 거죠?"

황급히 제혁에게서 떨어져 나오며 지은은 원망스러운 눈으로 그를 노려보았다.

"뭘 말입니까?"

"정 쌤이 저기 있는 거 알고 일부러 키스하는 시늉한 거죠?"

"……아, 그거."

뭘 그런 걸 물어보느냐는 듯 그의 입술이 호를 그렸다.

"수의사 선생에게 신지은 씨의 가치를 확인시켜야 할 것 같아서."

"가치는 무슨! 아니라고요. 방금도 말했지만 그런 방법은 정쌤에겐 안 통해요. 정 쌤은……."

계속 쏘아붙이려던 지은은 가만히 입을 다물었다. 여기서 언쟁하면서 시간 낭비하는 것보단 어서 돌아가 우빈의 눈치를 살피는 게 나을 거란 생각이 들어서였다.

"됐어요. 그만해요."

지은은 제혁을 지나쳐 건물 안으로 뛰어 들어갔다.

"왜 이제 와? 음식 다 식겠다."

지은이 자리로 돌아와 앉자 도경은 살짝 퉁명스럽게 핀잔을 주었다. 주문한 음식은 이미 테이블 위에 놓여 있었다.

"딱 제시간에 왔네."

지은은 멋쩍은 웃음을 지으며 서둘러 포크를 집어 들었고, 그와 동시에 맞은편에 앉은 우빈을 조심스럽게 살펴보았다. 표정이 조금 굳어 있긴 했지만 그렇다고 그녀를 이상하다는 듯 바라보거나 하진 않았다.

그녀와 눈길이 마주치자 오히려 예전보다 더 자상하게 웃어주었다. 다행이다. 지은은 속으로 안도의 한숨을 내쉬며 포크로 면발을 돌돌 말았다.

키스하는 것처럼 보였을 뿐이지 실제로 키스한 건 아니니까. 우빈 성격에 확실하지 않은 일로 그녀에게 편견을 가지진 않을 것이다. 지은은 가벼워진 마음으로 파스타를 입에 넣었다. 그런데……

호로록―. 전혀 예상하지 못한 소리가 흘러나왔다.

캑! 지은은 급히 입을 다물며 재빨리 우빈에게로 시선을 돌렸다. 다행히 우빈은 도경과 이야기하느라 '호로록' 소리를 듣지 못한 것 같았다.

바보같이! 왜 면발 있는 파스타를 시킨 거지? 지은은 난처한 얼굴로 면발 가득한 접시를 내려다보았다. 정 쌤 앞에서 소리 내서 먹으면 안 되는데……

―수의사 선생과 식사할 때도 포크로 간단하게 자를 수 있는 요리를 주문해요.

―그쪽 성격에 수의사 선생 앞에서 포크로 파스타를 돌돌 말 수 있겠어요? '후루룩' 소리 날까 봐 제대로 먹지도 못할 텐데.

뒤늦게 제혁이 해줬던 조언이 머리에 떠올랐지만, 너무 늦고 말았다. 그때였다.

"우리 바꿔 먹을래요?"

자리에 돌아온 제혁이 자신의 접시를 지은에게 내밀었다. 지은은 구세주를 바라보듯 제혁을 바라보았다. 역시 연애 전문가는 다르구나! 그는 단번에 그녀의 곤란한 상황을 알아차리고 도움의 손길을 내밀었다. 스승님, 고마워요!

"그래요. 이게 더 맛있어 보인다."

지은은 제혁에 대한 불만을 말끔히 지워버리곤 제혁과 주문한 음식을 바꿨다. 그러나 제혁의 배려는 딱 거기까지였다. 분명히 우빈 앞에서 티 내지 말라고 부탁했는데도 불구하고 그는 자꾸만 도에 넘는 애정 표현을 펼쳤다. 아무리 연기라지만 여기선 그럴 필요가 없는데 말이다.

어쩌다 그녀의 머리카락이 흘러내리면 다정한 손길로 쓸어 올리고, 기회만 있으면 그녀의 어깨를 끌어안거나 아주 다정스럽게 허리에 손을 올렸다. 만약에 제혁과 진짜로 사귀는 사이였다면 흐물흐물 녹아들었을 것이다. 그뿐만이 아니었다.

"이런, 소스가 묻었군."

제혁은 너무나도 자연스럽게 지은의 입가에 묻은 소스를 자신의 손가락으로 쓱 닦아냈다. 뭔가 친밀하면서도 왠지 야하게 느껴지는 행동이었다.

이 남자, 왜 이러지? 아까처럼 기습 키스라도 하는 건 아닐까? 지은은 슬슬 불안해졌다. 정말로 우빈과 잘되게 하려고 이러는 건지 은근히 의심스러웠다.

남자의 세계란 다 이런 건가? 임자 있는 상대에게 더 끌리면서 뺏고 싶다는 욕망이 생긴다고? 열심히 머릿속을 굴렸지만 제대로 된 연애 경험이 없는 지은에게는 답안지 없이 문제지를 푸는 것 같았다.

"후우."

도경은 포크를 내려놓으며 짧게 한숨을 내쉬었다. 우빈을 힐끔힐끔 훔쳐보느라 눈이 빠질 것 같았다. 그때 부산에서 우빈을 만나지 않았더라면 이렇게 사서 고생할 일은 없었을 텐데. 이 모든 건 우빈의 친구 입에서 흘러나온 그 한마디에서 시작되었다.

지붕으로 날아간 푸들 푸드들 닭.

우빈도 아는지 모르겠지만 그건 지은의 별명이었다. 곱슬머리 때문에 어릴 때부터 '푸들'이란 별명을 지어줬는데 가끔 짓궂게 놀린다고 '푸들 푸드들'이라고도 불렀다.

그게 지은을 뜻하는 거라면 우빈도 지은을 마음에 두고 있다는 소리였고 그녀의 예상은 적중했다. 지은의 생일 파티를 준비한다고 하자, 우빈은 그 누구보다 정성스럽게 파티 준비를 했다. 지금까지 표현할 기회가 없어서 가만히 있었을 뿐 우빈도 지은을 좋아하는 게 분명했다. 그런데 오늘 도경이 살펴야 할 상대는 우빈만이 아니었다.

애초 계획에 없던 제혁까지 그녀가 마련한 무대에 뛰어들었다. 사진으로만 보던 제혁을 실제로 대하니 첫인상은 그리 나쁘진 않았다. 좀 차가워 보인다는 것만 빼면. 외모에 약한 여자라면 혹 넘어갈 만큼 매력적인 건 사실이었다.

도경은 제혁의 도가 지나친 애정 표현에 고개를 갸웃거렸다.

가짜 연애하면서 왜 저리도 열심히래? 모르는 사람이 본다면 정말로 사랑에 빠진 줄 알겠다.

모든 지분을 넘긴다는 황당한 계약이 찜찜하긴 했지만 그렇다고 돈 때문에 지은을 유혹할 사람으로 보이진 않았다.

하지만 모르는 일이었다. 돈이라면 피를 나눈 가족끼리도 총을 겨누는 세상이니까. 하여간 제혁 덕분에 오늘 우빈이 꽤 자극을 받은 것 같았다. 평소 같으면 조심했을 그가 오늘은 노골적으로 지은을 바라봤으니까.

문제는 순진한 지은이 우빈의 눈길을 전혀 눈치채지 못하고 있다는 거였다. 뚜렷한 성과 없이 저녁 식사가 끝나가자 도경은 초조해졌다. 어떻게 마련한 기회인데 이대로 돌려보낼 순 없었다. 아직 우빈을 더 관찰할 필요가 있었다.

"헤어지기 아쉬운 데 간단하게 한잔할래?"

식사를 마치고 나오면서 도경이 지은에게 팔짱을 끼며 물었다.

"그럴까? 어때요? 모두 괜찮죠?"

주위를 둘러보던 지은의 눈에 삐딱한 자세로 서 있는 제혁이 들어왔다. 아차, 깜빡하고 말았다. 마음 편하게 즐기려면 미안하지만 제혁을 먼저 보내야 했다. 그런데 저녁까지 쏜 사람에게 먼저 가라고 할 순 없고…….

맞다. 노래방!

지은은 화려하게 반짝거리는 노래방 간판을 발견하고 속으로 환호를 내질렀다.

노래방 싫어한다고 했지! 오늘은 회식 자리도 아니니까 먼저 간다고 할 거야.

지은은 손을 번쩍 들어 노래방 간판을 가리켰다.

"한잔하기 전에 우선 소화도 시킬 겸 노래방부터 갈까요?"

생일 주인공이 노래방에 가자는데 반대할 이는 아무도 없었다. 도경이 제일 먼저 동의했다.

"그래, 노래방 가자. 정 쌤, 같이 갈 거죠?"

"네, 좋습니다."

"우리도 좋아요."

봉사자 모두 신난 얼굴로 고개를 끄덕였다. 예상대로 제혁만 떨떠름한 표정을 지으며 노래방 간판을 노려보았다. 지은은 생글생글 웃으며 제혁에게 다가갔다.

"억지로 함께 갈 필요 없어요. 전 다 이해하니까."

먼저 가라고요. 먼저 가! 지은은 '제발 오지 말아요!'라는 메시지를 담은 애절한 눈빛을 보냈다. 제혁은 지은과 노래방 간판을 번갈아 바라보고는 어깨를 으쓱거렸다.

"좋아요. 갑시다."

뭐? 노래방을 가겠다고? 지은은 숨을 들이켜며 자신의 귀를 의심했다.

"라라랄라라, 라라랄라라."

지은은 노랫소리를 한 귀로 듣고 한 귀로 흘리며 뚱한 얼굴로 노래방 TV 화면을 노려보았다. 아무리 생각해도 제혁의 태도는 우빈과 잘되게 도와주려는 게 아니었다. 지금도 제혁은 옆에 딱 달라붙어 우빈이 접근하지 못하게 그녀의 어깨를 끌어안고 있었다. 이쯤 되니 슬슬 짜증이 밀려오기 시작했다.

좋아, 누가 이기나 보자! 꼭 사랑에 빠진 연인을 연기해야겠다면 그녀도 거기에 장단을 맞춰주면 그만이었다. 노래 책을 뒤적이던 그녀의 머릿속에 꽤 괜찮은 아이디어가 떠올랐다.

"제혁 씨."

지은은 제혁의 손에 마이크를 건네주며 아주 상냥한 목소리로 물었다.

"오늘 내 생일이니까 날 위해 노래 불러줄 수 있죠?"

지은은 사악한 미소를 지으며 '회색빛 하늘을 향해'를 꾹 눌렀다.

제혁이 당황한 눈으로 지은을 바라보았다. 이 여자 지금 일부러 이러는 거지? 몰래 밴드 활동하는 거 뻔히 알면서 사람들 앞에서 B.W.의 노래를 부르라고 하다니.

"모르는 노래인데……"

제혁은 정색하며 마이크를 옆으로 치웠다. 하지만 그렇다고 순순히 물러날 지은이 아니었다. 지은은 순진한 얼굴로 다시 제혁에게 마이크를 내밀었다.

"에이, 무슨 소리예요? 저번에 내가 이 노래 부를 때, 가사 틀렸다고 취소 버튼 눌렀잖아요. 모르는 노래면 어떻게 가사를 꿰고 있어요?"

"그건……"

"제혁 씨, 노래 정말 잘 부르던데. 저번에 무슨 노래 불렀었죠? 'Windows after windows'였나?"

"알았어요. 부를게요."

지은의 입에서 신곡 이름까지 나오자, 제혁은 재빨리 항복했다.

'Windows after windows'는 아직 공개되지 않은 신곡이어서 어떤 식으로든 화제에 올리고 싶지 않았기 때문이다. 할 수 없이 자리에서 일어나는 제혁에게 지은이 생긋 윙크를 날렸다.

예전에 사무실에서 그의 셔츠에 화장품을 묻히고 도망칠 때도 지은은 저런 윙크를 날렸었다. 다른 사람의 눈에는 행복한 미소로 보일 테지만, 그의 눈에는 한 방 먹이고 고소해서 웃는 것으로 보였다.

아마도 그의 예상이 맞을 것이다. 좋아, 생일이라서 봐준다. You Win.

그녀와의 노래방 대결이 1승 1패가 되는 순간이었다. 제혁은 포기한 듯 긴 숨을 내쉬고는 지은에게서 마이크를 건네받았다.

"이런, 늦었다. 그만 들어가야겠네."

경애가 손목시계를 들여다보며 말했다. 한 시간만 있을 계획이었는데 어쩌다 보니 두 시간이 넘도록 노래방에 머무르고 말았다.

"우리 먼저 갈게요. 내일 봐요."

경애를 비롯한 다른 봉사자들이 먼저 작별 인사를 했다. 그러자 도경과 우빈도 서둘러 그들을 따랐다.

"나도 갈게. 지은아."

"내일 봐요, 지은 씨."

"네."

두 사람이 길 건너로 사라지자 지은의 얼굴에서 밝은 미소가 흔적도 없이 사라졌다. 지은은 가슴 앞으로 두 팔을 가로 질러 팔짱을 끼곤 제혁을 노려보았다.

"방금 정 쌤 태도 변한 거 봤죠? 절 멀리하잖아요."

"걱정하지 말아요. 오늘 친밀하게 다가갔던 사람은 나였지 당신이 아니었으니까. 따라와요. 바래다주죠."

제혁은 수수께끼 같은 말만 남기고 뒤돌아 걷기 시작했다. 그녀도 차를 가져왔지만 제혁이 바래다준다는데 괜히 거절하고 싶지 않았다. 그의 말이 무슨 뜻인지 좀 더 이야기할 필요를 느껴서, 라고 자기 자신을 정당화시켰다.

"아까 한 말 무슨 뜻이에요?"

차가 큰 도로에 들어서자 지은은 도저히 참지 못하겠는지 먼저 말을 꺼냈다.

"오늘 친밀하게 다가갔던 사람은 그쪽이었지 내가 아니라는 말이요."

"말 그대로입니다. 오늘 애정 표현을 한 사람은 나뿐이었다는 거."

제혁은 운전대를 잡고 앞을 바라보며 건조하게 말했다.

"아!"

도저히 이해할 수 없다는 듯 미간을 찌푸리던 지은이 뭔가를 깨달은 듯 작게 탄성을 내질렀다.

"그러니까 정 쌤 눈에는 제혁 씨만 날 좋아하는 거고 난 아닌 걸로 보였을 거라는 거죠?"

말이 되네! 난 왜 그런 쪽으로 생각하지 못했지?

"할 수 없이 선보고 만나는 사이라고 해도 한쪽이 먼저 호감을 보일 수도 있겠네요. 그게 지금 그쪽인 거고. 난 아직 아닌 거고."

지은의 해석이 맞았는지 제혁은 아무 말 하지 않고 운전에만 집중했다.

"당신은 지금까지 했던 것처럼 행동하면 됩니다."

"가끔 아련한 눈빛으로 정 쌤을 바라보고요?"

제혁은 대답 대신 고개를 끄덕거렸다.

"수의사 선생이 당신에게 마음이 없더라도 다른 남자가 옆에서 접근하는 걸 보면 없던 마음도 생길 테니까. 만약에 조금이라도 호감이 있다면 초조해지겠죠."

와! 이런 천재적인 생각을 어떻게 하는 거지?

지은은 존경의 눈빛으로 제혁을 바라보았다.

"진짜 연애 고수 같아요. 어쩌면 그렇게 잘 알아요?"

"후."

그녀의 칭찬에 제혁은 짧게 웃으며 비릿한 미소를 지었다.

"죽고 싶을 만큼 상처를 받았다가 스스로 치유하게 되면……."

앞만 바라보던 제혁의 얼굴에 어두운 그림자가 드리워졌다.

"사랑이라는 거…… 별거 없더군요. 마음이 식으면 객관적으로 보이게 되죠."

그 말은 제혁이 과거에 아주 가슴 아픈 사랑을 경험했다는 뜻이었다. 그 나이에 지금껏 연애 한 번 안 했을 리 없겠지만……. 그래도 그 한 마디가 지은의 가슴 한쪽을 아프게 내리눌렀다. 그 여자 때문에 결혼을 안 하려는 걸까? 아직도 옛사랑을 잊지 못해서?

지은이 묵묵히 침묵을 지키자 정지 신호에 차를 세운 제혁이 조수석으로 고개를 돌렸다.

"왜요? 내가 상처받았다는 말이 안 믿겨집니까?"

"그런 건 아니지만……."

지은은 할 말을 찾지 못하고 말꼬리를 흐렸다.

"신 회장님이 항상 경호원을 붙여서 제대로 된 연애도 못해봤다고 했죠? 어쩌면 신 회장님이 옳은 건지도 모릅니다. 사랑 같은 거 인생에 하나도 도움이 안 되니까. 굳이 혼란스러운 감정의 바다로 뛰어들 필요는 없습니다."

제혁은 씁쓸히 웃으며 다시 앞으로 고개를 돌렸다.

"당신의 수의사 선생은 그렇지 않기를 빌어보죠."

도대체 어떤 사랑을 했기에 저리도 사랑에 부정적인 걸까? 그가 과거에 사랑 때문에 상처받았다는 말이 그녀의 가슴을 아프게 했다. 이상하다. 그녀와는 아무 상관도 없는 일인데 왜 이러는지 모르겠다. 지은은 제혁의 가슴에 구멍을 뚫은 여자에게 화가 났다. 얼마나 대단한 여자였기에 저런 남자의 마음을 쥐고 흔들었을까.

그러다 지은은 상대방의 얼굴도 모른다는 사실을 깨닫고는 허탈하게 웃고 말았다. 그 여자가 나와 무슨 상관이라고. 오늘 우빈이 생일 파티를 준비해주었다는 사실만 생각하기에도 머릿속이 꽉 찰 판이었다. 그런데 자꾸만 우빈의 얼굴이 흐려지고, 알지도 못하는 가상의 여자가 눈앞에 아른거렸다.

제혁의 품에 안긴 채 뇌쇄적인 미소를 흘리는 여자의 얼굴이 그려졌다. 여자와 제혁이 서로 부둥켜안은 장면이 상상되자 바늘로 가슴을 콕콕 찌르는 것처럼 불쾌해졌다. 턱턱 숨이 막혀 지은은 무릎에 놓인 핸드백을 두 손으로 꽉 움켜쥐었다.

차가 집 앞에 멈추자 지은은 곧바로 안전벨트를 풀었다.

"오늘 고마웠어요."

그녀는 서둘러 인사를 하고 그가 인사를 하기도 전에 그대로 차 문을 열었다. 지금 이런 기분으론 제혁의 얼굴을 똑바로 바라보고 싶지 않았다.

"신지은 씨."

바쁘게 대문을 향해 걸어가는데 그녀를 따라 차에서 내린 제혁이 지은을 불렀다. 못 들은 척 무시하려고 했지만 제혁이 손을 뻗어 그녀의 팔을 잡았다. 할 수 없이 고개를 돌리려는데 그가 잡은 손에 힘을 주어 그녀를 품으로 끌어당겼다.

"앗!"

그녀는 쓰러지듯 제혁의 넓은 가슴에 얼굴을 묻으며 안겼다. 제혁은 지은을 부드럽게 벽으로 밀어붙이며 감싸듯 그녀 앞을 가로막았다.

"아직 끝나지 않았어요."

그가 고개를 숙이고 나직이 속삭였다.

"생일인데 이대로 들어가면 그쪽 부모님이 이상하게 여길 겁니다."

말할 때마다 흘러나오는 그의 따뜻한 숨결이 마치 유혹하듯 그녀의 귓가를 간질였다. 지은은 고개를 들어 제혁과 시선을 마주쳤다.

"이대로 안 들어가면 뭐요?"

긴장한 탓에 그녀도 모르게 목소리가 떨렸다.

"그렇게 떨지 말아요. 빨리 끝낼 테니까."

제혁이 느긋한 미소를 떠올리자 지은은 그만 발끈하고 말았다. 떨지 말라고? 그는 마음이 차갑게 식어버려 아주 객관적으로 연기가 되나 보다.

"떨긴요. 내가 왜 떨어요?"

지은은 도전하듯 제혁을 노려보며 말했다.

"어차피 입술뿐인데."

예상하지 못한 지은의 도발에 제혁은 의아한 눈으로 그녀를 바라보았다. 그의 눈빛은 서서히 짙어졌고, 이윽고 그의 입가에 여린 미소가 떠올랐다.

"글쎄……. 이번에도 과연 입술뿐일까?"

그가 고개를 숙이자 더운 숨결이 훅, 그녀의 입술 위로 내려앉았다. 서로의 입술이 닿았고 촉촉하고 달콤한 감촉이 빠르게 입술을 쓸어내렸다. 마치 입술을 열어달라고 은근히 유혹하는 것만 같았다. 그녀의 허리를 감은 손에 힘이 들어가고 가슴과 가슴이 빈틈없이 맞닿았다. 그 반동으로 그녀의 등이 더욱더 차가운 벽에 바짝 밀렸다. 이내 제혁의 입술이 더 세게 그녀의 입술을 짓눌렀다.

"으음."

어느새 그녀의 입에선 여린 신음이 흘러나왔다. 참을 수 없게 달콤한 소리였다. 또한 힘겹게 참았던 욕망을 한꺼번에 터뜨려버릴 수 있는 위험한 신호이기도 했다. 솔직히 여기서 더 나아갔다가는 이성을 통제할 자신이 없었다. 제혁은 재빨리 고개를 들어 입술을 떼어냈다.

"하아."

동시에 지은은 참았던 숨을 한 번에 몰아쉬었다. 제대로 한 키스도 아니고 단지 흉내만 낸 키스인데도 불구하고 지은의 가슴은 가쁜 숨으로 오르락내리락했다. 제혁은 손을 들어 달아오른 그녀의 뺨을 천천히 어루만졌다. 곧 그의 입가에 씁쓸한 미소가 떠올랐다. 이러려고 그녀를 잡은 건 아니었다. 생일 선물을 주려고 불러 세운 거였다.

모두 노래 부르느라 정신없는 사이, 잠시 노래방에서 빠져 나온 제혁은 근처 주얼리 숍에서 선물을 골랐다. 작은 다이아몬드가 박힌 단순한 디자인의 18K 금 귀걸이였다. SB그룹 상속녀인 그녀에게는 비싸지도, 값진 것도 아니겠지만 생일인데 빈손으로 보낼 순 없었다.

하지만 지은은 자신을 부르는 소리를 듣지 못했는지 대문으로 향했다. 다급한 마음에 팔을 잡아당겼는데 그만 중심을 잃은 그녀가 그의 품으로 쓰러졌다. 어쩌다 보니 그녀를 끌어안은 자세가 됐고, 그걸 지은이 키스하려 한다고 오해한 모양이었다.

아니라고, 선물을 주려고 불렀다는 말이 뭐 그리 어려워서 해명하는 대신 그녀가 오해한 대로 입술을 겹쳐버렸다. 어쩌면 제혁은 오늘 밤 내내 기회를 엿보고 있었는지도 모르겠다.

키스하는 척 흉내만 내고 끝난 일이 자꾸만 욕구 불만처럼 그를 괴롭혔다. 바로 눈앞에 탐스러운 과일을 놓고도 건드리지 못하고 바라만 봐야 하는 심정이랄까.

"생일 축하해요."

제혁은 낮게 속삭이며 키스로 젖어버린 그녀의 입술을 쓰윽 엄지로 문질러주었다. 그런 행동이 또다시 그녀를 오해하게 했다. 그러니까 방금 나눈 키스가 생일 축하 키스란 말이지! '이번에도 과연 입술뿐일까?' 해놓고선 진짜 입술뿐이었다. 전혀 기대하지 않았다고 하면 솔직하지 못한 거겠지? 약 올리는 것도 아니고. 그는 매번 이랬다.

"생일 축하 키스라면."

한껏 약이 오른 지은은 제혁의 코트 깃을 잡고 빠르게 발꿈치를 들었다. 그러곤 '촉' 입술을 겹쳤다가 곧바로 떨어뜨렸다. 그러자 제혁의 눈이 충격으로 커졌다.

"이건 보답의 키스예요."

이젠 그녀는 이 정도의 스킨십은 떨지 않고 할 수 있었다. 지은은 말간 눈으로 제혁을 똑바로 바라보며 말했다.

"오늘 고마웠어요. 저녁 사준 것도 고맙고 정 쌤 앞에서 나를 혼자 좋아하는 것처럼 연기해준 것도 고마웠어요. 아, 맞다. 노래방에서 나를 위해 노래 불러준 것도 고마웠어요. 다들 제혁 씨 노래 실력에 놀라더라고요."

"보답이라고?"

고맙다는 말에도 불구하고 제혁의 미간이 잔뜩 일그러졌다.

"당신은 보답을 이런 식으로 합니까? 키스로?"

왜 화는 내고 난리야? 자기는 키스로 선물하면서! 선물이나 보답이나!

지은이 대꾸하려는데 그가 먼저 말을 꺼냈다.

"그러면 나중에 수의사 선생과 사귀게 되면 이런 식으로 보답하겠군요."

어? 이야기가 왜 그리로 가지?

"……음."

지은은 눈동자를 굴리며 미래를 상상해보았다.

"정 쌤과 사귀게 되면 아마도 그렇겠죠?"

말을 꺼내는 순간 그녀의 얼굴이 귀 끝까지 붉어졌다. 온몸에 소름이 돋는 것만 같아 지은은 두 손으로 팔을 문질렀다. 우빈과 그런다는 걸 상상하는 것만으로도 어색하고 불편한 걸 떠나서 이젠 마치 죄를 짓는 것 같은 느낌이 들었다.

왜 이러지? 우빈 씨는 내가 진실로 좋아하는 사람인데…….

아마도 다른 남자의 품에 안긴 상태로 우빈을 떠올려서 그런 걸까? 배덕하는 느낌이라서?

하지만 제혁이 다시 고개를 숙여 입술을 머금었기 때문에 그녀의 고민은 거기에서 끝을 맺었다. 전혀 예상하지 못한 상태에서 그가 다가온 탓에 지은은 입을 벌린 채로 그의 입술을 받아들였다.

깜짝 놀라 입을 다물려고 했지만 이미 늦고 말았다. 혀끝에 닿은 다디단 자극과 강렬한 무언가가 짧은 전율과 함께 퍼져 나갔다. 지은은 그를 밀어내는 대신 사르르 두 눈을 감았다.

입술만 닿았을 때와는 또 다른 깊은 맛과 감촉이 느껴졌다. 그는 조심스럽게 아직 그 누구에게도 닿은 적 없던 여린 속살을 부드럽게 어루만졌다. 지은은 조금 더 강하게 그를 느끼고 싶었다. 전신을 파고드는 감각이 너무나도 황홀했다. 더 깊게 진행되기를 원했지만 얼마 지나지 않아 그의 입술이 그녀에게서 멀어졌다.

"보답하려면……."

이마를 맞댄 채 그가 나지막이 속삭였다.

"……이 정도는 해줘야 보답이라고 하는 겁니다."

왠지 그에게 보이지 않는 경쟁에서 지고만 느낌이었다. 하지만 그는 연애 고수였고 그녀는 이제 막 연애를 시작한 초보일 뿐이었다. 처음부터 상대가 되질 않았다.

이게 컴퓨터 연애 게임이라면 현질이라도 하겠는데 현실은 게임처럼 그리 녹록하지 않았다. 지은이 화난 얼굴로 입을 꼭 다물고 있자 어색해진 분위기를 바꾸려는 듯 제혁이 부드럽게 속삭였다.

"촛불 끄면서 무슨 소원을 빌었습니까?"

"말하기 싫어요. 비밀로 해야만 소원이 이뤄진대요."

지은은 제혁의 시선을 피하며 투덜거리는 말투로 대답했다. 비밀로 해야 소원이 이뤄진다는 건 물론 그녀가 지어낸 말이었다. 무슨 소원을 빌었느냐고?

세상에 있는 모든 유기견과 유기묘가 좋은 가정에 입양되어 행복한 삶을 살 수 있게 해달라고 빌었다. 우빈을 바로 앞에 두고서 그와 이뤄지게 해달라고 소원을 빌지 않은 건 그녀로서도 깜짝 놀랄 일이었다. 하지만 추운 겨울 날씨에 고생하고 있을 유기견과 유기묘의 행복이 무엇보다 중요했다. 우빈을 좋아하게 된 계기도 그와 함께 유기 동물을 구조하면서였으니까.

"그래요. 그 소원 꼭 이뤄지길 바랍니다."

제혁은 그녀를 놓아주며 무뚝뚝하게 말했다. 입 밖으로 꺼내진 않았지만 우빈과 잘되게 해달라고 빌었을 거라고 믿는 것 같았다. 왜 아니겠는가? 그녀 자신도 그럴 거라고 생각했는데. 그런데 막상 소원을 빌고 보니 다른 내용이 튀어 나와 버렸다.

"잘 자요."

그는 그 한마디를 남기고 곧바로 차에 올라탔다. 그러곤 그녀의 시야에서 빠르게 사라졌다. 별거 아닌데 그냥 소원을 말해줄 걸 그랬나? 지은은 제혁의 차가 사라진 골목 끝을 바라보다 힘없이 집으로 발길을 돌렸다. 괜히 어린아이처럼 투정을 부린 건 아닌가 하는 후회가 들었다.

이상하다. 주위에서 성격 좋다는 말 자주 듣는데 왜 그에게만은 자꾸만 발끈하게 되는지 모르겠다.

"내게 문제가 있는 건가? 그건 아닌데……. 아, 몰라. 몰라."

지은은 혼잣말을 중얼거리며 정원을 지나 현관문을 열고 안으로 들어갔다. 계단을 오르며 아무 생각 없이 코트 주머니에 손을 집어넣자 뭔가 정체불명의 물체가 손에 잡혔다. 꺼내고 보니 빨간 리본이 묶인 납작한 선물 상자였다. 이게 왜 내 코트 주머니에 들어 있지? 지은은 서둘러 상자에 붙은 카드를 열어보았다.

> 당신에게 어울릴 것 같아서……
> 생일 축하해요. - J.

이건 제혁의 손 글씨가 분명했다.

도대체 언제 이걸 준비했지? 그리고 언제 내 코트에 집어넣은 거야? 지은은 어리둥절한 얼굴로 카드와 상자를 내려다보았다. 혹시 아까 키스하면서?

리본을 풀고 상자를 열자 다이아몬드가 박힌 금 귀걸이가 눈에 들어왔다. 화려하지 않고 단순한 디자인이라 일할 때 착용하기에 안성맞춤이었다. 너무 과하지도, 너무 부족하지도 않은 이제 막 교제를 시작한 사이에 주고받을 만한 선물이었다.

그는 매사에 열심히 하는 스타일인가 보다. 가짜 연애인데도 불구하고 이리도 감동할 만한 정성을 보여주다니. 함께 솜이를 찾아준 것도 그렇고. 오늘도 또 그렇고. 언제나 깔끔하게 선을 넘지 않는 스킨십, 그러니까 담백한 키스도 그렇고……

─생일인데 이대로 들어가면 그쪽 부모님이 이상하게 여길 겁니다.

순간 귓가에 나직하게 속삭이던 제혁의 목소리가 떠올랐다.
혹시……? 지은은 손바닥에 놓인 귀걸이를 한참을 바라보다 꽉 움켜쥐었다.
키스하려던 게 아니라 이걸 전해주려고 불러 세웠던 건 아니었을까? 또 이불 킥하는 실수를 저지른 건 아닐까?
지은은 은근히 불안해지기 시작했다.

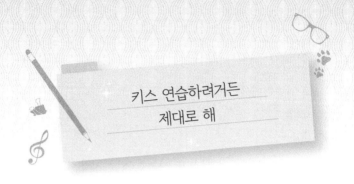

키스 연습하려거든
제대로 해

　일요일 아침, 센터 건물 안으로 들어서던 지은은 우빈과 복도에서 마주쳤다. 그를 보자마자 지은의 얼굴에 웃음꽃이 활짝 피어났다.

　"정 쌤, 일찍 나오셨네요?"

　우빈은 지은을 향해 사람 좋은 미소를 지어 보였다.

　"네. 갑자기 오후에 일이 생겨서요. 오전밖에 시간이 없어서 일찍 들렀습니다."

　"그럼 곧 있으면 가시겠네요."

　"네. 오늘은 그래야 할 것 같네요."

　보자마자 간다는데도 이상하게 별로 서운하지 않았다. 예전 같았으면 남몰래 한숨을 푹푹 내쉬었을 텐데…….

　어째서일까? 어제 늦게까지 함께 있어서 나름 만족해서 그런 건가?

　"지은 씨는 오늘 데이트 안 합니까? 어제 우리 때문에 데이트 제대로 못했잖아요."

제혁과 만나지 않느냐는 물음에 지은은 피식 웃으며 고개를 내저었다.

"아뇨. 일주일에 한 번 보면 충분하죠. 뭘 연속으로 이틀씩이나 보나요."

"그렇군요."

우빈의 얼굴에 안도의 미소가 떠올랐다. 하지만 지은의 눈에 그 미소는 예의 바른 미소로만 보였다.

"그럼 전 이만."

우빈이 진찰실로 돌아간 후에도 지은은 제자리에서 움직일 수가 없었다. 뭔가 이상한 기운이 그녀의 발을 꼼짝 못하게 잡고 있는 것 같았다.

왜 갑자기 가슴이 답답하지? 우빈이 곧 간다는 사실에 몸이 뒤늦게 반응하는 걸까?

아니, 아니야. 불길하게도 지은은 그 이유를 알 것 같았다. 그래서 덜컥 겁이 났다. 가슴이 답답한 건 오늘 그를 볼 수 없기 때문이었다.

그 남자……. 민제혁을.

두근. 두근. 그녀의 심장박동이 가파르게 속도를 올리고 있었다.

지은은 곤혹스러운 표정을 지으며 욱신거리는 가슴을 손바닥으로 꾹 눌렀다. 우빈을 향해야 할 심장이 잘못된 상대를 향해 날뛰기 시작했다! 어떻게 하지? 이게 그 말로만 듣던 현장 실습 부작용인가 봐!

"지은아, 어디 아파? 안색이 왜 그래?"

30분 정도 늦게 센터에 도착한 도경은 건사 청소 중인 지은을 보더니 걱정스러운 표정을 지었다. 하지만 지은은 도경의 말을 못 들은 척 묵묵히 하던 일을 계속했다.

"왜 그래?"

도경은 결국 대답을 기다리지 못하고 지은의 손에서 빗자루를 빼앗았다.

"정 쌤, 오늘 일찍 가야 한다고 서운해서 그러는 거야? 그래도 너무 티 내지 마. 너 지금 공식적으론 민 실장이랑 사귀고 있다고."

"그런 거 아니야."

지은은 투덜거리듯 대꾸하며 다시 도경의 손에서 빗자루를 돌려받았다.

"아니긴 뭐가 아니야. 얼굴에 다 쓰여 있는데. '나 지금 상사병 나서 마음이 아파요.' 이렇게."

도경의 말에 지은의 눈이 동그랗게 커졌다. 뭐야? 그 정도로 티가 나? 거울에 얼굴을 비춰보고 싶었지만 건사 안에 거울이 있을 리 없었다. 아쉬운 대로 지은은 유리문 앞으로 쪼르르 달려가 자신의 모습을 확인해보았다. 정확하게 보이진 않았지만 고민하느라 두 눈이 퀭해진 건 확실했다.

"아이고, 정 쌤이 그렇게도 좋아?"

"아니거든!"

놀리는 듯한 도경의 말투에 지은은 눈살을 찌푸렸다. 남은 지금 머리가 복잡해서 죽겠는데 옆에서 약이나 올리고!

"실습 잘못해서 데미지 입어서 그런 거야."

"뭐? 실습? 데미지?"

"왜 그런 거 있잖아. 운동선수가 전지훈련 가서 훈련을 너무 열심히 해서 근육 다치는 그런 거."

도경이 알아들을 리 없었지만 지은은 그녀 나름대로 정리한 바를 입 밖으로 꺼내놓았다.

"연습도 적당히 해야지 너무 무리하면 안 되는데. 안 그래?"

"너 뭐 잘못 먹었니?"

도경은 아까보다 더 걱정스러운 표정으로 지은을 바라보았다.

"하아."

지은은 대답 대신 길게 한숨을 내쉬며 유리문에 이마를 대었다. 아무리 생각해도 우빈이 아닌 제혁에게 심장이 반응하는 건 실습이라고 스킨십을 너무 남발한 탓 같았다. 공부가 제일 쉬웠다는 사람도 있지만, 요령 있게 해야 하는 건데……. 지나치게 열공했나 봐!

그때 유리문 너머로 진찰실을 걸어나오는 우빈의 모습이 보였다. 진료를 마치고 센터를 떠나는 모양이었다. 지은은 말없이 그 모습을 지켜보았다.

예전 같으면 서운해서 눈물이 핑 돌아야 할 텐데 오늘은 거짓말처럼 아무렇지도 않았다. 정말 심각한 부작용이 아닐 수 없었다.

"정 쌤 가시나 보다. 야, 그렇다고 얼굴이 그게 뭐니? 얼굴 좀 펴."

사람 속도 모르고 도경은 옆에서 핀잔을 날렸다. 그렇다고 지금의 이 사태를 도경에게까지 털어놓을 순 없었다. 지분 전부를 넘겨줘야 할지도 모르는 남자에게 심장이 반응한다고 말하라고? 아마 사고 쳤다며 등짝 스매싱부터 날릴 게 분명했다.

"지은아, 만약에 말이야."

우빈이 완전히 시야에서 사라지자 도경이 넌지시 물었다.

"너 혼자 좋아하는 게 아니라 정 쌤도 너 좋아하는 거면 어떨 것 같아?"

"응? 정 쌤이 날 좋아한다고?"

"아니, 그렇다는 게 아니라 만약에 말이야."

도경의 질문에 겨우 잠재웠던 혼돈이 또다시 거친 물결을 일으켰다.

기뻐야 하는데, 날아갈 것처럼 기뻐야 하는데…….

지은은 곤혹스러운 얼굴로 도경을 바라보았다.

왜 하나도 기쁘지 않지?

오히려 덜컥 겁부터 났다. 지은이 아무 말도 못 하자 도경은 킥킥거리며 웃음을 터뜨렸다.

"할 말을 잃을 만큼 좋아? 됐다. 말 안 해도 알겠다."

어제 도경이 유심히 관찰한 우빈의 태도로 보자면 그는 분명히 지은에게 마음이 있었다. 선뜻 좋아한다고 고백할 순 없지만 지은의 옆에 있는 제혁을 보며 초조해하는 눈치였다. 이대로 제혁에게 지은을 빼앗길까 봐.

　도경은 지은에게 살짝 귀띔해줄까도 고민해봤지만 아직은 확실한 게 아니라서 잠자코 있기로 했다. 만약에 좋아하는 게 아니라면 지은의 실망이 이만저만이 아닐 테니까. 우선은 한 걸음 물러나 있다가 기회가 왔을 때 우빈이 고백할 수 있도록 도와주면 그만이다.

　어젯밤만 해도 제혁과의 가짜 연애가 우빈의 질투를 일으키며 긍정적인 효과를 불러왔다. 제혁이 사람을 홀릴 정도로 멋지다는 게 마음에 걸렸지만 우빈을 향한 지은의 마음이 쉽게 흔들릴 것 같진 않았다. 지은이는 누가 뭐래도 일편단심 민들레이니까. 사귄 것도 아니고 단지 짝사랑하는 주제에 일편단심 민들레라고 하는 게 우습긴 하지만.

　지은은 그런 도경의 속마음을 알 턱이 없었다. 그저 시무룩한 얼굴로 우빈이 사라진 복도에서 시선을 떼지 못하고 있었다.

　"기운 내."

　도경은 지은의 어깨를 툭툭 두드려주고는 견사를 빠져나갔다.

　"……어째서?"

　혼잣말 같은 속삭임이 지은의 입에서 흘러나왔다.

　우빈이 그녀를 좋아하면 어떨 것 같냐는 도경의 단순한 질문이 부담스럽게 느껴지다니. 왜?

우빈에 대한 감정이 사라진 건 아닌데 어째서인지 그 이상 나아가질 않았다. 어느 선에서 정지해버린 느낌이었다.

난 정말로 우빈 씨를 남자로 좋아하고 있는 걸까?

지은은 심각한 고민에 빠져들었다.

"난 여기서 퇴근할 겁니다."

외부에서 열린 회의가 끝나자 경민은 복도에서 대기 중인 지은과 유 비서에게 다가왔다.

"유 비서 그만 들어가 봐. 지은 씨도 수고 많았어요. 참, 지은 씨는 회사에 차 두고 왔겠군요. 타요. 내가 회사까지 바래다주죠."

운전기사를 먼저 보낸 터라 경민이 직접 운전대를 잡았다. 좁은 차에 경민과 단둘이 있게 되었지만, 그동안 제혁이 해준 교육 때문인지 그다지 불편하지 않았다.

"지은 씨, 그때 만난다는 사람과 어때요? 잘 만나고 있습니까?"

운전대를 잡고 앞을 바라보며 경민이 물었다.

"네. 그럭저럭."

"솔직히 말해봐요. 민제혁 실장 어떻게 생각해요?"

"네? 뭐, 그다지……. 함께 일할 기회가 그리 많지 않다 보니 잘 모르겠습니다."

역시 거짓말은 서툴렀다.

"매력을 전혀 못 느껴요?"

지은은 경민을 바라보며 애매한 웃음을 지어 보였다.

"듣기 좋은 대답을 원하세요? 아니면 솔직한 대답을 원하세요?"

"물론 솔직한."

"시력이 마이너스도 아니고, 외모로만 치면 잘생겼죠. 그건 인정. 그런데 사람 얼굴을 뜯어먹고 살 것도 아닌데."

"뜯어먹는다니……. '블랙 위도우'처럼 과격한 표현이군요."

말은 그렇게 하면서도 경민의 얼굴엔 밝은 미소가 떠올랐다. 그녀의 대답이 흡족한 모양이었다.

"잘하고 있는 것 같아서 마음이 놓입니다. 앞으로도 민 실장, 잘 깎아놓은 대리석 조각으로 대해줘요."

"네, 알겠습니다."

민제혁 보기를 돌멩이 보듯이 하라. 지은은 주문을 외우듯 속으로 중얼거렸다.

오늘따라 교통이 원활해 쌍우그룹 본사에 도착하기까지 오래 걸리지 않았다. 경민은 지은을 회사 앞에 내려주고는 바로 차를 출발시켰다.

건물 안으로 들어간 지은은 지하 주차장으로 내려가기 위해 엘리베이터로 향했다. 그런데 웬일로 엘리베이터 세 대 모두 꼭대기 층에 선 채 내려올 생각을 하지 않고 있었다. 한 번 엘리베이터 안에 갇힌 경험이 있었기에 지은은 불길한 눈으로 꼼짝도 하지 않는 엘리베이터 층 불빛을 노려보았다.

아무래도 전력 공급에 문제가 생긴 것 같았다. 그렇지 않더라도 '고작 2층만 내려가면 되는데 엘리베이터를 사용할 필요가 있나.'라는 의문이 들었다. 그래서 지은은 튼튼한 두 다리를 이용해 계단으로 가기로 마음먹었다.

한 층쯤 내려왔을까, 아래쪽에서 누가 올라오는 소리가 들렸다. 계단을 이용하는 사람이 없는 편인데 누군가 그녀처럼 계단을 선택했나 보다. 막 계단 모서리를 돌려는데 마침 밑에서 올라오는 제혁과 시선이 따악 부딪쳤다.

그쪽이 왜 여기에?

제혁을 보는 순간, 지은은 얼음이라도 된 듯 제자리에 멈춰 섰다.

쿠쿵, 쿠쿵, 쿠쿵. 전혀 예상하지 못한 만남에 그녀의 심장이 미치도록 날뛰기 시작했다.

어쩌지? 또다시 심장이 엉뚱한 사람에게 반응하기 시작했다. 정말 심각한 부작용이 발생했다!

[난 오늘 밖에서 퇴근할 거야. 테스트 결과는 내일 회사에서 이야기하자.]

"그러죠. 저도 그럼 이만 퇴근하겠습니다."

제혁은 경민의 전화를 끊고 퇴근 준비에 들어갔다. 바쁜 손놀림으로 서류를 챙기던 제혁의 이마에 주름이 잡혔다. 온종일 뭔가 허전했다. 나사 하나가 빠진 것처럼 불안한데 그 이유를 알 수 없었다.

제혁은 차 키를 손에 쥐고 빠른 걸음으로 사무실을 나섰다. 오늘도 저녁을 간단히 해결하고 작업실에 갈 예정이었다. 내일모레로 다가온 공연을 앞두고 준비해야 할 일이 한둘이 아니어서 괜한 일로 멍하니 넋을 놓고 있을 여유가 없었다.

"이런."

차에 올라탄 제혁은 중요한 서류를 빼먹었다는 사실을 깨달았다. 검토가 필요한 파일을 클라우드에 올려놓는다는 걸 깜빡한 것이다. 제혁은 도로 차에서 내려 사무실로 향했다.

그런데 무슨 일인지 엘리베이터 세 대 모두 꼭대기 층에 머문 채 내려오지 않고 있었다. 시간이 지체되자 그는 급한 마음에 계단으로 향했다. 우선 로비까지 걸어서 올라간 다음, 건물 뒤쪽에 있는 엘리베이터를 이용할 계획이었다.

탁, 탁, 탁, 구둣발 소리가 비상계단을 따라 울려 퍼졌다. 그때 위쪽에서 다른 구둣발 소리가 들렸다. 아무 생각 없이 위쪽을 바라보던 제혁의 눈에 계단을 내려오는 지은의 모습이 들어왔다.

제혁과 눈이 마주친 그녀는 놀란 표정을 지으며 걸음을 멈추었다. 전혀 예상하지 못한 상태에서 만나서일까? 조이는 것처럼 가슴이 뜨끔해 제혁은 저도 모르게 지그시 입술을 깨물었다. 그는 억지로 통증을 무시하고 지은에게 다가갔다.

"엘리베이터 놔두고 왜 계단으로 내려옵니까?"

사실은 외부에서 퇴근했을 텐데 왜 회사에 돌아왔냐고 묻고 싶었다. 하지만 일일이 참견하는 것 같아서 대신 영양가 없는 질문을 던졌다.

"2층 정도는 운동 삼아 걸어도 좋을 것 같아서요. 그러는 민 실장님은 왜 계단으로 오세요?"

'민 실장님'이란 호칭에 제혁은 살짝 미간을 좁혔다. 둘만 있는데도 민 실장이라고 부르다니. 확실하진 않았지만 어딘지 모르게 오늘 그녀에게선 예전에 없었던 거리감이 느껴졌다. 시선을 마주치지 않으려고 고개를 옆으로 돌리는 것만 봐도 알 수 있었다.

"저도 같은 이유에서입니다."

제혁의 무뚝뚝한 대답에 지은은 가볍게 고개를 끄덕거렸다.

"전 그럼 이만 바빠서."

확실히 그녀는 평소와 달랐다. 예전 같으면 어디 가는 길이냐고 물었을 텐데 시선을 피하며 지나치기에 바빴다. 허둥지둥하는 모습이 한시라도 그에게서 벗어나고 싶은 것처럼 보였다.

누가 못 가게 잡기라도 하나? 제혁은 의아한 눈빛으로 지은의 행동을 지켜보았다. 너무 급히 서둘러서였을까? 지은은 첫 계단 위에 발을 내딛자마자 발목을 삐끗하고 말았다. 지은이 크게 휘청거리자 제혁은 넘어지지 않게 재빨리 두 손으로 그녀의 어깨를 잡아주었다.

"괜찮아요?"

"고…… 고마워요."

당황했는지 그녀는 귀 끝까지 빨개진 얼굴로 말을 더듬거렸다. 제혁은 지은을 벽에 기대게 한 후 무릎을 꿇어 그녀의 발목을 살펴보았다.

"흡."

제혁이 발목에 손을 대자 지은은 짧게 숨을 들이마시며 몸을 움찔거렸다.

"아파요?"

그가 놀란 눈으로 위를 올려다보았다.

"아, 아뇨. 간…… 간지러워서."

지은은 귀 끝까지 새빨개진 얼굴로 고개를 내저었다.

"가만히 있어봐요."

제혁은 그녀가 발목을 빼내려는 것을 막으며 발목을 조금 더 세게 움켜쥐었다. 그리고 위아래로 발목을 훑었다. 다행히도 그녀에게선 이렇다 할 반응이 없었다.

"접질리진 않았군요."

그 순간 제혁의 눈에 새삼 지은이 신은 구두가 들어왔다. 제법 굽이 높은 연한 파스텔 색조의 하이힐이었다. 회사에선 검은색 구두만 신고 다니더니 오늘은 무슨 바람이 불었을까?

미처 깨닫지 못했는데 지금 보니 오늘 그녀는 평소에 입는 무채색 옷이 아닌 붉은 색상의 옷을 입고 있었다. 분명 퇴근하고 집에 가는 사람의 복장이 아니었다. 데이트 가는 것처럼 꽤 신경 쓴 차림이랄까.

수의사 선생과 저녁 약속이라도 있나? 제혁은 생각을 정리하며 자리에서 몸을 일으켰다. 동시에 지은의 모습을 찬찬히 훑어보았다. 지은의 빨개진 귓불 위로 자신이 선물한 금 귀걸이가 앙증맞게 반짝거렸다. 선물을 받고 바로 착용해준 것까진 좋았는데 다른 남자를 위해서 꾸민 거라고 생각하니 조금 거슬렀다.

물론 질투의 감정은 아니었다. 동지끼리라도 지켜야 할 예의가 있을 텐데 그걸 무시해버린 그녀에게 기분이 상했을 뿐이었다.

"잘 걷지도 못하면서 무슨 하이힐입니까? 앞으론 하이힐 신고 다니지 말아요."

"네?"

지은이 무슨 터무니없는 소리를 하느냐는 듯 미간을 찌푸렸다. 사실 제혁은 우빈을 만날 때는 그 귀걸이를 하지 말라고 말하고 싶었다. 하지만 속 보이게 그럴 순 없기에 애꿎은 하이힐을 걸고넘어진 것이다.

지은은 왜 갑자기 시비를 거느냐는 듯 제혁을 노려보았다. 그래도 그녀에게 시선을 외면당하는 것보단 이렇게라도 노려봄을 당하는 게 훨씬 나았다.

오늘따라 흘겨보는 그녀가 귀엽게 느껴지는 이유는……. 음…… 모르겠다. 하지만 이유가 뭐 중요한가? 귀엽게 보인다는 게 중요한 거지.

"지금까지 내 앞에서 넘어질 뻔한 적이 한두 번이 아니잖습니까. 걸음마 배우는 아이도 아니면서."

제혁은 지은의 화를 돋우려 일부러 비아냥거리는 투로 말했다. 말다툼하는 동안만이라도 그녀를 붙잡을 수 있을 테니까. 토라져서 새초롬해진 지은의 얼굴을 보고 싶었다.

"하!"

지은은 제혁이 던진 미끼를 덥석 물어버렸다. 그녀는 기가 막힌다는 듯 헛웃음을 흘렸다.

"왜요? 어떻게 해서든지 정 쌤에게 스킨십을 유도하라면서요? 나는 가르쳐준 대로 열심히 하고 있을 뿐이라고요. 칭찬은 못 해줄망정."

그 말은 오늘 지은이 우빈을 만나기 위해 하이힐을 신고 평소보다 꾸몄다는 뜻일 것이다. 자신의 예상이 맞아떨어지자 제혁의 얼굴이 딱딱하게 굳어졌다.

"수의사 선생 만나려고 그리 바삐 달려가는 겁니까? 저녁 약속 있어요?"

"왜요? 그러면 안 되나요?"

"누가 안 된다고 했습니까? 혹시라도 도와줄 게 없나 해서 그러는 거지."

뭐? 도와줄 게 없나 해서? 그 한마디에 겨우 유지하던 그녀의 평정이 와르르 무너져버렸다. 제혁이 지적할 때까진 지은은 오늘 자신의 차림이 어떤지 깨닫지 못하고 있었다.

퇴근 후 약속이 있으면 나중에 옷을 갈아입는 한이 있어도 근무 중에는 단화와 무채색의 정장을 고집했던 그녀였다. 업무에 방해가 된다고 생각했기 때문이다. 그런데 오늘은 저도 모르게 붉은 색상의 옷을 골라 입었다. 그에 맞춰 단화 대신 파스텔 색조의 하이힐까지 신었다.

예쁘게 보이고 싶어서 그랬던 걸까?

그뿐인가? 온종일 외부로 돌 거라는 경민의 말에 크게 상심했었다. 부작용을 들키지 않게 조심해도 모자랄 판에 대놓고 티를 내다니.

제혁도 문제였다. 괜히 쓸데없이 열심히 가르쳐줘서 사람을 부작용에 시달리게 하냐고! 갑자기 그가 원망스러웠다.

"왜요? 그러면 정 쌤 만나기 전에 실습이라도 해주려고요?"

모든 상황에 짜증이 난 지은은 마음에도 없는 말을 내뱉었다.

"뭐요?"

도발이 먹혔는지 제혁의 인상이 순식간에 험상궂게 변해버렸다. 그러나 지은은 조금도 물러서지 않고 날이 선 시선으로 제혁을 마주 보았다. 제대로 키스나 진하게 해보고 부작용이 왔으면 억울하지나 않겠다. 맨날 찔끔찔끔 감질나게 입술 위에서 사람 애태우게 하고선!

그런데도 왜 나는 우빈 씨가 아니라 그에게 반응하게 되었을까? 지은은 정말 미치고 팔짝 뛰기 일보 직전이었다.

"걱정하지 말아요. 지금까지 그쪽에게 배운 거 잘 써먹을 거니까요."

　최고의 방어는 공격이라는 말이 있다. 제혁에게 휘둘리기 전에 그녀가 먼저 휘둘러야 했다.

　"정 쌤에게는 이렇게 할 거예요."

　지은은 발돋움을 하고 제혁의 목에 팔을 두르고는 그의 입술에 입술을 '촉' 대었다가 떼어냈다. 1초도 안 되는 짧은 순간이었지만 제혁은 갑작스러운 입맞춤에 놀란 듯했다.

　"방금 뭐한 겁니까?"

　그가 믿을 수 없다는 듯 입매를 뒤틀었다.

　"뭐 하긴요? 실습한 거죠. 나중에 정 쌤과 입술뿐만이 아닌 진짜 키스를 할 거예요."

　그녀의 입에서 진심 아닌 거짓말이 거침없이 술술 흘러나왔다. 우빈을 좋아하면서도 자꾸만 제혁의 신경전에 말려드는 상황에 화가 났다. 아니, 그보다는 우빈을 남자로서 좋아하는 게 맞는지 의심하기 시작한 그녀 자신에게 실망했다. 아무리 짝사랑이지만 짝사랑에도 지켜야 할 도리가 있거늘. 부침개 뒤집듯 마음을 뒤집어서는 안 되는 건데…….

　수많은 생각이 그녀의 머릿속을 오갔다. 하지만 무엇보다 제혁 앞에 당당하게 서는 것이 중요했다. 가슴이 좀 두근거린다고 해서, 부작용이 왔다고 해서 그를 피할 수만은 없었다. 그래서 지은은 좀 과하다 싶을 정도로 세게 나가기로 했다.

　"연습은 여기까지만 하면 되겠네요. 실전에선 자연스럽게 본능에 따르면 되겠죠. 정 쌤이 어련히 알아서 리드해주시려고요."

말도 안 돼. 우빈 씨와 키스라니!

겉으론 아무렇지 않게 말했지만, 속으론 '악!' 비명을 질렀다. 지금 상황으로선 우빈과의 키스를 실행할 가능성은 희박했다. 하지만 제혁이 그 사실을 알 리 없으니 우빈이란 카드를 써먹어도 괜찮을 것이다.

"그래서 어떻게 본능에 따를 겁니까?"

제혁이 낮은 목소리로 물었다. 그 목소리가 왠지 위협적으로 들렸지만 그녀는 애써 무시해버렸다.

"뭘 어떻게 본능에 따라요? 내가 설마 키스하는 법도 모르겠어요?"

지은은 그의 눈을 빤히 들여다보며 차근차근 말을 이어나갔다.

"전에도 말했지만 내가 실전엔 약해도 이론엔 강하다고요."

약속이 있는 것도 아니면서 지은은 서둘러 벽에서 몸을 일으켰다.

"하여간 이러다 늦겠어요. 이만 가볼게요."

계단을 내려가려는데 갑자기 제혁이 그녀의 앞을 가로막았다. 그는 다시 지은을 벽으로 밀어붙이며 으르렁거리듯 말했다.

"얼렁뚱땅 넘어갈 생각하지 말아요."

대충 한 방 먹이고 가려고 했는데 제혁은 예상외로 끈질기게 물고 넘어졌다.

"얼마 전까지만 해도 남자 손 하나 잡지 못했던 거 잊었습니까?"

"그땐 그랬지만 지금은 아니에요. 스킨십 연습 많이 했잖아요."

"그래서 레벨 1이었던 사람이 갑자기 레벨 5로 건너뛰기라도 했다는 겁니까?"

원래 이럴 생각은 아니었는데 아무래도 좀 더 큰 한 방이 필요한 것 같았다.

"좋아요. 증명해 보이면 되잖아요."

지은은 할 수 없이 아까처럼 발돋움하며 제혁의 목에 팔을 둘렀다. 그리고 입술을 가까이 가져갔다. 그래. 키스가 키스지. 별거 있겠어?

"지금 뭐 하는 겁니까?"

심장이 얼어붙을 것 같은 제혁의 싸늘한 목소리에 움찔 주눅이 들었다. 하지만 그렇다고 여기서 멈출 순 없었다.

"나도 입술뿐만이 아닌 진짜 키스를 할 줄 안다고요."

이번에는 살짝 입술을 벌린 상태에서 지은이 그의 입술에 자신의 입술을 조심스럽게 겹쳤다. 그러나 그뿐이었다. 그다음은 어떻게 해야 할지 전혀 감이 잡히지 않았다. 그런데도 입술에 전해지는 따뜻하고 촉촉한 감촉에 정신이 멍해질 것 같았다.

아까부터 날뛰던 심장은 이젠 아예 입 밖으로 튀어나올 것처럼 맹렬하게 뛰었다. 이대로 계속 있다간 심장이 망가질 것 같아 그녀는 서둘러 입술을 떼어냈다. 적어도 수 초간 견디었으니까 이 정도면……. 그러나 그것은 그녀만의 생각이었다.

한 발 뒤로 물러서려는 그녀를 제혁이 허리에 팔을 둘러 가까이 끌어당겼다. 그녀는 이내 그의 몸에 눌린 자세로 벽에 바짝 밀어붙여졌다.

"키스 연습하려거든 제대로 해."

말이 끝나기가 무섭게 그의 입술이 거칠게 그녀의 입술을 덮어버렸다.

"읍."

지은은 무방비 상태에서 그를 온전히 받아들였다. 숨결이 뜨겁게 얽히며 그녀의 입술과 그의 입술이 맞물렸다. 이어서 그가 한 손으로 그녀의 턱을 잡아 내리며 입술을 열었다. 열린 입술 사이로 뜨겁고 강한 감각이 해일처럼 밀려들었다. 탐색하듯 입 안을 샅샅이 훑는 제혁 때문에 주체할 수 없는 감정이 머릿속에서 불꽃처럼 폭발했다. 제혁은 손에 더 힘을 주어 지은의 뒤통수를 자신 쪽으로 더 가까이 끌어당겼다.

"흐음."

집어삼킬 것처럼 빨아들이는 입술 아래에서 지은은 연신 달뜬 신음을 내뱉었다. 이럴 수가! 지금까지 제혁과 했던 키스와는 차원부터 달랐다. 얼얼한 입술이 타오를 것처럼 뜨거웠고 온몸에서 힘이 모두 빠져나갈 것처럼 격렬했다.

키스란 이런 거구나. 왜 제혁이 입술뿐이라며 안심하라고 했는지 이제야 알 것 같았다. 어떤 표현도 지금의 이 감각을 확실하게 설명할 수 없을 것이다. 한 치의 틈도 없이 거칠게 밀러드는 제혁 때문에 지은은 몽롱해지는 정신을 힘겹게 부여잡았다.

다리가 후들거려 더 이상 혼자 힘으로는 서 있을 수 없었다. 지은은 매달리듯 제혁의 어깨를 꽉 움켜쥐었다. 숨이 막혔지만 그래서 더 강렬하고 짜릿했다. 제혁은 더욱더 강하게 그녀를 벽에 밀어붙이며 좀 더 집요하게 그녀의 입술을 탐했다.

누군가 비상구 문을 열고 들어올지 모른다는 불안감은 이미 사라진 지 오래였다.

"하아."

"하."

두 사람의 입술이 마주치는 소리와 격한 숨소리만이 비상계단을 가득 채웠다. 한참이 지나고서야 그의 입술이 떨어져나갔다. 동시에 억지로 지탱한 다리에서 힘이 빠져나가며 지은의 몸이 스르르 주저앉았다. 그러나 곧 제혁에게 허리를 잡혀 다시 위로 끌려갔다.

혼돈으로 가득 찬 그의 짙은 눈빛은 오롯이 그녀를 향하고 있었다. 뭐라고 한마디 해야 하는데, 머릿속이 텅 비어버려 무슨 말을 해야 할지 도무지 알 수 없었다.

"하아."

지은은 늘어지듯 벽에 등을 기대어 벅찬 숨을 몰아쉬었다. 제혁 역시 그녀만큼 숨이 찬 것 같았다. 그의 단단한 가슴팍이 위아래로 오르락내리락 들썩였다.

지은은 그와 시선을 마주한 채로 가쁜 숨을 골랐다. 그녀를 향하는 짙은 눈길에 온몸이 녹아내리는 것만 같았다. 겨우 호흡이 정상으로 돌아올 때쯤 제혁이 다시 고개를 숙여 그녀의 입술을 머금었다.

그를 밀어내려면 충분히 밀어낼 수도 있었겠지만 그러고 싶지 않았다. 어쩌면 그보다 그녀가 더 원하고 있을지도 모르겠다. 제혁은 부드럽게 입술을 열고 들어와 거칠게 입 안을 헤집으며 몇 번이고 그녀의 입술을 훔쳤다. 두 사람 모두 지금 무슨 일이 일어나는지 알고 싶지 않았다. 그저 호흡이 뒤섞이고 서로의 입술을 격렬하게 취할 뿐이었다.

인천 국제공항.

입국 심사대 대기 선에 서 있는 사람들의 시선이 자꾸만 힐끗 옆으로 향했다. 시선이 닿는 곳에는 한눈에 봐도 일반인과는 다른 몸매를 가진 여자가 서 있었다. 값비싸 보이는 차림의 여자는 모자로 얼굴을 반쯤 가리고 선글라스를 쓰고 있었다. 저마다 여자를 보며 조심스럽게 수군덕거렸다.

"연예인인가 봐."

"진짜 얼굴이 주먹만 해."

"몸매 완전 대박이다."

자신의 순서가 돌아오자 여자는 입국 심사대 앞으로 걸어가 심사관에게 여권을 내밀었다. 여권을 건네받은 심사관은 무표정으로 앞에 선 여자를 바라보았다.

"본인 맞으시죠?"

여권에는 '한해수'라고 적혀 있었다. 여자는 가볍게 고개를 끄덕거렸다.

"얼굴 대조해야 하니까 모자와 선글라스 벗어주세요."

"네."

여자는 약간 허스키한 목소리로 짧게 대답한 후, 천천히 선글라스와 모자를 벗었다. 여권 사진보다 훨씬 더 아름다운 얼굴이 드러나자 심사관의 눈꼬리가 미묘하게 떨렸다. 온몸에서 뿜어 나오는 포스를 보자면 절대로 보통 사람은 아니었다.

심사가 끝나자 여자는 다시 모자와 선글라스를 끼고 유유히 입국 심사대를 빠져나갔다.

"후우."

겨우 지하 주차장으로 무사히 내려온 지은의 입에서 긴 안도의 숨이 새어 나왔다. 도대체 무슨 정신으로 여기까지 내려왔는지 모르겠다. 자꾸만 무릎이 꺾여서 계단 손잡이를 꽉 잡고 계단을 내려와야만 했다. 그래도 다행인 건 제혁이 그녀를 따라오지 않고 순순히 놓아주었다는 거다.

그는 어두운 얼굴로 계단을 내려가는 그녀를 지켜보기만 했다. 만약에 그가 따라왔다면 어떻게 대해야 할지 지은은 자신이 없었다. 아마도 제혁이 하자는 대로 이리저리 끌려가지 않았을까?

차에 올라탄 지은은 시동을 걸 생각도 하지 못 하고 멍하니 계기판을 노려보았다. 얼마나 오랫동안 우두커니 앉아 있었는지 감도 잡을 수 없었다. 얼얼한 입술에선 아직도 그의 체취가 느껴지는 것 같았다. 지금도 제혁이 건드렸던 입 안 구석구석에 강렬한 감각이 남아 있었다.

철학자 플라톤이 왜 키스가 영혼의 호흡이라고 했는지 알 것 같았다. 그대로 그에게 빨려드는 건 아닐까 두려웠으니까.

툭툭―. 그때 누군가 차 문 유리창을 두드렸다. 고개를 돌리니 제혁이 굳은 표정으로 운전석 옆에 서 있었다. 지은이 유리창 버튼을 누르자 '지잉' 하는 소리와 함께 유리창이 내려갔다.

"내려요. 이 상태론 운전 못 하니까."

어쩌면 그의 말이 맞을지도 모르겠다. 아직도 떨림이 멈추지 않았다. 지은은 잠자코 차에서 내려 제혁을 따라갔다. 그는 지은을 위해 차 문을 열어주고 그녀가 좌석에 앉자 차 문을 닫아주었다.

"어디서 만나기로 했습니까?"

내비게이션을 작동하며 제혁이 물었다. 그는 지은이 오늘 우빈을 만날 거라고 확신하는 것 같았다. 그런 제혁에게 집으로 바래다달라고 하자니 자존심이 상했다. 그렇다고 진한 키스를 나누자마자 곧바로 다른 남자를 만나러 간다는 인상을 심어 주기도 싫었다. 지은이 대답 없이 입을 다물고 있자 제혁은 짧게 한숨을 내쉬었다.

"좋아요. 기다릴 테니까 알려주고 싶을 때 말해요."

띠리링―. 그가 막 시동을 걸려는데 휴대폰이 울리기 시작했다. 발신자를 확인하려고 화면을 들여다본 제혁의 미간이 급격히 좁아졌다.

"……이건?"

모르는 번호가 분명한데 묘하게도 낯설지가 않았다. 전화번호를 노려보던 제혁이 통화 버튼을 눌렀다. 하지만 동시에 툭 전화가 끊겼다. 그 후 전화는 다시 걸려오지 않았다. 잘못 걸려온 전화라고 여기며 제혁은 휴대폰을 내려놓았다. 그때까지도 지은은 아무런 동요 없이 앞만 바라보고 있었다.

제혁은 조심스럽게 그녀의 표정을 살폈다. 화난 것 같진 않은데……. 만약에 그랬다면 지은의 성격에 그를 따라오진 않았을 것이다. 제혁은 앞으로 고개를 돌리며 시동 버튼을 눌렀다.

화난 게 아니라도 침묵을 지키며 시선을 외면하는 것으로 봐선 지은은 그에게 기분이 상한 게 분명했다. 당연히 그렇겠지. 우빈과 함께하려던 첫 키스의 경험을 고스란히 내주었는데 왜 아니겠는가?

그 전의 키스는 입술뿐이었다고 둘러댈 수 있겠지만 오늘 두 사람이 했던 키스는 누가 뭐래도 키스였다. 연인 사이에서

나 할 만한 진하고도 깊은 키스. 변명의 여지가 없었다.

제혁은 손끝으로 천천히 자신의 아랫입술을 어루만졌다. 부드럽고 달콤한 감각이 사라지지 않고 아직도 입술과 혀끝을 맴돌았다. 자석에 끌리듯 제혁의 눈길이 다시금 그녀의 얼굴을 향했다.

방금 나누었던 키스 탓인지 그녀의 두 뺨이 발그레 상기돼 있었다. 바라만 봐도 얼마나 부드러운 살결이었는지 마치 손끝에 느껴지는 것만 같았다. 이어서 약간 부풀어 오른 입술이 그의 시야를 가득 채웠다. 그녀를 껴안고 다시 키스하고픈 충동이 밀려왔다. 좌석을 뒤로 눕히고 아까보다 더 강렬하게 그녀의 입술을 머금고 싶었다.

제길. 제혁은 속으로 욕설을 내뱉으며 재빨리 앞으로 시선을 돌렸다. 짜릿한 금단의 열매를 맛본 결과가 이토록 참기 어려운 유혹이 되리라곤 상상도 하지 못했다.

민제혁, 너 지금 뭐 하자는 거냐? 청정 지역 1등급 여자에게 부글부글 끓어오르는 온천 같은 상상이나 하고 있고.

괜히 죄를 지은 것 같은 마음에 지은의 얼굴을 똑바로 바라볼 수 없었다. 아니, 그녀를 바라보는 순간 또다시 이상한 충동에 휘말리는 건 아닐까 두려웠다. 제혁은 힘겹게 욕구를 다스리며 서둘러 차를 출발시켰다.

큰길에 나와서도 지은이 가만히 입을 다물고 있자, 제혁이 다시 질문을 던졌다.

"어디로 갑니까?"

지은은 앞으로 시선을 고정한 채 짧게 대답했다.

"작업실로 가요."

"작업실?"

"작업실 가는 길 아니었어요? 내일모레 공연이잖아요."

"괜찮아요. 바래다주고 가면 됩니다."

간단히 저녁을 먹고 작업실에 가려고 했으니까 그 시간을 빼면 그만이었다. 어차피 이 기분으론 음식이 들어갈 것 같지도 않았다.

"괜찮아요. 그냥 거기로 가요."

그런데도 지은은 같은 말을 되풀이했다. B.W. 작업실과 유기 동물 보호 센터 건물은 서로 가깝게 있었다. 제혁은 어쩌면 두 사람이 그 근처에서 만나기로 했을지도 모른다고 생각했다.

"그래요, 그럼."

제혁은 운전대를 돌려 작업실로 차를 몰았다.

넉넉잡고 30분이면 됐는데 오늘따라 교통 체증이 심해 차 안에 머무르는 시간이 길어졌다. 차는 앞으로 나가지 못하고 제자리걸음만 계속했다.

"많이 막히네."

제혁은 작게 투덜거리며 어색한 분위기를 덜어내려 오디오 버튼을 눌렀다. 어느 때처럼 잔잔한 클래식 음악이 스피커에서 흘러나왔다.

"……예전부터 묻고 싶었는데."

창밖으로 시선을 고정한 채 제혁을 외면하던 지은이 드디어 입을 열었다.

"왜 클래식만 들어요?"

긴 침묵 끝에 나온 질문치곤 가벼운 내용이었다. 그녀도 가라앉은 분위기를 바꾸고 싶은 모양이었다.

"클래식은 표절을 예방해주니까."

"네?"

예상하지 못한 대답이었는지 지은이 살짝 미간을 찌푸렸다.

"다른 곡을 듣다 보면 나도 모르게 머릿속에 저장될 때가 있어요. 그러다 작곡할 때 흘러나오면 의도치 않게 비슷한 곡을 만들게 되죠. 적어도 클래식은 무슨 곡인지 확실히 아니까 그럴 위험이 적어지니까."

"그러면 클래식 말고 다른 음악은 전혀 안 들어요?"

지은은 제혁이 왜 노래방 가기를 싫어했는지 조금은 이해가 될 것도 같았다.

"물론 다른 음악도 들어요. 단지 운전하거나 잠들기 전 같은 상황은 되도록 피하죠."

제혁은 꼬리에 꼬리를 물고 길게 정체된 차량을 바라보며 말을 이어나갔다.

"그럴 땐 무의식이 강해져서 나도 모르게 곡을 내 걸로 흡수해버리니까."

잠자코 그의 말에 귀 기울이는 지은의 얼굴에 어두운 그림자가 내려앉았다. 어쩌면 이리도 빈틈이 없을까! 운전 중에 클래식만 듣는 이유가 혹시라도 있을 표절을 예방하기 위해서라니. 이렇게 철두철미한 남자가 충동적으로 키스한 건 아닐 거야.

지은은 다시금 창밖으로 시선을 돌리며 복잡한 생각을 정리했다. 아주 손톱만큼이었지만 '혹시 그가 나한테 끌려서 키스한 건 아닐까?'라는 생각을 안 해본 건 아니었다. 지금까지 경호원 때문에 관계가 진지하게 발전하지 못했을 뿐이지 그녀가 아주 매력이 없는 건 아니니까.

그도 신체 건강한 남자인데 다가오는 여자를 밀어낼 수만은 없을 것이다. 아무리 자제력이 강한 사람이라고 해도 어느 순간 유혹에 넘어갈 수도 있다고 믿었다. 지은은 자신이 너무 심하게 도발해서 일어난 사고라고 자책했었다. 여자가 끌어안고 입을 맞추는데 안 무너질 남자가 있겠느냐고 하면서…….

그런데 아니었다. 저런 남자는 세계 최고의 미인이 달려들어도 절대로 유혹에 넘어가지 않고 싸늘하게 밀어낼 거다.

그럼 그 키스는 뭐였지? 지금 여기서 누가 주도권을 쥐고 있는지, 누가 강자인지를 확실하게 보여주려고 한 행동이었을까?

솔직히 그 키스 이후로 지은은 제혁의 얼굴을 똑바로 바라보기도 어려울 만큼 사기가 팍 떨어졌다. 공연히 고수 앞에서 깐죽거리다가 제대로 혼이 난 풋내기가 된 기분이 들었다.

그때였다.

"미안해요."

옆에서 제혁의 착 가라앉은 목소리가 들렸다. 지은이 재빨리 고개를 돌리자 그녀를 바라보는 제혁과 눈길이 마주쳤다.

"내가 좀 심했습니다. 사과할게요."

뭐라고 말해야 하지?

입술이 부르틀 정도로 거칠게 키스한 후, 이런 대화를 하게 되리라곤 상상도 하지 못했다. 지은은 달리 할 말을 찾지 못하고 아랫입술을 깨물었다.

그런 모습이 제혁에게는 조금은 다르게 느껴졌다. 지그시 깨문 지은의 입술을 보자 아까 느꼈던 뜨거운 감촉이 고대로 입술에 전해지는 것만 같았다. 저 입술을 몇 번이나 깨물면서 짓이겼더라?

두근. 두근. 두근. 다시금 심장박동이 빨라졌다.

다행히도 꼼짝달싹도 하지 않던 차량이 움직이기 시작했다. 제혁은 재빨리 앞으로 고개를 돌리고 가속페달에 발을 올렸다.

"나도 그리 잘한 건 없어요."

잠시 후 지은이 혼잣말처럼 작게 중얼거렸다.

"정 쌤이랑 잘되라고 정말 신경 써서 도와주고 있는데 맨날 투덜거리기만 하고."

그래, 부작용이 생긴 건 그의 탓이 아니라 내 탓이야. 애먼 사람에게 신경질을 부려선 안 된다고. 그렇다고 그에게 부작용에 관해 말할 건 아니었다. 이 정도의 부작용은 그녀 혼자 해결할 수 있을 거라고 믿었다. 그래서 지은은 분위기도 돌릴 겸 넌지시 농담을 던졌다.

"난 또 그쪽이 나에게 넘어와서 키스하는 줄 알고 걱정했잖아요. 속으로 '어머, 누구를 결혼 상대로 정해줘야 하지?' 했다고요."

지은이 하는 말은 농담이 분명한데 듣고 있자니 등골이 오싹해졌다. 하지만 그 덕분에 당장에라도 차를 세우고 키스하고픈 충동이 제혁의 머릿속에서 말끔히 사라졌다.

"다행이군요. 나도 은근히 걱정했었는데……. 나를 좋아하게 되면 지분 전부를 넘긴다고 했던 말 잊지 않……?"

"물론이죠."

말꼬리를 자르며 지은이 재빨리 대답했다.

"됐습니다. 그럼."

"네. 오늘 일은 둘 다 사과했으니까 깨끗하게 잊어버려요. 없던 일로 하자고요."

없던 일로 하자고? 아직도 혀끝에는 그녀의 달콤한 입술 맛이 남아 있는데……. 하지만 지은이 그걸 원한다면 제혁도 반대할 이유는 없었다.

"그러죠."

어느새 꽉 막혔던 교통 체증이 뚫려 얼마 지나지 않아 작업실 근처에 도착했다.

"여기서 세워주세요."

지은은 손을 들어 사거리 신호등 앞을 가리켰다. 제혁이 차를 세우자 지은은 허둥지둥 안전벨트를 풀고 문손잡이에 손을 올렸다.

"고마워요. 오늘 연습 잘해요."

"공연 올 겁니까? 그때 그 클럽에서 할 건데⋯⋯."

서둘러 차에서 내리려는 지은에게 제혁이 물었다.

"아, 그게 잘 모르겠어요. 시간이 될지⋯⋯."

"안 되면 할 수 없죠."

제혁은 그대로 차를 출발해 그녀의 시야에서 사라졌다. 지은은 제혁의 차가 보이지 않을 때까지 꼼짝도 하지 않고 그 자리에 서 있었다.

"하아, 바보야."

그녀는 길게 한숨을 내쉬며 손등으로 입술을 문질렀다. 본인이 먼저 없던 일로 하자고 해놓고선 자꾸만 제혁의 입술이 주던 감촉이 떠올랐다. 이젠 스킨십 부작용뿐만 아니라 엎친데 덮친 격으로 키스 연습 후유증까지 얻은 것 같아 가슴이 찡하게 울렸다.

'사서 고생'이란 말이 이제야 무슨 뜻인지 정확하게 알 것 같았다.

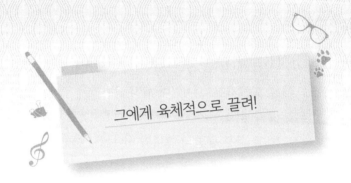

그에게 육체적으로 끌려!

그동안 시간이 어떻게 지나갔는지 모르겠다. 다음 날 지은은 행운인지 불행인지 제혁과 회사에서 마주치지 않았다. 잘하면 주말까지 쭉 그를 볼 일이 없을 것이다.

문제는 공연이었다.

가야 할까, 말아야 할까?

밤을 꼬박 새우며 고민한 끝에 지은은 처음으로 초대해준 공연인데 얼굴은 비춰야 한다고 결론을 내렸다.

제혁은 공연이 끝나자마자 바로 클럽을 빠져나갈 거니까 따로 얼굴 볼 일은 없었다. 공연을 관람하는 모습만 무대 위의 그에게 보여주면 될 것이다. 지은은 수요일 아침 눈 뜨자마자 미나에게 전화를 걸었다.

"미나야, 너 오늘 Broken Wings 공연 갈 거니?"

"응. 친구들이랑 가기로 했어."

B.W.의 광팬인 미나가 이번 공연을 지나칠 리가 없었다. 저

번 공연 때 지은이 먼저 집에 가버렸기 때문에 이번엔 함께 가자고 하지 않는 게 분명했다. 예상한 대로 미나는 친구들과 함께 공연에 갈 계획을 세우고 있었다.

"나랑 같이 갈래?"

"어? 웬일이야? 네가 먼저 B.W. 공연에 가자고 하고?"

"그냥. 기분 전환할 겸."

네 조언도 들을 겸. 조금은 보수적인 도경과 달리 미나는 자유로운 이성 관계를 추구했다. 어쩌면 미나는 지금 지은이 가진 부작용과 후유증을 치료할 수 있는 해답을 가지고 있을지도 모르겠다.

두 사람은 공연 전에 만나 함께 저녁을 하기로 약속했다. 제혁은 공연 준비를 위해 반차를 쓰고 일찍 퇴근했다. 아직 그를 마주 대할 자신이 없는 지은은 속으로 안도의 숨을 내쉬었다.

"어머, 지은아! 너 오늘 제대로 꾸몄다."

먼저 약속 장소에 도착한 미나는 레스토랑 안으로 들어서는 지은을 보며 눈을 휘둥그레 떴다. 미니스커트도 잘 입지 않는 지은이 오늘은 머리끝에서 발끝까지 완벽한 클럽 복장을 갖추고 있었다. 몸에 착 달라붙은 미니 원피스에 꼬불거리는 머리는 굵은 웨이브로 풀어 한쪽으로 늘어뜨렸다. 화장도 평소보다 진하고 화려하게 마무리했다. 모두 마 과장의 작품이었다.

지나가는 말로 클럽 복장을 부탁했는데 모든 일에 완벽한 마 과장은 아예 전문가를 불러왔다. 제혁이 초대한 공연이라 조금 성의를 보여주려고 한 건데 약간 도가 지나치고 말았다.

"마 과장님께 부탁했는데 좀 그렇지?"

"무슨 소리야. 너무 예뻐. 너 완전 오늘 모델 같아."

"진짜?"

솔직히 그녀가 보기에도 오늘따라 조금 예뻐 보이긴 했다. 섹시한 의상으로 바꾸고 평소보다 화장을 좀 더 진하게 했다고 사람이 이렇게 달라지나?

"가끔은 야하게 꾸밀 필요도 있어. 네 남자도 그걸 좋아할걸? 그때 만나던 사람 아직도 만나?"

"응."

그 남자 때문에 내가 오늘 널 보자고 한 거다! 지은은 하고 싶은 말을 누르며 미나가 따라준 와인을 입으로 가져갔다. 눈치가 백 단인 미나에게 자칫 잘못 말했다간 고모의 귀에 들어갈지도 모르니까 신중을 기해야 했다. 다행히 고모는 입이 무거운 편이라 크게 걱정할 건 없겠지만 그래도 사람 일은 모르는 거니까.

"넌 어때? 요새 만나는 사람 있어?"

"응. 심각하게 만나는 사람은 없고. 그냥 엔조이."

겨우 몇 마디를 했을 뿐인데 지은이 원하는 화제가 나왔다. 이럴 때만큼은 화끈한 미나의 성격이 너무나 마음에 들었다.

"……엔조이?"

무슨 뜻인 줄 알면서도 지은은 슬쩍 말꼬리를 올렸다. 그러자 미나가 콧잔등에 주름을 잡았다.

"얘 또 순진하게 왜 이래? 말 그대로 엔조이. 마음 없이 몸으로 즐긴다고."

"그게 가능해?"

"안 될 건 또 뭐야?"

"그러니까 좋아하지도 않는데 키스가 가능해?"

"얘는, 당연하지."

미나는 초등학생 대하듯 지은을 바라보며 킥킥거렸다. 지은과 미나 모두 외국에서 살다 왔는데도 두 사람은 하늘과 땅 차이로 달랐다. 풀어놓고 키웠다는 소리를 듣는 미나는 자유로운 개방형이, 과잉보호를 받은 지은은 정반대가 되고 말았다.

"좋아하지 않는 남자랑 키스하는데도 막 황홀하고 가슴이 막 두근거리고 그래?"

"응."

미나는 두 번 생각하지 않고 바로 대답했다. 지은이 듣고 싶은 대답은 바로 그거였다. 제혁과 키스하면서 황홀하고 가슴이 두근거렸던 이유가 그를 좋아해서가 아니라는 확답이 필요했다.

"육체적으로 끌렸다고 정신적으로도 끌리라는 법은 없거든."

"그러네."

"넌 어때? 지금 그 남자, 민제혁이라고 했나? 육체적, 정신적으로 모두 끌려?"

"응? ……어. 뭐 그냥."

"대답이 왜 그래?"

사실은 그녀가 하고 싶은 말은 따로 있었다. 어떡해 미나야. 나 미쳤나 봐! 그에게 육체적으로 끌려!

지은은 목구멍까지 올라온 말을 꾹 내리눌렀다. 그녀의 고민은 아무에게도 털어놓을 수 없었다. 도경에게도 미나에게도 그 누구에게도 말할 수 없었다. 이 일은 그녀 혼자서 헤쳐나가야만 했다.

갑자기 외톨이가 된 것 같은 슬픈 마음에 지은은 엉엉 울고만 싶었다. 사랑에 빠지면 눈물이 흔해진다는 사실까지 떠올리기에 지은의 머릿속은 너무나 복잡했다.

"오늘 분위기 정말 끝내줬지."

"우리 이러다 방송 타는 거 아냐?"

"맞아. 아까 앞줄에 있던 남자, 방 피디 맞지?"

공연을 끝내고 대기실로 돌아온 멤버들끼리 서로 자축하기 바빴다. 제혁은 한껏 떠드는 멤버 사이를 지나치며 서둘러 가발을 벗어버렸다. 그리고 빠른 손놀림으로 화장을 지웠다.

아까 무대 위에서 보았던 발코니석의 여자는 지은이 틀림없었다.

멀리 떨어져 있어 윤곽이 흐릿했지만, 그녀라는 걸 확신할 수 있었다.

시간이 될지 모르겠다며 애매한 대답을 하더니 오긴 왔군.

그도 모르게 입가에 미소가 떠올랐다.

따리링—. 따리링—. 그때 가발 옆에 놓아둔 휴대폰이 울리기 시작했다. 이번에도 모르는 전화번호였다. 한동안 화면을 노려보던 제혁은 손을 뻗어 휴대폰을 집어 들었다.

"여보세요?"

[여보세요?]

휴대폰 너머에서 여자의 목소리가 흘러나왔다. 왠지 모를 불길한 예감에 제혁은 저도 모르게 휴대폰을 꽉 움켜쥐었다.

[민제혁 씨 폰이죠?]

수화기 너머에서 카랑카랑한 여자의 목소리가 흘러나왔다. 전혀 모르는 사람이었다. 제혁은 휴대폰을 귀에서 떼어내고 다시 한 번 발신자 번호를 확인해보았다.

역시 처음 보는 번호였다.

"네, 민제혁입니다. 누구시죠?"

[지금 제가 누군지가 중요한 게 아니에요. 이곳으로 급히 와주셔야겠어요. 여기가 어디냐 하면…….]

여자는 다급한 목소리로 장소를 알려주었다.

"……네? 어디라고요?"

제혁은 재차 장소를 확인하며 미간에 깊은 주름을 잡았다. 정체를 알 수 없는 여자의 입에서 나온 장소는 '마이 스튜디오'. 바로 지금 그가 서 있는 클럽이었다.

저녁을 먹고 클럽에 도착하니 9시가 조금 넘어 있었다. 지은은 미나와 함께 2층으로 올라가 예약한 VVIP 발코니석으로 향했다.

"어서 와. 먼저 주문했어."

일찍 도착한 미나의 단짝 친구들은 이미 안주와 술을 주문하고 두 사람을 기다리고 있었다. 간단한 칵테일이나 맥주를 마실 거라고 생각했는데……. 애주가 미나의 친구들 아니랄까봐 위스키, 보드카 등이 테이블 위를 차지하고 있었다.

"나 내일 출근해야 해."

미나의 친구 중 한 명이 위스키를 권하자 지은이 난색을 표했다.

"그러면 맥주라도 시킬까?"

"그래, 그럼."

저녁 식사를 하며 와인을 마셨지만 맥주 한 잔쯤은 괜찮을 거라고 지은은 생각했다. 대화를 나누며 가볍게 술잔을 기울이다 보니 시간이 훌쩍 지나갔다. 어느새 공연이 시작되려는지 무대 위 조명이 하나둘씩 환해졌다.

"꺄아아악! 나, 1층으로 내려간다."

저번과 마찬가지로 미나와 몇몇 친구들은 좀 더 가까이서 공연을 보겠다며 우르르 아래층으로 몰려갔다. 발코니석에는 지은과 두 명의 친구만이 남았다. 두 명의 친구는 오늘 클럽에

온 목적이 공연보다는 술 마시는 데 있는 것 같았다. 둘은 위스키와 보드카, 맥주를 섞으며 폭탄주를 제조하기에 바빴다.

저렇게 섞으면 한 번에 갈 텐데…….

지은은 곤혹스러운 표정으로 폭탄주 제조 과정을 지켜보았다. 뭐라고 한마디 하려다 '성인인데 알아서 하겠지.' 하는 생각에 말없이 무대 쪽으로 고개를 돌렸다.

두두두두두두―. 갑자기 어둠 속에서 요란한 드럼 소리가 울려 퍼졌다. 이어서 현란한 조명이 쏟아지며 멤버들이 무대에 올랐다. 지은은 흥분된 눈으로 무대를 샅샅이 훑으며 제혁의 모습을 찾았다. 곧 드럼 앞에 선 제혁의 모습이 눈에 들어왔다.

긴 머리에 전자 기타를 멘 모습은 그녀가 알던 제혁이 아닌 B.W. 기타리스트 제이였다. 무슨 남자가 어쩌면 저리도 분위기가 180도 바뀔 수 있을까! 차갑고 무뚝뚝하던 민제혁이란 남자는 어디론가 사라지고 머리끝에서 발끝까지 섹시함으로 중무장한 남자가 무대 위에 서 있었다.

제이가 제혁이라는 걸 몰랐을 때도 묘한 매력에 은근히 가슴이 두근거렸었는데 이제는 그의 정체를 알게 되었기 때문일까? 무대에 선 그를 보자 심장이 미친 듯이 날뛰기 시작했다. 그저 보고만 있어도 그에게 훅 빨려 들어가는 느낌이었다.

왜 아니겠어! 난 이미 저 남자에게 육체적으로 끌리고 있는데.

찌르르릉, 찌징, 띠르르르르―. 기타 솔로가 시작되며 제이가 느릿한 걸음으로 무대 정중앙으로 자리를 옮겼다. 모든 조명이 그를 향하자 원래부터 빛나던 남자가 이젠 눈이 부시게 반짝이기 시작했다.

빨려 들어간다고 해야 하나? 홀린다고 해야 하나? 연주하는 제이도, 손끝을 통해 흘러나오는 기타 선율도 둘 다 모두 황홀해서 숨이 막혔다. 지은은 점점 더 가까이 발코니 쪽으로 몸을 기울였다.

저 남자가 저렇게 멋졌어? 연주하는 모습을 바라보는 것만으로도 눈앞이 아찔했다. 새삼스레 며칠 전 그와 했던 키스가 떠오르자 지은은 저도 모르게 얼굴을 붉히며 양손으로 뺨을 감쌌다.

저렇게 섹시한 남자와 키스했다는 사실이 믿어지지 않았다. 그것도 흐물흐물 녹아들 것 같은 키스였는데. 그날 기절하지 않은 게 다행이었다.

지은은 손바닥으로 가슴을 누르며 짧게 숨을 들이마셨다. 그때 갑자기 제혁의 시선이 지은이 앉아 있는 발코니석으로 향했다.

"아."

그녀를 알아봤는지 그의 입가엔 여린 미소가 떠올랐다. 아주 짧은 시간이었지만, 지은은 그가 자신을 향해 웃었다는 것을 확신했다.

아무 사이도 아닌데. 그저 가짜로 연애하는 남자일 뿐인데. 그가 자신을 향해 웃어주었다는 사실에 지은은 눈물이 핑 돌만큼 기뻤다. 금세 온몸으로 화끈거리는 열기가 퍼져나갔다.

타는 것 같은 갈증이 밀려오자 지은은 아무 생각 없이 앞에 놓인 맥주잔을 집어 들었다. 그리고 단번에 잔을 비웠다.

"응?"

지은은 잔을 들여다보며 고개를 갸웃거렸다. 맥주치고는 맛이 좀 이상한데? 그뿐이 아니었다. 시원하게 목구멍 아래로 내려가지 않고 뭔가 뜨겁고 묵직한 것이 훅 치고 올라왔다.

"지은아, 너 그거 원 샷했어?"

옆에 있던 친구가 놀란 얼굴로 지은의 손에서 잔을 낚아챘다. 지은은 '왜?'라고 물어보고 싶었지만 온몸으로 훅 퍼지는 야릇한 느낌에 간신히 눈동자만 굴렸다.

"그거 폭탄주야. 위스키랑 보드카, 맥주 다 섞었다고. 천천히 마셔야 하는데."

'왜 그걸 지금 말해?'라고 따지고 싶었지만 이미 늦어버렸다. 폭탄주의 위력은 대단했다. 갑자기 머리가 핑 돌면서 눈앞이 컴컴해지기 시작했다. 지은은 천천히 무대 쪽으로 고개를 돌렸다. 마지막 곡의 연주를 끝낸 제이가 관객을 향해 손을 번쩍 들어 올리고 있었다.

아주 멀리 떨어져 있는데 그가 마치 코앞에 있는 것처럼 크게 느껴졌다.

술기운이 올라서 그런가? 오늘따라 이 남자…….

지은은 자꾸만 무거워지는 눈꺼풀을 힘겹게 밀어 올렸다.

……너무 사랑스러워.

눈앞이 뿌옇게 흐려지고 관객의 환호가 서서히 멀어져
갔다.

☕

"진짜 빨리 오셨네요?"

미나가 믿을 수 없다는 표정으로 제혁을 올려다보았다.

"어떻게 된 겁니까?"

제혁은 미나에게 시선을 주지 않은 채로 축 처져 있는 지은
을 바라보았다. 꼭 감긴 두 눈과 숨 쉴 때마다 살며시 떨리는
속눈썹을 보면 그저 곱게 잠들어 있는 것처럼 보였다.

그런데 그게 아니란다. 그의 공식 여자 친구가 술에 취해 곯
아떨어지셨단다.

미나는 다짜고짜 제혁에게 급히 '마이 스튜디오' 클럽으로
와달라고 부탁했다. 당신의 여자가 지금 난처한 상황에 빠졌
다면서.

놀란 마음에 제혁은 분장을 지우고 옷을 갈아입자마자 곧
바로 2층으로 뛰어올라갔다. 그래서인지 불과 15분도 채 걸리
지 않았다. 그러니 미나가 의아하게 생각할 만도 했다.

전화하자마자 15분 만에 달려오는 남자 친구라니. 실수로
119에 신고한 게 아닌가 잠시 의심했다. 하지만 지금 그게 중
요한 게 아니었다. 미나는 믿을 수 없다는 눈으로 제혁을 바라
보았다.

아니, 지은이 얘는 저런 남자를 어떻게 선봐서 잡았대? 지은이 미치도록 부러웠다. 복도 많은 계집애.

미나가 대답할 생각은 하지도 않고 황홀한 눈으로 자신을 바라보자, 제혁이 미간을 찌푸리며 재차 물었다.

"어떻게 된 겁니까?"

"지은이가 오늘 좀 많이 마셨나 봐요."

공연이 끝난 후 미나가 2층으로 올라왔을 때 지은은 이미 폭탄주를 마시고 뻗은 상태였다. 마 과장에게 연락하려 허둥대며 휴대폰을 집어 들던 찰나에 마음을 바꿨다. 이 기회에 지은의 남자 친구를 불러내는 것도 나쁘진 않을 거란 생각이 들었기 때문이었다.

지은의 손가락으로 휴대폰 잠금장치를 푼 미나는 '민제혁'이란 이름을 찾자마자 곧바로 자신의 휴대폰으로 그에게 연락했다. 처음엔 시큰둥하게 전화를 받던 남자가 지은이 쓰러졌다는 말에 그대로 달려왔다.

빛의 속도로 달려온 것도 놀라운데 그것보다 더 중요한 건 남자의 비주얼이었다. 화보 속에서나 등장할 것 같은 매혹적인 남자가 그녀의 앞에서 가쁜 숨을 몰아쉬고 있었다.

아니, 비즈니스맨이라며? 분야도 고리타분한 엔지니어 쪽이라며! 그런데 분위기가 왜 이리도 예사롭지 않은 거야?

제혁은 자신을 뚫어지게 처다보는 미나의 시선을 뒤로하고 상태를 살펴보기 위해 지은의 앞에 무릎을 꿇고 앉았다. 백지장처럼 창백한 얼굴의 지은을 보며 제혁은 자신도 모르게 표정을 굳혔다.

"얼마나 많이 마신 겁니까?"

흘러내린 지은의 머리카락을 쓸어 올리며 제혁이 물었다.

"그건 저도 모르겠어요. 아까 저녁 먹으면서 와인 좀 마셨고 여기 와선 맥주만 마셨는데……."

폭탄주에 관해 알 턱이 없는 미나가 혼잣말처럼 중얼거렸다.

"참, 소개가 늦었네요. 난 지은이 사촌 채미나예요. 만나서 반가워요."

미나가 자기소개를 하든 말든 제혁은 걱정스러운 얼굴로 연신 지은의 머리카락을 어루만졌다. 완전 지은이에게 빠졌네. 빠졌어. 미나는 속으로 투덜거리며 제혁의 행동을 지켜보았다.

제혁이 조심스럽게 지은의 뺨을 두들겼다.

"으응."

하지만 지은은 몸을 뒤척일 뿐 깨어날 생각을 하지 않았다.

도대체 얼마나 마셨기에 와인과 맥주 좀 마셨다고 이렇게 뻗어버릴 수 있지?

제혁은 기가 막힌다는 듯 잠든 지은을 바라보았다. 두 눈을 감고 있는 지은의 모습이 오늘따라 조금 낯설었다.

잠시 후 제혁은 그녀가 평소와는 다른 차림이라는 걸 깨달았다. 짙게 화장한 얼굴, 한쪽으로 구불거리게 흘러내리는 머리와 몸 선을 강조하는 디자인의 미니 원피스 등등…….

"흐응."

원피스가 말려 올라가며 지은의 하얀 허벅지가 아슬아슬하게 드러났다. 제혁은 재빨리 재킷을 벗어 그녀의 다리를 감쌌다.

이 여자가 지금 누구를 홀리려고 이렇게 입고 온 거야? 그가 공연이 끝나자마자 클럽을 빠져나간다는 걸 알 텐데 이렇게 차려입고 온 속셈이 뭘까? 공연은 공연이고 하루 즐기려고 했나? 놀 줄도 모르는 여자가 뭘 어쩌겠다고.

울컥 감정이 치솟아 제혁은 자신도 모르게 지은의 어깨를 쥔 손에 힘을 주고 말았다.

"앗!"

동시에 거짓말처럼 지은의 눈이 번쩍 뜨였다.

"……어?"

눈을 뜨자마자 사촌인 미나 앞에서 연기해야 하는 상황이란 걸 깨달은 건가?

지은은 제혁을 보자마자 눈꼬리를 휘며 환하게 웃었다.

"그쪽이다!"

우스꽝스러운 그녀의 호칭에 제혁의 눈살이 저절로 찌푸려졌다. 연기해야 하는 상황을 깨달은 게 아니라 지은은 지금 술에 취한 상태였다. 그것도 아주 심각하게.

눈만 뜨고 있을 뿐 정신은 어디 안드로메다로 보내버린 게 틀림없었다. 허구한 날 '그쪽'이라고 하더니 무의식중에 '그쪽'이란 호칭으로 굳어졌나 보다.

혹시 이러다 말실수하는 건 아니겠지?

어디로 튈지 모르는 지은 때문에 제혁의 등에 식은땀이 흘러내렸다.

"미나야."

지은은 옆에 앉은 미나의 팔을 잡아당기며 다른 손으론 제혁을 가리켰다.

"이 남자야. 네가 바람둥이라고 했던 그 남자."

"어? 어…… 그래."

술에 취한 지은이 과거 자신이 했던 발언을 폭로해버리자 미나는 당혹스러운 얼굴로 제혁을 바라봤다.

"얘가 좀 많이 취해서 횡설수설하네요."

"아니야. 미나 네가 분명히 그랬어. ……그런데……. 후우."

지은은 긴 한숨을 내쉬더니 미나의 어깨에 쓰러지듯 몸을 기댔다. 그러나 시선만은 제혁을 바라보고 있었다.

"근데…… 이 남자 위험하긴…… 해. 나, 막 육체적으로 끌리거든."

순간 주위가 쥐 죽은 듯 조용해졌다.

지은 혼자만 혼자 키득거리며 말을 이어나갔다.

"……키스도…… 얼마나 잘하는데."

아무래도 더 두었다간 큰일이 날 것 같아 미나는 서둘러 지은의 등을 다독거렸다.

"그래, 알았어. 부럽다, 얘. 그만해. 응?"

"……키스 완전 잘해……."

혼잣말처럼 중얼거리던 지은은 그 말을 끝으로 고개를 푹 숙이곤 다시 정신을 잃었다.

저 남자, 화난 건 아니겠지?

미나는 제혁의 눈치를 살피며 애석하게 웃어 보였다. 잠시 화난 것처럼 인상을 구겼던 제혁이 곧 표정을 풀고 자리에서 일어났다.

"괜찮습니다. 술 취해서 본인이 무슨 말을 하는지 모를 텐데. 내가 집에 바래다주죠."

"저기, 그런데."

제혁이 지은을 안아 일으키려 하자 미나가 그의 손을 슬쩍 옆으로 밀었다.

"지은이 이런 상태로 집에 데려가면 큰일 나거든요."

함께 클럽에 간 거 아는데 지은이 인사불성으로 집에 들어가면 그 불똥은 미나 자신에게도 튈 게 뻔했다. 얼마 전에도 지은이를 꼬여낸다고 신 회장에게 한 소리를 들었었다.

"그러면 술 깰 때까지 지은이 옆에 있어주세요."

"그런데 우리는 이제 2차를 가야 해서요."

지은이 취한 건 취한 거고 미나에게는 아직 불태워야 할 밤이 많이 남아 있었다. 미나는 지은을 이대로 집에 들여보내기도, 그렇다고 옆에 붙어서 챙겨줄 수도 없었다.

마 과장에게 연락하지 않고 제혁을 부른 이유가 호기심 때문이기도 했지만, 지은을 제대로 처리해줄 적임자라고 생각했기 때문이기도 했다.

"외숙모에겐 오늘 지은이랑 밤새도록 놀 거라고 했으니까 그건 걱정 마시고요."

그러니까 지금 나보고?

제혁의 표정이 험상궂게 변해버렸다.

"제가 어떤 남자인 줄 알고 지은 씨를 맡기는 겁니까."

"어떤 남자라니요? 외삼촌이 지은이 남편으로 찍은 사람 아니에요? 둘 지금 선봐서 사귀는 사이라면서요."

"아무리 그래도 그렇지."

만약에 지은이 다른 남자와 선본 사이라면 저 미나라는 여자는 그 남자에게도 지은을 이렇게 덜컥 맡겨버릴 거였나?

제혁은 까닭 없는 분노를 느끼며 날이 선 눈으로 미나를 노려보았다. 그러나 미나는 그게 뭔 대수냐는 표정으로 어깨를 으쓱거렸다.

"어차피 조금 있으면 결혼할 사이잖아요. 미리 결혼 생활 적응한다고 생각하세요."

미나는 소지품을 챙겨 급히 자리에서 일어났다. 그녀를 따라 친구들도 허겁지겁 겉옷과 핸드백을 챙겼다.

"저는 이만 가볼게요. 지은이 부탁해요."

미나와 친구들은 말문이 막혀 아무 말도 못 하는 제혁을 급하게 지나쳤다.

"아 참."

그러다 미나가 갑자기 걸음을 멈추더니 휙 뒤를 돌아보았다.

"저 그런데…… 키스를 그렇게 잘하세요?"

미나는 진심으로 매우 궁금한 표정으로 물었다.

제혁은 아주 난감한 얼굴로 잠든 지은을 바라보았다. 미나와 일행이 떠나고 난 후 제혁은 우선 지은을 안고서 자신의 차로 향했다. 하지만 행선지를 어디로 정해야 할지 도통 알 수가 없었다. 아무리 공식적으로 사귀는 사이라고 할지라도 호텔로 데려갈 수는 없고, 집에 데려가기도 뭐하고, 그렇다고 계속 차 안에 둘 수도 없는데.

지은은 복잡한 제혁의 마음을 아는지 모르는지 색색 고운 숨소리를 내며 단잠에 빠져 있었다.

완전 무사태평이군. 그녀는 자신이 오늘 무슨 말을 했는지 기억이나 할까? 뭐 육체적? 나한테 육체적으로 끌린다고?

"하, 참."

화를 낼 수도 없고, 연신 헛웃음만 흘러나왔다. 이걸 당돌하다고 해야 하나, 귀엽다고 해야 하나.

한편으론 실습 어쩌고저쩌고하면서 청정 지역 1등급을 오염시킨 것 같아 마음이 무거웠다. 그때 지은이 눈을 감은 채로 잠꼬대를 하는지 작게 웅얼거렸다.

"……난 남들이 다 돼도…… 난 그게 안 되는데…… 어떻게 마음도 없이 육체적……."

이 여자, 잠꼬대하면서까지 육체적 운운인가?

그때 갑자기 그녀의 감긴 두 눈에서 눈물이 흘러내렸다. 눈물을 보는 순간 가슴이 뜨끔거려 제혁은 멍하니 지은을 바라보았다.

"……나 그렇게 지조 없는 여자…… 아닌데……."

그녀가 입술을 달싹거리며 한숨처럼 속삭였다.

"……그런데 나 그쪽이……."

그 다음 말을 기다리는 제혁의 심장박동이 서서히 빨라지기 시작했다.

"그쪽……이…… 끄을……."

무언가 말하려던 지은의 입에서 별안간 딸꾹질이 흘러나왔다.

"……끅."

몇 번이나 딸꾹질을 하던 지은은 가만히 입을 다물었다. 그러곤 언제 그랬느냐는 듯 평온한 얼굴로 새근새근 고른 숨을 내쉬었다. 그러자 초조하게 다음 말을 기다리던 제혁의 눈매가 살며시 사나워졌다.

이 여자 잠꼬대하는 척하면서 장난치는 건 아니겠지?

가슴 졸이며 그녀의 말에 귀를 기울였던 자신이 바보처럼 느껴졌다. 그때 불현듯 머릿속에 의문이 떠올랐다. 혹시 '그쪽이 끌려요.'라는 말을 내심 기대했던 건 아니었을까? 하는……. 제혁의 얼굴이 곤혹스럽게 일그러졌다.

취중 고백이라도 고백은 고백일 텐데 그걸 기다렸다니. 이제까지 여자의 고백이라면 진저리를 쳤으면서 왜?

제혁은 철들고 나서부터 언제나 자신을 바라보는 이성의 시선을 느껴야만 했다. 끝없는 일방적인 고백도 이어졌다. 그에게 다가온 상대는 전혀 모르는 타인에서부터 오래전에 알고 지낸 친구까지 다양했다. 사랑 고백도 하루 이틀이지, 끊임없이 되풀이되는 고백이 반가울 리가 없었다.

얼굴을 붉히며 고백하든 울먹이며 고백하든 저돌적으로 몸부터 날리든 모두 같았다. 결국 아무리 좋은 관계였더라도 상대가 이성으로 다가오면 마음이 싸늘히 식어버렸다. 그럴 때마다 제혁은 짜증부터 밀려왔다.

취중 고백이라도 지은이 '당신에게 끌려요.'라고 했다면 당연히 짜증이 나야 했다. 그러니까 지은이 말을 끝내지 않은 건 다행이었다.

그런데 왜……? 허전하고 실망스러운 기분이 드는 걸까?

제혁의 얼굴에 어두운 그림자가 내렸다. 이미 답을 알고 있는 것 같은 느낌에 제혁은 불안했다.

"……으응."

잠시 후 꼭 다물었던 지은의 입술이 작게 달싹거렸다. 동시에 지은을 바라보는 제혁의 눈도 가늘어졌다.

"……짝사랑도……."

잠꼬대 같은 술주정을 쏟아내며 지은의 고개가 아래로 툭 떨어졌다.

"이런."

깜짝 놀란 제혁이 황급히 손을 뻗어 지은의 얼굴을 받쳐주었다. 그녀는 제혁이 자신의 얼굴을 받쳐준다는 걸 아는지 모르는지 계속 입술을 달싹거렸다.

"……아무나 막 짝사랑하는 거 아닌데……."

술 취해서 혼잣말을 쏟아내는 여자는 귀찮고 성가셔야 정상인데……. 제혁은 평소와 다르게 반응하는 자신이 못마땅했다. 이 순간 온 신경은 지은의 뺨을 받치고 있는 손바닥에 쏠려 있었다.

손바닥에 느껴지는 촉감이 가슴 설레게 좋았다. 마치 실크를 만지는 것처럼 매끄럽고 부드러운 살결이었다. 그 느낌이 숨 막히게 좋아서 꽉 움켜쥐고 싶을 정도였다.

매끄럽고 부드러운 곳이 그곳 한 군데만이 아니라는 걸 알기에 슬슬 조바심이 났다. 그의 시선은 자석에 이끌리듯 자꾸만 지은의 살짝 열린 입술로 향했다. 도톰한 입술을 한껏 머금었을 때 어떤 맛이었는지 한시도 잊을 수 없었다.

입술을 열고 안으로 들어가면 얼마나 촉촉한 속살이 그를 기다리고 있었던가. 혀끝에 닿는 말캉말캉한 느낌에 숨이 막혔던 키스. 미치도록 달콤하고 뜨거웠던 키스.

지은은 없었던 일로 하자고 했지만, 제혁은 결코 그럴 수 없었다. 하루에도 몇 번씩이나 그날의 키스를 떠올렸는지 모른다. 그렇게 원했던 입술이 바로 지금 눈앞에 있었다. 끊임없이 밀려드는 유혹 때문일까? 그도 술에 취한 것처럼 이성이 흔들렸다.

"······한 번 이 남자다! 했으면······. 하아."

그런 제혁의 상태를 아는지 모르는지 지은은 한숨을 내쉬 듯 말을 이어나갔다.

"······계속 이 남자여야 하는데······."

"압니다."

쓸데없는 짓이라는 걸 알면서 제혁은 지은의 혼잣말을 상대했다. 그렇게 해서라도 끊임없이 밀려드는 욕구를 물리치고 싶었다. 그런데도 욕구는 점점 구체적인 형상을 만들어가며 거센 충동을 일으켰다. 외면하려고 해도 자꾸만 제혁의 눈길은 살며시 벌어진 그녀의 입술로 향했다. 입술은 고개만 약간 숙이면 그대로 닿을 수 있는 위치에 있었다. 이런 상태라면 키스 해도 모르지 않을까?

미치겠군. 혹시라도 그녀에게 나쁜 짓을 하는 건 아닐까 덜컥 겁이 났다. 결국 제혁은 지은을 보지 않으려 창밖으로 고개를 돌려버렸다.

"······마······음이······ 아파."

늑대 굴로 들어온 줄은 꿈에도 모르고 지은은 계속해서 횡설수설했다.

"······그냥 우빈 씨랑······ 확 키스해버릴까?"

그녀의 입에서 흘러나온 황당한 말에 제혁은 어이없는 눈으로 지은을 바라보았다. 갑자기 이야기가 왜 그리 튀는지 모르겠다. 그때 감겨 있던 지은의 눈꺼풀이 느릿하게 열리기 시작했다. 눈을 뜬 지은이 초점 없는 눈으로 제혁을 무심하게 바라보았다.

"음……."

이제야 정신이 좀 돌아오나? 제혁은 숨을 죽이며 그녀의 다음 말을 기다렸다. 만약에 술이 깬 거라면 방금 들었던 말은 못 들은 척 배려할 수 있었다. 멀뚱멀뚱 제혁을 바라보던 지은이 시선을 고정한 채 속삭이듯 중얼거렸다.

"……안경부터 벗겨야 하나?"

빌어먹을! 제혁은 속으로 욕설을 퍼부으며 지은을 무섭게 노려보았다. 지은은 그의 날카로운 시선은 아랑곳하지 않고 입가에 여린 미소를 떠올렸다.

그녀는 술이 깬 게 아니라 술주정을 하는 거였다. 그렇지 않고선 눈을 빤히 들여다보면서 저런 말을 할 수 없었다.

게다가 웃어? 이 여자, 절대로 다른 사람 앞에서 취하게 해선 안 되겠다.

제혁은 속으로 이를 갈며 그녀의 뺨에서 손을 뗐다. 지은은 고개를 들며 힘겹게 눈꺼풀을 깜박거렸다. 제혁이 그녀의 얼굴을 받쳐주고 있다는 사실을 알지 못하는 것 같았다.

"그……쪽."

'그쪽'이라고 부르는 걸 보니 그를 알아보는 것 같았다. 드디어 술이 깨는 건가?

"안경 쓴 여자랑 키스해봤어요?"

희망을 깨버리고 그녀의 입에서 엉뚱한 질문이 튀어나왔다. 누가 사촌 아니랄까 봐. 처음 만나자마자 다짜고짜 키스를 그렇게 잘하냐고 물어보는 미나나, 안경 쓴 여자와 키스해본 적이 있냐고 물어보는 지은이나, 제혁은 기가 막힐 뿐이었다.

"사적인 질문은 하지 말라고 했을 텐데. 그새 잊었어?"

술주정 따위 무시해버리면 그만이지만 제혁은 계속 지은을 상대했다. 대신 말꼬리를 짧게 잘랐다.

제혁이 퉁명스럽게 대답하자 지은은 킥킥거리며 손가락으로 그의 어깨를 쿡 찔렀다.

"……에, 해봤구나! 해봤으면서."

이 여자가 정말! 무서운 눈초리로 노려봤지만 지은은 뭐가 그리 좋은지 생글생글 웃으며 그의 대답을 기다렸다. 제혁은 그녀보다는 자신에게 더 화가 치밀었다.

술주정을 하는 지은이 왜 이리 귀엽게 느껴지는지 모르겠다. 분명 과로로 머리가 어떻게 된 게 분명했다.

"기습적으로 당한 키스라 아무 느낌도 없었어. 됐어?"

제혁은 여우에 홀리기라도 한 듯 누구에게도 하지 않았던 말을 털어놓았다. 항상 많은 여자가 적극적으로 다가왔고, 결국 밀어내기에 지친 나머지 가끔 여자가 무슨 짓을 하든 내버려둔 적도 있었다.

끝은 대부분 같았다. 마음에 없는 상대와 나눈 육체적 접촉이 좋은 경험이 될 리 없었다. 딱히 기억할 것도 없고, 기억하고 싶지도 않은 경험뿐이었다. 순간 제혁은 자신의 이율배반적인 태도를 깨닫고 미간을 찌푸렸다.

지은과의 키스 경험도 그리 다르진 않을 텐데 왜 하나도 빠짐없이 생생하게 기억나는 걸까? 왜 그녀를 옆에 두면 키스하고 싶은 충동에 애가 타는 걸까?

그때였다. 지은이 불쑥 얼굴을 가까이 들이대더니 그의 입술에 입을 '촉' 맞췄다.

"뭐 하는 짓이야?"

제혁은 반사적으로 그녀를 밀어내며 크게 소리를 질렀다. 누구는 필사적으로 밀어내고 있는데 누구는 경고도 없이 확 잡아당기다니! 치졸한 반칙이었다.

그러나 정작 당사자인 지은은 죄책감 없는 얼굴로 말똥말똥 눈을 깜빡거릴 뿐이었다. 그러더니 한다는 소리가…….

"이렇게 기습 키스 당한 거예요?"

이 여자가 누굴 시험하나! 얼마나 초인간적인 힘으로 참고 있는데 눈꼬리를 반달로 휘며 유혹을 해? 당장에라도 좌석을 뒤로 젖혀버리고 더 깊고 진하게 키스할 수도 있었다. 술에 취한 그녀가 그를 밀어낼 가능성은 희박했다. 돌이켜보면 멀쩡한 정신 상태에서도 그녀가 그를 밀어낸 적은 없었다. 그녀는 조금은 수줍게 가끔은 적극적인 자세로 그의 리드를 따라오곤 했었다.

지은과의 키스를 머릿속에 떠올리는 것만으로도 또다시 참을 수 없는 충동이 밀려왔다. 으스러질 듯이 그녀를 꽉 끌어안고 싶었다. 입술뿐만이 아니라 희고 가녀린 목덜미에도 입을 맞추고 살짝 이를 세우고 싶었다. 그래서 저 벌어진 입술에서 달뜬 신음이 흘러나온다면…….

"아하."

제혁은 저도 모르게 긴 한숨을 내쉬었다. 그 덕분에 퍼뜩 야릇한 상상에서 깨어났다.

민제혁, 너 미쳤어? 너답지 않게 왜 이래?

제혁은 고개를 흔들며 양손으로 운전대를 힘껏 움켜쥐었다. 술에 취해 정신이 없는 여자와 키스하는 상상을 하다니! 어떻게 그런 짓을.

평소의 자신이었다면 전혀 있을 수 없는 일이었다.

"우선 집에 가서 술 깨길 기다리자."

아마도 좁은 차 안에 단둘이 있어서 걷잡을 수 없이 흔들리는 걸지도 모르겠다. 제혁은 재빨리 시동 버튼으로 손을 뻗었다.

"집? 누구 집이요?"

"내 집."

그가 착 가라앉은 목소리로 대답했다.

"아…… 그쪽 집."

지은은 느릿하게 눈꺼풀만 깜빡거리더니 스르르 눈을 감았다.

"그래요. 가요……"

그녀의 입에서 들릴 듯 말 듯 작은 속삭임이 흘러나왔다. 제혁은 차를 출발하며 유리창이 뚫어져라 앞만 노려보았다. 직접 눈으로 확인하지 않아도 그녀는 다시 잠에 빠진 게 분명했다.

안전 운전을 위해 집에 도착할 때까진 절대로 그녀에게 눈길을 주지 않을 생각이었다. 집에 가면 침대에 눕히고 방문을 닫아버리자. 지은이 깨어날 때까지 근처에 얼씬도 하지 않으면 안전할 것이다.

여기서 위험에 처한 건 그녀가 아니라 그 자신이었다. 제혁은 지은이 누구보다도 위험한 여자라고 결론을 내렸다. 능숙하게 다가오는 경험 많은 상대보다 어쩌면 청정 지역 1등급인 지은이 백배 천배 위험할지도 모르겠다.

'하룻강아지 범 무서운 줄 모른다'는 옛말은 괜히 생겨난 게 아닐 테니까. 지은이 아무것도 모르는 얼굴로 훅 치고 들어올 때마다 제혁은 어떻게 상대해야 할지 눈앞이 캄캄해졌다.

고수가 풋내기에게 말려드는 느낌! 더도 말고 덜도 말고 딱 그 느낌이었다. 하지만 그보다 훨씬 더 큰 위험은 제혁 안에서 생겨나고 있었다.

지은이 어떤 모습을 하든 어느새 그의 눈에는 무조건 그녀가 사랑스럽게 보이기 시작한 것이다. 서서히 두 눈에 콩깍지가 쓰이고 있었다.

지은은 제혁의 집에 도착할 때까지도 고이 잠들어 있었다. 제혁은 그녀가 깨지 않게 조심하며 코트로 몸을 감싼 후 안아 올렸다. 원피스 길이가 짧아서 조금만 잘못하면 그녀의 맨살에 손이 닿았다. 그때마다 제혁은 어금니를 깨물며 슬금슬금 기어드는 야릇한 생각을 힘겹게 뿌리쳐야 했다. 왜 오늘따라 안 입던 옷은 입어서 사람 속을 이리 뒤집어놓는지 모르겠다.

지은은 엘리베이터를 탈 때도, 구두를 벗기고 침대에 눕힐 때까지도 잠자는 숲속의 공주님처럼 죽은 듯 꼼짝도 하지 않았다. 그저 고른 숨을 내쉬며 눈꺼풀을 파르르 떨 뿐이었다.

지은이 그의 집에 온 건 오늘이 처음은 아니었다. 그런데 왜 이리 긴장될까? 차 안에서 멀미하려는 숨이 때문에 새벽까지 머물다 간 적도 있는데. 두 사람 사이에 강아지 한 마리 없다고 뭐 크게 다를까 싶었는데 너무 안일한 생각이었을까? 그때와는 완전 다른 분위기였다.

어쩌면 좁은 차 안보다 지금이 더 위험할지도 모르겠다. 자신의 침실에 그녀와 단둘이 있다는 것만으로도 목이 타는 갈증이 밀려왔다. 지금이라도 거실로 나가 문을 닫아 버리면 그만이었다. 하지만 문득 '혼자 자는 도중에 구토라도 해서 기도가 막히면 어떻게 하나?' 하는 걱정이 들었다.

결국 제혁은 타당한 이유를 대며 지은의 옆에 남기로 했다. 새근새근 고이 잠든 것으로 보아 그녀가 다시 깨어나 술주정을 부릴 일은 없을 것이다. 그렇기만 하다면 평정심을 유지할 자신이 있었다.

제혁은 지은의 옆에 모로 누워 한쪽 팔로 얼굴을 받치고 그녀가 자는 모습을 물끄러미 지켜보았다. 지은의 가슴이 작게 오르락내리락할 때마다 숨결이 흐릿하게 느껴졌다.

몸에 착 달라붙는 미니 원피스가 불편해 보였지만 편한 옷으로 갈아입혀주는 건 무리였다. 원피스 지퍼에 손을 댔다가 그의 손이 머리를 배신하기라도 하면 큰일일 테니까.

그래도 머리카락을 정돈해주는 것쯤은 괜찮겠지. 제혁은 얼굴로 흘러내린 지은의 머리카락을 쓸어 올렸다. 손끝에 사르르 감기는 머리카락의 감촉이 너무나 좋아 제혁은 몇 번이고 같은 동작을 되풀이했다.

"흐응."

잠든 와중에도 다정한 손길을 느낄 수 있는지 지은의 입에선 작은 탄식이 흘러나왔다.

그녀는 머리를 쓰다듬어주는 따뜻한 손길이 몸서리치게 좋았다. 언제부터인지 확실하지는 않지만, 요즘 들어 빈번히 제혁이 꿈속에 나타났다. 처음엔 놀랍기도 하고 당황스럽기도 했지만, 하도 자주 나타나니까 이젠 그러려니 하는 지경이 돼버렸다.

오늘의 꿈은 제혁이 그녀를 공주님 안기할 때부터 시작되었다. 그는 그녀를 마치 깨지기 쉬운 유리 인형처럼 조심스럽게 다뤘다. 침대 위에 살살 내려주고 흘러내린 머리카락을 쓰다듬어주고. 어루만져 주는 손길이 너무나 감미로워서 도저히 가만히 있을 수가 없었다.

현실이라면 티를 내면 안 되겠지만 꿈이니까 괜찮을 거야. 스킨십 부작용이든 실습 후유증이든 꿈속에서만큼은 본능을 따르고 싶었다. 지은은 앞으로 몸을 굴려 제혁의 품으로 파고

들었다. 그의 넓고 따뜻한 품에 안기고 싶었다.

제혁이 뒤로 몸을 빼는 것 같은 약간의 반항이 느껴졌지만 지은은 개의치 않았다. 꿈인데 무슨 상관이람. 아예 더는 물러서지 못하게 양팔을 그의 등 뒤로 돌려 꽉 끌어안았다. 좀 더 밀착할 수 있게 그의 다리 사이에 그녀의 다리도 쑤욱 밀어넣었다. 미니 원피스가 밀려 올라가며 드러난 지은의 맨다리에 제혁의 단단한 다리 근육이 느껴졌다.

"헉."

순간 그의 입에서 한숨이 섞인 탄성이 흘러나왔다. 이어서 힘에 겨운 목소리가 나직이 울려 퍼졌다.

"……그만해. ……제발."

반말이었지만 애원하는 투라서 그런지 꽤 섹시하게 들렸다.

"마지막으로 경고하는……. 윽."

하지만 지은은 제혁의 말을 무시하고 그의 품으로 좀 더 파고들었다. 목덜미에 얼굴을 묻고 그의 체취를 들이마시려는 찰나…….

"제길."

낯선 욕설과 함께 순식간에 그녀의 몸이 뒤로 확 눕혀졌다. 그와 동시에 제혁이 그녀의 몸 위로 빠르게 올라갔다.

〈2권에 계속〉

위험천만한 연애 1

초판 1쇄 인쇄 2020년 4월 15일
초판 1쇄 발행 2020년 4월 27일

지은이 이지연 ┃ 펴낸이 강성욱 ┃ 책임 기획 전주예 ┃ 기획 편집 송진아 강가비 정종건 최예림 장현호
표지 디자인 디자인그룹 헌드레드 ┃ 내지 디자인 박찬솔 ┃ 로고 김미현 ┃ 교정 서진영 류혜선
펴낸곳 테라스북 ┃ 등록 제25100-2013-000012호
주소 (04019) 서울특별시 마포구 희우정로5길 29 2층 202호
전화 070-4794-5826 ┃ 팩스 0505-911-5826
블로그 http://terracebook.blog.me ┃ 전자우편 terracebook@naver.com
ISBN 978-89-94300-34-4 (04810)
ISBN 978-89-94300-95-5 (SET)

ⓒ 이지연 2020 Printed in Korea

테라스북은 오름미디어의 임프린트 브랜드입니다.

이 도서의 국립중앙도서관 출판시도서목록(CIP)은 서지정보유통지원시스템 홈페이지(http://www.seoji.nl.go.kr)와
국가자료공동목록시스템(http://www.nl.go.kr/kolisnet)에서 이용하실 수 있습니다. (CIP제어번호: CIP2020001351)